# MARIE SANDERS

# DIE FRAUEN VOM NORDSTRAND

### – EINE NEUE ZEIT –

ROMAN

aufbau taschenbuch

ISBN 978-3-7466-3570-5

Aufbau Taschenbuch ist eine Marke der
Aufbau Verlag GmbH & Co. KG

1. Auflage 2019
© Aufbau Verlag GmbH & Co. KG, Berlin 2019
Gesetzt aus der Bembo Pro durch Greiner & Reichel, Köln
Druck und Binden CPI books GmbH, Leck, Germany
Printed in Germany

www.aufbau-verlag.de

*Für Anni Kahlmann und Alex Bissias, Freundinnen, Nachbarinnen, zuverlässige Erstleserinnen und zum Teil auch Namensgeberinnen ;-)
Und für »Papa« Dr. Alexander Krauss für die hilfreichen Infos über die Fünfziger!
Danke!*

## 1. KAPITEL
*März 1953*

»Ich sage Nein und dabei bleibt's. Alles neumodischer Kram. Die *Seeperle* gibt es seit fast zweihundert Jahren, und bisher hat sich noch niemand beschwert. Wir sind ein ganz normales Hotel und das soll auch so bleiben.« »Aber Papa, überleg doch mal«, versuchte Anni es wieder. »Jetzt ist diese Jodsolequelle entdeckt worden, das ist doch etwas Besonderes. Seit vier Jahren ist St. Peter ein Heilbad und auf dem besten Weg, ein Kurort zu werden. Hier, direkt am Meer! Besser geht's doch nicht. Da sollten wir rechtzeitig reagieren. Glaub mir, wir können nur davon profitieren, wenn wir das Hotel renovieren. Die Buchungen waren in den letzten Jahren auch nicht mehr so berauschend, ein Glück, dass wir ein paar Rücklagen hatten. Außerdem haben wir nichts mehr erneuert, seit die letzten Flüchtlinge weg sind.«

Ole Janssen war gereizt. So eine Renovierung, das war alles mit großem Aufwand verbunden, mit viel Arbeit und Belastung und vor allen Dingen mit viel Geld. Er sah den Trubel schon vor sich: unerträgliche, laute Stimmen, Baulärm, Gepolter, viele Menschen. Er wollte seine Ruhe haben. Das Hotel war doch gut besucht und sie kamen über die Runden. Seine Tochter aber wollte mehr. Ein schickes Badehotel wollte sie draus machen. Rosinen im Kopf, wenn man ihn fragte.

In den Kriegsjahren war die *Seeperle* zum Lazarett umfunktioniert worden, nach Kriegsende wurden hier Vertriebene untergebracht. In jedem der siebzehn Gästezimmer wohnten bis zu acht Personen, im Winter hing überall im Haus Wäsche zum Trocknen und machte die Wände feucht. Die Scheiben beschlugen ständig, und die Holzrahmen waren marode geworden. Annis Mutter Gerda war das alles zu viel geworden, sie hatte sich, sooft es ging, zurückgezogen. Und so war Anni nichts anderes übriggeblieben, als gemeinsam mit der Köchin Isa die Ärmel hochzukrempeln und zu versuchen, das Beste aus der Situation zu machen. Ihr hatten die Flüchtlinge unendlich leidgetan. Wie schrecklich musste es gewesen sein, alles zu verlieren, was man jemals besessen hatte. Sie konnte kaum glauben, dass der dürftige Inhalt eines schäbigen Koffers alles war, was eine Frau mit drei Kindern noch besaß. Es war keine leichte Zeit gewesen, auch sie hatte ihr Zimmer, ein winziges Kämmerchen mit kleinem Balkon unter dem Dach, geräumt, um einer Frau, deren Mutter und ihren vier Kindern Platz zu bieten. Immer war es laut gewesen, und im ganzen Haus roch es nach zu viel Mensch, vollen Windeln, Essen und Schweiß. Und diese Spuren waren noch allzu deutlich sichtbar. Anni würde sie so gern entfernen, die Fenster aufreißen, frischen Wind in die *Seeperle* lassen. Am liebsten würde sie sofort damit anfangen. Sie konnte kein Braun mehr sehen, in keiner Hinsicht, sie konnte kein schmutziges Kriegsgrün mehr ertragen. Alles, was vor 1945 gewesen war, sollte raus aus dem Hotel, die *Seeperle* sollte wieder ein luftiges, schönes Hotel werden, in dem man sich gern aufhielt, in dem man sich erholte, in dem es gut roch und die Menschen fröhlich waren und lächelten. Ja, eine Veränderung bedeutete Arbeit und Engagement, aber die Sache war es wert. Die *Seeperle* stand für

Erholung und leichtes, fröhliches Leben und nicht dafür, den Krieg für immer in den Räumen zu lassen. Aber das sah ihr Vater nicht, weil er es nicht sehen wollte. Ja sicher, Ole hatte viel erlebt und war natürlich nicht mehr der Jüngste, aber sie, Anni, war doch da! Würde er sie machen lassen, ach, sie hätte schon angefangen.

»Es ist mehr als nötig«, sagte sie nun mit Nachdruck. »Wenn du ein einziges Mal mit mir durchs Haus gehen würdest, dann könntest du es sehen. Es sieht einfach nicht mehr schön aus. Alles ist heruntergekommen.«

Ole stand auf und hinkte zum Fenster. »Wir hatten ja auch Krieg, ich war nicht da. Was hätte ich denn anders machen sollen?«

»Das weiß ich doch ...« Ihr Vater tat ihr plötzlich leid, wie er so dastand. Groß und breitschultrig war Ole mal gewesen. Ein Muskelpaket. Anpacken konnte er, und angepackt hatte er. Mittlerweile waren seine braunen Haare fast weiß geworden. Er zitterte oft und konnte nicht lange stehen auf seinem einen Bein.

Er war in Frankreich stationiert gewesen und vor zwei Monaten nach Haus gekommen. Außer einem Bein hatte er auch den Glauben an die Wahrheit, die Aufrichtigkeit und den Frieden verloren. Ole Janssen vermutete hinter allem Feindseligkeit, Missgunst, Lüge oder etwas anderes, aber stets Negatives. Anni, die zu Kriegsbeginn zehn Jahre alt gewesen war, konnte sich noch gut daran erinnern, dass ihr Papa früher, vor dem Krieg, immer lustig und gut gelaunt gewesen war und Witze erzählte, über die er selbst am meisten lachte. Er hatte ihr schon als kleines Mädchen das Schwimmen beigebracht, weil ihre Mutter sie, aus der für sie so typischen Ängstlichkeit, ständig von der See fernhielt. Der Krieg. Daran musste der Vater sie nicht erinnern.

Den Krieg würde sie schon nicht vergessen. Vor acht Jahren war er zu Ende gegangen, und trotzdem spürte man ihn noch überall.

Die *Seeperle*, die Gerdas Familie seit dem 18. Jahrhundert besaß, war für lange Zeit kein Hotel mehr gewesen, sondern ein Lazarett: Verwundete Soldaten wurden hergebracht, entweder um sie wieder kriegstauglich zu machen oder halbwegs fürs Leben wiederherzustellen. Nur zu gut erinnerte Anni sich noch an ihre Schreie in der Nacht.

»Die schreien, weil sie die schlechten Träume verscheuchen wollen«, hatte Oma Marthe immer gesagt. »Du träumst doch auch hin und wieder schlecht, Annikind.«

Aber die Schreie der Männer waren anders. Im Fieber oder aus Todesangst riefen sie nach ihrer Mama, nach Mutti, nach Mamska oder nach Frauen, die Greta, Friederike oder Elfi hießen. Manchmal stand Anni auf und schlich von ihrem Zimmerchen im Dachgeschoss ins Treppenhaus, weil sie wissen wollte, wer diese Elfi oder Greta war. »Bald bin ich wieder zu Hause«, stammelte einer, der keine Arme mehr hatte und bei dem eine Wunde am Bauch stark entzündet war. Einer von denen, die es »nicht mehr lange machten«, wie der fremde Arzt ohne Gefühlsregung und ganz pragmatisch gesagt hatte, Doktor Heilwig hatte nur genickt. Es schien, als hätten sie im Krieg jegliches Mitgefühl verloren.

Zu einem der Verwundeten war Anni mal hingegangen, mitten in der Nacht, weil er nicht mehr geschrien hatte, sondern weinte. Um drei Uhr morgens hatte sie sich zu ihm gesetzt und seine Hand genommen, da hatte er noch mehr geweint, und Anni hatte seine Hand noch fester gedrückt.

»Ich muss doch heim«, hatte er geflüstert. »Ich muss doch aufstehen.« Und Anni hatte seine Hand nicht losgelassen und Lieder gesummt. *Maikäfer flieg.* Der musste ja auch nicht laufen, der konnte fliegen, vielleicht konnte der junge Mann auch fliegen, wenn sie nur lang genug sang. So hatte ihre Freundschaft mit Hans Falckenberg angefangen.

»Ich habe Menschen erschossen«, hatte er gesagt. Fast jeden Tag hatte sie Hans in seinem Rollstuhl spazieren geschoben. Er kannte viele Gedichte und hatte viel gelesen. »Hier sieht es ein bisschen aus wie in Travemünde«, hatte er mal gesagt. »Da waren die Buddenbrooks immer in der Sommerfrische. Mehrere Wochen am Stück. Mit der Kutsche sind sie aus Lübeck hingefahren, die Damen und Kinder sind durchgängig geblieben, an den Wochenenden kamen dann die Männer dazu.«

»Wer sind die Buddenbrooks?«, wollte Anni wissen.

»Das ist ein Familienname, und so heißt ein Buch von Thomas Mann. Ein herausragender Schriftsteller. In dem Buch geht es um eine großbürgerliche Familie im 19. Jahrhundert. Das enge gesellschaftliche Korsett von damals wird beschrieben und der Verfall der Familie. Unter anderem, weil falscher Stolz im Spiel war. Thomas Mann ist ein großartiger Schriftsteller. Er hat sich öffentlich gegen den Nationalsozialismus bekannt und ist ausgewandert. Du musst viel lesen. Versprich mir das, Anni.«

Anni hatte es versprochen, und wann immer sie konnte, hatte sie nach einem Buch gegriffen und tat das auch heute noch. Vor allem nach den *Buddenbrooks*.

Wenn Anni heute an den Krieg zurückdachte, sah sie immer liegende oder humpelnde Männer jeden Alters. Sie erinnerte sich an dankbare oder abgestumpfte Blicke, zitternde Hände und an die Schreie und das Weinen. Sie hatte junge und alte Männer genesen und sterben sehen. Sie hatte immer gedacht, dass so was doch nicht geschehen durfte. Und dass das doch alles nicht richtig war. Sie hatte die Gesichter der Männer studiert und war erschrocken darüber, dass ein Zwanzigjähriger genauso alt aussehen konnte wie ein Fünfzigjähriger. Dass Erlebtes und Gesehenes ein Gesicht so verändern konnten. Ältere Männer weinten anders als die jüngeren. Die jungen waren laut und riefen Namen, die älteren schluchzten meistens nur so vor sich hin. Zwei verwundete achtzehn- und neunzehnjährige Soldaten hatten schon schneeweiße Haare. Das sah sonderbar aus.

Sie erinnerte sich auch an den Tag, an dem Hans entlassen wurde. Mittlerweile kam er gut mit dem Rollstuhl zurecht. Ein junger Mann, der das Leben noch vor sich hatte. Heim nach Berlin konnte er nicht, da war zu viel Unruhe, zur Tante würde er fahren, die wohnte im Bergischen Land, da konnte er hin, die Tante hatte geschrieben. Wenn alles vorbei war, irgendwann, dann wollte er den Laden von der Tante weiterführen. Raumausstattung. Inneneinrichtung. Er freute sich darauf und hoffte, dass das auch wirklich irgendwann wahr werden würde.

»Wenn der Krieg mal vorbei ist, dann wollen sicher alle neue Farben haben«, hatte Hans gesagt. »Eigentlich wollte ich ja mal Lehrer werden. Für Leibeserziehung. Aber jetzt nicht mehr. Ich muss was machen, wobei ich im Rollstuhl sitzen kann. Den Kunden ist's sicher egal, ob ich durch ihre Zimmer laufe oder rolle.«

Ein letztes Mal hatte Anni seine Hand gedrückt, und Hans hatte sie zu sich hinuntergezogen und sie umarmt. »Danke, Maikäferchen. Ich werde dir schreiben. Das verspreche ich dir.«

»Ich dir auch, Hans«, hatte Anni gesagt und musste weinen. Sie hatte Hans furchtbar gern.

»Ach Hans«, dachte Anni jetzt seufzend, »wenn du doch hier

wärst!« Seitdem er entlassen worden war und in seiner Heimat, einer kleinen Stadt im Bergischen Land, das Raumausstattungsgeschäft seiner Tante weiterführte, hatten sie sich nie wiedergesehen, aber sie schrieben sich. Hans hatte nie geheiratet. »Wer will schon einen Krüppel«, hatte er ihr geschrieben. »Mir geht's gut hier. Habe jede Menge Arbeit, und das ist richtig so. Ich werde dich irgendwann mal besuchen, aber momentan ist wirklich sehr viel zu tun, worüber ich froh bin. Gerade habe ich neue Stoffe bestellt, die würden dir gefallen. Ganz zartes Rosa und ein leichtes Grün. Ein Grün wie eine Sommerwiese morgens.« Überhaupt schrieb er viel von Einrichtung, Bodenbelägen, Sofabezügen, Tapeten und Überdecken. Er war mit Eifer bei der Sache, wollte die Firma erweitern und auch Accessoires anbieten, ein Bekannter hatte schon Blumenübertöpfe und Lampenschirme entworfen, und als Anni ihm geschrieben hatte, dass sie eine Renovierung des Hotels so sehr wünschte, um es etwas luxuriöser zu gestalten und ein Badehotel daraus zu machen, war er begeistert, schickte ihr die richtigen Kataloge und Stoffproben. Einige Muster hatte er selbst entworfen, Anni fand sie herrlich. Altrosa Samt, golddurchwirkt, warmrote Seide mit eingewebten Lilien. Zartgelbe Baumwolle.

Jede Karte, jeder Brief begann mit »Liebes Maikäferchen«. Zum 18. Geburtstag hatte er ihr eine Brosche geschickt, die seiner jüngsten Schwester gehört hatte. Ein Schmetterling mit vielen bunten Steinen. »Trag sie auf der Herzseite«, hatte Hans dazu geschrieben. »Sie soll dir stets Glück bringen.« Er war wie der große Bruder, den sie nie gehabt hatte.

Wie schade, dass Hans so viel zu tun hatte mit seinem Laden. Wie gern hätte sie mit ihm über all die Möglichkeiten gesprochen, etwas Luxus und Wohlbehagen ins Hotel zu bringen.

Davon abgesehen hätte sie ihn einfach gerne wieder getroffen. Hans stand ihr sehr nah. Er würde ihr immer nahestehen. Ein paar Fotos hatte er ihr von sich geschickt. Ein gutaussehender junger Mann mit braunem, dichtem Haar und dunklen Augen, in denen keine Traurigkeit mehr war. Auf einem Foto lachte er in die Kamera. »Du müsstest mal meine Arme sehen, Anni«, hatte er geschrieben. »Richtige Muskelpakete. Weil ich ja dauernd den Rollstuhl vorwärtsbewegen muss.« Er schien sich mit seiner Querschnittslähmung abgefunden zu haben. »Nützt ja nichts, Anni. Es muss ja weitergehen. Ich bin auch keiner, der sich in den Kopf schießt, weil er nicht weiterweiß.«

Anni hatte ihm geschrieben, dass Papa gegen alles war, was sie vorhatte, und dass man doch mit der Zeit gehen müsse. Sonst würden sie von anderen überholt.

»Dein Vater ist jahrelang nicht mit der Zeit gegangen«, kam als Antwort. »Wie soll er plötzlich von einem auf den anderen Tag alles Mögliche entscheiden? Das muss er erst wieder lernen.«

Aber Anni hatte keine Zeit. Jetzt musste etwas passieren.

Dass ihr Vater so stur war, empfand sie als unerträglich und selbstgerecht. Er war all die Jahre nicht da gewesen, er hatte doch hier mit nichts etwas zu tun gehabt, und nun war er erst seit Kurzem zurück, und alle sollten sich ihm unterordnen. Das war nicht richtig. Aber so war es überall in den Familien. Die Frauen hatten jahrelang alles gestemmt, und kaum waren die Männer zurück, sollte alles wieder so sein, wie vor dem Krieg. Eine Frau hatte zu Hause zu sein, zu kochen, zu putzen, einzuholen, die Kinder zu versorgen und alles zu tun, was ihr der Mann sagte, Punktum.

Anni liebte ihren Vater und war heilfroh, dass er wieder da war. Aber dass er sich nicht einmal in irgendeiner Form anerkennend über das geäußert hatte, was Anni, Gerda und die Großmütter Marthe und Alice hier geleistet hatten, gefiel ihr nicht. Trotzdem versuchte sie, ruhig zu bleiben.

»Also Schluss«, sagte Ole Janssen nun. »Das Hotel bleibt ein Hotel, so wie es immer ein Hotel war. Diesen Firlefanz mache ich nicht mit, da wird nichts dran gerüttelt. Du mit deiner Zukunft. Wer weiß, ob das alles funktionieren würde. Du bist auch kein Spökenkieker.«

Nein, ein Hellseher war Anni nicht. Trotzdem war sie sicher, dass sie recht hatte. »Papa! Wir müssen doch vorankommen. Jedes Hotel, überhaupt jedes Haus, muss irgendwann einmal renoviert werden. Dadurch, dass die *Seeperle* jahrelang ein Lazarett und eine Flüchtlingsunterkunft war, hat vieles noch mehr gelitten als ohnehin.« Aber ihr Vater hob die Hand. »Ich hab Nein gesagt. Das wird alles zu teuer. Ich will mein Geld zusammenhalten.«

»*Dein* Geld?« Jetzt wurde Anni laut. »Du meinst wohl *unser* Geld.«

»Nein! Mein Geld! Ich bin hier immer noch der, der das Sagen hat! Willst du das vielleicht auch ändern, ja? Willst du mich gleich mit auf den Müll werfen bei deiner ... Modernisierung?«

»Natürlich nicht!« Ihre Stimme bebte. »Aber du sagst ja von vornherein zu allem Nein! Hör mir doch erst mal zu! Ich habe das schließlich alles durchgerechnet.«

Ole drehte sich zu ihr um. »Du? Durchgerechnet? Was hast denn du durchgerechnet? Willst du mir sagen, wie ich das Haus zu führen habe? Vergiss nicht, dass ich dein Vater bin. Ich sage, was gemacht wird und was nicht. Du Klookschieterin! Und nun will ich nichts mehr davon hören. Wisch dir lieber das rote Zeug vom Mund. Das ist ja unmanierlich, wie du aussiehst!«

»Alle tragen jetzt Lippenstift.«

»Meine Tochter aber nicht. Am helllichten Tag malst du dir die Lippen rot an. Warum denn, frag ich dich? Gehst du vielleicht auch allein abends aus? Was ist aus dir geworden, als ich fort war? Ein Flittchen?«

Ole war wütend. Wütend auf sich selbst, weil er seiner Tochter noch nicht mal Lippenstift gönnen konnte und ungerecht zu ihr war. Wütend, weil er nicht da gewesen war, als sie aufwuchs und zu der wurde, die sie heute war: eine wunderschöne Frau mit langen, blonden Haaren, tatkräftig und unbeirrbar. Ein Energiebündel. Anni war plötzlich erwachsen, seit drei Jahren großjährig, und er hatte das alles nicht mitbekommen. Als er fortging, war sie klein gewesen. Die paar Mal, die er Heimaturlaub hatte, hatte er fast nur geschlafen, und nun stand ein ganz anderer Mensch vor ihm. Anni war eine von diesen Frauen, die von innen heraus strahlten und immer etwas Positives an sich hatten. Und unmanierlich war sie natürlich nicht. Sie sah hübsch und adrett aus in ihrem blauen Kleid mit dem weißen Kragen.

»In der Zeit, als du weg warst, da habe ich mit Mama, Oma Marthe und Omilein Alice eine Liste gemacht. Eine Aufstellung mit allen Kosten und was wir gespart haben und was wir …«

»Nun bin ich aber wieder da.«

»Aber du warst fort.« Anni spürte, wie die Wut in ihr größer wurde. Sie dachte jetzt nicht mehr darüber nach, was falsch oder richtig war. »Wir waren hier allein. Wir haben hart gearbeitet, nicht einfach nur herumgesessen. Natürlich waren wir nicht in der Gefangenschaft, so wie du, aber tu bitte nicht so, als ob nur du es schlecht hattest, Papa. Ein bisschen Dankbarkeit wäre angebracht.«

»Pass op«, Oles Stimme bebte vor Zorn, »dass mir nicht gleich die Hand ausrutscht!« Auch das wollte er gar nicht sagen. Was war nur los mit ihm?

»Du willst mich schlagen? Wenn du das machst, Papa, und das verspreche ich dir, dann schlag ich zurück!« Damit drehte Anni sich um und ließ ihn einfach stehen.

»Und ich sage Nein. Punktum!«, rief er ihr hinterher. »Gar nichts wird hier gemacht. Dass das klar ist! Nichts!«

Die schlagende Tür war ihre Antwort.

Ole stand auf, nahm seine Krücken und ging zur Musiktruhe. Dieses Sausen im Ohr war manchmal unerträglich. Er holte ein paar alte Platten aus dem Schrank und begutachtete die Hüllen. Lale Andersen und ihr *Lili Marleen*. 1939 war das gewesen. Und dann hatte Joseph Goebbels drei Jahre später das Lied verbieten lassen, weil die Sängerin Kontakt zu Juden hatte. Heinz Rühmann, *Ich brech die Herzen der stolzesten Frau'n*. Hatte Rühmann sich nicht von seiner jüdischen Frau scheiden lassen? Trotzdem mochte er seine Lieder. Er holte die Platte heraus und legte sie auf den Spieler, setzte die Nadel auf Anfang und drehte lauter.

Zu diesem Lied hatte er damals mit Gerda getanzt. Foxtrott, wenn er sich richtig erinnerte. *... weil ich so stürmisch und so leidenschaftlich bin ...*

Wie gern würde er wieder tanzen. Wie schön war mal alles gewesen. Er hätte es mehr schätzen müssen. Er wischte sich über die Augen. Schon wieder Tränen. So was Dämliches. Die kamen immer unangemeldet. Ein Mann weint nicht. Diesen Satz hatte er im Krieg so oft zu sich gesagt und dann nie mehr.

Ole humpelte auf seinen Krücken zum Barschrank. Er musste jetzt einen Weinbrand haben. Nur einen.

## 2. KAPITEL

»Ich helfe euch, Mama. Setz du dich mal.« Anni schob ihre Mutter zu dem breiten Diwan, der in der großen Küche stand, und Gerda folgte ihr bereitwillig. »Hast du mit Papa gesprochen?« »Ja.« Anni schälte die Kartoffeln weiter. Mittagessen für die Gäste. Eine vierköpfige Familie und Zwillingsschwestern aus Berlin, die den ganzen Tag auf ihrem Zimmer saßen und an irgendwas arbeiteten. Heute reisten noch zwei Witwen aus Düsseldorf ab, Nachbarinnen, die einige Wochen hier verbracht hatten, bevor die Saison richtig losging. Morgen würden sie zurückfahren und sich um die Enkel kümmern. Beide hatten Töchter, die berufstätig waren, hatten sie stolz erzählt. Die restlichen Gäste kamen von überall her, es waren Besucher der Familie Wöhrding, Ernestine und Richard hatten diamantene Hochzeit, da war die komplette Verwandtschaft angereist. Solche Gäste waren Gerda am liebsten. Sie gingen nach dem Frühstück und kamen spätabends zurück, man bemerkte sie kaum. Die *Seeperle* hatte fünfzehn Zimmer und zwei wunderschöne Suiten mit je zwei Räumen und Balkonen, von denen aus man auf das Meer blicken konnte.

»Und, was hat dein Vadder seggt?«, fragte Isa nun neugierig. Sie war Ende sechzig, ihre grauen Haare waren immer zum Dutt frisiert, und Anni konnte sich nicht daran erinnern, sie jemals ohne eine Schürze gesehen zu haben. Alles an ihr war weich, und sie roch den ganzen Tag angenehm nach Seife. »Er hat gesagt, dass alles so bleiben soll, wie es ist.« Anni zuckte mit den Schultern.

Isa schüttelte den Kopf. »Jahrelang haben wir hier alles alleen gemacht und auch geschafft. Nur wir Froons. Zwölf Jahre war dein Vadder nicht hier, und wir leben alle noch, haben das Hotel halbwegs wiederhergerichtet und haben dafür gesorgt, dass alle zu essen und zu trinken haben. Und nun? Kommt er heim und alles soll wieder nach seiner Piep danzen. Nehmt's mir nich übel, Anni, Frau Janssen, aber das hat keine Richtigkeiten. Nur weil einer ein Kerl ist, soll er uns sagen können, wie es gemacht werden soll? Nee! So nich.« Sie ließ Wasser über das Gemüse laufen. »Na. Aber war ja schon immer so. Ich weiß schon, warum ich nie einem das Jawort gegeben hab. Bin mein eigener Herr, da können die Leute gucken, wie sie wollen. Ham se auch, früher, jetzt guckt keiner mehr. Keine Leute und kein Mann.«

Anni goss sich einen Kaffee ein. »Papa ist so stur geworden.«

»Er war doch schon immer stuurbräsig«, entgegnete Isa. »Du meinst, *noch* mehr.«

»Anders. Er ist so böse. Ich weiß auch nicht, wie ich es sonst sagen soll.«

»Wir müssen ihm Zeit geben«, sagte Gerda, die immer für alles und jeden Verständnis hatte. »Es ist nicht einfach für ihn, Anni. Du darfst nicht vergessen, was er durchgemacht hat, und nun kommt er sich mit nur einem Bein unnütz vor. Wir müssen ihm zeigen, dass wir ihn brauchen, und vor allen Dingen müssen wir für ihn da sein und ihm helfen, das alles zu vergessen. Er muss doch erst einmal wieder richtig zu Hause sein, sich daheim fühlen.«

»Er könnte uns aber auch ein bisschen dankbar sein, Mama. Oder zumindest stolz. Immerhin haben wir hier alles am Laufen gehalten. Einfach war es für keinen von uns.«

Isa füllte Wasser in einen großen Topf und stellte das Gas an, dann nahm sie sich ebenfalls einen Kaffee und setzte sich an den Tisch. »Nee, einfach war es nicht, wirklich nicht. Aber Annikind, du darfst nicht vergessen, dass wir Froonslüdd sind. Wir haben schon immer mehr verknusen können. Aber darüber wird ja nicht so gern gesprochen. So.« Sie stand wieder auf. Isa hatte immer Hummeln im Hintern. »Ich mach mal die Vanillesoße. Zum Nachtisch gibt's Rote Grütt.«

»Anstatt dass Papa froh ist, dass ich da bin und Pläne mache«, sagte Anni. »Ich hätte ja auch schon längst verheiratet sein können, und dann? Ach Mama. Hans hat mir wieder Stoffmuster geschickt. Du glaubst gar nicht, wie schön luftige Vorhänge an den großen Fenstern im Eingangsbereich aussähen. Hans nennt die Farbe Mintgrün. Das kommt aus dem Amerikanischen.«

»Damit brauchst du Papa gar nicht erst zu kommen«, sagte Gerda resigniert. »Mint aus Amerika. Das ist viel zu modern.«

»Wir müssen es ihm ja nicht sagen. Die Farben jedenfalls sind herrlich. Ich könnte den ganzen Tag nach Farben schauen. Und habt ihr mal die neuen, praktischen Küchen gesehen? Einbauküchen! Das ist jetzt der Renner. In ganz zarten Pastellfarben, da braucht man keine Vertikos mehr, diese Staubfänger. Das alles hier würde wegkommen, und wir hätten glatte Flächen, die man gut abwischen kann, das ist auch viel hygienischer als diese Monstren hier.« Sie deutete auf das große, schwere Küchenbuffet aus Holz mit seinen zahlreichen Verzierungen und den gedrechselten Füßen. Daneben die wuchtige Anrichte, in der Besteck aufbewahrt wurde. »Helle Farben, viel Arbeitsfläche und Stauraum. Und jede Menge Arbeitserleichterung. Hans schreibt, alles sei so gemacht, dass die Hausfrau nicht mehr so viel hin und her rennen muss. Schau mal, wie es bei uns ist. Der Herd ist viel zu weit von der Spüle entfernt. Wir müssen die schweren Töpfe immer quer durch die Küche schleppen, weißt du noch, als Isa sich den Arm verbrüht hat, weil auf dem Weg zur Spüle was aus dem Topf geschwappt ist und sie ausgerutscht war? In den modernen Küchen ist es anders. Da muss man nur ein paar Schritte tun. Einen richtigen Kühlschrank würde ich auch anschaffen wollen. Dann brauchen wir keine Eisstangen mehr. Hoffentlich kommt der neue Katalog von Neckermann bald. Den schauen wir uns zusammen an. Ich würde so gern loslegen, Mama.«

»Das wäre natürlich wunderbar«, sagte Gerda. »Aber du kannst planen, wie du willst, wenn Papa dagegen ist, kann man nichts machen.«

»Dickkopp«, murrte Isa. »Ach, was würd ich mich freuen, wenn es ein paar Neuerungen in der Küche geben würde. Herrlich wär das!«

»Immer nur Papa, Papa, Papa.« Anni war verzweifelt. »Wir haben doch Ersparnisse und was wir darüber hinaus benötigen, bekommen wir von der Bank. Ein Darlehen. Das machen jetzt viele so. Das ist keine Schande. Wir haben doch als Sicherheit die *Seeperle*. Eigentlich ist es kaum zu glauben, Mama. Dein Vater denkt moderner als Papa. Der hat beim letzten Besuch auch gesagt, man muss investieren und mit der Zeit gehen. Und die *Seeperle* ist schuldenfrei und kann als Sicherheit dienen!«

»Ich weiß.« Gerda war müde. Die Zankerei zwischen Ole und Anni machte sie mürbe. Wenn es nach ihr ginge, sollte Anni doch machen. Sie war jung und energisch. Himmel, wann, wenn nicht jetzt? Und sie könnte dann einfach nur schlafen.

Das würde sie so gern. Sich hinlegen und einfach lange, lange schlafen. Sie war immer müde. Mit einem Seufzen stand Gerda auf. Sie musste nachschauen, wie weit Sigrun mit den Zimmern war. Sigrun Broders war eine Nachbarstochter, vierzehn Jahre alt, die nach der Volksschule angefangen hatte, in der *Seeperle* zu arbeiten. Ihre Mutter Hedda hatte in ihrem Keller eine Mangel und verdiente ihr Geld mit Bügeln, Mangeln und Plätten. Knut, der Vater, hatte seine Rückenverletzung aus dem Krieg nie richtig auskurieren können und war manchmal tagelang vor Schmerzen nicht ansprechbar. Sigrun hatte noch zwei ältere Schwestern und einen jüngeren Bruder. Der zehnjährige Arne war etwas zurückgeblieben, er saß oft da und zählte und rechnete, dann wieder machte er gar nichts oder zeichnete Figuren, denen er Namen gab, die keiner verstand. In St. Peter erzählte man sich, dass Hedda ihrem Knut einen Kuckuck untergejubelt hätte, Knut war doch 1942 nie da gewesen. Er hatte in einem U-Boot gedient, und niemand hatte je gewusst, wo er sich aufhielt, auch Hedda nicht. Angeblich hatte er, das hatte Hedda gesagt und daran hielt sie fest, 42 einen sehr kurzen Urlaub gehabt, und da war Arne entstanden. Ganz kurz und heimlich sei Knut nachts da gewesen, sagte sie. Keiner habe das mitbekommen. Aber jeder erzählte etwas anderes. Der Einzige, der nichts erzählte, war Knut. Er hatte genug mit seinen unerträglichen Rückenschmerzen zu tun, dann konnte er auch nicht arbeiten gehen zum Bauern im Nachbardorf, dabei brauchten sie das Geld doch so dringend, hatte sich Hedda letztens bei Gerda beklagt. »Nix tut er daheim, wenn er nicht arbeiten geht. Nur Selbstmitleid hat er oder kriegt seine Anfälle und drischt los. Ich sag's dir ehrlich, Gerda, ohne Knut war's einfacher. Es ist, als hätte ich ein fünftes Kind im Haus.«

## 3. KAPITEL

Am nächsten Tag ging Anni Rena besuchen. Die beiden kannten sich seit der Kindheit, und Rena würde in einigen Wochen heiraten und dann nach Wien ziehen. Ihr Zukünftiger war ein gebürtiger Österreicher, er kam aus Salzburg und würde zum Herbst in Wien der Direktor einer Privatbank werden. Gerhard Stöberl war um einiges älter als die 25-jährige Rena, schon Anfang vierzig. Ein großer Mann mit tadellosen Manieren, ein bisschen zu steif für Annis Geschmack, aber sie mochte ihn recht gern. Er war höflich, zuvorkommend und sehr froh, dass Rena ihn heiraten wollte, und er nicht nur eine hübsche, junge Frau, sondern wohl bald auch endlich seinen langersehnten Sohn bekäme. Gerhard war vor ein paar Monaten Hotelgast in der *Seeperle* gewesen. Er hatte eine Bronchitis verschleppt und Seeluft verordnet bekommen. Und so lernte er die wuselige, braungelockte und, wie Anni immer liebevoll dachte, so süße und ein wenig naive Rena kennen, die Anni abends zu einem Spaziergang abgeholt hatte. Gerhard hatte am Kamin gesessen und Zeitung gelesen, und er war aufgestanden, als die beiden Frauen an ihm vorbeigingen, hatte sich vorgestellt und Rena die Hand geküsst, was sie unglaublich beeindruckt hatte. *Formvollendet* und *galant* waren ab sofort die beiden Attribute, mit denen die romantisch veranlagte Rena über Gerhard sprach. Anni konnte das nicht ganz nachvollziehen. Ja, Gerhard war freundlich und gut erzogen, was man nicht von vielen Männern behaupten konnte. Allein schon hier in der *Seeperle* wussten die wenigen männlichen Gäste manchmal nicht, wie man eine Gabel richtig hielt, oder dass es sich nicht gehörte, in der Gegenwart anderer Essensreste mit den Fingernägeln aus den Zähnen zu pulen. Der Krieg hatte das gute Benehmen mit vielem anderen vernichtet. Aber derart in Begeisterungsstürme zu verfallen, bloß weil einer ein bisschen galant war, das konnte sie nicht nachvollziehen.

Schon nach kurzer Zeit hatte Gerhard um Renas Hand angehalten. Rena war überglücklich, ihre Eltern, die die Bäckerei in St. Peter betrieben, waren unterschiedlicher Meinung. Ihre Mutter Lore war hin und weg. So ein stattlicher Österreicher und dazu bald noch Direktor einer Privatbank! Renas Vater war alles andere als begeistert. Rickmer Dittmann hatte sich einen Mann für seine Tochter gewünscht, der den Betrieb mal übernehmen würde. Der hinten in der Backstube stand, während Rena tagaus, tagein im Verkaufsraum mit Butterkuchen und Rundstücken die Kundschaft bediente, so hatte er sich das vorgestellt, nachdem seine beiden Söhne sich dazu entschlossen hatten, nach ihren Ausbildungen zum Schlosser und Schuster nach auswärts zu heiraten, und nur noch Rena übriggeblieben war. Rena hatte nach der Schule zwar im elterlichen Betrieb gearbeitet, hatte aber ganz andere Pläne. »Ich will was erleben«, hatte sie Anni immer wieder beteuert. »Ich will verreisen und Italien sehen und nicht nur davon hören, dass man da hinfahren kann. Ich bin niemand, der sich mit Postkarten zufriedengibt.« Und nun heiratete sie also Gerhard und würde in eine geräumige, standesgerechte Wohnung in den Wiener

Stadtteil Penzing ziehen. Die Hochzeit sollte in St. Peter stattfinden. Gerhard hatte Rena bei den Vorbereitungen freie Hand gelassen. Nachdem ihr Vater wochenlang beleidigt und unversöhnlich gewesen war, hatte er sich nun mit der Tatsache abgefunden, dass seine Tochter eine Bankiersgattin wurde und man sie Frau Direktor nennen werde. Das war ja nun auch nicht verkehrt. Selbstverständlich würde Rickmer Dittmann die Hochzeitstorte backen, und die sollte dreistöckig werden und die schönste Torte sein, die er in seinem Leben gebacken und verziert hatte. Mit Buttercreme, Marzipan und Himbeeren mit Zitronenguss.

Die Bäckerei befand sich in einem reetgedeckten Haus, vorne fand der Verkauf statt, im hinteren Teil war die Backstube, in der Renas Vater an sechs Tagen in der Woche ab halb drei bis in den Nachmittag hinein stand. Renas Mutter war nicht mehr so oft im Laden, und auch heute stand die alte Frau Kruse von nebenan, die immer aushalf, wenn es nötig war, und die alles und jeden kannte, hinter der Theke. Anni winkte ihr zu und ging ums Haus.

»Du kommst gerade richtig.« Rena öffnete ihr mit glänzenden Augen die Tür. »Komm rein. Du musst Mutti davon abbringen, noch mehr Tüll zu verlangen. Sie treibt mich in den Wahnsinn. Soll Gerhard etwa denken, er heiratet Zuckerwatte? Komm mit hoch. Tante Adelheid ist auch da, und die Schneiderin aus Flensburg.« Rena zog Anni mit sich, und kurze Zeit später stand sie in ihrem Traum in Weiß vor ihnen. Ihre Mutter und deren Schwester Adelheid saßen in geblümten Cocktailsesseln, den Stoff hatte Lore Dittmann eigenhändig genäht und die Sessel bezogen, damit das olle Braun endlich weg war, und auch die Tapete war neu. Kleine, mit reduziertem Strich gezeichnete, tanzende Figuren befanden sich darauf. Überall lagen Stoffe und Maßbänder herum, und um Rena wuselte die Schneiderin, eine dünne, hochgewachsene Frau im dunkelgrünen, enganliegenden Kostüm und mit Hochsteckfrisur. Im Radio spielten sie Vico Torriani, auf dem runden Tischchen befanden sich eine Flasche Eierlikör, mehrere Gläser mit Goldrand, und auf einer Etagère lagen verschiedene Kuchen und Gebäck aus der Backstube. Adelheid langte kräftig zu. Renas Mutter war zu aufgeregt. »Da muss noch Stoff dran«, sagte sie. »Noch mehr Organza, ach Kind, wie schön. Noch ein Likörchen? Den habe ich selbst gemacht, Anni, lang nur zu.« Frau Gerber lehnte mit hochgezogenen Augenbrauen ab, auch Rena und Anni wollten nichts, wohl aber Adelheid, ihre Schwester, die extra zur Anprobe ihrer Nichte aus dem nicht weit entfernten Tönning angeradelt war. Heute würde sie hier übernachten, und deswegen war sie den Likörchen gegenüber nicht abgeneigt. Nun saß sie mit roten Backen da und kicherte schon.

»Nein, das genügt an Tüllkram«, sagte Rena und drehte sich vor dem großen Spiegel. Sie war ein bisschen mollig, und das Kleid kaschierte ihre Rundungen perfekt. »Ich darf kein Gramm zunehmen, und wenn doch, darf man es auf keinen Fall sehen, Frau Gerber, das müssen Sie mir versprechen. Und schau, Anni, die Schleppe. Echte Spitze. Vati hat sich nicht lumpen lassen. Welche Blumen sollen wir nehmen? Was haltet ihr von weißen Rosen, blassrosa Freesien und Immergrün? Und ein paar Lilien. Ich brauche auch noch was Blaues. Und was Gebrauchtes. Wegen der Tradition. Wie sehe ich aus?« Sie drehte sich zu Anni um.

»Um es mit Gerhards Worten zu sagen: Du wirst eine hinreißende, sehr galante Braut sein«, sagte Anni. Rena sah wirklich süß aus, wie sie dastand, voller Erwartung, mit ihrem braunen Lockenkopf, den strahlenden Augen und den roten Wangen.

Das weiße Seidenkleid hatte einen weiten Rock, überall waren kleine silberne Pailletten eingenäht, und die Corsage schmiegte sich passgenau an Renas Oberkörper. Von den paar Pfunden zu viel war nichts zu sehen.

»Ins Haar kommen selbstverständlich noch Blüten, das gibt eine wundervolle jungfräuliche Note«, sagte Frau Gerber und fuhr mit den Händen durch Renas Lockenmähne. »Passend zum Brautstrauß natürlich. Sie sehen entzückend aus.« Sie kniete sich hin und steckte noch einmal den Saum ab.

»Bin ich aufgeregt«, sagte Rena. »Muttchen, was sagst du?«

»Ach Kind.« Lore Dittmann hatte feuchte Augen und trank ein Schlückchen. »Meine einzige Tochter. Nach Wien. Fort von uns.«

»Aber Muttchen, du kannst mich doch immer besuchen, und ich komm auch her.« Rena lief zu ihrer Mutter und umarmte sie. »Wien ist ja kein anderer Kontinent.«

»Und du bist nah an Italien«, sagte Anni.

»Italien!« Adelheid war außer sich und begann, das bekannte Lied zu trällern: »Wenn bei Capri die rote Sonne im Meer versinkt ... Ach Lore, ist das schön. Das Kind lernt dann Italien kennen. Wohin geht eigentlich die Hochzeitsreise?«

»Da darfst du dreimal raten, Tante Adelheid.« Rena lachte. »Wir fahren mit dem Auto an der Küste entlang. Und nach Rom.«

»Rom, die Ewige Stadt. Und ans Meer. Wie schön. Lore, nun sag doch auch mal was«, forderte Tante Adelheid.

Lore holte ein Taschentuch hervor und tupfte sich die Augen. »Ach, ach, ach ...«, machte sie dauernd.

»Kommen Sie, Frau Dittmann, freu'n Sie sich doch«, wurde sie von Anni aufgefordert, und sie nickte. »Ich probier's ja. Aber dann ist das letzte Kind aus dem Haus.« Lore schluchzte. »Ach, ach.«

»Muttchen, ich verspreche dir, dass ich ganz oft nach St. Peter komme. So oft, dass du froh bist, wenn ich wieder fort bin.«

»Sicher kommen auch bald Enkelkinder, Lore«, sagte Tante Adelheid fröhlich. Rena wurde rot. »Nun ja, sicher«, sagte sie dann und zupfte an dem Kleid herum.

»Schau mal, wie rot sie wird, die Deern. Du kannst schon mal mit dem Stricken anfangen, Lore«, lachte Adelheid. »Da kann wohl jemand die Hochzeitsnacht nicht erwarten. Gib mir noch ein Likörchen, Lorchen. Darauf müssen wir doch anstoßen.«

»Adelheid, bitte!«, fuhr Renas Mutter sie an, während Frau Gerber peinlich berührt Stecknadeln aufsammelte.

»Was ist eigentlich mit dir, Annichen?«, fragte Adelheid, die sich von Lores Zurechtweisung überhaupt nicht irritieren ließ. »Läuten da auch mal die Hochzeitsglocken?«

»Es ist noch nichts geplant«, sagte Anni.

»Unsere Anni wird, wenn überhaupt, ihren Hinnerk heiraten«, stellte Rena fest. »Denn der ist der Einzige, der auch in St. Peter bleiben will. Anni möchte nicht weg, sie ist hier festgewachsen. Stimmt doch, Anni, oder? Du liebst das Meer und das Hotel, und du würdest nie fortgehen.«

»Das weiß ich noch nicht«, sagte Anni. »Aber im Moment sieht es nicht danach aus. Warum sollte ich weg aus St. Peter?«

Ans Heiraten mochte Anni gar nicht denken. Hinnerk, mit dem sie schon zur Schule gegangen war, mochte sie zwar gern, aber ob das zum Heiraten reichte? Diese Frage wollte sie sich eigentlich nicht beantworten. Hinnerks Eltern betrieben eine kleine Frühstückspension, und Anni wusste, dass ihre Mutter es ganz wunderbar finden würde, wenn ihre Tochter unter Hinnerks Fittiche käme. Sie mochte ihn. Er war nicht besonders groß, nur etwas größer als Anni, breitschultrig wie Ole, und arbeitete momentan als Dachdecker, kümmerte sich aber auch mit um die Pension. Gerda dachte an die Zukunft, wenn ihr Mann es schon nicht tat. Wenn Anni und Hinnerk heiraten würden, dann hätten sie ein Hotel und eine Pension, das wäre schon was. Man musste ja auch mal an später denken! Seinen Kindern wollte man ja auch mal was vererben, das gehörte sich wohl so! Anni und Hinnerk trafen sich ein paarmal pro Woche, sie war recht gern mit ihm zusammen. Sie redeten übers Wetter, über die Familie, über die Gäste und über alles Mögliche, Alltägliche. Hinnerk war ihr erster Mann gewesen, aber ob es auch der letzte in ihrem Leben sein würde, wusste sie noch nicht. Im Moment hatte sie andere Sorgen.

»Man wird nicht jünger«, fuhr Adelheid fort. »Als ich so alt war wie du, da hatte ich schon drei Kinder, und das vierte war unterwegs.«

»Es muss ja nicht jeder alles genau wie der andere machen.« Annis Stimme klang gereizt, und sie war es auch, obwohl Tante Adelheid das ganz gutmütig gesagt hatte. Aber Anni wollte sich nichts vorschreiben lassen. Es genügte, wenn der Vater ihr ständig sagte, was sie zu tun und zu lassen hatte.

»Jede Frau kriegt doch Kinder«, war Adelheids Meinung. »Jedenfalls sobald sie verheiratet ist«, schob sie noch hinterher.

Anni antwortete nichts mehr, sondern wartete auf Rena, die mit Frau Gerbers Hilfe das Hochzeitskleid wieder auszog. Frau Gerbers Lippen waren nun nur noch ein schmaler Strich. Sie schien schlechte Laune zu haben.

»Aber es stimmt doch, Annichen. Dich kriegen doch keine zehn Pferde weg aus St. Peter, oder?«, fragte Rena und lachte.

»Ich bin gern hier«, sagte Anni ehrlich. »Hier ist es schön. Und ich will was aus dem Hotel machen.« ›Wenn Papa mich endlich lässt‹, fügte sie in Gedanken hinzu.

Anni liebte die *Seeperle*. Das Hotel lag am Rand von St. Peter auf einer Anhöhe, und aus den Fenstern zur Seeseite und von den Balkonen hatte man einen wundervollen Blick auf die Nordsee und die Pfahlbauten, von denen der erste 1911 erbaut worden war. Bei Hochwasser wurden sie vom Meer umspült, bei Niedrigwasser konnte man hingehen und einen Kaffee bestellen oder eine Kleinigkeit essen. Es war immer schön, nach einem Strandgang zu einem Grog oder einem Tee herzukommen und einen Schnack zu halten.

Das Hotel war seit Ewigkeiten im Familienbesitz. Gerdas Großvater Claas hatte das Gebäude mithilfe eines befreundeten Architekten erbaut und dann mit seiner Frau Lisbeth den Beherbergungsbetrieb aufgenommen. Er und Lisbeth hatten sich während eines Ausflugs kennengelernt. Claas kam von Sylt und hatte dort nur noch eine Mutter. Er war botanisch interessiert und aufs Festland gefahren, um an einer Exkursion teilzunehmen, wo er Lisbeth traf. Claas' Vater und sein Großvater waren Fischer gewesen. Claas sagte von sich selbst, dass er nicht zum Fischer tauge, auch nicht zum Bauern. Er wollte keine Lämmer schlachten, keine Kühe melken und keine Schollen ausnehmen, er träumte fortan mit Lisbeth von der Zukunft und wollte seiner schönen Frau ihren Wunsch erfüllen, mit ihr ein schönes Hotel zu errichten und zu führen, und das war ihm auch gelungen. Claas war schon immer gewitzt gewesen, konnte gut rechnen und kalkulieren und hatte alles ganz genau geplant. So war die *Seeperle* entstanden, ein wunderschönes Haus, Claas' und Lisbeths ganzer Stolz. Viel Holz, Sandstein und Fachwerk, Reetdach und Sprossenfenster. Im Eingangsbereich, wo sich auch die Rezeption befand, wurde ein großer Kamin hingebaut, Sessel und Sofas gestellt und kleine Tische gruppiert. Die Zimmer waren hübsch eingerichtet mit breiten Betten und warmen Decken, mit Ölgemälden, goldverzierten Spiegeln, und einige der Zimmer hatten eigene Waschräume mit Toilette, die natürlich ein Plumpsklo war, aber immerhin. Das Wasser musste noch aus dem Brunnen geholt werden, und wer ein Bad nehmen wollte, musste extra bezahlen, es war eine Heidenarbeit, das Wasser über dem Feuer zu erhitzen und dann in großen Kübeln ins Zimmer zu schleppen. Abgelassen wurde es durch den Boden nach draußen, das hatten die Bauleute gut hingekriegt. Auch außerhalb der Saison verdiente Claas gutes Geld mit den Waschräumen. Gegen Bares konnte man ein Bad nehmen, und das wollten viele. Wer einmal den Luxus eines heißen Bades mit anständiger Seife kennengelernt hatte, der wollte nicht mehr darauf verzichten. Claas war clever.

»Der macht aus Schiet Gold«, war die weitverbreitete Meinung, mal wohlwollend und mal auch neidisch. Der kräftige, große Claas hatte ja noch so viel vor, und es schien ihm alles zu gelingen. Seine hübsche, schlanke Frau packte mit an, die beiden arbeiteten Hand in Hand, waren immer gut gelaunt, freundlich und nett.

Manch einer suchte nach Schlechtem und wünschte nichts Gutes, aber so war das ja schon immer gewesen. Einige malten den Teufel an die Wand. Mal schaun, wo das hinführt. Rosinen hat der Claas im Kopf, und seine Frau wohl auch. Ein Hotel, hatten viele gesagt. Einfach mal so. Was soll das denn? So was aber auch. Das können die doch gar nicht. Scheitern werden die. Zu Recht. Mit den großen Hunden pinkeln gehen, aber das Bein nicht heben können. So wird's enden mit Claas und Lisbeth.

Claas und Lisbeth waren fleißig, bekamen einen Sohn und eine Tochter. Der kleine Hein bekam Typhus und starb früh, Marthe war gesund und heiratete mit gerade mal achtzehn einen rechtschaffenen Mann aus Friedrichstadt, Ingmar, der zwei Jahre älter war. Er war in St. Peter gewesen, um einen Freund zu besuchen, so lernten sich die beiden kennen. Sie führten das Hotel genauso gut wie Claas und Lisbeth, und nach einer Totgeburt und nachdem ihr Sohn im Kindbett gestorben war, kam Gerda. Sie war ein kränkliches Kind und auch noch als junges Mädchen sehr zart und feingliedrig. »Wir brauchen einen starken Mann für unsre Gerda«, hatte Marthe immer zu Ingmar gesagt, und beide waren sehr froh gewesen, als sie Ole kennenlernte. Ole hatte eine Anstellung als Schreiner bei einem Freund seines Vaters, er kam aus dem Nachbardorf, und Lisbeth war über diese Verbindung überglücklich. Ole war wie man sich einen Wikinger vorstellte: groß, breitschultrig und stark. Dazu noch ehrbar und ein Handwerker, ein Kerl wie ein Baum mit Händen, die zupacken konnten. Am Hotel gab es doch immer was zu reparieren, und ihre kleine, zarte Gerda, ihr Vögelchen, brauchte jemanden, der sie auf Händen trug und die böse Welt von ihr fernhielt. Die beiden passten gut zusammen, und Ole konnte sich sehr wohl vorstellen, mit Gerda eines Tages die *Seeperle* zu übernehmen. Erst einmal aber führten Marthe und Ingmar sie mit Gerdas Hilfe weiter, bis zu ihrem Tod wohnten auch Claas und Lisbeth im Altenteil und wurden versorgt, wie sich das gehörte.

Als Anni auf die Welt kam, zu früh, zu klein, verschrumpelt und laut brüllend, breitete Gerda ihre Flügel und Federn über ihr aus wie eine Glucke. Nichts durfte der kleinen Tochter passieren, sie verhielt sich wie ihre eigene Mutter damals bei ihr selbst. Marthe war nicht besser. Fast hysterisch wurde das Kind von Mutter und Großmutter behütet. Anni wuchs heran, wurde nicht besonders groß, war dünn, fast schmächtig, sie hatte ein schmales Gesicht mit feinen, zarten Zügen, große, blaue Augen und fast weißblonde Haare. Und Klavierspielerfinger, wie Gerda zu sagen pflegte. Lang und schmal waren sie, mit schön geformten Nägeln. So lernte Anni schon als kleines Kind, Klavier zu spielen, und saß oft an dem mächtigen und prächtigen schwarzlackierten Flügel, der im Wohnzimmer der Familie stand. Ein Erbstück von Ingmars Familie.

Aber Anni fühlte sich nicht klein und zart. Sie konnte zupacken, wenn es sein musste, und sie war es gewesen, die im Alter von acht Jahren auf dem Nachbarhof bei Bauer Stöckmann geholfen hatte, das Kälbchen auf die Welt zu holen, das verdreht im Mutterleib lag. Alle hatten sich gescheut, in die Kuh hineinzugreifen und das Kalb zu drehen, Anni hatte es einfach getan. Sie wusste, wie es ging, sie hatte schon mal zugeschaut. Sie war ein Mensch, der nicht groß nachdachte, wenn es darum ging, etwas zu erledigen. Sie tat es einfach. Und sie liebte ihr Zuhause. St. Peter, das Meer, die gute Luft, dieses Freiheitsgefühl, wenn man an dem weißen Sandstrand stand und aufs Wasser schaute. Während der Herbst- und Winterstürme hatte sie, während die *Seeperle* ein Lazarett war, oben in ihrer winzigen Dachgeschosskammer gesessen und durch die kleine Luke zugeschaut, wie die Wellen heranrauschten. Meterhoch tosten sie, um letztendlich doch noch im Sand auszulaufen, dann zogen sie sich zurück, um wieder anzudonnern. Dazu der pfeifende Wind. Wenn sie später im Bett lag, hatte sie das Wellenrauschen als Einschlafhilfe benutzt, und es hatte immer funktioniert.

Das Meer war ihr Zuhause. Sie wollte nirgendwo anders sein. Im Sommer, wenn die Badegäste den Strand bevölkerten, hatten sich die Kinder von St. Peter immer andere Plätze zum Spielen gesucht. Ihren eigenen Strand wollten sie haben und hatten ihn auch gefunden, den Nordstrand, ungefähr zwei Kilometer weit entfernt von den Menschen, die so taten, als würde ihnen St. Peter gehören, nur weil sie für ein paar Tage oder Wochen ihre Sommerfrische hier verbrachten. Wenigstens waren die Gäste für die einheimischen Kinder eine gute Einnahmequelle. Sie kauften Muschelketten und Steine, und wehe, die Kinder der Touristen kamen ebenfalls auf die Idee, sich mit gesammeltem Strandgut auf einer Decke an den Strandanfang zu stellen, um ihre Sachen zu verkaufen. Sofort wurden sie vertrieben.

Noch heute war das so, und Anni verstand es gut, wenn die Kinder der Touristen verscheucht wurden. Die einheimischen Kinder verteidigten ihren Besitz. Das würde bestimmt immer so sein, auch wenn sich die Zeiten natürlich änderten. Jetzt, nachdem der Krieg vorbei war und sie anfingen, daran zu glauben, dass sie irgendwann wieder normal würden leben können, hatten die Menschen aufgeatmet. Man hatte meistens genug zu essen und musste keine Angst mehr haben. Es lohnte sich wieder, zu leben, und es war, als würde ein langanhaltendes Seufzen durch die Städte gehen. Nachts durchschlafen, satt sein, eine warme Stube haben und genügend Kohlen, Normalität, all das, was so lange nicht da war, wurde nun sehr wertgeschätzt. Anni freute sich, wenn sie sah, dass es überall vorwärtsging. Nicht zurückschauen, immer nach vorn, hatte Oma Marthe immer gesagt, und so handhabte Anni es, so gut sie eben konnte. Nur wenn Post von Hans kam, dachte sie an damals und fragte sich hin und wieder, was wohl aus den ganzen Verwundeten geworden war, die irgendwann die *Seeperle* verlassen hatten. Waren welche, die in den Krieg zurückmussten, letztendlich gefallen? Lebten die anderen mittlerweile wieder bei ihren Familien, hatten sie geheiratet, hatten sie Kinder? Als Frau Gerber ihre Sachen gepackt hatte, gossen sich Lore und Adelheid noch ein Schlückchen vom selbstgemachten Eierlikör ein, und Rena und Anni brachten die Schneiderin zur Tür.

»Wir sehen uns dann eine Woche vor dem großen Tag wieder«, verabschiedete sich Frau Gerber. »Falls es am Kleid noch was zu ändern gibt, werde ich das dann erledigen. Sagen Sie, Fräulein Dittmann, eins muss ich Sie noch fragen.«

»Ja, was denn?« Glücklich und guter Dinge stand Rena vor ihr.

»Vorhin sagten Sie, Sie dürften auf keinen Fall noch zunehmen«, sagte Frau Gerber spitz.

»Na, das stimmt ja auch, so passgenau, wie gerade alles sitzt«, lachte Rena.

»Ja, ja, schon. Sie erwähnten aber danach kurz, dass, also wenn Sie zunähmen, es auf keinen Fall *gesehen* werden darf.« Ihre Stimme war nun sehr reserviert.

»Ja, wenn das dann machbar wäre.« Rena nickte. Wer wollte denn wie ein Walross zum Traualtar schreiten?

»Dazu möchte ich Ihnen sagen, dass ich im Falle einer solchen Tatsache, also falls Sie ein Kind erwarten sollten, *vor* der Hochzeit, dass ich mich dann leider gezwungen fühle, aus moralischen Gründen den Auftrag abzubrechen. Ich würde Ihnen dann eine Kollegin schicken, die kein Problem mit einem unsteten Lebenswandel hat. Empfehle mich.«

Nachdem Frau Gerber in ihrem Volkswagen davongefahren war, setzten sich Rena und Anni in die Hollywoodschaukel auf der Terrasse hinterm Haus. Lore Dittmanns Liebe zu Blumen war auch hier unübersehbar. Der Bezugsstoff der Sitze war mit blassrosa Orchideen bedruckt, die kleine grüne – Lore nannte das Grün »Nilgrün« – Tischdecke, die über dem Gartentisch lag, mit vielen kleinen Streublumen bestickt, und die Lehnen der gusseisernen, weißlackierten Stühle bestanden aus Blumengirlanden. Aus dem offenen Fenster der Backstube wehte der Duft von Hefeteig, gebackenen Äpfeln und frischem Brot.

»Frau Gerber ist wenigstens ehrlich und sagt, was sie denkt«, war Annis Meinung. »Besser, als wenn sie rumlaufen und erzählen würde, du seist in anderen Umständen.«

»Trotzdem. Ich dachte ja fast schon selber, ich würde ein Kind kriegen, so wie sie mich angesehen hat«, regte Rena sich auf. »Ich weiß wohl, dass ich nicht die Dünnste bin. Aber ich wüsste wohl, wenn ich ein Kind bekäme.«

»Ganz sicher?«

Rena sah sie an. »Hör mal. Natürlich ganz sicher. Wie kommst du denn darauf?«

»Das war ein Scherz, Renachen. Nun krieg dich mal wieder ein.«

»Wenn es nach Tante Adelheid ginge, hätte ich schon bald sechs Kinder«, sagte Rena. »Also wirklich. Als ob es das Wichtigste auf der Welt wäre, sofort nach der Hochzeit mit dem Kinderkriegen anzufangen.« Sie schüttelte den Kopf. »Wobei Gerhard das unbedingt will. Er ist vom alten Schlag und möchte unbedingt als Erstgeborenes einen Sohn, sagt er.«

»Ich weiß«, lachte Anni und wuschelte Rena durchs Haar. »Er wird nicht müde, galant davon zu erzählen.«

»Ich kann mir gar nicht vorstellen, wie es ist, wenn da plötzlich was in mir ist, das auch noch wächst und wächst – und dann die Geburt, Anni. Davor hab ich richtig Angst.«
»Du hast jetzt schon Angst vor der Geburt, obwohl du noch gar nicht schwanger bist?«, kicherte Anni. »Also wirklich, Rena, du bist unvergleichlich.«

Es war noch kühl an diesem Märztag, aber die Sonne schien ein wenig und endlich fing es an, ein klein bisschen frühlingshaft zu werden. Nicht mehr lange, und schon würden immer mehr Urlaubsgäste St. Peter bevölkern. Laut würde es werden, bis in die Nacht hinein würde man Autos und Lachen und Musik hören. Die Bade- und Kurgäste kamen nicht nur zur Erholung, sondern auch, um den Alltag zu vergessen, so wie an fast allen Urlaubsorten. Die neuentdeckte Jodsolequelle in St. Peter tat das Ihre, die Reservierungen rissen nicht ab. Es war, als ob die Leute die Nachwirkungen des Kriegs hinaushusten wollten, die Lungen freibekommen von der Last der Vergangenheit. Vom Schutt, Staub und der Dunkelheit der Trümmerjahre.

Rena schaute in den Himmel und seufzte plötzlich.

»Rena, was ist denn los?« Die Freundin sah auf einmal nachdenklich aus.

Abwesend schaute Rena in den Himmel. »Hallo, Rena?« Anni winkte vor ihrem Gesicht herum.

»Ja.«

»Was ist denn? Was hast du denn?«

»Ach Anni.« Rena verschränkte die Arme.

»Ja?«

»Meinst du, es ist richtig, Gerhard zu heiraten?«

Anni war verblüfft. »Wie bitte?«

»Jetzt ist es bald so weit, und eigentlich kenne ich Gerhard ja gar nicht. Wenn man es zusammenzählt, haben wir uns nur ein paarmal gesehen, und einmal waren wir gemeinsam mit Muttchen und Tante Adelheid für drei Tage in Hamburg, um die restliche Aussteuer auszusuchen. Mutti hat zwar eine Aussteuertruhe für mich, aber sie sagte, sie würde ihre einzige Tochter nicht ohne eine komplette Ausstattung für zwölf Personen in den eigenen Hausstand entlassen, weißt du noch? Weil wir doch in Wien immer viele Gäste haben werden, Empfänge geben müssen, und ich soll die Damen der Gesellschaft kennenlernen und zur Teestunde bitten.«

»Aber du hast doch erzählt, wie schön der Ausflug war«, erinnerte sie Anni. »Ihr seid an der Alster spazieren gegangen, habt Austern gegessen, und abends wart ihr auch mal allein zu zweit ...«

»Ja, das stimmt.« Rena sah sie an. »Das war ja auch sehr nett. Erst mal.« Sie schaute kurz zum offenen Fenster der Backstube und beugte sich dann nach vorn. Nicht dass der Vater da plötzlich stand.

»Was meinst du mit ›erst mal‹?« Nun beugte sich auch Anni nach vorn. Aus dem Wohnzimmer im ersten Stock hörte man das Gelächter von Lore und Adelheid. Eine von ihnen drehte nun das Radio lauter, und Dean Martins Stimme ertönte. *That's amore* ... Mit Sicherheit würden die Gläser noch mal mit Eierlikör gefüllt werden.

Nun flüsterte Rena. »Ich hab dir ja auch erzählt, dass ...«

»Schschsch«, machte Anni. »Nicht doch.« Sie deutete auf das offene Fenster.

»Ich habe ... also ...«, Rena rückte den Stuhl weiter in Annis Richtung. »Wir haben es *nicht* getan.«

»Wie bitte? Aber du hast mir doch erzählt, ihr *hättet*.«
»Ja, schon. Es war mir eben peinlich vor dir. Es war so komisch, Anni. Wir waren allein im Hotelzimmer, und ich wollte wirklich, weil es ja bestimmt besser ist, vorher mal auszuprobieren, wie das so ist.«
»Ja?«
»Gerhard war auf einmal so unfreundlich.«
»Was heißt das?«
»Weil ich plötzlich nicht mehr wollte. Aber ich wollte einfach nicht. Mir war das zu viel, dann darf ich das ja wohl sagen. Und dann ... Gerhard war so rücksichtslos. So rabiat. Hat überall hingelangt und so. Ganz ehrlich, Anni, macht man das? Ich hab ihn weggestoßen, und da sagte er, ich sei unterkühlt und spröde, und das müsse sich aber ändern. Und jetzt weiß ich gar nicht mehr, was richtig ist.«

So konnte sich Anni den formvollendet galanten Gerhard gar nicht vorstellen.

»Du und Hinnerk, ihr habt ja schon, oder?«, fragte Rena nun.
»Das weißt du doch. Und ich bin dir sehr dankbar, dass du mir damals aus Hamburg Kondome mitgebracht hast.« Rena war der einzige Mensch außer Hinnerk, der wusste, dass Anni keine Jungfrau mehr war.

»Himmel. Die Kondome. Wenn das meine Eltern wüssten. Muttchen würde die ganze Flasche Eierlikör auf einmal trinken, wenn sie erführe, dass ihre brave Tochter an einem Kondomautomaten gestanden hat. Bei Dunkelheit bin ich heimlich da hin.« Rena schüttelte den Kopf. »Anni, was soll ich denn jetzt machen?«

Das wusste Anni auch nicht. »Liebst du ihn denn?«
»Das weiß ich ja auch nicht. Keine Ahnung. Woher soll ich

das wissen? Ich war ja noch nie mit einem Mann zusammen. Also, so richtig.«

»Dann hast du mich also angelogen«, stellte Anni fest und verschränkte die Arme. »Wir haben uns doch mal versprochen, immer ehrlich zueinander zu sein, schon als Kinder.«

»Annilein, nun hab dich nicht so. Mir war es einfach unangenehm, das zuzugeben. Nun stell dir bitte mal vor, wie durcheinander ich war. Wärst du doch auch, oder nicht?«

»Schon«, sagte Anni. »Aber vor mir musst du dich doch nicht genieren. Wir sind doch Freundinnen. Ist schon gut, ich versteh es ja. Viel wichtiger ist, was du jetzt tun sollst. Wenn du noch nicht mal weißt, ob es Liebe ist.«

Das Gelächter von oben wurde lauter. »Prost!« Mutter und Tante ging es gut.

Und unten am Fenster der Backstube tauchte nun Renas Vater auf. »Musst im Laden helfen, Rena. Ist rappelvoll. Die Kruse schafft das nicht allein.«

»Verflixt und zugenäht.« Rena stand auf. »Sehen wir uns morgen?«

»Morgen geht es nicht. Ich bin den ganzen Tag im Hotel eingeteilt, ab dem Frühstück.«

»Nur kurz. Ich würde das so gern zu Ende besprechen«, bat Rena.

»Ich versuch's. Komm einfach am frühen Abend vorbei.«

Auf dem Heimweg ging Anni einen kleinen Umweg und bei Hinnerk vorbei, der gerade Urlaub hatte und das Dach seines Elternhauses neu deckte. Er sah sie von oben kommen und kletterte die Leiter hinunter.

»Moin, Anni. Na, bist du gar nicht im Hotel?«

»Nein, ich wollte mal sehen, wie es hier vorangeht. Gut sieht es aus.«

»Muttchen wollte ja ums Verknusen kein Reet mehr«, sagte Hinnerk. »Weil sie immer Angst hat, dass ihr das Haus überm Kopf abbrennt, seitdem dieser dicke Direktor aus Berlin hier war und mit seinen Zigarren sein ganzes Zimmer in Brand gesteckt hat.«

Hinnerks Mutter Frederika war ähnlich ängstlich wie Gerda, hinter allem vermutete sie das Schlimmste.

»Das sind wir Kriegsfrauen«, sagte Isa immer wissend. »Es gibt nur wenige, die das haben gut aushalten können und gut im Verdrängen sind.«

»Es sieht aber wirklich gut aus, moderner als Reet«, sagte Anni. »Ich hab ja immer noch vor, meinen Vater umzustimmen, was die Renovierung der *Seeperle* betrifft, ich hab dir doch davon erzählt ...«

Hinnerk grinste und fuhr sich durch die kurzen, dunklen Haare. »Nicht nur einmal, Anni.«

»Das Reetdach will ich dann wohl behalten, es passt so gut zum Haus«, sagte Anni. »Aber es muss erneuert werden.«

»Da bin ich dabei«, sagte Hinnerk, holte ein Tuch aus seinem Arbeitsanzug und wischte sein schweißnasses Gesicht ab.

»Aber erst mal muss dein alter Herr zustimmen, vorher löpt nix.«

»Ich weiß«, nickte Anni.

»Du, demnächst ist doch Frühlingsfest. Da gehen wir doch hin«, sagte er nun fragend.

»Sicher«, sagte Anni, die wusste, was nun kommen würde.

»Eigentlich könnten wir doch da unsere Verlobung bekanntmachen, was denkst du?«

»Ach, Hinnerk, nun lass uns doch nicht alles übers Knie brechen.«

»Übers Knie brechen? Das tun wir doch gar nicht. Wie viele Jahre frag ich dich bei jeder Gelegenheit? Wenn du nicht willst, dann sag es mir doch einfach, ich halt das schon aus.«

»Ach, Unfug, ich hab nur im Moment andere Sorgen. Wenn das mit der *Seeperle* so weitergeht und nichts renoviert wird, dann ...«

»Ich hab dir doch schon hundertmal gesagt, dass wir das alles zusammen machen können, wenn wir verheiratet sind«, sagte Hinnerk. »Wir legen *Haus Ragnhild* und die *Seeperle* zusammen, machen aus der Pension ein zusätzliches Gästehaus *Seeperle* und ...«

»... und ich hab dann kaum mehr was zu sagen, weil wir dann verheiratet sind«, unterbrach Anni ihn. Sie kannte das ja von ihrem Vater.

»So wär ich doch nicht.« Hinnerk schüttelte den Kopf.

»Sagst du jetzt, aber wenn wir mal nicht einer Meinung sind, das kenn ich doch von Papa, dann beharrst du drauf, dass *du* das Kommando hast, und ich muss den Mund halten.«

»Du malst ja den Teufel an die Wand. Sehen wir uns denn heut Abend? Kommst du noch mal rum?«

»Ich weiß es noch nicht.« Anni wusste genau, was er heute Abend von ihr wollte. Aber sie wollte nicht automatisch dasselbe.

»Ich ertrage das nicht«, sagte Gerda beim Abendessen verzweifelt. »Euer Schweigen. Bitte hört auf damit. Ole, lass dir doch Annis Vorschläge einfach noch mal in Ruhe durch den Kopf gehen. Ich finde das gar nicht so verkehrt, was sie vorhat. Immerhin wird sie die *Seeperle* mal übernehmen, und wir sollten ihr dabei doch helfen. Sie ist doch unser einziges Kind!«

Ole nahm sich ein Stück Räucherfisch und dazu Remoulade. »Du planst da Sachen, von denen wir gar nicht wissen, wie du sie stemmen willst«, sagte er dann. »Ich hab mir dein Gerechne mal angeschaut. Das sind Beträge, da schlackern mir die Ohren. Angenommen, es wird nichts, die Gäste bleiben aus, und dann? Ist unser Erspartes weg, und wir haben einen Kredit am Hals, den wir nicht abbezahlen können.«

»Mein Vater sagte immer: Wer nicht wagt, der nicht gewinnt«, sagte Gerda ruhig.

»Das waren andere Zeiten. Und nun lasst uns in Ruhe Abendbrot essen.« Er deutete auf das Röhrenradio, aus dem Rock 'n' Roll klang. »Und mach diese Negermusik aus, gresig ist das.«

»Es ist doch gleich vorbei«, sagte Anni, die mitwippte.

»Stell sie aus, hab ich gesagt!« Ole schlug mit der flachen Hand so fest auf den Tisch, dass das Geschirr hochsprang.

## 4. KAPITEL

Am nächsten Morgen war Anni schon um halb sechs in der Küche, wo Isa bereits herumwerkelte.

»Moin, Anni. Ich hab schon die Eier und die Milch bei Friese abgeholt. Wir müssen uns später mal hinsetzen und eine Liste machen. Ich war im Keller. Ist kaum noch eingekochte Erdbeermarmelade da, da müssen wir ein bisschen haushalten bis Sommer. Und zum Nachtisch geben wir eingemachte Pflaumen mit Vanillepudding.«

»Ist gut.« Anni nahm sich einen Kaffee. »Das duftet mal wieder herrlich, Isa.«

»Sicher. Kennst mich doch.« Sie hatte Brot gebacken, was sie für ihr Leben gern tat und was Rickmer Dittmann, dessen Bäckerei sonst jede Restauration, jedes Hotel und jede Pension im Ort belieferte, ähnlich tödlich beleidigte wie die Tatsache, dass Rena das Geschäft nicht übernehmen wollte. Man konnte es aber auch drehen und wenden, wie man wollte, Isas Brote, Hörnchen und Brötchen waren einfach wunderbar. Die Küche der *Seeperle* hatte neben einem Gasherd einen eingebauten Holzofen, und Isa bekam immer eine perfekte Kruste und ein weiches, aber nicht glitschiges Innenleben hin, die Gäste liebten ihre Backwerke. Ein Gast hatte sogar schon mal vorgeschlagen, dass Isa die Bäckerei Dittmann mit Brot beliefern sollte, und Isa hatte Gott gedankt, dass der Gast das nicht zu Rickmer Dittmann selbst gesagt hatte. Der wäre tot umgefallen.

Isa hatte heute Weißbrote gebacken, die den Hotelgästen direkt am Tisch warm aufgeschnitten serviert würden. Der Honig kam vom alten Jakob am Ortsrand, der mit seinen Bienen lebte, die Marmeladen waren selbstgemacht, und der Schinken und die Katenrauchwurst waren von Jens, der die Schlachterei im Ort betrieb. Seine Frau hatte Schafe und zwei Kühe und käste alle möglichen Sorten selbst. Das Frühstück in der *Seeperle* kam bei allen Gästen gut an, am besten die von Friese selbst gekirnte Butter. Endlich gab es die wieder, jahrelang hatte man drauf verzichten müssen, und nun tat man auf und in alles Butter in Massen.

»So, Weißbrot ist fertig.« Isa legte die Brote zum Abkühlen auf ein Gitter und schnitt für sich und Anni vorsichtig ein paar Scheiben ab. Wenn es noch warm war, musste man aufpassen, dass nicht alles zerbröselte.

»Das ist immer so schön«, sagte Anni, nachdem sie eine warme Scheibe Weißbrot mit Butter und Honig bestrichen und abgebissen hatte. Dazu ein heißer Kaffee mit Milch, herrlich.

Anni hatte Angst vor dem Tag, an dem Isa hier aufhören würde. Die *Seeperle* konnte sie sich ohne sie überhaupt nicht vorstellen. Isa dachte zum Glück noch nicht an den Ruhestand.

»In dieser Küche will ich mal tot umfallen«, hoffte sie.

»Aber noch nicht heute«, antwortete Gerda dann stets. »Außerdem lassen wir dich nicht weg, auch wenn du nicht mehr arbeiten kannst. Wo willst du denn hin? Wir sind doch deine Familie!«

»Ach, Frau Janssen, nicht doch«, sagte Isa dann und wurde rot, weil sie genau das hatte hören wollen.

Anni schaute auf die Uhr. Kurz nach sechs. Zeit, die Aufschnittplatten für die einzelnen Tische fertig zu machen. Danach schnippelte sie frisches Obst, das die Gäste mit Schafsjoghurt essen konnten, und schob dann alles auf ihrem Servierwagen in den Speisesaal. Die Räder des Wagens ruckelten störrisch auf dem abgeschabten Holzboden. An manchen Stellen waren die Dielen so locker, dass sie hochstanden, wenn man drauftrat. Isa war schon zweimal hingefallen, und auch Ole stolperte andauernd über das lose Holz, was nicht ungefährlich war mit seiner Beinprothese.

Der Speisesaal war nicht besonders groß, die Bezeichnung »Saal« war eigentlich übertrieben, aber Gerda fand, dass sich das Wort so vornehm anhörte. Der Raum war gemütlich, mit Tischen und Bänken und riesigen Stillleben an den Wänden. Die hatte Mamas Großvater Claas damals hier aufgehängt, während des Krieges hatten sie sie im Keller versteckt. Anni hatte zwei Lieblingsbilder. Auf dem einen waren Trauben, Käse und Blumen, auf dem anderen Krebse und Hummer vor einer Weinkaraffe und goldenen Bechern zu sehen. Wenn man die grauen, zerschlissenen Vorhänge durch luftige Stoffe ersetzen würde, käme mehr Licht in den Raum und wenn man …

»Guten Morgen«, unterbrach eine Stimme ihre Träumereien. »Ich wollte fragen, ob Sie vielleicht ein Zimmer für mich frei haben.«

Anni schoss herum. Das konnte nicht sein, das war ja unmöglich! »*Hans!* Bist du es wirklich?« Sie konnte es nicht fassen.

Hans kam strahlend in seinem Rollstuhl auf sie zugefahren. »Da ist ja das Maikäferchen. Na endlich! Hallo, hallo! An euer ›Moin‹ werde ich mich nie gewöhnen!« Anni beugte sich zu ihm hinunter, und er umarmte sie fest. »Ich dachte, nach all den

Jahren muss ich doch mal nach dir schauen. Lass dich mal angucken. Gut siehst du aus. Ein bisschen zu dünn, aber das warst du ja schon immer. Eine schöne junge Frau ist aus dem Mädchen geworden, das so schön für mich gesungen hat. Wie ich mich freue! Gibt es denn einen Bohnenkaffee für deinen alten Kriegskameraden?«

»Du bist mir einer.« Anni war noch völlig durcheinander, und ihr kamen nun die Tränen. »Kommst nach Jahren hier an und sagst, du willst einen Kaffee. Hans, mein Gott, ist das eine Freude. Ich ... weiß gar nicht, was ich sagen soll. Wieso bist du hier, warum hast du nicht geschrieben oder angerufen, wie lange kannst du bleiben?« Wieder umarmte sie ihn. Am liebsten würde sie ihn gar nicht mehr loslassen.

»Eins nach dem anderen«, lachte Hans. »Nun lass mich doch erst mal ankommen. Wie wunderschön du geworden bist, Anni. Ich muss es einfach noch mal sagen. Die Männer kratzen doch sicher an der Tür.«

»Ach du«, sagte Anni, die gar nicht wusste, wohin mit all ihrer Freude. »Ich bin hier gleich fertig. Den Rest soll Isa machen. Die kennst du doch auch noch. Bei ihr kriegst du auch deinen frisch gebrühten Bohnenkaffee.«

»Wie könnte ich die gute, patente Isa je vergessen. Sie hat mir manchmal einen Brotkanten oder ein Stück Schinken extra zugesteckt, damit ich wieder zu Kräften komme. Ich freue mich, dass ich sie gleich wiedersehen werde.«

»Komm, wir gehen in die Küche.« Anni stockte. Scheibenkleister. Sie hatte *gehen* gesagt.

»Kein Problem, ich sag auch immer: ich ›gehe‹«, beruhigte Hans sie. »Hört sich besser an als ›Ich roll mal eben Stoffmuster holen‹.« Er lachte.

»Komm, ich schieb dich, wie früher, als wir spazieren gegangen sind. Ist das schön. Nach so langer Zeit!« Gut sah er aus. Er war geschmackvoll Ton in Ton gekleidet, trug ein hellblaues Hemd, eine blaugraue Krawatte, eine weiche, dunkelgraue Strickjacke und eine hellgraue Bundfaltenhose. Seine Haare waren immer noch braun und dicht, und Anni freute sich, seine Augen endlich in Echt strahlen zu sehen und nicht nur auf den Fotos, die er ihr über die Jahre geschickt hatte.

Isa fiel fast um, als die beiden in die Küche kamen. »Ja aber, min Jung! Hans! Bist du das wirklich? Ist das schön! Gut sieht er aus, was, Anni? Ein fescher Mann bist du geworden. Erzähl doch mal, wie ist es dir ergangen? Also so eine Freude!« Sie klatschte in die Hände, weinte, wischte die Augen mit einem Schürzenzipfel trocken, weinte weiter, struwwelte Hans durch die Haare und sagte andauernd: »Der Jung is da, der Jung!« Sie wirbelte herum und holte Kaffee und Brot und Honig, und man sah ihr an, dass sie Hans am liebsten abwechselnd gefüttert und an ihren großen Busen gedrückt hätte.

Und Hans trank Kaffee, aß Honigbrot und erzählte von seiner Tante Marie, die ihm völlig freie Hand ließ und ihm das Geschäft überschreiben würde. Das große hundertfünfzig Jahre alte Haus, in dem sie wohnten, würde er auch einmal erben, die Tante hatte ja niemanden mehr außer ihm. Sie selbst kümmerte sich kaum noch ums Geschäft, sondern war viel lieber mit ihrem Verlobten zusammen. »Robert ist ein netter, ehrlicher Mann«, sagte Hans. »Ich bin froh, dass Tante Marie noch einmal glücklich geworden ist. Sie hat es verdient. Aber ihr glaubt nicht, was bei uns los war. Viele Frauen hätten sich gewünscht, dass Robert sie auswählt. Es herrscht ja immer noch Frauenüberschuss, viele Männer sind ja tot oder noch in Gefangenschaft. Unglaublich, wie die Damen sich herausgeputzt haben, um ihm zu gefallen. Aber er hatte nur Augen für Tante Marie. Gut so. Im Geschäft haben sie sich kennengelernt. Ein Kunde. Verwitwet und kinderlos. Seinen Vater hat er noch, der zieht nach der Hochzeit mit ein. Die beiden werden im Haus oben wohnen, ich im Erdgeschoss, da bauen wir alles rollstuhlgerecht um, und der Vater im ausgebauten Keller mit Extraeingang ohne Treppe, man muss ja an später denken, das haben wir schön hergerichtet. Und nun erzähl du mal, Maikäferchen.«

»Es gibt gar nichts Neues«, erklärte Anni. »Du weißt ja, ich würde so gern das Hotel renovieren. Das ist leider im Augenblick mein größter Kummer. Weil Papa dagegen ist.«

Er grinste sie an. »Weißt du was? Auch deswegen bin ich hier. Wir beide gehen gleich mal durchs Haus, und ich werde dir ganz ehrlich und ungeschönt sagen, was gemacht werden muss, ob ein Kleinkredit gemeinsam mit euren Ersparnissen ausreicht oder ob du mit deinen Plänen scheitern kannst. Du zeigst mir deine ganzen Unterlagen und deine Berechnungen. Aber erst mal brauch ich noch einen Kaffee. Echten Bohnenkaffee. Herrlich. Den Geruch von Muckefuck hab ich immer noch in der Nase, Isa, obwohl du ihn wirklich gut gemacht hast, den Malzkaffee.«

»Ich hab mein Bestes gegeben«, sagte Isa und goss ihm nach. »Aber sag mal, min Jung, wie bist du eigentlich hergekommen? Doch nicht mit Bus und Bahn?«

»Aber nein. Ich habe mir einen Fend Flitzer zugelegt.« Hans war ganz stolz. »Ein winziges Auto mit drei Rädern, die Schaltung wird per Hand betätigt. Das wurde extra für Behinderte gebaut. Fährt bis 75 Stundenkilometer, das gute Stück. Es ist ganz neu auf dem Markt und für mich wie gemacht. Den Rollstuhl kann ich zusammenklappen und hinter mir verstauen. Vor allem kann ich allein aus dem Rollstuhl in den Wagen und auch wieder raus. Eine tolle Erfindung!«

»Ich freue mich so, Hans«, sagte Anni glücklich und zum gefühlt hundertsten Mal.

»Wie alt bist du jetzt eigentlich?«, fragte Isa.

»Immer noch acht Jahre älter als Anni. Also zweiunddreißig. Und bevor du fragst, liebe Isa: Nein, ich bin weder verlobt noch verheiratet, noch nicht mal liiert. Ich habe meine Arbeit, und damit bin ich glücklich und zufrieden. Gibt's denn noch ein Brot? Und ihr wollt ein Hotel sein!«

Anni konnte es gar nicht fassen, dass Hans da war und ihr helfen wollte. Die leichte Verbitterung eben in seiner Stimme hatte sie jedoch herausgehört, fragte aber nicht nach. Alles zu seiner Zeit.

»Geh du mal, Annikind, und zeig dem Hans alles«, sagte Isa. »Ich kümmere mich um die Gäste.«

»Du bleibst doch ein bisschen, oder?«, fragte Anni, nachdem der Kaffee getrunken war und sie die Küche verlassen hatten. »Heute werden zwei Zimmer frei, beide im Erdgeschoss. Ohne Treppe. Ich würde mich so freuen!«

»Aber ja, die Zeit nehme ich mir«, nickte Hans. »Das muss ja alles besprochen und durchdacht werden.«

»Moin.« Ole kam auf seinen Krücken angehumpelt. Er hatte schlecht geschlafen, seine Haare standen wirr vom Kopf ab, die Augen waren gerötet, und ihm war übel. Gestern war es nicht bei einem Glas Weinbrand geblieben. Er hatte sich noch ein, zwei eingegossen und dabei nostalgisch alte Platten gehört, bis Gerda gefragt hatte, ob er die Musik wohl etwas leiser drehen könne. Dann war er zu Gert und Knut ins Wirtshaus gehumpelt, und gemeinsam hatten die drei über alte Zeiten gesprochen. Früher war eben alles besser gewesen. Dann waren sie auf einen Absacker zu Gert nach Haus gewankt, und Gert hatte eine Flasche Aquavit aus dem Eisfach geholt. Und dann noch eine. Weil früher alles besser gewesen war.

»Papa, guten Morgen«, Anni stellte sich auf die Zehenspitzen und gab ihrem Vater einen Kuss auf die Wange. »Darf ich dir Hans Falckenberg vorstellen? Ich hab dir doch von ihm erzählt. Er war damals im Krieg ...«

»Hast du«, unterbrach Ole sie. »Ich geh mal frühstücken.«

»Nett«, grinste Hans, als er verschwunden war. »Sehr gesprächig und interessiert.«

»Das ist ja das Problem. Papa ist völlig resigniert, er interessiert sich für nichts mehr. Er befasst sich nicht mehr mit den Abläufen, er begleicht keine Rechnungen, er kümmert sich um nichts, nichts, rein gar nichts. Alles soll so bleiben, wie es ist, dabei habe ich so schöne Pläne, Hans. Ich weiß, du hast geschrieben, dass ich das verstehen muss, weil er in der Gefangenschaft war. Aber ist es nicht irgendwann auch einmal gut? Ich soll die *Seeperle* immerhin mal übernehmen ...« Anni redete sich in Rage. »Am liebsten würde ich alles hinwerfen und fortgehen. Ha! Da würde ich gern mal sehen, was dann wäre. Mama allein kann das Hotel nicht führen. Ich bin es leid, zu arbeiten und nie ein Danke zu hören, ich habe es auch satt ...«

»Nun krieg dich mal wieder ein, Anni.« Hans schüttelte den Kopf. »So kommen wir auf keinen grünen Zweig. Du willst das Hotel vorwärtsbringen, und er stellt sich momentan quer. Das ist eine Tatsache. Alles andere ist Was-wäre-wenn, kindisch und bringt dich nicht weiter. Komm, wir fangen mit unserem Rundgang an, und dann schauen wir weiter.«

Hans griff hinter sich, dort hing sein Rucksack, und den nahm er und holte einen Block und einen Stift heraus.

»In Ordnung, ich beruhige mich«, erklärte Anni und atmete tief ein und aus. »Wo beginnen wir denn?«

»Da, wo der Hotelbesuch beginnt. Am Empfang.«

Zwei Stunden später saßen sie wieder in der Küche, und Hans hatte seine Notizen auf dem großen Holztisch ausgebreitet. Mittlerweile wusste auch Gerda, dass Hans da war. Sofort war sie aus dem Schlafzimmer gekommen.

»Diese Freude, lieber Herr Falckenberg. Wie schön, Sie gesund zu sehen. Nun, fast gesund. Aber Sie scheinen gut zurechtzukommen?«

»Das tu ich, Frau Janssen. Mir geht's gut. Natürlich würd ich lieber laufen können, aber wenn's Gehen nicht geht, dann geht's eben nicht. Da muss man sich mit abfinden.«

»Sie sind sehr tapfer«, sagte Gerda. »Wirklich sehr tapfer.«

»Nun, ich versuche wie fast alle, was aus meinem Leben zu machen.«

»Und das machen Sie gut«, lächelte Gerda. »Es ist schön, dass Sie da sind. Fühlen Sie sich bitte wie zu Hause.«

»Mach ich, Frau Janssen, keine Sorge. Ein Tee wäre jetzt schön.« Isa nickte. Sie hatte einen schwarzen Tee aufgebrüht, stellte Kandis und eine Sahnekanne auf den Tisch. Während sie in ihren Tassen herumrührten, bis der Kandis sich aufgelöst hatte, erklärte ihnen Hans, was dringend gemacht werden musste und was noch etwas Zeit hatte, und fasste zusammen, was gemacht werden könnte und was er für gut und richtig halten würde. Anni hatte ihm die Beträge genannt, die sie auf der hohen Kante hatten, und Hans hatte gerechnet und die Zinsen auf diverse Jahre hinzugezählt, und zum Schluss stand da ein Betrag, der absolut im Rahmen war.

»Es ist übersichtlich«, sagte Hans schließlich. »Es ist kein Fass ohne Boden, davon hätte ich euch selbstverständlich abgeraten. Nein, ich kann mit gutem Gewissen zuraten. Ich habe mich natürlich vor meinem Besuch hier erkundigt. St. Peter wird wachsen. Die Übernachtungszahlen werden weiter steigen, und als Geschäftsmann kann ich dir und deiner Familie nur dazu raten, jetzt in Neuerungen zu investieren. Das Grundgerüst ist da. Es ist viel Arbeit, keine Frage. Aber es wird sich lohnen. Aus der *Seeperle* kann man wieder ein wunderschönes Schmuckstück machen. Das Haus mit den hübschen Nebengebäuden hat Charme, hier hält man sich gern lang auf. Das, was du auf längere Sicht vorhast, mit dem Bade- beziehungsweise Kurhotel, ist absolut machbar und auch sehr klug. Viele Hoteliers würden sich die Finger nach so einem Haus lecken. Das sag ich dir nicht, weil ich dich gernhab, sondern weil's eine Tatsache ist. Mir juckt's richtig in den Fingern, anzufangen.«

»Ich bin so glücklich, dass du nicht sagst, dass es aussichtslos ist«, jubelte Anni. »Ach Hans, es wäre so wundervoll, wenn ich endlich anfangen könnte. Wenn wir bloß nicht das Problem mit Papa hätten.«

Hans lächelte sie an und goss Sahne in seinen Teepott. »Das weiß ich doch, und deswegen bin ich auch hier. Wollen wir mal schauen, ob ich dir helfen kann. Bei der nächstbesten Gelegenheit werde ich mir deinen Papa mal vorknöpfen.«

»Du willst mit Papa reden?« Anni war aufgesprungen und lief hin und her. »Das wäre großartig, ich meine, wenn er von einem *Mann* gesagt bekommt, dass das alles richtig und gut durchdacht ist, dann ist das ja was ganz anderes, als wenn er es von mir hört. Und noch dazu hast du ja wirklich Ahnung und kannst es ihm alles erklären. Hans, ich vergolde dich, wenn du das schaffst.«

»Jetzt freu dich mal nicht zu früh«, wiegelte Hans ab. »Noch hab ich nichts erreicht. Und wer weiß, ob er mich als vollwertigen Mann ansieht.«

»Ach iwo, dann wär er selbst doch auch keiner mit seinem Holzbein.«

»Auch wieder wahr. Ich tu mein Bestes, das weißt du hoffentlich. Vielleicht hab ich ja Glück, und er hat einen guten Tag. Wo ist er denn jetzt?«

»Es gibt nur drei Möglichkeiten, entweder er liegt wieder im Bett, oder er sitzt an der Musiktruhe und hört bei Hochprozentigem alte Platten, oder aber er hockt bei Knut und Gert, seinen Freunden. Auch mit Hochprozentigem. Zu dritt jammern sie dann herum, bemitleiden sich und finden das Leben ganz furchtbar.«

»Ich werde ihn schon abpassen. Aber vorher zeig mir doch bitte mein Zimmer. Ist es schon frei?«

»Bestimmt.« Sie schob ihn aus der Küche. Sigrun hatte schon alles hergerichtet und schloss gerade die Fenster, als sie reinkamen.

»Also wirklich, Anni, ich muss sagen, das gefällt mir hier ausgesprochen gut.« Hans sah sich um. »Ein Alkoven. Wunderschön.« Er rollte zu dem Wandbett und zog den Vorhang zurück. Der Bezug des Federbetts war weiß, in den Stoff waren Rosen eingewebt, die leicht glänzten. Alles roch frisch und sauber. »Dann diese schöne Aussicht auf die Wiesen und die Bäume und die Pferde. Der alte Bauernschrank ist ja unglaublich.«

»Das ist der Hochzeitsschrank meiner Urgroßmutter«, sagte Anni. »Ich dachte, einige Sachen kann man ja behalten. Das sind ja Erbstücke.«

»Auf jeden Fall. Renovieren heißt ja nicht automatisch, dass alles komplett ausgetauscht wird. Solche Möbel erzählen eine Geschichte, die müssen selbstredend bleiben. Es kommt darauf an, das Alte mit dem Neuen schön zu verbinden, weißt du. Also in der Küche beispielsweise muss einiges verändert werden, ihr werdet sehen, was für eine Arbeitserleichterung das mit den modernen Geräten sein wird.«

›Wenn Papa zustimmt‹, dachte Anni.

»Ich weiß, was du denkst.« Hans lächelte. »Lass mich man machen. Und du, du arbeitest also hier? Himmel, hast du grüne Augen. Das hab ich ja noch nie gesehen!« Er sah Sigrun freundlich an, und die wurde knallrot. Sie bekam selten Komplimente zu hören, knickste und nickte. Die Tochter von Knut war ein dralles Mädchen mit Apfelbacken, einer gesunden Gesichtsfarbe und grünen Augen, die wirklich schön waren, die Zöpfe zu Affenschaukeln gedreht. Treuherzig und fast verliebt sah sie Hans an.

»Vielen Dank, dass du das Zimmer so schön hergerichtet hast«, sagte Hans. »Da merkt man gleich den guten Geschmack. Wenn du so lieb wärst – in dem roten Blitz da draußen liegt noch eine Tasche mit meinen Sachen, würdest du die holen?«

»Natürlich.« Sigrun machte sich auf den Weg und rannte dabei fast gegen den Türrahmen.

»Du bist ja charmant«, sagte Anni.

»Ich finde, das gehört sich so. Und ich bin es gern. Zu Mädchen und Frauen soll man doch immer nett und freundlich sein. Das ist für mich selbstverständlich. Leider nicht für alle Männer.

Manchmal erlebe ich Männer im Laden, die sehr unhöflich und rabiat zu ihren Frauen sind, sich vordrängeln, sie unterbrechen oder anfahren. Das gehört sich doch nicht.«

»Da hast du recht. Und es spricht sehr für dich, dass du so denkst.«

Sigrun kam mit der Tasche zurück. »Fräulein Janssen, die Sieben will abreisen, also bezahlen, das machen Sie ja gern selbst.«

»Danke, Sigrun. Kommst du mit, Hans? Danach können wir noch ein bisschen spazieren gehen. Ich muss mal an die frische Luft, nach all den Zahlen, die du genannt hast.«

»Ich kann währenddessen Ihre Tasche ausräumen«, schlug Sigrun eifrig vor.

»Das wäre mir eine große Ehre, gnädiges Fräulein«, sagte Hans, und Sigrun wurde wieder rot und stand da wie eine Tomate.

»Die arme Sigrun. So nett zu ihr war lange niemand, wenn überhaupt jemals. Du verunsicherst sie ja völlig«, meinte Anni, als sie auf dem Weg zum Empfang waren.

»Da siehst du mal, wie verroht die Gesellschaft geworden ist, wenn Nettigkeit und Komplimente ein junges Mädchen verunsichern«, stellte Hans kopfschüttelnd fest. »Da gibt es noch viel zu tun. Ich habe letztens in der Buchhandlung einen Ratgeber gesehen, er hieß ›Man benimmt sich wieder‹. Es besteht also Hoffnung.«

Die Gäste aus Nummer sieben standen schon am Empfang, es waren Besucher der Diamantenen Hochzeit. Anni schaute sich um, während sie durch den Empfangsbereich gingen. Ja, hier konnte man wirklich viel draus machen. Hans hatte so recht! Und hier wäre gar nicht so viel zu tun. Der Eingangsbereich hatte Charme. Als das Haus gebaut wurde, hatte man einen Kamin mit geplant, und weil es an diesem Märztag recht kühl war, hatte Sigrun ihn vorhin angefeuert. Die gemütlichen, tiefen, dunkelgrünen Ledersessel passten hier genauso her wie die kleinen Holz- und Nierentische, auf denen Zeitschriften und Prospekte lagen. An der einst weiß getünchten Wand befanden sich alte Familienbilder. Schwarzweißfotos von den ehemaligen Besitzern, die mit ihren Angestellten an einem Sommertag vor der *Seeperle* standen. Aufgestellt in Reih und Glied und ernst blickten sie in die Kamera. Die Frauen und Mädchen in gestärkten Schürzen und Hauben, die Männer mit Pfeife im Mundwinkel, Elbseglern auf dem Kopf und kerzengerader Haltung. Selbst die beiden Windhunde schauten ernst. Dann gab es Ölbilder und Aquarelle mit Seestücken, Muscheln und Fischern. Ein neuer Anstrich, dachte Anni, den Dielenboden abschleifen und zwei Wände in einem pastellfarbenen Sonnenton streichen, dann wäre es perfekt. Hier in diesem Bereich war wirklich kaum etwas zu tun. Die Menschen kamen in die *Seeperle* und fühlten sich gleich wohl. Die meisten jedenfalls.

»Hat es Ihnen denn bei uns gefallen?«, fragte Anni nun das Ehepaar freundlich, während sie die Rechnung schrieb.

»Ja, es war sehr schön«, antwortete die Frau, eine kleine Person im braunen Wollkostüm und Hut, und lächelte Anni freundlich an. »So eine leckere Marmelade habe ich lange nicht gegessen. Vielen Dank.«

»Das freut mich sehr«, sagte Anni, die sich wirklich und immer über Lob freute. »Die machen wir selbst.«

»Das schmeckt man«, sagte die Frau. »Ich mache auch ...«

»Der Kaffee war lauwarm, und die Matratzen quietschen. Kein Auge hab ich zugetan«, giftete ihr Mann, ein dünner, hochgewachsener Mittfünfziger mit der ungesunden Gesichtsfarbe eines starken Rauchers und dazu mürrischem Ausdruck.

Er war viel zu dünn für seine beige Hose, und die Hosenträger hielten den Bund fast in Brusthöhe. Seine Jacke war mindestens drei Nummern zu groß. Er wirkte ein wenig wie ein trauriger Clown.

»Aber Hermann«, sagte die Frau leise.

»Wer hat dich denn gefragt?«, zischte ihr Mann. »Niemand hat dich gefragt. Dann hast du still zu sein. Du redest nur, wenn du gefragt wirst.«

Die Frau schwieg und starrte auf den Empfangstresen. Anni kochte innerlich. Wie sie diese selbstgefälligen, unhöflichen, ungezogenen Männer hasste!

»Ich wollte schon die Meinung von Ihnen beiden wissen«, sagte sie dann freundlich. Jetzt bildeten sich auf Hermanns Wangen rote Flecken. »Was interessiert mich denn, was Sie wissen wollen?«, fuhr er Anni an, dann sah er zu Hans und hoffte, wohl einen Verbündeten zu finden. »Lass ich mich von einer Frau maßregeln? So weit kommt's noch.«

»Der Hut steht Ihnen ausgesprochen gut, gnädige Frau«, sagte Hans freundlich zu Hermanns Gattin, die lächelte und an die Krempe griff. »Darauf hab ich lange gespart. Vielen Dank«, sagte sie dann leise.

»Geh und setz dich in den Wagen«, fuhr Hermann seine Frau an, die mit gesenktem Kopf davontrippelte.

»Es geht doch nichts über höfliche, wohlerzogene Herren, die wissen, was sich gehört«, sagte Hans freundlich und wurde von Hermann mit einem bitterbösen Blick bedacht.

»Ihr Haus kann ich nicht weiterempfehlen«, sagte Hermann, und Anni wusste aus Erfahrung, was jetzt kommen würde. »Ich verlange einen Preisnachlass. So schlecht habe ich noch nirgends geschlafen.«

»Ich dachte, Sie hätten gar nicht geschlafen«, mischte Hans sich nun wieder ein, wurde aber von Hermann nun ignoriert. »Sie haben drei Tage hier gewohnt«, sagte Anni freundlich und zuvorkommend. »Wenn Sie gleich gesagt hätten, was Sie stört, dann hätten wir das ändern können. So lässt sich leider nichts machen, tut mir leid.«

»Das ist eine Unverschämtheit!«, keifte Hermann. »Ich könnte jetzt auch einfach gehen und Sie stehen lassen. Ohne zu bezahlen.«

»Dann ist in weniger als einer Stunde Anzeige gegen Sie erstattet«, sagte Hans. »Außerdem werde ich einen befreundeten Zeitungsschreiber anrufen, der sicher gern einen Artikel über Zechprellerei verfassen wird. Ihre Adresse haben wir ja.«

Hermann warf Hans finstere Blick zu, zog aber sein Portemonnaie aus der großen Hose und zählte das Geld pfenniggenau auf den Tresen. Dann drehte er sich um und ging. »Blöder Krüppel«, hörten Hans und Anni noch.

»Vornehm geht die Welt zugrunde.« Hans schüttelte den Kopf.

»Mir tut nur seine Frau leid. Sie hat es mit Sicherheit nicht leicht mit ihm. Aber das soll uns jetzt nicht ärgern, Anni. Wir haben Wichtigeres zu tun!«

Anni war so glücklich, dass Hans da war, dass kein unzufriedener Gast ihr heute schlechte Laune bereiten konnte. Den Rest des Tages verbrachten sie mit Planen und Überlegen, sie gingen am Strand entlang und durch den Ort, und Hans traf alte Bekannte aus Lazarettzeiten, zwei Kameraden waren hiergeblieben und hatten geheiratet. Anni ging schnell zu Rena, um ihr zu sagen, dass sie sich heute nicht treffen konnten, denn Hans war heute die Hauptperson, und sie wollte sich ganz mit ihm beschäftigen.

»Kein Problem«, lachte Rena. »Ich hoffe nur, ich lerne den wundervollen Hans die Tage mal kennen.« Sie selbst war während des Krieges mit ihrer Familie nicht in St. Peter gewesen, hatte aber schon sehr viel von Hans gehört.

Isa hatte gebratenen Fisch mit Remoulade und Röstkartoffeln gemacht, und sie saßen gut gelaunt in der Küche zusammen. Leider ließ sich Ole nicht blicken, und so musste Hans auf eine andere Gelegenheit warten, um bei ihm vorstellig zu werden. Gegen neun Uhr gähnte er. »Der Tag war lang, Anni. Ich muss jetzt mal ins Bett.«

Auch Anni war müde. Der Tag hatte viel Neues gebracht, und der Tatendrang saß ihr zwar noch in allen Knochen, sie merkte aber auch, dass sie schläfrig war.

Als sie im Bett lag und aus dem Fenster in den Mond schaute, war sie froh. Hans war da und würde ihr helfen, ihren Traum zu realisieren. Sie wollte so gern etwas auf die Beine stellen, sie wollte, dass Papa stolz auf sie war.

## 5. KAPITEL

»Also, Hans, wie sehen heute unsere Pläne aus?«, fragte Anni am nächsten Morgen, nachdem die Gäste versorgt waren und sie selbst sich in der Küche an den großen Holztisch zum Frühstück gesetzt hatten.

»Das besprechen wir gemeinsam, ich finde, dass ...«

Bevor Hans den Satz zu Ende bringen konnte, wurde die Tür zur Küche aufgerissen. »Anni!« Rena beachtete Hans gar nicht, sondern rannte auf die Freundin zu. »Anni, bitte, du musst mir helfen!«, rief sie unter Tränen.

»Aber Rena, Renchen, was ist denn los? Was ist denn passiert, nun beruhig dich doch mal.« Anni schloss sie fest in die Arme.

»Soll ich weggehen?«, fragte Hans.

»Nein, das ist ... ich weiß nicht ... ja, nein, vielleicht, ach, es ist so schrecklich, was soll ich denn jetzt nur tun? Anni, was soll ich machen?«

»Wie soll ich das denn wissen, wenn du mir nicht sagst, um was es geht?«, fragte Anni, die Hans mit einem Blick zu verstehen gab, dass es besser war, wenn er sie allein ließ. Hans nickte und rollte davon.

»Komm, wir setzen uns mal in die Halle vor den Kamin, da sind wir allein«, sagte Anni. Es musste ja nicht sein, dass Isa und Sigrun auch alles mitbekamen. Sie zog Rena mit sich, und die folgte ihr und weinte dabei. Sie setzten sich. Der Empfangsbereich war gähnend leer, alle saßen beim Frühstück.

»So, sag schon, was ist los?«

»Gerhard«, schluchzte Rena. »Er … er ist gestern Abend noch hergekommen, nach St. Peter, er … hatte einen Termin in Kiel und wollte eigentlich dort übernachten, aber dann hat er angeläutet und gefragt, ob er mich besuchen soll, und Mutti hat gesagt, ja, sicher, er könne im Gästezimmer schlafen.« Sie hörte auf zu sprechen und sah Anni an.

»Was ist denn daran so schlimm?«, wollte Anni wissen.

»Mutti und Vati sind gestern Abend mit Adelheid aus gewesen«, erzählte Rena weiter. »Und Mutti hat noch gesagt, ich solle ihr bloß keine Schande machen, was ich auch gar nicht vorhatte. Anni, mir war es gar nicht so recht, dass Gerhard noch kommen wollte. Ich wusste irgendwie, dass was passieren würde.«

»Was ist denn passiert?« Anni verstand gar nichts.

»Er war schon bei der Begrüßung so komisch, und dann habe ich gerochen, dass er schon getrunken hatte. Dann sagte er, ein Mann müsse einer Frau zeigen, wer das Sagen hat, ob ich das denn auch wüsste. Ich habe gar nichts gesagt und wollte einfach nur, dass er mich in Ruhe lässt. Hat er … ach Anni … hat er aber nicht.«

»Was heißt das?« Anni wurde ganz flau im Magen.

Rena starrte in die kleinen Flammen des Kamins. »Ich weiß gar nicht, wie ich es dir sagen soll. Er hat mich … er hat mir die Bluse aufgeknöpft, und ich wollte das nicht, dann hat er sie aufgerissen, Anni, und dann ist er mit seiner Hand unter meinen Rock, und ich sagte, er solle das lassen, aber er hat wieder gesagt, ich müsse wissen, wer das Sagen hat, er sei der Herr im Haus … ach Anni, es war so schrecklich.«

Anni nahm Renas Hand, die eiskalt war. »Ist es passiert?«, fragte sie dann.

Rena nickte und schaute sie wieder an. »Ich habe es mir so schön ausgemalt. So schön. Ich weiß ja, dass es anfangs unangenehm sein würde, aber doch nicht *so*. Also auch nicht so, wie Gerhard war. Er hat überhaupt und gar keine Rücksicht genommen, er hat mich hart angefasst und mir den Schlüpfer heruntergerissen ... ich will gar nicht daran denken. Er hat mich festgehalten und gesagt, das sei ganz normal, dass man sich vor der Ehe ausprobiert, und ich solle nicht so abweisend sein, und ich müsse mich nicht genieren. Und dann ...«

»Du musst nicht weitersprechen«, sagte Anni zu ihrer Freundin. »Bitte beruhige dich doch erst mal.«

»Wie soll ich mich denn beruhigen?«, fragte Rena verzweifelt. »Ich kann doch einen solchen Mann nicht heiraten. Anni, sag doch mal. Er hat mich aufs Sofa gedrückt und mir den Mund zugehalten und schlimme Dinge gesagt. Seine kleine schmutzige Hure hat er mich genannt. Und er war so grob und hat mir so furchtbar wehgetan. Das geht doch nicht.« Rena zitterte.

»Nein, das geht auch nicht, Rena«, sagte Anni.

»Danach hat er so getan, als wäre nichts, gar nichts passiert«, schluchzte Rena weiter. »Er ist einfach ins Gästezimmer gegangen und eingeschlafen, einfach so. Hat mich allein gelassen. Überall war ... war Blut. Ich hab es jetzt noch nicht richtig weggekriegt und Kissen drübergelegt. Mutti darf das nicht sehen, ich muss nachher ... ach, ich weiß auch nicht, was ich machen soll ...«

»Oh, Rena.« Anni stand auf, ging zu ihrem Sessel und drückte Rena fest an sich. »Wie geht es dir denn jetzt?«

»Ich habe immer noch Schmerzen«, sagte Rena. »Heute in der Früh ist Gerhard zu mir gekommen, in mein Zimmer, und tat so, als sei gar nichts gewesen. Dann sagte er noch, das sei unser kleines Geheimnis, und ich solle es bloß nicht meinen Eltern erzählen. Ich kann das alles gar nicht verstehen. Das ist doch nicht richtig, oder, Anni, sag doch.«

»Nein«, sagte Anni. »Das ist nicht nur nicht richtig, das ist eine Vergewaltigung. Du solltest ihn anzeigen.«

»Anzeigen?« Rena wurde ganz blass. »Wie denn das, und was soll ich denn da sagen?«

»Einen Schritt nach dem anderen. Wo ist denn Gerhard jetzt?«

»Schon wieder im Auto auf dem Weg nach Hamburg, da ist so ein Bankierstreffen, danach fährt er nach Wien, weil die Wohnungsrenovierung abgeschlossen ist und er nach dem Rechten schauen will. Ich sehe ihn erst zur Hochzeit wieder.«

»Nein, das wirst du nicht«, sagte Anni aufgebracht. »Du wirst wohl keinen Mann heiraten, der dich vor der Ehe überwältigt und missbraucht. Wenn es im Einvernehmen stattgefunden hätte, wäre es etwas ganz anderes, aber so? Nein!«

»Aber die Hochzeit ist doch bald«, sagte Rena verzweifelt. »Die Einladungen sind verschickt, die Blumen bestellt, das Essen, die Hotelzimmer sind reserviert für alle Gäste, das kann man doch nicht machen.«

»Was willst *du* denn?«, fragte Anni. »Darauf, nur darauf kommt es an.«

Rena fing wieder an zu weinen. »Ich will Gerhard nicht heiraten«, sagte sie dann. »Ich habe mich so schlimm gefühlt. So gedemütigt. Wie er mich festgehalten hat und die Schmerzen, und er hat und hat nicht aufgehört. Er ist mir so widerwärtig. Gewürgt hat er mich auch, schau mal, mein Hals.« Sie nahm ihren

Schal ab, und entsetzt sah Anni die dunkelroten Flecken. »Wenn ich nur daran denke, dass ich nach der Hochzeit noch ganz oft mit ihm ... oh Gott! Mir ist ganz übel, Anni, ich glaube, ich glaube, ich muss mich übergeben ...« Rena rannte Richtung Waschraum.

Wie könnten sie die Hochzeit absagen, ohne dass Gerede entstehen würde und ohne dass Renas Mutter Zustände bekäme und nach ihrem Kölnisch Wasser schrie? Mit dem Vater kämen sie klar, Anni hatte sowieso das Gefühl, dass Rickmer Dittmann seinen zukünftigen Schwiegersohn nicht so mochte. Aber Lore wäre außer sich und ...

»Anni?« Hans kam zu ihr gerollt.

»Rena hat ...«, fing sie an, aber er hob abwehrend die Hand. »Ich habe euch gehört«, sagte er leise. »Und ich bin ganz deiner Meinung. Dieser Mann gehört angezeigt, und die Hochzeit darf nicht stattfinden. Deine Freundin macht sich ja unglücklich fürs Leben. Das muss in irgendeiner Form verhindert werden.«

Anni überlegte. »Ich gehe mit Rena zu ihren Eltern«, sagte sie dann. »Ich spreche mit ihnen. Zusammen werden wir sie überzeugen.«

»Mach das.« Hans nickte. »Du wirst das schon schaffen.«

Anni ging und suchte Rena.

»Ja, was ist denn los, Kinder?« Lore Dittmann sah ihre verweinte Tochter an und dann Anni, dann wieder Rena. »Könnt ihr denn endlich mal sprechen, das ist ja furchtbar. So. Nun setzt ihr euch hin, und dann rede, Kind.« Sie strich Rena übers Haar, dann nahm sie auf einem Sessel Platz.

Rena zerknüllte ein Taschentuch in ihren Händen. »Ich ... kann darüber nicht mit dir reden.« Hilflos sah sie Anni an.

»Seien Sie doch so gut und schließen Sie die Tür, Frau Dittmann«, bat Anni die Mutter. Die stand kopfschüttelnd auf und tat, was Anni gesagt hatte. Dann setzte sie sich wieder hin. »Nun.« In kurzen und knappen Sätzen erzählte Anni, was Rena widerfahren war. Lore Dittmann hörte zu, runzelte die Stirn, hörte weiter zu, saß von Sekunde zu Sekunde gerader in ihrem Sessel, dann faltete sie die Hände in ihrem Schoß und schaute auf den Linoleumboden.

»Sogar gewürgt hat er Rena«, sagte Anni und zeigte Renas Mutter die roten Male. »Deswegen möchte Rena Anzeige erstatten und die Hochzeit absagen, Frau Dittmann«, schloss Anni dann. Eine Zeitlang hörte man nur den Atem der drei Frauen und Renas leises Schluchzen. Dann stand Lore Dittmann auf und ging zum Fenster, strich den Vorhang zur Seite, schaute hinaus, kam wieder zurück.

»Und dann?«, fragte sie schließlich, und ihre Stimme klang seltsam hohl. Starr stand sie da in ihrem grauen Rock und der weißen, hochgeschlossenen Bluse, der Granatbrosche und der strengen Hochsteckfrisur. Von der eierlikörfröhlichen Lore, die mit ihrer Schwester kürzlich noch in diesem Raum angetüdelt gekichert hatte, war nichts mehr übrig. Sie wirkte kalt und unnahbar.

»Wie, *und dann?*«, fragte Anni.

»Das ist eine recht einfache Frage«, sagte Lore und drehte ihren Ehering am Finger. »Willst du wegen einer unbedachten Handlung alles aufs Spiel setzen, Kind?« Sie sah ihre Tochter an.

»Eine unbedachte Handlung? Frau Dittmann, Gerhard hat Rena gegen ihren Willen gezwungen, sich ...«

»Sei du still, Anni. Ich bin nicht dumm. Ich habe mir wohl gemerkt, was du gesagt hast, und es auch verstanden, und ich habe gesehen, was du mir gezeigt hast. Aber das ist doch alles kein Grund, ein gesichertes Dasein auszuschlagen.«

»Mutti! Gesichertes Dasein? Ich kann doch nicht mit einem Mann ...« Renas Stimme klang schrill.

»Hör auf zu schreien, hörst du! Ach papperlapapp, Kind. Nun beruhig dich mal. Das wird alles nicht so heiß gegessen, wie es gekocht wird. Gerhard hat eine Dummheit gemacht, und das wird ihm auch leidtun. Was willst du? Ihn anzeigen beim Kröger auf der Wache? Damit sich die Leute das Maul zerreißen über die Rena, die vor der Hochzeit Unzucht betreibt? Willst du das? Den Gästen absagen, zum Pfarrer gehen? Und dann? Vergiss eins nicht, Kind: Wir Frauen sind nach dem Krieg immer noch in der Überzahl. Denk mal dran, wie viele gefallen sind, auch hier bei uns im Ort. Oder waren in Gefangenschaft oder sind's noch. Wenn sie heimkommen, hat manch einer einen Dachschaden und schreit nachts im Schlaf und ist zu nichts mehr zu gebrauchen. Männer zum Heiraten, die liegen nicht auf der Straße. Dann noch so eine gute Partie wie Gerhard. Da hast du ausgesorgt, Kind. Da bist du in den besten Kreisen, hast eine schöne Wohnung, in bester Gesellschaft bewegst du dich da in Wien, Kinder wirst du kriegen, auf Empfänge und Bälle wirst du gehen mit deinem Mann, der ein angesehener Bankier ist, und musst nicht wie wir tagein, tagaus in der Backstube oder im Laden stehen. Dienstboten wirst du haben, keine Arbeit wartet auf dich, und da willst du alles hinwerfen, nur weil der Gerhard das vorher eingefordert hat, was ihm nach der Hochzeit sowieso zugestanden hätte!« Lore hatte sich in Rage geredet, und Rena war bei ihren Worten immer kleiner geworden. »Eine Frau hat ihrem Mann gefällig zu sein. So war es schon immer, so wird es bleiben.«

»Aber Frau Dittmann, so begreifen Sie doch! Rena wollte es doch aber nicht. Gerhard hat sie mit Gewalt genommen.«

»Was weißt denn *du* von Gewalt, Anneke?«, fragte Lore kühl. »Ihr wart hier während des Krieges, hier in St. Peter. Aber ich nicht. Der Vater an der Front, der Mann vermisst, und ich mit den Kindern bei meinen Eltern in Frankfurt. Was weißt du denn, was wir erlebt haben, hm? Was uns widerfahren ist? Was wir durchgemacht haben? Und dann, als wir nach Hause wollten, '45, zu Fuß, nur mit einem Leiterwagen, was denkst du denn, was da war? Meinst du, das war ein Zuckerschlecken? Glaubst du, *du* weißt, was Gewalt bedeutet? Gewalt bedeutet jedenfalls nicht, dass ein Mann seiner Frau beischläft.«

»Ich will Gerhard nicht heiraten, Mutti, bitte.«

»Und ob du wirst! In einem Jahr lachen wir drüber, warte es nur ab, bald wird das erste Kind kommen, Gerhard kann es doch kaum erwarten, seinen ersten Sohn, den Stammhalter, in den Armen zu halten, dann denkst du da gar nicht mehr dran. Dann hast du genug zu tun. Dir wird es gut gehen in Wien, du bist versorgt, und nur darauf kommt es an. Mach dich nicht unglücklich, Kind! Die Hochzeit findet statt. Wenn du dich dagegen sträubst, ist in diesem Haus kein Platz mehr für dich.«

»Ich rede mit Vati«, jammerte Rena. »Vati findet es bestimmt gut, wenn ich bleibe und im Laden arbeite.«

»Mit deinem Vater werde *ich* sprechen«, sagte Frau Dittmann.

»Nein, und ich geh zum Kröger und zeig Gerhard an. Jetzt.« Sie stand auf. Lore Dittmann stellte sich vor sie. »Setz dich! Sofort!«

Rena sah sie wütend an. »Nein.«

»Du setzt dich jetzt hin. Und du gehst *nicht* zum Kröger. Ich mach mich nicht zum Gespött der Leute. Habt ihr's schon gehört, die triebhafte Rena hat's nicht bis zur Hochzeitsnacht ausgehalten, und jetzt will sie dem Mann die Schuld geben. So ein gerissenes Weibsbild, so durchtrieben. Das kommt mir nicht in die Tüte. Punkt. Es bleibt alles so wie abgesprochen. Nun macht mal wieder fröhliche Gesichter«, sagte sie dann betont heiter. »Lasst uns lieber gemeinsam überlegen, welche Suppe wir reichen. Beim Wein bin ich mir auch noch nicht sicher, nehmen wir da einen aus Baden? Oder einen Österreicher, wegen Gerhard? Das ist doch eine nette Geste. Was meint ihr? Wisst ihr was, ich hol uns ein paar Stücke Gebäck und Kuchen aus dem Laden, und wir trinken ein Likörchen, dann besprechen wir das.« Sie verließ den Raum.

Anni und Rena schauten sich an.

»Komm«, sagte Anni. »Ich geh mit dir zum Kröger und wir erstatten Anzeige. Ich helfe dir auch mit der Hochzeitsabsage. Ich bin bei dir. Ich halte zu dir.«

Rena schüttelte den Kopf. »Das schaff ich nicht. Wo soll ich denn hin?«, fragte sie leise. »Wenn Mutti ernst macht und mich wegschickt, dann weiß ich doch gar nicht, was ich machen soll, wo ich hingehen soll. Ich hab doch immer nur in der Bäckerei hinter der Theke gestanden. Keine Ausbildung hab ich, nichts.«

»Ich doch auch nicht«, sagte Anni. »So viele Frauen haben das nicht.«

»Ja, weil alle heiraten und Kinder kriegen sollen«, sagte Rena verbittert. »Das ist der normale Gang der Dinge. Ich weiß, dass Vati sich auf Muttis Seite stellt, auch wenn er eigentlich verstehen wird, dass ich Gerhard nicht heiraten will. Aber du kennst ihn. Er hat nie das letzte Wort.«

Anni nickte. »Trotzdem. Es geht hier nicht um deine Mutter oder um deinen Vater, oder was irgendwelche Leute denken, es geht um dich. Himmel, wie mir dieses ›Was sollen denn die Leute denken‹ auf die Nerven geht. Alles muss nach außen hin immer perfekt sein, dabei ist es das doch sowieso nie. Isa sagt immer: ›Unter jedem Dach ein Ach‹, und das stimmt auch.«

Sie stellte sich vor die Freundin und griff ihr an beide Schultern. »Komm, Rena. Wir machen das. Wir pfeifen auf die anderen Leute. Gerhard muss angezeigt werden. Und die Hochzeit, die sagen wir ab. Ich helf dir bei allem. Wir schaffen es gemeinsam.«

Rena putzte sich die Nase. »Und dann?«

»Wie ›und dann‹? Dann bist du frei und atmest erst mal durch und hast keinen gewalttätigen Ehemann an deiner Seite. Andere Mütter haben auch schöne Söhne.«

»Das sagt sich so leicht, Anni. Aber du kennst doch Mutti. Sie wird mir das nie verzeihen und es mir immer aufs Butterbrot schmieren. Das weiß ich.«

»Na und?«

»Na und, na und!«, wiederholte Rena ganz verzweifelt. »Ich muss ja dann erst mal hier wohnen bleiben, und dann reden alle über mich. Und ich ende als alte Jungfer. Und werde in der Bäckerei bleiben, bis ich runzelig bin.«

»So ein Unfug.« Annis Augen blitzten. »Wenn wir zusammenhalten, dann ...«

»Nein.« Rena schüttelte mit Nachdruck den Kopf. »Ich werde heiraten. Das ist mein letztes Wort. Ich bekomme das mit dieser Ehe schon irgendwie hin.«

»Ist das wirklich dein letztes Wort?« Anni wollte es nicht glauben. Wie konnte sie nur? Rena nickte. Anni seufzte, nickte dann aber auch.

»Es ist deine Entscheidung, Renachen. Aber versprich mir, wenn du es dir anders überlegst, auch wenn du verheiratet bist, dann schreibst du mir, oder du läutest an oder schickst ein Telegramm. Ja?«

»Ja«, sagte Rena, die plötzlich irgendwie zerbrochen wirkte. Doch da kam Lore Dittmann mit dem Kuchen. Sie strahlte die beiden jungen Frauen an, als hätten sie sich kurz zuvor übers Wetter unterhalten. »So, jetzt gönnen wir uns ein oder zwei Likörchen auf den Schreck. Dann sieht die Welt doch schon wieder ganz anders aus. Anni, stell doch mal das Radio an.«

»Oha.« Hans war fassungslos. »Das kann und mag ich gar nicht glauben. Die Arme! Jetzt soll sie tatsächlich einen Mann heiraten, den sie weder liebt noch mag und der ihr auch noch Gewalt angetan hat. Wenn wir ihr nur helfen könnten.« Er dachte nach. »Anni, mir kommt ein Gedanke ... was hältst du davon, wenn ich Rena heirate?«

»Du? Hans, was für eine Idee.« Anni schüttelte den Kopf. »Wie sollen wir das denn anstellen? Hingehen und sagen, ach, ich hab es mir anders überlegt, statt Gerhard nehm ich den Hans?«

»Ja«, sagte Hans schlicht. »Bei mir muss deine Freundin auch keine Angst haben, dass ich meine ehelichen Rechte einfordere. Es liegt in der Natur der Dinge, dass das nicht mehr funktioniert.« Er lächelte ein klein wenig gequält.

Sie saßen in seinem Zimmer. Anni hatte ihn gleich aufgesucht, nachdem sie von Lore und Rena heimgekommen war. Zwei Eierliköre hatte Frau Dittmann ihr aufgedrängt, und ihr Kopf war aufgrund des ungewohnten Alkohols zur noch ungewohnteren Tageszeit schon leicht benebelt. Noch mehr aber war sie wütend auf Frau Dittmann, die überhaupt nicht mehr von Gerhard gesprochen hatte und von »der Sache« nichts mehr wissen wollte.

»Die Sache ist nun durchgestanden, jetzt wird nach vorn geblickt.« Sie hatte so getan, als sei ein Hefeteig nicht richtig aufgegangen. Dass es um das Glück oder vielmehr das Unglück ihrer einzigen Tochter ging, das bedachte sie wohl gar nicht.

»Ich bin für dich da, egal was passiert«, hatte Anni zum Abschied noch mal zu Rena gesagt. »Ich lasse dich nicht im Stich, und ich trage jede deiner Entscheidungen mit. Ich will nur, dass du das weißt.« Rena hatte genickt, aber Anni wusste, wie sie sich entscheiden würde. »Die Sache« war Vergangenheit. Rena würde sich fügen, weil sie nicht wusste, wohin sie sonst gehen, was sie tun sollte.

»Ach Hans«, sagte Anni. »Du bist so ein guter Mensch. Und so ein guter Freund. Weißt du, es ist ja einige Zeit vergangen, seit wir uns gesehen haben, aber mir ist es, als sei es gestern gewesen. Auch wenn ich mittlerweile erwachsen bin.«

»Geht mir genauso, Maikäferchen«, sagte Hans. »Wie ich sehe, trägst du immer noch Elfis Brosche.«

»Der Schmetterling. Ja sicher.« Anni strich über den wunderschön geformten Anstecker, den sie auf der Herzseite trug, wie Hans sie gebeten hatte. »Mama sagt immer, den guten Schmuck soll man nur an besonderen Tagen anlegen, aber seitdem wir Krieg hatten, ist doch jeder Tag besonders, oder nicht? Deswegen trage ich sie immer dann, wenn ich Lust drauf habe.«

»Das ist schön«, nickte Hans. »So soll es sein. Nun sollten wir uns aber mal mit deinem Hotel beschäftigen. Während du bei Rena warst, habe ich nochmals die Unterlagen geprüft und gerechnet und gerechnet. Es sieht wirklich alles gut aus. Setz dich, dann erkläre ich dir alles. Dann überlegen wir, wie wir deinen Vater am besten auf unsere Seite ziehen. Meinem Charme konnte noch keiner widerstehen«, sagte Hans, fuhr sich mit den Händen durch die Haare und schaute wie ein Filmstar.

Anni musste lachen. Sie war so froh, dass Hans hier war.

»Kind, was war denn vorhin mit Rena los?«, fragte Gerda eine Stunde später, als Anni mit Hans in die Küche kam.

»Geheult hat die Deern, hab ich im Vorbeigehen gesehn«, sagte Isa. »Ärger mit ihr'n Verlobten?«

»Ach, sie hat nur ein wenig Angst vor der Hochzeit«, erklärte Anni.

»Angst vor der Hochzeit?« Gerda verstand nicht. »Warum denn Angst?«

»Weil sich doch das Leben dann ändert«, sagte Anni und strich ihrer Mutter übers blonde Haar.

»Ja, aber doch zum Guten«, sagte Gerda. »Sie kriegt doch einen anständigen Mann mit einer anständigen Arbeit und geht nach Wien. Lore hat erzählt, die Wohnung hätte so viele Zimmer, dass einem ganz schwindelig wird. Und ganz große Fenster und hohe Decken, dass man eine große Leiter braucht, um an die Lampen zu kommen. Lore hat gesagt, da würden Leute kommen zum Fensterputzen und um die Kronleuchter zu reinigen. Und ein Hausmädchen haben sie da und eine Köchin und später ein Kindermädchen, da macht unsere Rena aber eine gute Partie.«

»Ja, Mama. Trotzdem hat sie ein wenig Angst. Eine neue Stadt, neue Menschen, das ist nicht jedermanns Sache.«

## 6. KAPITEL

»Sag mal, wo ist denn Papa?«, fragte Anni am nächsten Morgen.

»Papa ist nach dem Frühstück an den Strand gegangen. Er wollte sich ein wenig den Wind um die Nase wehen lassen. Das ist mir lieber, als wenn er den ganzen Tag im Haus verbringt. Ach, ach.« Sie schüttelte den Kopf. »Nun hat er doch die Prothese, aber er tut so, als würde sie ihn eher behindern anstatt helfen. Dabei soll er doch viel mit ihr laufen. Mir ist, als will er sich nicht dran gewöhnen. So lange ist das nun schon her, aber er will es einfach nicht wahrhaben.«

»Ich kann Ihren Mann verstehen, Frau Janssen«, sagte Hans. »Mir ging es lange Zeit nicht anders. Wissen Sie, wenn man merkt, dass auf einmal alles anders ist, dann braucht das seine Zeit. Und manch einer kommt nie damit zurecht.«

»Aber Sie tun es doch auch.«

»Ich bin auch jünger, und ich bin kein verheirateter Mann und kein Vater, ich muss nur für mich selbst sorgen. Ich glaub, das ist etwas anderes.«

»Da magst du recht haben. Aber kann er denn nach all den Jahren nicht mal nach vorn blicken?«, fragte Gerda. »So viele sind gefallen, so viele sind gar nicht zurückgekehrt oder werden immer noch vermisst …« Isa, die einen Kuchenteig für den

Nachmittagskaffee rührte, zog die Augenbrauen hoch. »Manche Männer, die suhlen sich gern in ihrem Schicksal«, sagte sie. »Ist ja viel einfacher, zu jammern und zu klagen, anstatt neu anzufangen.«

»Papa, da bist du ja.« Anni zog ihre Jacke fester um die Schultern. Ein heftiger Wind hatte eingesetzt, und Sand wirbelte auf. Ole Janssen saß auf einer Bank auf der Seebrücke und starrte vor sich hin. Es war Hochwasser, und die Wellen wurden durch den Wind kräftig gegen das Ufer gedrückt. Schaumkronen bildeten sich, und es roch herrlich nach Salz und Meer, ein Geruch, den Anni von jeher geliebt hatte. Einige Brecher krachten mit voller Wucht in sich zusammen, der Lärm dabei war Musik in Annis Ohren. Nirgendwo bekam sie den Kopf besser frei als auf der Seebrücke bei starkem Seegang. Der Lärm der Wellen, die Schreie der Meeresvögel und der Wind pusteten jeden dummen Gedanken aus ihrem Schädel.

»Jo, da bin ich wohl«, sagte Ole nun.

»Hallo, Herr Janssen«, sagte Hans höflich und streckte ihm die Hand hin. »Ich habe, als wir uns auf dem Flur trafen, unhöflicherweise vergessen, Ihnen die Hand zu reichen. Dann hole ich das nun nach.«

Ole grummelte etwas Unverständliches vor sich hin, dann schüttelte er Hans die Hand.

»Sie hatten wirklich Glück«, erklärte Hans.

»Glück?« Ole drehte sich zu ihm um. »Wie kommen Sie denn darauf, dass ich *Glück* habe mit meinem appen Bein?«

»Ich hab sozusagen zwei appe Beine«, sagte Hans und deutete auf seine dünnen Oberschenkel. »Und meine Schuhe halten ewig. Sie können mit Ihrer Prothese wenigstens laufen.«

»Mehr schlecht als recht.« Ole hatte keine gute Laune. »Ich verlier oft das Gleichgewicht, und dann juckt es auch dauernd.«

»Die Narbe juckt, das kenn ich von meinen Kriegskameraden«, lächelte Hans. »Ich träum manchmal, ich renne, und wenn ich aufwache, hab ich das Gefühl, meine Beine bewegen sich noch, aber wenn ich dann auf die Pyjamahose sehe, tut sich nichts. Das ist gemein, weil ich anfangs im Traum und kurz danach dachte, ich sei nun gesund, und die Lähmung sei der Alp. Aber gesund werde ich wohl nie mehr. Ich würde mir wünschen, ich bräuchte nur eine Prothese, um zum Strand zu gehen oder mich allein im Stehen zu brausen, das können Sie mir glauben.«

»Hm«, machte Ole. Seine Freunde, Gert und Knut, die klopften ihm immer auf die Schulter und sagten, wie leid er ihnen tue und dass er das nicht verdient habe, und überhaupt, er habe jedes Recht der Welt, sich noch einen Weinbrand zu genehmigen und am helllichten Tag Schallplatten zu hören. Der böse Krieg und die Gefangenschaft danach waren an allem schuld. Am fehlenden Bein, an der Traurigkeit und daran, dass man nichtsnutzig war. Knut und Gert, die hatten noch alles dran. Die hatten es gut.

Anni setzte sich neben ihren Vater. »Paps, ich möchte gern mit dir reden. Also, Hans und ich.«

»Was willst denn du mit mir reden? Und Sie?« Ole verschränkte die Arme.

»Ich erzähle Ihnen gern erst mal ein wenig über mich«, schlug Hans vor. »Und dann, was wir mit Ihrer Hilfe und Unterstützung vorhaben … Nein, lassen Sie mich erst mal ausreden, Herr Janssen. Ohne Sie geht es nicht.« Und dann begann Hans von sich zu erzählen. Wie er bei Tante Marie alles von der Pike auf gelernt hatte, welchen Erfolg sie hatten, wie sehr die Menschen nach dem Krieg auf Schönheit und Helligkeit und frische Farben und überhaupt auf Neues aus waren. Er zog aus einer Tasche, die am Rollstuhl befestigt war, zwei Kataloge aus Einrichtungshäusern und ließ Ole darin blättern.

»Die *Seeperle* könnte mit Ihrer Hilfe zu einem Vorzeigehotel der Stadt werden, ach, was rede ich, vom ganzen Landkreis«, schwärmte Hans mit glänzenden Augen. »Ich bringe zwar einiges an Erfahrung mit, aber allein schaffen wir das nicht. Wir brauchen Ihre Erfahrung und Ihre Meinung.«

›Aha‹, dachte Anni. Hans stellte es geschickt an. Er umgarnte ihren Vater, und dem schien das Ganze von Sekunde zu Sekunde besser zu gefallen. Zumindest waren seine Arme nun nicht mehr verschränkt, und er hatte sich Hans zugewandt.

Hans redete und redete, holte die Kostenkalkulationen hervor und redete weiter, und Ole sagte kein einziges Mal »Nein«, sondern wurde von Satz zu Satz interessierter. »Und Sie meinen, so luftige Vorhänge sind dann dunkel genug für die Gäste? Die wollen doch nachts schlafen und es dunkel haben.«

»Glauben Sie mir, Herr Janssen, die Leute hatten es sechs Jahre lang dunkel«, lachte Hans. »Die können keine Verdunkelungsvorhänge mehr sehen. Und die Vorhänge in Ihrer hübschen *Seeperle*, die sind schon in die Jahre gekommen. Da haben auch teils die Motten drin gehaust.«

»Die Motten!« Ole drehte sich entsetzt zu Anni um. »Ja, warum wurden denn die Vorhänge nicht ausgetauscht?«

Anni drehte ihm im Geiste den Hals um. »Das fehlt noch, dass die Motten in die Kleidung der Gäste gehen. Wenn man einmal solch einen Ruf hat, den kriegt man nie wieder los!«

»Das ist wahr«, sagte Hans. »Da hätte Ihre Tochter drauf achten müssen. Aber gemeinsam bekommen wir das hin.«

Nun hatten sich rote Flecken auf Oles Wangen gebildet. Er zog seine Brille hervor und studierte Hans' Berechnungen.

»Aber einen Kredit müssen wir wohl dennoch aufnehmen?«, sagte er fragend.

»Ja«, sagte Hans. »Aber erst mal nicht einen so hohen. Wir wollen vorsichtig sein. Herr Janssen, auf Sie wartet viel Arbeit. Ohne Sie geht es nicht.« Das war der Zaubersatz.

Nun strahlte Ole. »Nein. Ohne mich geht es nicht.«

›Danke, Hans‹, dachte Anni und lächelte dem Freund zu. Die erste große Hürde war genommen.

Eigentlich, dachte Anni, waren Männer doch recht einfach gestrickt. Man musste nur so tun, als seien sie ungemein wichtig.

»Kind, ist das wahr?«, fragte Isa später, als Anni bei ihr in der Küche saß und ein Stück frisch gebackenen, noch warmen Marmorkuchen aß. Anni nickte mit vollem Mund.

»Das mag ich gar nicht glauben, ist das denn die Möglichkeit? Und du bist dir sicher, Kind, dass er das nicht in so einer Bierlaune gesacht hat?«

»Er war und ist nüchtern«, sagte Anni, schnitt zwei weitere Stücke Kuchen ab und legte sie auf zwei Teller. »Hans sitzt jetzt mit ihm im Kontor, um die nächsten Schritte zu besprechen. Ich kann es selbst kaum glauben.«

Als sie aufgegessen hatte, nahm sie die Kuchenteller und brachte sie in das kleine Zimmer, das sich hinter dem Empfangsbereich befand. Sie liebte diesen Raum, in dem die Vergangenheit zu leben schien. Der Boden war mit Schiffsplanken ausgelegt, die mit Teaköl behandelt waren. Holzpaneele gingen bis zur Hälfte der Wand, die in einem kräftigen Meeresgrünblau gestrichen worden war. An einer Wand befanden sich gezimmerte Regale, in denen sorgfältig beschriftete Ordner standen, an einer anderen Wand hingen gerahmte Bilder all der Menschen, die jemals in diesem Kontor an dem Mahagoni-Schreibtisch aus England gesessen hatten. Den Schreibtisch hatte Lisbeth auf einer Reise entdeckt, er war mit dem Schiff nach Hamburg gebracht und von dort mit einer Kutsche weitergeschickt worden. Am schönsten fand Anni das Aquarell ihrer Urgroßmutter Lisbeth. Ein Gast, ein Maler aus Paris, hatte sie damals in sanften Farben verewigt. Lisbeth saß an dem rotbraunen Tisch, vor sich eine Tasse Tee in dem wunderhübschen Service mit dem Zwiebelmuster, das sie heute noch benutzten, vor sich auf der dunkelgrünen ledernen Unterlage befanden sich die gebundenen Ausgabenbücher. Hinter ihr war das Fenster, durch das die Sonne schien. Ein Kaktus, den ein Gast ihr aus Übersee mitgebracht hatte, war damals noch ganz klein und etwas sehr Besonderes gewesen, das hatte Anni in den Aufzeichnungsbüchern ihrer Vorfahren gelesen. Es gab ihn noch und er stand immer noch am Fenster, mittlerweile so groß, dass sie einen Preis für ihn gewinnen könnten. Und Lisbeth saß da so würdevoll und klug mit dem blonden Haar, das ihr locker und luftig über die Schultern fiel. Sie hatte sich stets geweigert, die Haare züchtig hochzustecken. Immer zeigen, was man hat, war ihre Devise gewesen. Anni konnte sich kaum an die Urgroßmutter erinnern. Nur an ihre zarten, alten Hände, die ihr sanft über die Wange streichelten und ihr ein Stück Zucker reichten, das sie vorsichtig im Mund zergehen ließ, um möglichst lange etwas davon zu haben.

Auf dem Aquarell trug Lisbeth eine Bluse, die man eigentlich hochgeschlossen zu tragen hatte, aber sie wäre nicht Lisbeth gewesen, wenn sie die oberen Perlmuttknöpfe nicht aufgelassen hätte. Und Lisbeth war immer barfuß gegangen. Ein Arzt aus Ceylon hatte ihr das geraten. Kumara, so stand es in den Büchern, war mehrere Wochen hier in St. Peter zu Gast gewesen, 1885. Kumara war als Schiffsarzt unterwegs gewesen und erforschte nun die unterschiedlichsten Heilmethoden für die Lunge und das Allgemeinbefinden. Er riet den Leuten, sich aus den Zwängen der zu engen Kleidung zu befreien. Es gab in Lisbeths Kontor auch ein Extrabuch nur für die »Frauenzimmer«, in dem sie festgehalten hatte, was bei der alle paar Wochen wiederkehrenden Unpässlichkeit zu tun sei und wie man unangenehme Gerüche vermied. Dass jede Frau sich entgegen der allgemeinen Meinung, nur zu ruhen und sich nicht zu waschen während dieser Zeit, sehr wohl zu Wasser und Seife greifen solle. Auch, wie man sich als Ehefrau seinem Mann gegenüber zu verhalten habe. *Wer nicht lustbetont mit einem Gatten das Bett teilt, hat den falschen Gatten*, hatte sie notiert. Ganz offenbar hatten sie und Claas eine sehr intakte Ehe geführt. Das Buch stand nun in dem alten Bücherschrank aus Kirschholz neben den ganzen anderen Aufzeichnungen und auch den Gästebüchern. Anni liebte es, darin zu blättern und in den Aufzeichnungen zu lesen. Lisbeth hatte unter anderem aufgeschrieben:

*Kumara schlug uns vor, nackt in der See zu baden und an Land so wenig Kleidung wie möglich zu tragen, damit Seele und Körper Luft bekommen. Ich bin seinen Ratschlägen gefolgt. Eines Abends dann badetete ich ohne Bekleidung im Meer. Es war ein unglaublich wundervolles Erlebnis. Am bloßen Körper das Wasser zu spüren, war herrlich. In der Badebekleidung habe ich mich stets unwohl gefühlt. Warum nur unterwerfen sich die Menschen und vor allen Dingen die Frauen solchen Zwängen? Auch das Laufen ohne Schuhe habe ich praktiziert. Weder plagen mich Rückenschmerzen, noch sind meine Füße geschwollen.*

Auf beiden Seiten des Bücherschranks standen zwei große silberne Kandelaber mit wuchtigen Stumpenkerzen, und an einer Wand hing ein alter Gobelin, den Lisbeths Mutter Juliane, also Annis Urururgroßmutter, in mühevoller Handarbeit über Monate angefertigt hatte. Das Prunkstück des Kontors aber war der Kronleuchter aus Kristall, der ein wunderbares Licht verströmte, wenn man die über zwanzig Kerzen anzündete. Er war nach Lisbeths Zeichnungen und Entwürfen in Italien angefertigt worden und passte in diesen Raum, als sei er dafür gemacht.

Anni war so froh, dass damals, als sie die *Seeperle* zum Lazarett hatten umfunktionieren müssen, niemand von den hohen Herren auf die Idee gekommen war, diesen Raum zweckzuentfremden.

»Oh my god«, hatte Hans vorhin ehrfürchtig gesagt, nachdem er in den Raum gerollt war.

»Lass das bloß nicht Papa hören«, sagte Anni. »Er hasst alles Amerikanische.«

»Er wird nicht drum herumkommen, das wird jetzt mehr werden. Es schwappt über den großen Teich zu uns rüber. Hast du schon mal was von Elvis Presley gehört?«

»Nein, wer soll das sein?«

»Ein Sänger aus Memphis, Tennessee«, wurde ihr erklärt. »Ein Freund von mir arbeitet in einer Bar und ist sehr musikinteressiert, er war gerade in Amerika. Von Elvis werden wir noch viel hören.«

»Ja, sicher«, Anni hatte gelacht.

»Denk an meine Worte!«

Dann waren sie durch Annis Vater unterbrochen worden.

Jetzt stellte Anni die Kuchenteller vor die beiden Männer, die sich zwei Stunden lang konzentriert über die Papiere gebeugt hatten.

»Was sagen Sie, Herr Janssen?«, fragte Hans.

»Kurzum, Ja«, sagte Ole, und Anni wollte es gar nicht glauben.

»Du sagst wirklich *Ja*, Paps?«

»Ich nuschel ja nich«, sagte der Vater. »Gut, dann fang an mit den Flausen, die du im Kopp hast. Aber ich will, und das meine ich ernst, Anneke, ich will, dass du mich da im Boot lässt. Ich kann vielleicht nich mehr so gut laufen wie früher, aber vergiss nicht, dass ich mit deiner Mutter hier alles am Laufen gehalten hab.«

»Das weiß ich doch, Papa!« Dass das meiste sie Frauen gemacht hatten, verkniff sich Anni zu sagen, sie war zu froh und musste Papa jetzt seine gute Laune lassen. Am liebsten hätte sie angefangen zu tanzen und alle umarmt, aber der Vater war noch nicht fertig.

»Drei Monate, Anneke, drei Monate. Die geb ich dir. Wenn da nich abzusehn ist, dass alles am Laufen ist, dann wird kein Geld mehr weiter verpulvert.«

»Dein Vater ist natürlich vorsichtig, und damit hat er auch recht«, versuchte Hans zu vermitteln. »Es wird erst mal nur ein kleines Darlehen aufgenommen, dein Vater hat erzählt, dass er noch Ersparnisse hat, die verwendet werden können.«

»Das wusste ich gar nicht, Papa«, sagte Anni. »Aber gut. Ich bin einverstanden. Wie sind die nächsten Schritte? Wir könnten uns doch schon mal für Stoffe entscheiden oder Tapeten …«

Hans lachte. »Einen Schritt nach dem anderen! Nun machen wir erst einmal einen Termin bei der Bank.«

»Auch gut«, sagte Anni. »Aber Hans, da kommst du mit, oder?«

Hans schüttelte den Kopf. »Nein, Anni. Das musst du allein machen. Wer eine Geschäftsfrau sein will, muss auch alles stemmen. So ist das nun mal.«

»Einen Augenblick«, sagte Anni. »Aber Papa ist doch der Eigentümer der *Seeperle* und auch alleiniger Kontoinhaber. Ohne ihn kann ich doch gar nichts ausrichten.«

»Auch daran habe ich gedacht«, sagte Hans, »und eine entsprechende Vollmacht vorbereitet.«

»Hm«, machte Ole Janssen. So ganz geheuer war ihm die Sache dann doch noch nicht. Komische Dinge bahnten sich da an. Neue. Auf einmal sollte seine Tochter zur Bank gehen. Aber er fühlte sich gebauchpinselt von diesem jungen Hans Falckenberg, der ihn für voll nahm und ihn nach seinen Ansichten fragte. Das hatte Jahre niemand mehr getan. Ole Janssen war hungrig nach Anerkennung und Lob, und all das gab ihm Hans zuhauf. Dass man es *ohne ihn* nicht schaffen würde, dass man auf *seinen* reichhaltigen Erfahrungsschatz zähle und dass *er, Ole Janssen,* bei dem ganzen Unterfangen *sehr, sehr wichtig* sei. Seitdem er aus der Gefangenschaft heimgekommen war, hatte er das Gefühl gehabt, allen nur ein Klotz am Bein zu sein mit seinem Klotz am Bein. Aber jetzt schien sich die Sachlage zu ändern. Sein Rat war wichtig, er war wichtig. Ole Janssen hatte zum ersten Mal seit Ewigkeiten ohne Weinbrand oder Aquavit halbwegs gute Laune. Und insgeheim war er stolz auf seine Anni. Das Mädchen traute sich was, das hatte sie von ihm. Aber das würde er erst mal für sich behalten.

Nun, man würde sehen, wie sich alles entwickeln würde.

Ole sah sich erneut die Unterlagen an, die Hans ihm hingelegt hatte. Schien alles Hand und Fuß zu haben.

## 7. KAPITEL

Die nächsten Tage verbrachten Anni und Hans meist im Kontor. Sie planten und rechneten, sie machten Listen, schrieben Abläufe auf und beratschlagten, wen sie für was beauftragen könnten. Es war herrlich, mit Hans zusammenzuarbeiten. Isa versorgte sie immer mit frisch gebrühtem Kaffee oder Tee und machte Teller mit Schnittchen, die die beiden im Eifer des Gefechts oft vergaßen. Noch nie in ihrem ganzen Leben war Anni so aufgeregt gewesen.

Bei der Bank war man ganz verwundert gewesen. Das Fräulein Janssen wollte einen Termin, soso. Nun, der zuständige Mitarbeiter, der war noch im Urlaub, aber einen Termin könne man ihr schon geben. Ob denn der Herr Vater auch mitkäme? Ach nein? Aha.

Schon seit Tagen hatte Anni gegenüber Rena ein ganz schlechtes Gewissen, weil sie so wenig Zeit für sie hatte. »Heut geh ich mal zu Rena«, sagte sie zu Hans. »Nachdem ich das Abendbrot vorbereitet habe. Ich muss mal schauen, wie es ihr geht.«

»Ja, mach das. Das ist wichtig«, nickte Hans. »Den Rest kann ich für heut allein machen. Das ist nicht gut, dass sie so allein ist.«

Lore öffnete ihr die Tür. »Dass du nicht wieder mit dem Kram anfängst, Anneke«, sagte sie fast drohend.

»Ich fang mit gar nichts an, Frau Dittmann.« Anni wollte sich an der Mutter ihrer besten Freundin vorbeidrängeln, aber Lore Dittmann hielt sie am Arm fest. »Ich mein das ernst. Hier gibt's keinen Skandal.«

Anni verdrehte die Augen und lief die Treppen nach oben. Wenn sie mal eine Tochter hätte, die so was erlebt hätte wie Rena, sie würde zu ihr stehen, so viel war wohl klar.

Vorsichtig klopfte Anni an Renas Tür und öffnete sie dann leise.

»Renachen, wie geht's dir denn?«

»Ach, Anni.« Rena saß in einem Schaukelstuhl am Fenster. »Ich bin so müde. Ich mag mich gar nicht mehr mit der Sache beschäftigen.«

»Jetzt sagst du auch schon ›die Sache‹!«

Rena hatte, so wie sie aussah, beinahe den ganzen Tag im Bett verbracht und saß nun in einem zerknitterten Leinennachthemd vor ihrer Freundin auf dem Stuhl, die braunen Locken ganz verstrubbelt und mit Ringen unter den Augen.

»Was soll ich denn sonst sagen?«, sagte Rena erschöpft. »Am liebsten würde ich alles vergessen und nur noch schlafen. Und ich habe solche Schmerzen, immer noch, Anni. Ich hab das Gefühl, dass da ... was kaputt ist oder gerissen. Aber ich kann doch nicht zum Doktor Heilwig. Der weiß doch gleich, was los ist, und der weiß auch, dass ich noch nicht verheiratet bin.«

Jan Heilwig war der Arzt im Dorf, der für alles zuständig war: Für Rheuma, Gicht, Magenprobleme, Grippe – sogar einen vereiterten Zahn konnte er ziehen, das hatte er sich angeeignet. Die Leute von St. Peter wollten nicht wegen eines entzündeten Zahns aus dem Ort raus. Das sollte der alte Heilwig machen. Mittlerweile war er fast siebzig und hatte die Praxis vor kurzem an eine Frau übergeben, worüber im Ort natürlich getratscht wurde bis zum Gehtnichtmehr. Eine Frau Ärztin, ja wo gab es denn so etwas? Jedenfalls nicht hier in St. Peter. Der alte Heilwig wollte mit seiner Frau nach Norderney gehen und da bei ihrer Familie den Ruhestand genießen. Die Praxis vom Heilwig war neben der Bäckerei Dittmann die größte Klatschzentrale des Dorfes. Ehe man bis drei zählen konnte, würden alle wissen, dass Rena keine Jungfrau mehr war und es wahrscheinlich mit halb Norddeutschland getrieben hatte, das Flittchen.

»Was willst du nun tun?«, fragte Anni und ging hin und her.

»Ich heirate Gerhard, wie ich es schon sagte, was denn sonst«, sagte Rena tonlos, stand auf und legte sich wieder hin. Sie verschränkte die Arme hinter dem Kopf und starrte an die Decke.

»Rena«, sagte Anni. »So kenn ich dich ja gar nicht. Du bist doch immer eine Kämpferin gewesen, oder? Und hast mir immer gesagt, man muss zu seinen Überzeugungen stehen. Jetzt hast du jede Gelegenheit dazu. Ich bitte dich! Sag die Hochzeit ab und schieß Gerhard auf den Mond oder sonst wohin, aber mach dich nicht unglücklich.«

»Was soll dann werden?«, fragte Rena. »Dann bin ich hier und kann Brötchen und Kuchen verkaufen, und ich bin für alle die Sitzengelassene, auch wenn ich Gerhard nicht wollte. Ich hab es dir doch schon erklärt. Wer nimmt denn so eine wie mich? Außerdem wird Mutti ernst machen und mich erst mal wegschicken, weil sie Angst vor dem Geschwätz der Leute hat.«

»Du malst den Teufel an die Wand«, sagte Anni. »Komm, steh auf, wir machen einen Plan.«

»Nein«, sagte Rena. »Ich bin viel zu müde. Ich möchte so gern schlafen. Aber sobald ich einschlafe, träume ich von Gerhard und seiner Gewalt, und schon wach ich wieder auf, und mein Herz hört nicht auf zu rasen, und ich kriege keine Luft mehr.«

»Noch ist es nicht zu spät.« Anni sah sich in Renas Zimmer um, das immer noch wie ein Jugendzimmer aussah. Eine bunte Tapete, eine Frisiertoilette mit Parfumflakons, Fotos von Stars, die schon lange keine mehr waren, Plüschtiere, und in der Ecke stand das von Rickmer handgezimmerte Puppenhaus, das Rena und Anni damals liebevoll eingerichtet hatten. Annis Mutter Gerda hatte mit ihren zarten Fingern Matrosenkleider und Sonntagsanzüge genäht, Filzhüte zurechtgeschnitten und winzige Deckchen mit Blümchen bestickt. Es gab sogar elektrisches Licht, und man konnte in der kleinen Küche in einem Töpfchen Nudelsuppe kochen. Wie oft hatten sie als Kinder damit gespielt. Es war so schön gewesen.

»Ich bin schon wieder so schrecklich müde, Anni«, murmelte Rena und schloss die Augen. »Ich will nur kurz ein bisschen dösen. Gleich reden wir weiter ...«

»Ich bleibe bei dir sitzen«, sagte Anni und schob einen Sessel zum Bett. Dann nahm sie Renas Hand und streichelte sie, bis die Freundin eingeschlafen war und diesmal nicht von Gewalt zu träumen schien.

Anni tat das alles im Herzen weh. Die arme Rena! In was für einer schrecklichen Situation befand sich ihre liebe Freundin. Während Rena immer tiefer schlief, dachte Anni darüber nach, was es noch zu erledigen gab. Vor allem vor dem Banktermin war sie aufgeregt.

- - -

»Aha«, sagte Fritz Meinken zum vierten Mal innerhalb von drei Minuten. Er sah Anni an und musste sich erst mal sortieren.

»Ich kann es ja gar nicht glauben, dass Ihr Herr Vater die Zügel aus der Hand gibt, Fräulein Janssen. Er legt doch immer viel Wert darauf, dass er das Sagen hat.«

»Das wird sich nun ändern«, sagte Anni und hoffte, dass ihre Stimme fest klang. »Die Vollmacht meines Vaters habe ich Ihnen ja gegeben.«

»Ja, ja, sicher. Ihr Vater hat auch angerufen, das glaube ich Ihnen ja alles, es verwundert mich nur, dass Sie nun für das Hotel verantwortlich sind und nicht mehr er.«

»Wir planen einige Neuerungen, wir wollen mit der Zeit gehen«, sagte Anni, die immer sicherer wurde, was auch daran lag, dass Hans mit ihr die Gesprächsverläufe geübt hatte. Einen ganzen Nachmittag hatten sie dagesessen, und Hans hatte den unwirschen Bankbeamten gegeben und Anni erklärt, wie sie sich verhalten solle. Auch ihre Kleidung hatte er mit ausgesucht. Anni trug ein vanillefarbenes knielanges Kleid aus feiner Wolle, darunter einen Petticoat, dazu eine kurze lachsfarbene Jacke und das einzige Paar helle Pumps, das sie besaß. Gerda hatte ihre Nylonstrümpfe geflickt, für dieses Mal mussten sie noch genügen. Ihre blonden Haare hatte Anni hochgesteckt und mit zwei Haarspangen zu einer Banane geformt.

»Ein paar Locken lässt du draußen, sonst siehst du zu streng aus«, hatte Hans gesagt, Anni begutachtet und für gut befunden. Ein wenig Lidschatten, ein wenig rosafarbenen Lippenstift, und Anni sah aus »wie eine Geschäftsfrau«, so sagte Gerda. »Nee, sie sieht so aus wie diese amerikanische Schauspielerin«, hatte Isa gebrummt.

»Ja? Wie wer denn?«, fragte Gerda, der alles fremd war, was sich nicht in St. Peter und der näheren Umgebung abspielte.

»Grace Kelly natürlich«, sagte Isa, die für ihr Leben gern ins Kino ging. »In ›Zwölf Uhr mittags‹ hab ich sie gesehen letztens. Da dacht ich schon, sie sieht aus wie unsere Anni, als sie da am Bahnhof stand.«

Und nun saß sie hier. Um elf Uhr war der Termin bei Herrn Meinken, er hatte sie allerdings eine halbe Stunde warten lassen. Seine Sekretärin, eine verkniffene, dünne Frau im schwarzen, engen Kostüm hatte Anni noch nicht mal etwas zu trinken angeboten. Anni saß ihr im Empfangsbereich mit tränenden Augen gegenüber und versuchte die ganze Zeit, nicht zu husten, was fast unmöglich war, da Fräulein Voss ununterbrochen filterlose Zigaretten rauchte und kein Fenster öffnete. Anni konnte einfach nicht verstehen, warum alle Welt rauchen musste. Sie selbst hatte noch nie auch nur einen Zug genommen und hatte das auch nicht vor. Ihr Vater hatte das Rauchen aufgegeben, als er von der Gefangenschaft nach Hause gekommen war, ihre Mutter hatte natürlich auch nie geraucht, und Isa ertrug Rauch unter gar keinen Umständen und empfand es als Zumutung, wenn viele Gäste rauchten und der Rauch in »ihre« Küche wehte, woraufhin eine Stoßlüftung nach der anderen folgte.

Hans rauchte zwar, aber nicht viel. »Sehr gut, dass du es nicht tust«, hatte er zu Anni gesagt. »Es macht die Haut alt und faltig. Schau dir mal die Gäste an, die rauchen. Sieh mal in die Gesichter. Bei den Frauen ist es noch schlimmer als bei den Männern. Lederne Haut, eine ungesunde Gesichtsfarbe und die typischen Raucherfalten. Nein, das passt nicht zu dir.«

Außerdem legte Hans viel Wert auf gesunde Ernährung, wie er ihr am ersten Abend beim Essen erzählt hatte. »Die ganze

Mayonnaise, da wird man ja verrückt. Wenn ich all das essen würde, was Isa auftischt, wäre ich in einem Monat kugelrund und würde nicht mehr in den Rollstuhl passen.«

Fräulein Voss drückte eine Zigarette im Aschenbecher aus und zündete sich direkt eine neue an. Die alte glomm und qualmte noch vor sich hin. Zwischendurch führte sie mit blecherner Stimme Telefonate, und endlich kam Herr Meinken aus seinem Büro, um Anni hereinzubitten. Während er um den Tisch ging und sich in seinen drehbaren Ledersessel fallen ließ, sah Anni sich kurz um. Ernste Gesichter, in Öl gemalt, blickten sie von der holzgetäfelten Wand an. Offenbar ehemalige Direktoren der Bank. Keiner der Männer sah so aus, als habe er gute Laune. Vor dem Fenster wuchs ein riesiger Gummibaum, die Vorhänge waren im Mondrian-Muster bedruckt, an einer anderen Wand ein Schrank, in dem sich diverse Aktenordner und Bücher befanden. Auf dem Boden dicke orientalische Teppiche, die jedes Geräusch verschluckten. Dann gab es noch eine Besuchersitzgruppe mit einem kleinen Sofa und zwei Sesseln und einem Nierentisch, auf dem sich ein Zigarettenspender befand. Genau wie auf dem Schreibtisch von Herrn Meinken, der nun auf einen Knopf drückte, so dass der Spender aufklappte und die Zigaretten wie Nadeln aus einem Ball hervorschossen.

»Auch eine?« Anni hatte abgelehnt.

Sie fand diesen Herrn Meinken einfach unsympathisch. Er hatte ein feistes Gesicht und kleine, braune Zähne, war untersetzt und trug einen viel zu engen Anzug, in dem er sichtbar schwitzte. Man sah ihm an, dass er es sich gutgehen ließ, weil es ja nun ging. ›Er trinkt gern‹, dachte Anni, und da stand er auch schon auf und ging zu einem Barwagen, auf dem sich verschiedene Karaffen mit unterschiedlichen Flüssigkeiten und Gläser befanden.

»Auch einen Schluck?«

Anni schüttelte den Kopf. »Nein danke.«

Während Herr Meinken sich einen Whisky eingoss, aschte er achtlos auf den Boden. »Wie gesagt«, sagte Herr Meinken jetzt und zog an seiner Zigarette. »Ihr Vater hat ja schon Bescheid gegeben. Ich sage es nur ungern, aber wohl ist mir nicht bei der Sache, dass bei dieser ganzen Angelegenheit nun ... Sie das Sagen haben sollen.«

»Sie meinen, eine *Frau?*«, fragte Anni freundlich, aber mit fester Stimme.

»Nun, Frau kann man wohl kaum sagen.« Er lächelte jovial. »Noch sind Sie ja ein Fräulein, oder?«

»Ja.«

»Haben Sie denn vor, in nächster Zeit zu heiraten?«, fragte er und wippte auf seinem Drehstuhl hin und her.

»Was tut das zur Sache?« Anni hatte nicht die geringste Lust, mit diesem Widerling über private Dinge zu sprechen, die ihn nichts, aber auch nichts angingen.

»Weil ich dann mit Ihrem Mann sprechen könnte, falls genehmigte Kredite eine längere Laufzeit benötigen sollen oder es sonst etwas gibt.«

»Ich bin dann Ihre Ansprechpartnerin«, sagte Anni und sah Herrn Meinken mit festem Blick an. Der rauchte weiter und schien zu überlegen.

»Gut, dann halten wir es so. Fürs Erste«, sagte er dann.

»Sagen Sie.« Er drehte an seinem Ehering, und Anni fragte sich, welche Frau wohl so verzweifelt gewesen sein könnte, diesen Menschen zu heiraten. »Bleiben Sie über Nacht in Husum?«

»Nein.«

»Das ist außerordentlich schade. Ich hätte Sie sonst sehr gern zum Abendessen ausgeführt. Wir haben hier ein ganz vorzügliches Restaurant, das die besten ...«

»Wie gesagt, Nein.« Anni stand auf.

Herr Meinken blieb sitzen und zündete sich eine neue Zigarette an. »Bedauerlich. Ich begieße neue Geschäfte gern mit einem guten Rotwein. Danach könnte ich Ihnen die Stadt zeigen.«

»Durchaus verlockend«, sagte Anni. »Wenn ich Husum nicht schon kennen würde. Nein, eine Freundin hat mich hergefahren und wartet in einem Café auf mich. Und ich finde, wir sollten jetzt über die Einzelheiten des Kredits sprechen, nicht wahr?«

Das schien Herrn Meinken gar nicht zu gefallen. Er kniff die Augen zusammen und beugte sich über die Papiere. Das war er nicht gewohnt, von einer Frau in seine Schranken gewiesen zu werden.

## 8. KAPITEL

»… bis dass der Tod uns scheidet.« Renas Stimme klang monoton und nicht, wie man es von einer glücklichen Braut erwarten würde. Die Hochzeit fand in der Kirche St. Peter statt, einem schönen Gebäude aus dem 12. Jahrhundert mit einem spätgotischen Schnitzaltar von 1480, vor dem der Pfarrer nun stand und beide Hände zum Segen hob. Rena hatte in den vergangenen beiden Wochen stark abgenommen, so dass das Brautkleid mehrfach enger genäht werden musste. Sie stand da in ihrem weißen Traum und der Schleppe, mit dem Blütenkranz im Haar, das mit der Brennschere in feine Locken gelegt worden war. Und sie sah aus, als wäre sie auf einer Beerdigung und nicht auf ihrer eigenen Hochzeit. Gerhard nahm nun den Ehering von einem Samtkissen, das sein Trauzeuge ihm reichte, und steckte ihn Rena an. Danach hob er siegessicher eine Hand und ballte sie zur Faust, was Anni äußerst unpassend fand.

Lore Dittmann saß mit ihrem Mann in der ersten Reihe und weinte vor Glückseligkeit; ununterbrochen schluchzte sie in ihr Taschentuch. Für sie war die Welt in Ordnung. Sie hatte nach »der Sache« einfach weiter die Hochzeit vorbereitet und die Ohren auf Durchzug gestellt. Dass Rena nicht mehr aß und nur noch in ihrem Zimmer hockte, obwohl draußen herrlichstes

Frühlingswetter war, hatte Lore ignoriert. Das Wichtigste war, dass die Hochzeit stattfand und ihr Kind versorgt und in guten Kreisen war.

Auch Rickmer Dittmann war sichtlich stolz gewesen, als er seine Tochter zum Altar geführt hatte, und Tränen hatten in seinen Augenwinkeln geglänzt. In Renas Augen auch, aber aus einem anderen Grund. Anni, die als eine der Brautjungfern hinter ihr herging, hätte sie sich am liebsten geschnappt und wäre mit ihr weggerannt.

Mit der Torte hatte Rickmer sich selbst übertroffen. Der dreistöckige Traum war mit Zitrone, Himbeere, Nussnugat und Buttercreme gefüllt, Rosen und Maiglöckchen aus Marzipan zierten die Ränder und ganz oben thronte ein Brautpaar aus Zuckerguss. Ein extra engagierter Fotograf knipste, was das Zeug hielt, und als man in Dittmanns Reetdachhaus ankam, war der Garten mit Blumengirlanden und Lampions geschmückt, und Frau Kruse, die sonst in der Bäckerei bediente, sowie Sigrun mit den roten Backen, die heute hier und nicht bei Janssens im Hotel als Zimmermädchen arbeitete, hatten mit zwei weiteren Aushilfskräften und zwei Kaltmamsells alles vorbereitet. Auf den langen Tischen lagen weiße Tischdecken, überall lagen hingestreut Blumen und Immergrün. Für die über fünfzig Gäste war liebevoll gedeckt, Lore war im Vorfeld nicht müde geworden zu erzählen, dass das Porzellan noch von ihrer Großmutter Eleonore stammte und immer neue Teile hinzugekauft worden waren, so dass man es nun komplett für die Hochzeit verwenden konnte, und das Silber, das sei von ihrer anderen Urgroßmutter, und einen Teil davon würde Rena in ihre Aussteuertruhe legen können, genauso wie die Kristallgläser und die weißen Leinenservietten, die noch mit Renas neuem

Monogramm RS bestickt werden mussten. Da würde Lore ordentlich zu tun haben, und darauf freute sie sich schon. Und aufs Strampelhosenstricken auch, aber wie!

Das Brautpaar saß an einem Kopfende der Tafel, und Gerhard hielt eine Rede, in der er davon sprach, dass er von Gleichberechtigung sehr viel halte, vor allen Dingen dann, wenn es darum ginge, abzuwaschen, das könne die Frau gern allein machen, da habe er nichts gegen. Und er würde auch nicht darauf bestehen, sich seinen Grauburgunder selbst aus der Kühlung zu holen, weil die Frau ja gleichberechtigt sein wolle.

Die Männer lachten, die Frauen verzogen leicht die Gesichter. Nur Renas Gesicht war ausdruckslos. Sie saß einfach nur da und schien überhaupt nicht zuzuhören.»... und auf viele Söhne!«, vervollständigte Gerhard die Rede zum Schluss und lachte über sich selbst. Dann hob er sein Glas, und alle prosteten ihm zu.

Nach dem ersten Gang, einer Spargelcremesuppe mit frisch gerösteten Croutons, wurden weitere Reden gehalten.

Auch Anni hielt als beste Freundin eine, aber sie beschränkte sich auf das Notwendigste und machte keine Scherze. Sie wünschte dem Paar nur alles Glück der Welt und kam sich irgendwie wie eine Verräterin vor. Rena umarmte sie nach der kurzen Rede ohne Lächeln, und Gerhard umarmte sie eine Spur zu fest und eine Spur zu lang.

Anni tat es wieder im Herzen weh, die Freundin so zu sehen. Am nächsten Morgen würden Rena und Gerhard nach Italien aufbrechen, in Gerhards nagelneuem Mercedes. Die Schneiderin hatte Rena einige Reisekostüme angefertigt, Rena war mit Anni in Hamburg gewesen, und sie hatten unter anderem zwei Badeanzüge gekauft, einer Rot mit weißen Punkten und einer ganz schlicht in Dunkelblau mit weißen Applikationen. Zusammen mit ihrer neuen Sonnenbrille in Schmetterlingsform sah sie aus wie eine Dame von Welt, wie Isa ganz ehrfürchtig gesagt hatte, als die erschlankte Rena die Bademode lustlos bei Anni zu Haus vorführte.

»Ob man in Italien um diese Jahreszeit schon baden kann?«, fragte Anni, und Rena hatte gelangweilt mit den Schultern gezuckt. »Ist doch egal.«

»Was hat denn die Seute?«, fragte Isa, nachdem Rena gegangen war. »Ach, sie ist nur nervös«, hatte Anni abgewiegelt.

»Wär ich auch, vor der Hochzeitsnacht«, hatte Isa geflüstert. »Wie das wohl so ist mit 'nem Mannsbild, nun, ich werd's nich mehr erleben. Das is auch gut so, das is mir alles zu kompliziert.«

Nach dem Essen – Salzwiesenlamm mit Kartoffeln und Bohnen und danach Karamelleis – wurde die Torte feierlich angeschnitten, und wieder wurden Reden gehalten und getrunken, dann begann die Kapelle aus Tönning zu spielen – der Schwiegersohn von Adelheid, Gerdas Schwester, spielte in seiner Freizeit in einer *Band*, wie er sagte –, und man tanzte bis spät in die Nacht. Gegen Mitternacht nahm Gerhard Rena an die Hand und machte großspurige Sprüche. »Nun wollen wir mal schauen, ob die Nacht lang oder kurz wird!«, und alle Männer johlten und klatschten Beifall, und Gerhard gab Rena einen Klaps aufs Hinterteil und schob sie vor sich her Richtung Haus.

»Auf in den Kampf!«, schrien seine Freunde aus Österreich. Anni saß da und blickte Rena hinterher, die überhaupt nicht reagiert hatte. Wäre ihr das passiert, auf gar keinen Fall hätte sie den Mann, der ihr das angetan hatte, noch geheiratet. Es war Renas Entscheidung gewesen, es doch zu tun, und nun würde sie erst mal in die Flitterwochen fahren. Mehrere Wochen – und dabei vielleicht Gerhards gute Seiten kennenlernen. Die Hoffnung durfte man ja nicht aufgeben.

Sie selbst würde in den nächsten Wochen viel zu tun haben. Denn nachdem dieser Widerling Fritz Meinken von der Bank den Kredit bewilligt hatte, hatte sie sich in die Arbeit gestürzt, neue Kataloge bestellt, und Hans hatte ihr die größte Freude überhaupt gemacht und angekündigt, dass er noch einige Zeit bleiben würde. So ganz uneigennützig war das allerdings nicht, denn zwei Tage nach seiner Ankunft hatte eine junge Dame für zwei Wochen kurzfristig ein Zimmer reserviert. Dora Garbin kam aus der Nähe von Köln, war achtundzwanzig Jahre alt und Modedesignerin gewesen, bis ein schwerer Autounfall sie zur Querschnittsgelähmten gemacht hatte. Auf Wunsch ihrer Eltern war sie nun nach St. Peter gereist, um hier ein bisschen Sonne zu tanken und sich zu erholen. Hans und sie hatten sich gleich recht gut verstanden, und obwohl Dora noch abweisend und traurig war, lächelte sie hin und wieder über seine Scherze. »Sehen Sie es positiv, Fräulein Dora«, sagte er zum Beispiel. »Wir werden uns nie die Beine brechen und deswegen wochenlang im Krankenhaus liegen, und wir müssen auch nicht im Kinosaal in den engen Sitzreihen zu unseren Plätzen kriechen, wir sitzen schön auf unserem eigenen Platz.«

Dora war keine klassische Schönheit, aber sie war apart und hatte immens viel Stil. Bei ihrer Ankunft trug sie einen hellblauen, selbstentworfenen Hosenanzug, ihre Nägel waren spitz zugefeilt und in einem dunklen Pflaumenton lackiert. Und sie hatte hochhackige Schuhe an. Ihr halblanges, fast schwarzes Haar trug sie mit einem Pony und ihre Augen waren bernsteinfarben. Dora redete nicht viel. Meistens saß sie am Fenster oder ließ sich von der eifrigen Sigrun am Meer spazieren fahren. Sie aß kaum und trank nur Tee.

Ole war, nachdem er Anni verkündet hatte, er würde erst mal mitmachen, zu Gert und Knut gegangen, und die neuen Pläne wurden ab sofort täglich begossen. Und Anni verbrachte viel Zeit im Kontor und studierte Kataloge und Prospekte, kreuzte an und füllte Bestellkarten aus. Sie telefonierte mit den ortsansässigen Klempnern und Schreinern, und Hans, wenn er nicht mit Dora zusammen war, unterstützte sie nach Leibeskräften.

»Ach Kind«, sagte Gerda. »Was hast du dir da nur zugemutet. Das ist ja alles ganz schön viel. Das hätte ich gar nicht gedacht! Hätte ich das mal gewusst ... Wie soll das alles werden? Ach, ach, Isa, da kommt uns aber Lärm ins Haus«, sagte sie, als Anni verkündete, dass die Holzböden abgeschliffen werden mussten und dass Marten von der Klempnerei käme und die alten Waschbecken rausreißen und die Kacheln abklopfen würde.

»Sie haben Ihre Tochter immer ermuntert, das Hotel zu renovieren, Sie waren immer dafür!«, hatte Isa mit fester Stimme erklärt. »Nun ist es so weit, und dann nehmen Se Ohrenstopfen, Frau Janssen.« Isa, die mal wieder am Backen war, zwinkerte Anni verschwörerisch zu. »Ist gut, dass sich hier mal was tut. Das Haus verfällt und verfällt ja.«

»Ach, ach«, sagte Gerda. »Ich halte mal ein Mittagsschläfchen.« Wie ein Vögelchen flatterte sie dann Richtung Schlafzimmer und ward nicht mehr gesehen.

## 9. KAPITEL

Wie mittlerweile jeden Morgen frühstückte Anni mit Hans, der Isas frisch gebackenes Weißbrot liebte und auch den Honig und die selbstgemachten Marmeladen. Beim Frühstück dachte er nicht ans Zunehmen, da langte er richtig zu. Die Sonne schien in den Frühstücksraum, und Anni war voller Tatendrang.

»Das mit Dora ist wirklich schlimm«, erzählte Hans ihr. »Sie ist im Dezember mit ihrem Messerschmidt Kabinenroller von einer Feierlichkeit nach Haus gefahren, bei Glatteis. Auf einer Brücke kam sie ins Rutschen und ist durch das Geländer auf die darunterliegende Fahrbahn gekracht.«

»Wie entsetzlich!«, sagte Anni.

»Ja.« Hans nickte. »Sie hatte so viel vor, sagt sie. Jetzt ist es an mir, ihr zu zeigen, dass das Leben nicht vorbei ist.«

»Hans, eins muss ich dir bitte sagen«, sagte Anni. »Bitte opfere dich nicht immer so für andere auf. Es ist nicht deine Aufgabe, die Menschen zu retten. Mich auch nicht. Ich möchte nicht, dass du dich ausgenutzt fühlst.«

Er sah sie lange an. »Das tue ich nicht, Anni. Damals hast du mir geholfen. Jetzt bin ich dran.«

Hans fügte sich so perfekt in den laufenden Hotelbetrieb ein, als sei er schon immer da gewesen.

»Ich bin so dankbar, Hans«, sagte Anni, »dass du mir hilfst und für mich da bist.«

»Ich bin gern für dich da«, sagte Hans, und Anni beugte sich rasch zu ihm, um ihn zu umarmen.

»Moin.« In der Tür zum Frühstücksraum stand Hinnerk. Anni ließ Hans los und richtete sich auf.

»Hallo. Sind wir verabredet?« »Nee, aber ich kann ja wohl mal meine Verlobte besuchen, ohne vorher anzufragen.«

Hinnerk hatte keine besonders gute Laune. Seitdem dieser komische Kauz in seinem Rollstuhl hier aufgetaucht war in St. Peter, hatte Anni überhaupt keine Zeit mehr für ihn. Auch an den Abenden nicht.

»Schön, dass du vorbeikommst.« Anni umarmte nun ihn und gab ihm einen Kuss auf die Wange. »Da kann ich dir endlich Hans Falckenberg vorstellen. Du weißt, er war damals im Krieg hier im Hotel, also im Lazarett, und ...«

»Ich weiß. Hab ihn auch schon gesehen.«

»Ich hab Sie aber nicht gesehen.« Hans rollte ihm entgegen und hielt ihm die Hand hin, aber Hinnerk dachte gar nicht daran, seine Hände aus den Taschen seines Arbeitsanzugs zu nehmen.

»Wie lange bleibt der denn noch?«, fragte Hinnerk grimmig.

»Ich bleibe noch ein bisschen, um Ihre Verlobte zu unterstützen. Wie Sie bestimmt mitbekommen haben, wird die *Seeperle* modernisiert und da ...«

»Was haben Sie denn mit dem Hotel hier zu schaffen?«

»Warum bist du denn so unwirsch?«, fragte Anni. »Und so unhöflich?«

»Ich kann dich ja wohl auch mit dem Hotel unterstützen und dir helfen«, sagte Hinnerk. »Da brauchst du niemand Fremden.«

»Erstens mal ist Hans niemand Fremdes, und zweitens bin ich sehr froh, jemanden mit Erfahrung zu kennen, der auch noch seine Arbeit unterbricht und hierbleibt, um mit Papa zu sprechen und mir die ganzen kaufmännischen Dinge erklärt.«

»Ich guck mir das jetzt schon an, seit der da ist«, sagte Hinnerk. »Und warte drauf, dass er endlich wieder fort ist. Ich kann dir wohl auch helfen. Immerhin hab ich ja das *Haus Ragnhild*.«

»Das ist doch was ganz anderes, du hast doch nie richtig im Betrieb gearbeitet, und du *hast* das *Haus Ragnhild* auch nicht, es gehört deinen Eltern.« Annis Stimme klang schärfer als beabsichtigt.

»Ich krieg es aber.« Hinnerk war bockig. »Wir haben doch schon besprochen, wie wir's dann machen wollen.«

»*Du* hast davon gesprochen«, korrigierte Anni ihn. »Wir sind ja noch nicht mal verheiratet. Verlobt im Übrigen auch nicht.« Hinnerk presste die Lippen aufeinander. »Wenn du das sagst.«

»Ach Hinnerk, nun warte es doch einfach mal ab und lass mich mal machen. Du hast doch nichts davon, wenn ich es nicht mache. Oder?«

»Aber wir können das mit der Renovierung doch zusammen machen.«

»Nein«, sagte Anni. »Das habe ich allein angefangen und ich bring es auch allein fertig. Außerdem bist du ja ohnehin ein Stück weit dran beteiligt, denn du sollst das Dach ja neu machen. Und Hans unterstützt mich ein bisschen, das ist alles. Darüber bin ich sehr froh, und ich finde, du könntest ein bisschen freundlicher zu ihm sein.«

»Aha«, sagte Hinnerk. »Aber dass ich dich unterstütze, das willst du nicht. Hauptsache, der Hans, der Hans.« Er war eifersüchtig und versuchte nicht, es zu verbergen.

»Ach, was soll's«, sagte er dann. »Macht doch, was ihr wollt. Ich geh dann mal wieder.« Er drehte sich um und verließ den Raum.

Hans nahm sich noch eine Scheibe Weißbrot. »Netter Kerl.«

»Sehr witzig«, sagte Anni. »Hinnerk ist manchmal ein bisschen eifersüchtig, so war er schon immer. Und er kann nicht verstehen, warum ich ihn noch nicht heiraten will.«

»Willst du denn?« Hans nahm ein großes Stück frisch gekirnte Butter.

»Na ja, schon«, sagte Anni. »Also, es ist so geplant. Schon lange.«

»So, so«, sagte Hans und griff zum Pflaumenmus, in das Isa außer Zimt auch noch einen kräftigen Schuss Rum gerührt hatte.

»Dein ›So, so‹ deute ich wie folgt: Wie kannst du nur so einen Trottel heiraten wollen, du hast doch was viel Besseres verdient«, erklärte Anni und goss sich Kaffee nach.

»Das ist eine infame Unterstellung«, grinste Hans. »Du kannst doch heiraten, wen du willst. Das geht mich doch überhaupt und gar nichts an.«

»Aber du kannst ja deine Meinung äußern«, sagte Anni. »Ich gebe zu, Hinnerk hat sich schon mal besser benommen. Aber er meint es nicht so.«

»Na, dann bin ich ja beruhigt«, sagte Hans und biss in sein Brot.

Langsam füllte sich der Frühstücksraum mit den Hotelgästen, und sie sprachen nicht mehr weiter von Hinnerk, sondern über Überdecken, Wandfarbe und Anschaffungen.

Im Empfangsbereich war am wenigsten zu tun. Ein neuer Anstrich an die Wände, die Cocktail- und Ledersessel neu gepolstert und bezogen, die Teppiche wurden in eine Reinigung nach Husum gebracht. Nur der Empfangstresen, so regte Hans an, sollte moderner und einfacher gestaltet werden.

»Kurze Wege, alles muss griffbereit sein, und ich befürworte die Anschaffung einer elektrischen Rechenmaschine. Das spart die ewige Kopfrechnerei und ist auch zuverlässiger. Habt ihr eigentlich eine Schreibmaschine?«

»Nein«, musste Anni zugeben. »Papa und Mama haben Bestellungen und Rechnungen immer mit der Hand geschrieben. Es gibt ja diese Vordrucke.«

»Eine Schreibmaschine muss auch her. Ich kann nämlich das Zehnfingersystem, wenn du magst, bringe ich es dir bei.«

»Was du alles kannst, Hans.« Anni musste lachen.

»Ich kann auch stenografieren. Keine Ahnung, welcher Teufel mich geritten hat, als ich mich zu den Kursen angemeldet habe, aber ich dachte, es kann ja nicht verkehrt sein, wenn man ein Geschäft hat und bei Kundengesprächen mitstenografiert. Und es ist wirklich gut.«

Plötzlich ging ein Strahlen über Hans' Gesicht, Anni drehte sich um und sah Dora auf sie zukommen. Anni runzelte die Stirn, sie konnte nicht anders, aber sie war ein wenig in Sorge. Sie traute dieser Dora Garbin aus welchen Gründen auch immer nicht über den Weg. Irgendwas an Dora war falsch. Aber vielleicht sah sie auch einfach nur Gespenster.

Nach dem Frühstück nahm Anni eine Einkaufsliste, die Isa geschrieben hatte, und ging zum Dorfkrämer. Die alte Swantje Döring betrieb den Laden seit über siebzig Jahren. Sie war fast neunzig, hatte den Kaiser und zwei Weltkriege miterlebt und stand immer noch im Geschäft, obwohl sie Gicht, Rheuma und Arthritis hatte und die Finger der linken Hand kaum noch bewegen konnte. Seitdem Anni denken konnte, sah es in Swantjes Laden gleich aus. Auf dem Holzboden standen Säcke mit Reis und Nudeln mit Schütten darin, es gab eine Kartoffelkiste, vor der Anni als Kind Angst gehabt hatte, weil Swantje ihnen früher erzählt hatte, wer schon mal gelogen hatte und in die dunkle Kiste reingriff, dem werde die Hand abgebissen. Anni und alle anderen Kinder hatten sich fortan geweigert, Kartoffeln einzuholen.

Bei Swantje gab es alles, von Knöpfen, Garn, Wolle bis hin zu Oberhemden, Schürzen und Tischdecken auf der einen Seite, auf der anderen türmten sich Konserven mit den exotischsten Namen. Ananas, griechische Oliven, Schaschlik, es gab Dosen mit Krabbenfleisch, Mastgans in Aspik, Pökel- und Sauerfleisch, Corned Beef und Wiener Würstchen und die von Swantje selbstgemachte Leber- und Blutwurst im Glas. Einmal im Monat holte sie freitags vom Schlachter das Fleisch und verarbeitete es übers Wochenende in ihrer großen Küche zu Wurst und Pastete. Große Dosen bevorrateten Zwieback und Mocca, und seit Neustem gab es auch den »Glorietta«-Kuchenteig zum Anrühren, was von den Frauen in St. Peter mit Argwohn betrachtet wurde. Einen Kuchenteig machte man immer noch selbst, außerdem wäre das ja auch ein Verrat an den Dittmanns gewesen, hier kaufte man Kuchen, wenn man denn kaufte. Anni liebte es, sich die wunderschönen Verpackungen der Süßwaren in Swantjes großem Verkaufstresen anzuschauen: Frauen in Ballkleidern, Rosen und Berge. Vom Inhalt mal ganz abgesehen: Vollmilch-Erdnuss-Schokolade, Mocca-Sahne, die bunten Pralinenmischungen mit Sahnetrüffeln, Likörpralinen gefüllt mit Himbeergeist, Curaçao und Weinbrand. Original Schweizer Schokolade gab es und Nougatcreme in Tuben, große Packungen mit Waffelmischungen und Pfefferminztaler, umhüllt mit Zartbitterschokolade. Die Kinder waren ganz wild auf die großen Süßigkeitentüten für den ersten Schultag. Ein Pfund Süßes auf einmal, das gab es sonst nie! Auf dem Tresen selbst türmten sich Eier, Käse und Weinflaschen, hinter ihr an der Wand lagen Waschmittel und Soda und alles, was man für die Körperpflege so brauchte. Riesige Reklameschilder priesen Persil und Maggi an, und es gab bei Swantje sogar echte Nylonstrümpfe, die sie von einem Bekannten ihres Enkelsohns bezog, der es gut mit den Amis hielt. In den oberen Regalen standen Wodka-, Likör- und Whiskyflaschen, Underberg und Steinhäger, Jamaikarum und natürlich der gute Advocaat-Eierlikör, dem Frau Dittmann so zusprach und den sie auch gern mal selbst ansetzte, dann aber mit viel mehr Rum, als im Rezept angegeben war. Anni hätte Stunden hier verbringen und einfach nur schauen können. In Swantjes kleinem Laden kam man sich vor wie auf einer exotischen Reise. Sie hatte sogar Sunkist-Orangeade, Jaffa-Sirup und spanische Orangenmarmelade.

»Na, Annikind, was hört man, du warst bei der Bank und hast nach Geld gefraacht«, sagte Swantje neugierig und stützte sich mit ihren fleischigen Armen am Tresen ab.

Anni grinste in sich hinein. Das war ja mal wieder schnell gegangen. »Ja, Frau Döring, war ich. Und es hat sogar geklappt auf der Bank.«

»Ach«, Swantje Döring wurde noch neugieriger. »Nach wie viel hast du denn gefraacht? Und wieso ist denn der Herr Papa nich gegangen? Übergibt er dir jetzt das Haus, ja?«

»Wenn es so weit ist, sind Sie die Erste, die es erfährt«, lächelte Anni, die gar nicht daran dachte, der geschwätzigen Swantje einen Betrag zu nennen, den die sowieso verdoppeln oder verdreifachen würde. »Die Janssens müssen Schulden machen, die haben schlecht gewirtschaftet, kein Wunder, nur ein einbeiniger Mann im Haus und sonst nur Weibsleute.« Sie hörte es Swantje schon im Laden erzählen: »Bald gibt's bei Janssens wieder Muckefuck, dann ist kein Geld mehr da für Bohnenkaffee, so wird's kommen, ich hab's ja gleich gesagt.«

»Und was is denn nu mit deiner Hochzeit? Hinnerks Mutter sacht, nu ist es bald so weit.«

»Aha, sagt sie das.« Anni holte die Einkaufsliste aus ihrer Tasche. »Hier, Frau Döring, können Sie mir das bis zum Abend zusammensuchen? Ich komm dann mit dem Leiterwagen rum.«

Swantje setzte ihre Brille, die auf ihrem überdimensionalen Busen an einer Kette hing, auf die Nase und studierte die Liste. »Müsst ich alles dahaben. Sag mal, Anni, kommst du auch zum Umtrunk morgen Nachmittag? Die neue Ärztin gibt doch ihren Einstand«, fragte sie dann. Das hatte Anni ganz vergessen.

»Ja, ich komm.«

Sie war gespannt. Sie kannte keine Ärztinnen, nur Ärzte, und fand die Vorstellung, mit einer Frau und nicht mehr mit dem alten Dr. Heilwig über eine Krankheit zu sprechen, sehr angenehm. Besuche bei ihm hatte sie, so gut es ging, vermieden, nachdem Rena mal erzählt hatte, oft würde er zu den Frauen sagen, sie sollen sich mal obenrum freimachen, obwohl sie nur über leichten Schwindel klagten oder im Stall in einen rostigen Nagel getreten waren.

»Um fünf geht's los«, sagte Swantje und holte die Kiste mit der Seife hervor, um die passende Stückzahl abzuzählen.

»Danke. Dann sehen wir uns dort.« Anni verließ den Laden, und die Glocke bimmelte wie seit Ewigkeiten.

Als Nächstes würde sie die Bettwäsche, Tischdecken und

Handtücher zu Heike bringen. Seit über dreißig Jahren machte sie die Wäsche für die *Seeperle* und die anderen Hotels und Pensionen. Als ihre vier Kinder noch klein waren, mussten sie mithelfen, ob sie wollten oder nicht, und nie würde Anni vergessen, wie der zweijährige Per mal in den zum Glück gerade erst angeheizten Kessel gefallen war und beinahe ertrunken wäre. In letzter Sekunde hatte Heike ihn am Hosenbund herausfischen können. Seitdem wurde Per angeleint in der Waschküche, ob er brüllte oder nicht. Tagaus, tagein, sommers wie winters, hatte er ein Geschirr um, das sein Großvater aus Leder geflochten hatte, und ein langes Lederband hing an einem fest angebrachten Eisenring in der Wand, und Per tobte und brüllte im dunklen Keller, was aber niemanden interessierte. Seine Geschwister achteten nicht auf den kleinen Bruder, die mussten nach der Schule und dem Mittagessen auch in den Keller und helfen, während die meisten anderen Dorfkinder Baumhäuser bauten und beim Fangenspielen herumtobten.

Mit raschen Schritten ging Anni durchs Dorf. Wie gern sie hier wohnte. Die prächtigen Bäume spendeten im Sommer stets Schatten, die Häuser waren gepflegt wie die Gärten, es gab Obstbäume und -sträucher, die Menschen waren zum Großteil freundlich. Man kannte sich lange, man half sich, wenn es nötig war, man hielt zusammen. Neue wurden zwar begrüßt, aber es dauerte, bis man sie aufgenommen hatte in die Dorfgemeinschaft. Das musste man sich erst erarbeiten. Aber wer drin war in St. Peter, der blieb. Der konnte auf die anderen zählen. Gewiss, es gab Geschwätz, Rederei, Gerüchte wurden herumgetragen, aber war das nicht überall so?

Die Mittagssonne strahlte für März schon recht kräftig, und wenn das so weiterging, würde sie bald keine Jacke mehr brauchen. Der olle Carsten Spieker kam schlafend mit Pfeife, seiner Piep, im Mund auf seinem Pferdefuhrwerk angefahren. Die beiden alten Kaltblüter kannten den Weg von allein, sie zogen den Wagen jeden Tag zum Feld und wieder zurück, und tagsüber waren sie vor den Pflug gespannt, der am Feldrand stand, und eggten die Felder, obwohl es gar nichts zu pflügen gab, denn Carsten war tüdelig und vergaß alles, auch, dass er gar keine Felder mehr besaß, die hatte er vor Ewigkeiten an den Nachbarn verkauft, der aber nichts sagte, wenn Carsten fast täglich pflügte, ohne etwas zu pflügen, denn das Feld war nicht mehr gut zu bestellen, der Nachbar wollte eine Koppel errichten irgendwann mal. So lange konnte Carsten machen, was er wollte. Das Einzige, was er nie vergaß, waren die Pferde. Josef und Anton bekamen pünktlich ihr Futter, und ihre Boxen waren immer frisch gemistet und eingestreut. Das war alles, war der olle Carsten Piep, wie ihn alle in St. Peter nannten, noch zuverlässig erledigte. Sein eigenes Abendessen bekam er von den Dorfbewohnern, die ihn im Wechsel versorgten. Manchmal saß Isa abends bei ihm, wenn er so traurig war, was hin und wieder vorkam, seitdem das Hildchen tot war. Dann lief er durchs Haus und suchte sie. »Hildchen, nu komm doch vor, das macht mir ja Angst, dass du dich nicht rührst.« Dann saß Isa da und hielt seine Hand und sagte: »Carsten Piep, hörst du, das Hildchen ist doch im Himmel«, und Carsten sah sie an und sagte: »Ein Engelchen ist das Hildchen jetzt, nun muss sie nicht mehr leiden, Isa, sach doch mal.« Und Isa nickte und holte ihnen noch Bier aus dem Schrank. »Dem Hildchen geht's gut jetzt, sie hat keine Schmerzen mehr, Carsten Piep, das hat sie mir letzthin im Traum erzählt, sie freut sich schon auf dich.«

»Was hat sie leiden müssen«, sagte Carsten Piep dann immer

und musste hin und wieder weinen, weil er daran dachte, wie das Hildchen im Bett gelegen und keine Luft mehr bekommen hatte, weil die Lunge voll mit Wasser war. Wochenlang war das so gegangen, und jeder in St. Peter, der das Hildchen besucht hatte, wünschte sich, sie würde endlich erlöst werden, sogar der Pfarrer, der sonst immer fürs Leben war.

Als Pfarrer Gerthsen dem Hildchen die Letzte Ölung gegeben hatte, war sie kurze Zeit später endlich, endlich, mit einem lauten letzten Röcheln, gestorben, und alle, die bei ihr standen, waren erleichtert, bis auf Carsten Piep. Der war über ihrem Bett zusammengebrochen und hatte seitdem von Tag zu Tag mehr abgebaut.

Anni kam zur großen Linde am Dorfplatz, um die eine Bank gezimmert worden war vor hundert Jahren, die an einigen Stellen schon auseinandergebrochen war, weil die Linde es überhaupt nicht einsah, sich beim Wachsen und Breiterwerden von einer Bank behindern zu lassen. Mit stoischer Ruhe sprengte sie die Bank über die Jahre auseinander, und die wehrte sich gar nicht groß, sondern ließ sich vertreiben. Nun saß Sigrun hier und drehte an ihren Affenschaukeln.

»Ich bin fertig für heut, Fräulein Janssen«, sagte sie. »Nicht, dass Sie denken, ich drück mich vor der Arbeit. Aber zweimal die Woche muss ich doch heim und der Mutter helfen und auf Arne aufpassen.«

»Das weiß ich doch, Sigrun«, sagte Anni und setzte sich neben sie. »Na, wolltest du dich erst noch einen Moment ausruhen?«

»Ja, ich warte, bis der Vater fort ist«, sagte Sigrun leise und schaute verstohlen zu ihrem Elternhaus hinüber, einem Gebäude aus dem 17. Jahrhundert, das windschief dastand und aus dem jetzt die seit Jahren gewohnten Geräusche drangen.

Einmal in der Woche, wenn der Bauer Friedrich im Nachbardorf Sigruns Vater Knut seinen Wochenlohn ausbezahlt hatte, wanderte ein Teil davon sofort ins Wirtshaus *Nautilus*, in dem der Besitzer, der große, muskulöse Hein Großjohann, hinterm Tresen stand und Bier zapfte und Korn ausschenkte. Knut saß dann auf einem Hochstuhl am Tresen, entweder allein oder mit seinen Freunden Gert und Ole, trank Bier und Korn, jammerte über sein Leben, und Hein nickte stets und sagte: »Armer Kerl, das bist du, trink noch ein Bier, schlimm, das Leben, schlimm.« Nach dem zweiten Bier wurde Knut wehleidig und stellte sein komplettes Dasein infrage, nach dem vierten Bier wurde er wütend auf die Politik und zog über Adenauer und sein ganzes Gesocks her, nach dem fünften Bier wurde er aggressiv und warf dann gern mal einen Aschenbecher auf den Boden oder ein volles Glas um, und das war dann immer der Moment, in dem Hein ihn rauskomplimentierte, woraufhin Knut stets nach Hause wankte und mit jedem Schritt wütender wurde. Entweder seine Frau Hedda musste dann dran glauben oder eins der Kinder, wie sie gerade da waren, aber am schlimmsten hatte Knut es auf den etwas zurückgebliebenen Jüngsten, Arne, abgesehen. Wenn der Junge ihn aus großen Augen angstvoll anstarrte und nicht wusste, was er machen sollte, damit der Vater wieder gute Laune hatte, riss Knut seinen Gürtel aus der Schlaufe und drosch auf ihn ein. »Wer spielt denn mit zehn Jahren noch mit Holzklötzern? Doch nich mein Sohn! Is nich meiner!«, schrie er dabei. »Hedda! Gibst du endlich zu, dass es nich meiner is!« Und dann kam Hedda mit großem Geschrei angelaufen, warf sich vor Arne, wollte ihn schützen und bekam ebenfalls den Gürtel zu spüren, und manchmal holte Knut noch den Rohrstock, der hinter der Haustür hing, dazu und prügelte mit beidem auf sie ein. Die anderen Kinder liefen dann meist schreiend aus dem Haus, wenn sie es denn schafften, aber oft kam Knut in die Küche, wo sie alle saßen, und dann kam keiner mehr am Vater und dem Rohrstock und dem Gürtel vorbei.

Wenn er fertig war, legte er sich in der Küche auf das Sofa und schlief schnarchend und sabbernd ein, und nicht nur einmal hatten Sigrun, ihre Geschwister und die Mutter heimlich darüber nachgedacht, ihm den Schürhaken vom Ofen über den Schädel zu ziehen.

Dr. Heilwig, der sich die Wunden in schönster Regelmäßigkeit hatte anschauen und versorgen müssen, hatte immer den Kopf geschüttelt: »Aufpassen musst du, Arne, darfst nicht mit dem Stuhl umfallen«, oder: »Na, Sigrun, hat die Kuh dich wieder getreten?«

Jeder in St. Peter wusste, was im Haus von Knut und Hedda vor sich ging, aber niemand tat etwas.

»So ist er, der Knut«, sagte man und zuckte die Schultern. Und: »Eine Tracht Prügel, herrje. Das hat uns auch nicht geschadet. Wird schon seinen Grund gehabt haben, der Knut.« »Wer weiß, vielleicht ist der Arne wirklich nicht von ihm ... ein bisschen komisch ist er ja, der Arne.« Plötzlich hörte man Arne schreien und Hedda auch, und dann wurde das geöffnete Fenster mit einem lauten Knall geschlossen.

»Manchmal wünscht' ich, er wär tot«, flüsterte Sigrun, und Anni legte den Arm um das Mädchen.

»Ich weiß«, sagte Anni leise. »Ich weiß.«

Gewalttätige Männer waren ihr ein Gräuel. Sie musste an Rena denken. Sie und Gerhard müssten jetzt schon in Italien angekommen sein. Wie es wohl war mit ihm? Sie hatte sie nach der Hochzeit gar nicht mehr gesehen, weil sie frühmorgens aufgebrochen waren. An dem Abend aber hatte Rena sie fest umarmt und sie gar nicht mehr loslassen wollen.

»Du schreibst mir bald, ja?«, hatte Anni gesagt, und Rena hatte zitternd genickt.

»So, nun komm.« Gerhard hatte dagestanden und Anni mit glasigem Blick gemustert. »Oder willst du uns vielleicht aufs Zimmer begleiten?«, lallte er dann. »Zu zwei schönen Frauen hat noch keiner Nein gesagt.«

Noch war von Rena kein Lebenszeichen in St. Peter angekommen. Anni hoffte auf eine Karte oder vielleicht sogar einen Anruf, dass es ihr gutging.

Nun ging die Tür von Broders' Haus auf und Arne kam rausgelaufen. Tränen strömten über sein Gesicht und als er seine Schwester sah, rannte er auf sie zu und weinte laut.

»Arne!« Sigrun stand auf und breitete beide Arme aus, in die Arne sich fallen ließ. »Psch, psch, psch, alles wird gut.«

Arne hielt ihr seine Finger hin, die gequetscht worden waren.

»Au! Der Va – Va – Vater hat draufgedroschen, der Vater hat gesagt, ein Junge gehört nicht ans Klavier. Es tutututut s... s... sow – w – w – weh.« Der Junge fing nun auch noch an zu stottern, stellte Anni fest. Kein Wunder.

Sigrun streichelte die geschundene Hand ihres Bruders. »Hast du wieder gespielt, mein Kleiner?«

Arne nickte.

»Was denn?«

»K-k-kuckuck, Kuckuck, ru – hu – huft's aus dem Wald, lasset uns singen, t – t – tanzen und springen, Frühling, Frühling, wird es ne-ne-ne-nun bald«, sang Arne traurig und holprig. »Da hat er den Stock ge-ge-genommen und mir auf die Hände hau'n. Jetzt k –k-kann ich gar nicht mehr sp-spielen.«

Anni seufzte. Hatte er denn ausgerechnet »Kuckuck« spielen müssen? Das war alles so ungerecht, dachte Anni. Warum tat eigentlich keiner was gegen die gewalttätigen Männer? Wieso konnten die schalten und walten, wie sie wollten? Wenn sie doch nur etwas dagegen tun könnte. Aber wie? Vielleicht war die neue Ärztin ja moderner als Dr. Heilwig. Vielleicht könnte man ja gemeinsam etwas ausrichten.

Nun. Man würde sehen.

## 10. KAPITEL

»Danke, danke, ich freue mich, dass alle so zahlreich erschienen sind, wahrscheinlich könnt ihr es überhaupt nicht erwarten, dass ich endlich auf der Fähre nach Norderney sitze und ihr nicht mehr von mir hören müsst, dass ihr weniger rauchen und weniger trinken und mehr Gemüse essen sollt«, sagte Jan Heilwig und prostete seinen Abschiedsgästen mit Bowle zu. Seine Frau stand neben ihm und hielt ein Tablett mit Schnittchen und Käsewürfeln mit Weintrauben in den Händen.

Die Abschiedsfeier von Jan Heilwig war gleichzeitig der Einstand der neuen Ärztin, Doktor Helena Barding. Die stand in einiger Entfernung da, und Anni beobachtete sie neugierig. Sie schätzte die Frau auf Anfang dreißig. Sie machte einen ruhigen, sympathischen Eindruck, war mittelgroß, hatte dunkle, halblange Haare, die in weichen Wellen ihr ovales Gesicht umrahmten, auf einer Seite trug Helena Barding eine Haarspange mit Simili-Steinen. Blauer Rock, beige Bluse, Halbschuhe, Strümpfe und eine Häkelweste. Helena Barding kleidete sich, als wenn sie siebzig wäre, allein die Haarspange war modern. Sie sah nett aus, nett und unscheinbar. Und klug, dachte Anni. Aber das war ja nicht unnormal, wenn man Arzt war. Helena Barding machte einen offenen, interessierten Eindruck. Gut möglich, dass man mit ihr über Knut reden könnte.

»Nun übergebe ich das Wort an meine Nachfolgerin. Dr. Helena Barding hat in München studiert und zuletzt in Frankfurt am Main praktiziert. Sie ist Allgemeinärztin und zusätzlich auf Geburtshilfe spezialisiert, da können sich die jungen Damen ranhalten, damit sie bald genug zu tun hat, hahaha.«

Alle Männer machten auch »Hahaha«, die verheirateten Frauen wurden rot, und Anni verdrehte automatisch die Augen. Sie hasste diese Art Humor, bei dem immer eine Partei peinlich berührt war, meistens die Frauen.

Dann merkte sie, dass Helena Barding sie anschaute und ihr zulächelte. Sie schien dasselbe zu denken wie sie. Ihr Lächeln war warm und herzlich. Nun trat sie vor und schaute in die Runde.

»Ich freue mich sehr, hier in St. Peter zu sein und Sie alle kennenzulernen. Ich hoffe, dass ich Ihr Vertrauen gewinnen werde und dass ich Ihnen allen helfen kann – und auch darauf, das eine oder andere Kind auf die Welt zu holen. Ich erhebe mein Glas und sage: Auf eine gemeinsame Zukunft! Vielen Dank.«

Alle Anwesenden prosteten ihr zu, dann trank man Bowle und aß ein paar Käsestückchen und Pumpernickel mit Mettwurst.

»Vielleicht kann die neue Frau Doktor ja unsern Carsten Piep wieder zurechtbiegen«, sagte Isa. »So tüdelig wie der is, der zündet irgendwann noch mal das Haus an oder fährt in die See mit den Pferden und kommt nicht mehr zurück, weil er's Hildchen sucht.«

»Ich glaub, bei Carsten ist nichts mehr zu machen«, sagte Lore Dittmann und nahm einen Schluck Bowle. »Der sitzt hier noch seine Zeit ab, bis er zum Hildchen kann, ich sag dir, der will gar nicht mehr. Letztens auf der Straße hab ich ihn gesehn, da sagt er, Lore, sagt er, ich hab das Hildchen gesehn. Oben im Himmel hat's gesessen und von einer Wolke geschaut. Da wollte ich hochklettern, den Kirschbaum hoch und zur Wolke, aber ich hab's nicht geschafft. Ach, wär ich so gern beim Hildchen.«

»Was wird eigentlich aus dem Hof, wenn Carsten nicht mehr ist?«, fragte Isa.

»Wird wohl einer der Söhne erben und dann bestimmt verkaufen. Das sind ja alles Städter, die ziehen nicht mehr zurück aufs Land.« Lore zuckte mit den Schultern.

»Frau Doktor!« Annis Mutter Gerda nutzte die erstbeste Gelegenheit, um sich Dr. Barding zu schnappen. »Ist das schön, eine Frau! Wir sind ja allesamt nur den Dr. Heilwig gewöhnt, und jetzt dieser Unterschied. Das wird bestimmt eine ganz neue Erfahrung für viele.« »Ich hoffe, eine gute«, sagte Helena Barding zu Gerda. »Noch habe ich keine Hilfe für die Sprechstunde, ich hoffe, das wird sich bald ändern, deswegen werde ich die Termine erst mal selbst ausmachen, läuten Sie also gern an, wenn Sie mal kommen möchten. Sie sind Frau ...?«

»Gerda Janssen.« Gerda war ganz glücklich. »Haben Sie meine Tochter schon kennengelernt? Anni, komm mal und sag der Frau Doktor schön guten Tag.«

»Ja, Mama, ich sag schön guten Tag.« Anni reichte Dr. Barding lächelnd die Hand. »Anneke Janssen. Ich wünsche Ihnen einen guten Start hier bei uns in St. Peter. Wenn Sie Fragen haben, Hilfe brauchen oder einfach mal einen Schwatz halten wollen, uns finden Sie im Hotel *Seeperle* am Ortsrand.«

»Oh, dann sind Sie die patente junge Dame, die das Hotel renovieren wird?«, fragte Dr. Barding.

»Richtig, renovieren werde ich. Ob ich patent bin, wird sich noch zeigen.« Anni lächelte, und Dr. Barding lächelte zurück.

»Ach, Annikind, sicher, sicher, wenn nur der Lärm nicht wär!«, sagte Gerda. »Da hab ich jetzt schon Angst vor.«

»So schlimm wird's nicht werden, Muttchen. Sagen Sie, Frau Doktor, was hat Sie denn ausgerechnet zu uns gezogen? Von einer großen Stadt wie Frankfurt nach St. Peter, das ist schon ein Schritt.«

»Die eigene Praxis«, sagte Helena Barding. »Und ich brauchte mal eine Luftveränderung und einen Ortswechsel. Beides hab ich nun bekommen.«

»In Frankfurt ist so viel noch kaputt«, sagte Gerda.

»Ja, aber auch einiges schon wiederaufgebaut. Die Leute tun alles dafür, um die Stadt wieder hochzukriegen. Frankfurt war natürlich etwas ganz anderes als das hier. Ich finde es wunderbar, einfach so ans Meer gehen zu können. Ab wann man wohl schon baden kann?«

»Das dauert noch«, lachte Anni. »Wobei Sie als Ärztin bestimmt den Leuten zur Abhärtung raten, und es gibt tatsächlich einige hier in St. Peter, die das ganze Jahr über schwimmen gehen. Aber für mich wäre das nichts. Ich friere zu leicht und gehe nur ins Wasser, wenn es richtig Sommer ist.«

»Kann ich verstehen«, sagte die Ärztin. »Nun, ich freue mich, dass wir uns kennengelernt haben. Ich gehe nun mal zu den anderen Leuten, sind ja alles zukünftige Patienten.«

»Wo wohnen Sie denn?«

»Über der Praxis. Ich lasse streichen und einen Großteil der Möbel lassen die Heilwigs hier, die konnte ich übernehmen. Alles nach und nach. Also, bis bald, Frau Janssen.« Sie lächelte ihnen zu und ging dann zu den anderen Gästen.

Anni blickte ihr hinterher. Sie mochte Helena Barding. Und sie musste daran denken, dass sie nun, seitdem Rena weg war, gar keine Freundin mehr in St. Peter hatte. Alle hatten geheiratet und waren weggezogen. Vielleicht würde Dr. Barding mit ihr mal einen Tee trinken oder einfach so spazieren gehen. Außerdem könnte sie sich vielleicht mit ihr zusammentun, man könnte doch eventuell einen Aufenthalt im Hotel mit Anwendungen, die von Dr. Barding verschrieben wurden, kombinieren. Darum musste sie sich ja auch noch kümmern. Wieder sah sie zu der Ärztin. Irgendwie wirkte sie ein wenig unnahbar. Als sei ein unsichtbarer Panzer um sie herum.

Aber den hatten sich ja viele in den Kriegsjahren und danach angeeignet, um zu überleben.

Am nächsten Morgen nach dem Frühstück ging Anni noch mal zu Swantje. Die hatte gestern nicht alles vorrätig gehabt.

»Ich hab es doch nicht zum Umtrunk geschafft«, lechzte Swantje. »War ja keiner für'n Laden da. Wie isse denn, die neue Frau Doktor?«

»Sehr nett und bestimmt auch sehr gut. Gehen Sie mal mit Ihrem Rheuma zu ihr, Frau Döring.«

»Ach, Unfug. Da ist nix mehr zu machen. Das Rheuma wird mich noch im Grab ärgern. Ist die Frau Doktor denn verheiratet?«

»Nein, Frau Döring, soweit ich weiß, nicht.«

»*Nicht* verheiratet!« Swantje machte große Augen. »Na, da können die Frauen hier in St. Peter ja ihre Männer gut festhalten. So eine, die rennt doch rum und holt sich einen nach dem anderen ins Bett, pass nur op!«

»Ach«, sagte Anni. »Da sprichst du wohl aus Erfahrung.«

Swantje runzelte die Stirn. »Was meinst du?«

»Sie waren doch auch nie verheiratet, Frau Döring.« Anni lächelte die Krämerin an und verließ den Laden.

Dora und Hans saßen im Empfangsbereich vor dem Kamin und unterhielten sich leise, als Anni nach Hause kam. »Maikäferchen, komm, setz dich zu uns«, sagte Hans. »Es sind neue Kataloge gekommen, ich habe schon mal angefangen zu blättern, es sieht wundervoll aus.«
»Gleich, ich muss nur rasch die Sachen in die Kühlung geben«, sagte Anni. Der Eismann hatte neue Eisstangen gebracht, das war gut. Ein Kühlschrank musste her, unbedingt. Denn der Eismann war unzuverlässig geworden. Seitdem der Filius von Hagen Lüders, der junge Ludwig, das Geschäft vom Vater übernommen hatte, kam er nur noch, wann er lustig war, und hielt sich kaum noch an Termine.
»Die Leute sollen froh sein, wenn ich sie überhaupt beliefere«, war seine Meinung. »Ich bin doch der einzige Eismann in der Gegend, was sollen sie denn machen ohne mich?« Zu gern hätte sie Ludwig mal die Meinung gegeigt und ihn vom Hof gejagt, aber das ging nicht, noch brauchten sie ihn und seinen Eiswagen. Es gab zwar noch von früher die Eiskeller, die in die Dünen gebaut worden waren, wo man auf Schilf im Winter Eisbarren lagerte, sie ordentlich abdeckte und die Erdhöhle verschlossen hielt, um bis spät im Sommer die Kälte zu halten. Aber in warmen Sommern war das viel zu wenig. »Ich räum den Rest schon wech, geh du nur zum Hans«, sagte Isa, die gerade die Aufschnitt- und Käsereste vom Abendbrot einpackte. »Morgen haben wir zwei Abreisen, denk dran, und sag der Sigrun, dass sie die Acht und die Elf gründlich machen soll. Die waren unordentlich, die Gäste, das weiß ich, da muss ich die Zimmer gar nicht sehen. Sie gehen mit dem Buttermesser in die Marmelade und mit der abgeleckten Gabel ins Mett. Wo sind wir denn!«

Anni ging zu Hans und Dora an den Kamin und legte neue

Scheite in das Feuer. Die Flammen schnappten gierig nach dem trockenen Holz, es knisterte behaglich, und sofort breitete sich die Wärme weiter aus. Der Frühling kam, keine Frage, aber abends war es immer noch empfindlich kalt.

Anni nahm sich einen Sessel und zog ihn zu Hans und Dora heran. Auf dem kleinen, schwarzen Nierentisch mit den bunten Zeichnungen, die junge, tanzende, lachende Leute zeigten, lagen die neuen Kataloge und Prospekte. Hans wurde nicht müde, immer neue anzufordern.

»Hier«, sagte er. »Das musst du dir anschauen. Die Tischwäsche ist wirklich schön. Pflegeleicht und bügelfrei!«

»Bügelfrei?« Anni konnte es nicht glauben. »Das ist ja herrlich!« Was würden sie da an Geld sparen, wenn sie nicht alles in die Mangel geben mussten!

»Ja, und hier sind Tischsets in Blau, Rosa, Hellgelb und Lindgrün. Dazu passend Serviettenringe aus Bast. Da haben wir im Frühstücksraum gleich eine bunte Note. Ich habe mir auch noch was überlegt: Was hältst du davon, wenn ihr in der *Seeperle* ein Frühstücksbuffet anbietet?«

»Du meinst, dass die Leute aufstehen und sich immer nachholen können? Essen sie da nicht zu viel?«, fragte Anni vorsichtig.

»Das muss im Preis natürlich einkalkuliert werden. Aber ihr spart euch die Rennerei, wenn einer Rührei und der andere Spiegelei will oder mehr Marmelade oder noch Butter oder Kaffee. Wenn alles in der Mitte arrangiert auf Tischen steht, kann sich jeder Gast selbst bedienen. Der Trick ist, nur kleine Teller und Schüsseln und Gläser hinzustellen. Dann können sich die Gäste nicht so viel auf einmal nehmen. Und an die Seite stellt man eine kleine Herdplatte, auf der man die Eier frisch zubereitet, wie der Gast es eben will. Das macht dann immer der, der Frühstücksdienst hat, und der hat auch dann sonst alles im Blick.«

»Das ist eine gute Idee«, sagte Anni. Ihr Kopf schwirrte von den ganzen Neuerungen, die anstanden. »Aber lass uns jetzt erst mal die Vorhangstoffe anschauen.«

»Hier.« Er hatte schon Knicke in die entsprechenden Seiten gemacht. »Auf Gardinen kann man voll und ganz verzichten. Die Fenster hier in der *Seeperle* sind so schön mit den Butzenscheiben und den Sprossen. Die muss man doch nicht hinter einer Gardine verstecken. Außerdem hat man eine schöne Aussicht und spart noch Strom, weil das elektrische Licht später angeschaltet werden muss. Hier zum Beispiel, Pistaziengrün oder Altrosa. Das passt wunderbar zum Holz. Man nimmt die Vorhangstoffe dann einen Ton kräftiger, damit die Zimmer auch abgedunkelt sind, aber nicht zu sehr. Damit dein Vater sich nicht aufregt, weil er denkt, die Gäste können nicht schlafen, die Befürchtung hatte er ja.«

»Das finde ich herrlich«, sagte Anni. »Da sind ja noch mehr Farben, das Blau ist wunderbar. Das passt zu der Wandmalerei in der Nummer zwölf. Meine Urgroßmutter war künstlerisch sehr begabt, sie hat in zwei Zimmern die Wände bemalt. Einmal mit Jagdszenen und in der zwölf Meeresgetier, alles in Blautönen.«

»Knorke!« Hans freute sich. »Das wird passen. Schau mal, die Bettwäsche. Ebenfalls bügelfrei. Das scheint jetzt in Mode zu kommen.«

»Was für eine Erleichterung!«

»Und die hellen, leichten Tagesdecken!«

»Ich würde vorschlagen, morgen gehen wir durch die einzelnen Zimmer und suchen aus«, sagte Hans. »Ach verflixt!«

»Was ist denn?«

»Wie soll ich denn in die oberen Stockwerke kommen?«

»Da fällt uns schon was ein«, lachte Anni. »Wir nehmen einfach zu zweit deinen Rollstuhl und tragen dich die Treppe hoch. So viele Stufen sind das auch nicht.«

»Wenn ihr mich bloß nicht fallenlasst.«

Dora, die bis eben in einem Modemagazin vertieft war, zuckte plötzlich zusammen. »Huch«, sagte sie.

»Was ist denn?«, fragten Hans und Anni gleichzeitig.

»Mein rechtes Bein hat sich bewegt«, sagte Dora atemlos.

»Ach Dora«, sagte Hans und lächelte lieb. »Weißt du, wie oft ich das gedacht habe? Zu oft. So oft, dass ich schon bös wurde, wenn's wieder gezuckt hat. Hau mal drauf.«

Dora schlug mit der flachen Hand auf beide Oberschenkel. »Nichts. Ich spüre gar nichts.«

»All right. Und nun versuch mal, die Beine zu bewegen«, sagte Hans.

»Nichts.« Dora lehnte sich in ihrem Rollstuhl zurück und starrte in den Kamin. »Manchmal denk ich, ich kann doch wieder laufen.«

»Hab ich auch gedacht. Aber was durch ist, ist durch.« Hans nahm ihre Hand und lächelte sie wieder an, und Dora lächelte gequält zurück.

»Das Leben ist gemein«, sagte sie dann. »Ich hatte so viel vor. Nach Paris wollte ich gehen, zu Dior, zu Coco Chanel, die ja plant, ein neues Haus zu eröffnen, in den großen Häusern wollte ich arbeiten.«

»Hat Coco Chanel nicht für die Nazis spioniert und ist deswegen in Frankreich nicht mehr so gelitten?«, fragte Hans.

»Ach, man redet viel, wenn der Tag lang ist«, wiegelte Dora

ab. »Jedenfalls hat sie Großes vor. Ich aber nicht mehr. Das alles kann ich vergessen.«

»Das müssen Sie nicht, Sie können doch immer noch arbeiten, Fräulein Dora«, sagte Anni. »Man kann doch auch vom Rollstuhl aus Mode entwerfen.«

Dora zog die Augenbrauen hoch und bedachte Anni mit einem Blick, der aus Mitleid und Arroganz bestand. »Mode entwerfen heißt nicht nur, an einem Zeichentisch und vor Stoffen zu sitzen, Fräulein Anneke«, sagte sie spitz. »Das bedeutet auch zu reisen, auf Modenschauen zu gehen, auf Empfänge und Bälle, um Kontakte zu knüpfen. Was glauben Sie, wie es aussieht, wenn ich versuche, im Rollstuhl einen Foxtrott zu tanzen? Oder auf einer Modenschau, wo immer viel Getümmel ist, im Rollstuhl im Weg zu stehen? Geduldet würde ich, mehr nicht. Insgeheim würden alle denken: ›Kann die nicht zu Hause bleiben?‹«

Anni biss sich auf die Unterlippe. »Das wusste ich nicht. Entschuldigen Sie bitte.«

»Schon gut«, sagte Dora und blätterte weiter in ihrem Magazin. »Hier auf dem Dorf kann man so was ja gar nicht wissen.«

»Nun sei mal nicht so barsch, Dora. Anni meint es doch nicht böse«, mischte Hans sich ein.

Dora Garbin antwortete nicht, blätterte weiter und kniff zwischendurch in ihre Oberschenkel, hoffend, dass sich da was tun würde.

»Wollen wir ein bisschen spazierengehen, Anni?«, fragte Hans und Anni nickte. Sie war froh, rauszukommen. Sie schob Hans wieder Richtung Meer, Anni setzte sich auf eine Bank und sie schauten den Wellen zu.

Eine Zeitlang sagte keiner von ihnen ein Wort, sie saßen nur nebeneinander und hörten das Rauschen.

»Seitdem ich zum ersten Mal hier am Meer war, weiß ich, was man mit ›den Kopf freipusten‹ meint«, sagte Hans dann leise.

»Das stimmt wirklich. Hätte ich gar nicht gedacht.«

»Dabei warst du doch vor ein paar Jahren recht lange hier in St. Peter«, sagte Anni und drückte seine Hand.

»Ja, gelegen hab ich, Fieber hatte ich, und wenn du nicht gewesen wärst mit deiner Fürsorge, ich weiß nicht, wie es gekommen wäre.«

»Aber Hans. So was darfst du gar nicht denken. Und ich kann es gar nicht oft genug sagen: Ich bin so froh, dass du hier bist. So froh! Und ich bin dir so unglaublich dankbar. Papa ist ja weich wie Wachs, wenn du mit ihm redest.«

Hans grinste. »Ich mach es halt richtig. Immer schön Honig um den Bart schmieren. Dein Papa will gebraucht und gefragt werden. Ich bin doch auch ein Mann, ich weiß doch, wie ich's machen muss.«

»Ja, das stimmt. Er erzählt auch jetzt überall rum, dass *er* im Prinzip alles plant und überlegt, ich setze es nur um, nach seinen Vorgaben. Dabei weiß er überhaupt nicht im Einzelnen, was wir vorhaben.«

»Lass ihm das Vergnügen. Freu dich, dass er wieder ein bisschen Spaß hat.«

»Das tu ich doch, Hans. Das tu ich.«

»Sag mal, Anni, wie lange kann ich wohl noch hierbleiben?«

Anni sah Hans an. »Solange du willst natürlich.«

»Ist mein Zimmer nicht weitervermietet?«

»Soweit ich weiß nicht, nein. Du bleibst doch noch?« Anni hoffte es wirklich sehr.

»Ja … ich …« Hans druckste herum und sah einer Möwe zu, die gelangweilt über ihnen kreiste.

»Du hast dich in Dora verliebt«, half ihm Anni.

»Wie kommst du denn ... Ja«, sagte Hans. »Ich kann's dir ja doch nicht verheimlichen.«

»Das sieht ein Blinder mit Krückstock«, lachte Anni und strich ihm übers Haar. »Vom ersten Tag an, stimmt's?«

Er nickte. »Ich finde sie faszinierend. Sie hat etwas Starkes und gleichzeitig Zerbrechliches an sich. Einerseits ist sie sehr patent und dann wieder so schwach. Sie hatte so viel vor.«

»Du bestimmt auch.«

»Ja, das stimmt, ich hab das Beste aus meinem Leben gemacht und bin froh, dass ich nicht schwermütig geworden bin. Die Gefahr sehe ich bei Dora, deswegen ... und natürlich auch wegen dir und der *Seeperle* ... will ich gern noch bleiben. Ich hab mit meinen Mitarbeitern telefoniert, mein engster Angestellter übernimmt, während ich noch hier bin. Er sagt, ich hätte jahrelang keinen richtigen Urlaub gemacht, nun sei ich mal dran.«

»Ich finde das wundervoll! Dann kannst du weiter alles verfolgen und mir mit Rat und Tat beiseitestehen. Wunderbar.«

»Oh wie toll, dass du dich freust«, sagte Hans strahlend.

»Und wie! Du bist mir der beste Ratgeber und Freund, den ich mir wünschen kann. Ich brauche dich wirklich, Hans. Das merke ich jeden Tag. Hast du noch einen Moment, ich würde dich gerne etwas fragen? Heute beim Aufstehen habe ich darüber nachgedacht, wie wir noch mehr Stammgäste bekommen können. Das wäre eine schöne Sicherheit und würde meinen Vater sicher beruhigen. Ich frage mich nämlich immer, wie man das bewerkstelligen kann. Schließlich kann ich ja die Leute schlecht fragen, ob sie denn nächstes Jahr wiederkommen werden.«

»Aber ja doch!«, sagte Hans. »Die Leute freuen sich doch. Aber du solltest es ein bisschen langsamer angehen, nicht mit der Tür ins Haus fallen. Rede mit ihnen, frag, wie es ihnen gefällt, welche Verbesserungsvorschläge sie haben, wie das Essen schmeckt, all so was. Und dann sagst du, dass du es wundervoll fändest, wenn sie im nächsten Jahr wiederkämen. Denn solche Gäste wie sie findet man nicht alle Tage. Bleib im Gespräch, merk dir Vorlieben und was sie nicht mögen. Ein Direktor Müller freut sich und fühlt sich gleich daheim, wenn man sagt: Heute wieder Matjes, Herr Direktor, oder: Herr Direktor, mögen Sie immer noch keine Fischfrikadellen?«

»Ja, für so was hatten wir bisher nie Zeit, das muss sich ändern.«

Hans nickte. »Ihr habt ja meistens Gäste, die mindestens zwei Wochen bleiben, keine Tagesgäste. Da kann man schon eine Bindung aufbauen. Besorg dir ein Notizbuch. Schreib auf, wer es ist, wie viele Kinder sie haben, welche Zipperlein, ob sie gern ruhig und früh schlafen oder vielleicht Interesse an einem Musikabend in der *Seeperle* haben. Ihr habt doch den wunderschönen Flügel. Kannst du spielen?«

Anni nickte. »Aber ich weiß nicht, wann zuletzt. Mit Mutti konnte ich sogar vierhändig spielen. Aber sie mag gar nicht mehr. Er müsste auch gestimmt werden.«

»Deine Mutter müssen wir auch mehr einbinden, sie flattert ja nur herum«, stellte Hans fest. »Das wäre doch schön: Musikabende in der *Seeperle*. Tagsüber sind die Gäste sommers wie winters am Strand, entweder zum Sonnen oder zum Spazierengehen, dann kommen sie nach Hause, erfrischen sich, und nach dem Abendessen gibt es kleine Konzerte. Was meinst du?«

Anni lachte. »Du hast wirklich ständig neue Ideen, Hans. Wie sollen wir das denn alles umsetzen?« Aber ihre Augen glänzten, sie hatte rote Wangen, und ihre blonden Locken flatterten im Wind. Sie hielt ihr Gesicht in die Sonne. »Das klingt alles sehr ... neu.«

»Eben, eben«, sagte Hans. »Schnapp dir deine Mutter und dann spielt doch einfach mal wieder zusammen und schaut, ob es funktioniert.«

»Da hast du recht«, nickte Anni. »Und gleich heute Abend werde ich mal die Gästeliste durchsehen und nach dem Essen an die Tische gehen und mit den Gästen reden. Sie sollen sich ja willkommen fühlen. Warum habe ich nicht früher an so was gedacht?«

»Weil du an andere Dinge denken musstest. Dein Vater war nicht da, deine Mutter hat ja immer ein wenig gekränkelt, und vieles hing an dir. Du musst dir keine Vorwürfe machen. Ich bin da und unterstütze dich.«

»Du bist wirklich ein guter Freund«, sagte Anni und dann saßen sie schweigend da und schauten auf die See. Das Wasser lief gerade ab, und zuverlässig würde es nach einer Zeit wiederkommen. So war es immer gewesen, und so würde es bleiben.

»Aber sag mal, Anni, hat denn deine Rena sich mal gemeldet?«, fragte Hans.

Anni schüttelte den Kopf. »Kein Lebenszeichen. Ich denke so oft an sie. Ich hoffe, spätestens, wenn sie in Wien ist, wird sie anrufen oder einen Brief schicken.«

»Hoffentlich«, sagte Hans. »Ich habe bei der ganzen Geschichte kein gutes Gefühl.«

## 11. KAPITEL

»Also Kindchen, wenn du mich fragst, kann der Hans für immer hierbleiben.« Isa strahlte erst Anni, dann Hans an, dann rührte sie weiter eine Mayonnaise an und gab tropfenweise Öl in die aufgeschlagenen Eigelbe. Heute Abend würde es Isas berühmte Nudel- und Kartoffelsalate geben, dazu Würstchen mit Senf und Lachsröllchen mit Meerrettich, Geflügelsalat Orloff – das Rezept hatte Isa mal von einem russischen Sänger bekommen, der Zwischenhalt in der *Seeperle* gemacht hatte. Das Rezept sei angeblich nach einem Großfürsten Orloff benannt worden. Spargelspitzen, Apfelstückchen, Ananaswürfel und angeröstete Walnüsse wurden zusammen mit Mayonnaise und Geflügelstückchen vermischt, und dann ließ Isa ihren Orloff-Salat gut durchziehen. Ob die Geschichte mit dem Fürsten stimmte, war Isa gleich. Hauptsache, der Salat hatte einen klangvollen Namen. Isa freute sich jetzt schon auf den zweiten Juni, da würde sie im Gasthaus *Nautilus* mit anderen Frauen aus St. Peter im NWDR die Übertragung der Krönungszeremonie von Prinzessin Elizabeth von England schauen; im *Nautilus* gab es nämlich einen Fernsehapparat. Isa liebte alles, was mit gekrönten Häuptern zu tun hatte, las natürlich auch die *Bunte* und andere Boulevardblättchen, und verfolgte das Leben der Stars und Sternchen, der Könige und der Fürsten mit großem Interesse und noch mehr Ehrfurcht.

Lore Dittmann hatte mal erzählt, dass die Sisi, die Kaiserin von Österreich, in St. Peter gewesen war, inkognito mit ihrem Gefolge. Angeblich um ihre Lungenkrankheit noch besser auszukurieren. Niemand hatte damals was sagen dürfen zu den Zeitungsmenschen, und Lore hatte gesagt, die Mutter habe erzählt, dass Sisi so dünn gewesen sei, dass sich Daumen und Zeigefinger berührten, wenn man die Hände um ihre Taille legen würde. Sie hatte sich nämlich ein Kleid schneidern lassen, und Lores Mutter wusste das von der Schneiderin, die eigens dafür aus Hamburg angereist kam.

Isa gab ein wenig Zitronensaft, Senf und Salz in die Schüssel, schmeckte ab und war zufrieden. Sie hatte ein Faible für alles, was mit Butter und Sahne zu tun hatte, und das sah man ihr nach den Jahren, in denen man so gedarbt hatte, mittlerweile auch an. Sie wurde immer runder, aber das störte niemanden, sie selbst am wenigsten.

Hans lachte. »Ich bleibe ja auch noch«, sagte er fröhlich und rollte näher zu Isas Schüsseln. »Ob ich wohl mal probieren darf?« Treuherzig schaute er Isa an.

»Bisten oller Charmeur, Hans. Du weißt genau, dass ich nix machen kann, wenn du so guckst. Wie der Dackel von Bente Sievers, wenn er eine Scheibe Wurst haben will.« Sie tauchte einen Teelöffel in ihre Soße und gab ihn Hans.

»Mmhm, lecker. Kann ich wohl auch ein wenig Nudelsalat ...«

»Nix da, oller Pottkieker, du willst immer noch mehr, ich kenn doch meine Pappenheimer. Finger wech!«

Hans lachte. »Na gut. Sag mal, Isa, was würdest du denn in deiner Küche verändern, wenn du könntest?«

»Das ist ja mal ein Wort. Wird auch Zeit. Erst mal würd ich den Ofen am Fenster haben wollen, damit das alles gleich abziehen kann, und direkt daneben die Spüle, jetzt muss ich so weit laufen, und ich weiß gar nich, ob ich dir schon erzählt habe, dass ich mir mal ganz schlimm den Arm …«

»… verbrüht hast, Isa, das hast du mir im Krieg schon erzählt und nicht nur einmal.« Hans grinste sie an.

»Das war aber auch was. Ist auf der Haut immer noch was zu sehen.« Beinah stolz hielt sie ihm den Unterarm hin, und Hans pustete auf die Stelle, woraufhin Isa ihm leicht auf den Kopf schlug. »Du immer.«

»Also Isa, ja, wir planen auch die Küche neu, und da brauchen wir deine Hilfe, denn du stehst ja jeden Tag hier drin und weißt am besten, was du anders haben willst.«

»Mehr Arbeitsfläche wär gut«, sagte Isa. »Und es gibt doch jetzt die schönen Einbauschränke, die man gut abwischen kann, in den schönen Farben, in so Rosa und Hellblau und Hellgrün und so ein schönes Gelb.«

»Das sind diese schicken Pastellfarben«, sagte Hans. »Ja, die sind gerade ganz modern. Das Material nennt sich Resopal.«

»Jo, dann würde ich zu Resonochwas nich Nein sagen«, nickte Isa. »Mehr Helligkeit wär schön und mehr Licht«, sinnierte sie weiter, und Anni machte sich Notizen. »Was herrlich wär, wenn ich von der Küche aus direkt an meine Kräuterbeete gehen könnte. So muss ich immer den Flur entlang und zur Hintertür raus und dann rum in den Garten. Das is ja auch nix für meine alten Knochen.«

»Und Isa, hör mal, was hältst du denn von einem Kühlschrank?«, fragte Anni und jetzt strahlte Isa übers ganze Gesicht. »Annikind, also damit würdest du mich ja richtig glücklich machen. Ein eigener Eisschrank! Wo ich mich doch immer, immer so aufreg über dem Edgar sein' Sohn! Der Ludwig denkt, er kann mit seinen Eisstangen kommen, wann er will. Ach, so ein Kühlschrank, so was Herrliches!«

»Das denke ich mir. Dann ist das beschlossene Sache«, nickte Anni. »Wir bestellen mal Prospekte von Bosch«, erklärte Hans. »Die sind momentan Marktführer. Tante Marie hat auch einen. Zwar nicht ganz billig, ihrer hat 970 Mark gekostet, sie wird nicht müde, mir das zu erzählen, aber sie hat den Kauf nie bereut.«

»Allein schon, wenn ich an Ludwig Lüders sein Gesicht denke, wenn er mal wieder zu spät kommt und ich ihn mit seinen Eisstangen zum Teufel jage, ist die Sache wert.« Isa strahlte über das ganze Gesicht. »Ha! Vom Hof jag ich ihn, vom Hof!«

»Ja, Isa, das machst du dann. Wie sieht es mit anderem Küchengerät aus. Bist du da zufrieden?«

»Die Pötte sind gute Qualität, da haben wir ja damals nicht gespart, das is gutes Kupfer, die gusseisernen Pfannen auch, aber Annikind, weißt du, was herrlich wäre?« Jetzt war Isa ganz aufgeregt. »Eine Küchenmaschine. So ein Gerät, das rührt und Eiweiß quirlt und Teig knetet. Elektrisch! So wie Rickmer Dittmann eins in der Backstube stehen hat, nur in kleiner. Und mit einem Blender, so heißt das, glaub ich, da kann man Obst mit kleinmachen und musen, ach, wäre ich da glücklich. Meine rechte Schulter ärgert mich doch immer so, das verflixte Rheuma wird ja nich besser, sondern schlimmer.«

Anni nickte wieder. »Das will ich nicht, dass du Schmerzen hast. Warum hast du denn nicht früher was gesagt?«

»Ach, kennst mich doch. Ich neig ja nicht zum Klagen.«

»Aber Isa, du gutes Stück. Wenn es um deine Gesundheit geht, ist das doch kein Klagen.«

»Ging ja auch so bis jetzt«, sagte Isa bescheiden.

»Ich hab alles aufgeschrieben«, sagte Anni.

Hans rollte zum Fenster. »Hier könnten wir doch eine Tür einsetzen«, überlegte er. »Dann ist Isa direkt an den Beeten, da muss sie nur ein paar Schritte tun. Das ist ja hier bestimmt keine tragende Wand.«

»Das fehlt noch, dass uns das Haus auf den Kopp fällt«, sagte Isa bestürzt. »Und ich bin dann schuld, weil ich schneller an den Schnittlauch kommen will.«

»Wo ist eigentlich Mama?«, wollte Anni wissen.

»Ist wieder müde, Annichen. Ich hab ihr gesagt, sie soll sich hinlegen. Die Salate mach ich ja sowieso allein, und die Würstchen werden von selbst heiß.«

»Deine Mutter ist aber oft müde«, stellte Hans besorgt fest.

»Das war schon immer so«, Isa seufzte. »Ich glaub ja, es ist Blutarmut, sie ist ja auch immer so blass, die Frau Janssen.«

»War sie denn mal beim Arzt?«, fragte Hans.

»I wo«, sagte Isa. »Die Frau Janssen sagt, sie sei zäh, die geht nicht zum Arzt, obwohl ich ihr das auch schon gesacht hab. So.« Sie rührte den Nudelsalat um. »Fertig.«

»Ich schick sie bald mal zu der neuen Frau Doktor«, nahm Anni sich vor.

»Das ma gut«, sagte Isa zufrieden.

»Ich bin jetzt im Kontor«, sagte Anni. »Haben wir frischen Kaffee?«

»Die Kanne steht auf dem Ofen.«

»Was machst du, Hans?«

»Ich geh zu Dora. Vielleicht spielen wir eine Partie Schach.«

Im Kontor angekommen, öffnete Anni das Fenster. Frische, klare Luft strömte herein, die Sonne schien immer wärmer, der nahende Frühling ließ sich nicht mehr verleugnen. Anni liebte jede Jahreszeit in St. Peter. Die Winter mit der klirrenden Kälte und dem beißenden Wind mochte sie, weil man da herrlich allein am Strand oder auf der Seebrücke spazieren konnte, stundenlang keinen Menschen traf und mit sich ins Reine kam, wenn es nötig war. Sie liebte den Schnee, der, wenn er liegenblieb, alles ruhig werden ließ und viele Geräusche schluckte. Sie liebte die Adventszeit, wenn sie mit Isa die herrlichsten Stollen und Plätzchen und Printen backen konnte und sich grundsätzlich an Zimtsternen und Vanillekipferl überaß, so dass sie Magendrücken bekam – aber auch das gehörte dazu. Sie liebte heißen Tee mit Honig, nachdem sie lange draußen gewesen war, und sie liebte den Geruch von Nadeln und Harz, wenn der Tannenbaum in der Empfangshalle stand, der von ihr jedes Jahr liebevoll geschmückt wurde mit den alten Kugeln und den goldenen und roten Vögeln mit den Pfauenschwänzen und den Nikoläusen und Trompeten aus bemaltem Glas. Dann kam langsam der Frühling, so wie jetzt, man konnte sich auf Sonne und Wärme auf der Haut freuen, schon mal ohne Jacke aus der Tür gehen und auch wieder reiten, was Anni hin und wieder auf den Pferden der Nachbarn tat. Im Winter ging das nicht, weil viele Wege vereist waren.

Ostern kam, die Frühlingsblumen blühten langsam auf, Hefezöpfe wurden gebacken und mit Pflaumenmus und Butter gegessen, und dann wurde es Sommer und St. Peter immer voller, und die *Seeperle* war ausgebucht. Man wurde braun, es roch nach Sonnencreme und gebackenem Fisch, Kinder juchzten am Strand und waren stundenlang im Wasser, bis ihre Lippen blau waren. Isa fabrizierte wunderbare Obstkuchen und schlug Sahne, es gab Eisschokolade und kühle Limonade mit Zitronenstücken, und die Laune der Menschen war gut. Dann der Herbst mit seinen Stürmen und seiner Unberechenbarkeit. Schon einige Male hatte es eine Sturmflut gegeben, und nachdem die Seebrücke 1926 erbaut worden war, verging nur ein Jahr, bis eine Eisflut sie zerstört hatte. Man erzählte sich, dass das Eis die Pfähle richtig zersägt habe, und baute die Brücke wieder auf, diesmal mit Eisabweisern, und in Höhe des Priels gab es eine Anlegestelle für Ausflugsschiffe nach Helgoland und zu den Halligen.

Ob Rena St. Peter schon vermisste? Anni würde es tun, das wusste sie. Sie nahm sich vor, mal zu Lore Dittmann zu gehen und zu fragen, ob Rena sich bei ihr gemeldet hatte.

Nun setzte Anni sich hin und nahm einen Schluck Kaffee aus der mitgebrachten Zwiebelmuster-Tasse und schaute zum Porträt von Lisbeth, auf dem ja auch eine Porzellantasse gemalt war. Auf irgendeine Weise fühlte sie sich Lisbeth verbunden. Zu gern würde sie mit ihr hier sitzen und sich unterhalten. Anni war sicher, dass sie sich viel zu erzählen hätten und sich gut verstehen würden. Dann holte sie ein unbeschriebenes, neues Heft und trug die Gästenamen ein, überprüfte, woher die Leute kamen, wie die Familienverhältnisse waren, wie lange sie blieben und ob sie schon einmal da gewesen waren. Es war eine Schande, dass sie das noch nie vorher getan hatten. Hans hatte so recht: Es war wichtig, Kontakt zu seinen Gästen zu pflegen, immerhin wohnten sie alle hier unter einem Dach, und es sollte eine gute, familiäre Atmosphäre herrschen.

Natürlich funktionierte das nie hundertprozentig. Es gab immer Stänkerer, die sich beschwerten, nur um sich zu beschweren, es gab Leute, denen war nichts recht, und welche, die dauernd ihre Meinung änderten. Heute war der Fensterplatz gut, morgen unmöglich, die Marmelade war zu süß, die Matratzen zu weich, die Möwen zu laut, die Sonne zu heiß und der Kaffee zu kalt. Es gab auch Gäste, die ohne zu zahlen abreisten. Aber Anni hatte es sich abgewöhnt, den Ärger an sich herankommen zu lassen. Glücklicherweise überwogen die netten Gäste. Und die musste man zum Wiederkommen bewegen.

»Fräulein Janssen.« Sigrun stand in der Tür, rotwangig wie meistens und mit ihren Affenschaukeln.

»Ja?«

»Die Padingers wollen abreisen.« Sigrun war außer sich.

»Na, dann sollen Sie das doch tun. Ich komme«, sagte Anni und stand auf. Die Padingers waren eine fünfköpfige Familie aus Erlangen, die man kaum wahrnahm, weil sie so ruhig waren. Es war eine Mutter mit ihren vier Kindern, die sich im größten Zimmer der *Seeperle* eingemietet hatten, in dem drei Stockbetten für insgesamt sechs Personen standen. Anni hatte das Zimmer mit dieser Einrichtung extra so gelassen, weil ab und zu Durchreisende oder Wanderer herkamen, die nicht viel Wert auf Komfort, sondern auf günstige Preise legten und meistens nur eine Nacht blieben. Meist benutzten sie sogar ihre eigenen Schlafsäcke, dann musste man nur ein Laken aufziehen. Es waren meist Geringverdienende, die sich nur so einen Urlaub leisten konnten. Anni unterstützte das, und das hatte sich wohl herumgesprochen, denn das Sechsbettzimmer war meist gut belegt. Die Padingers waren eine Ausnahme. Sie hatten Halbpension gebucht und drei Wochen hier verbracht. Höflich, freundlich, sauber. So wie man sich Gäste wünschte.

»Ich hatte die Rechnung schon geschrieben, weil ich ja wusste, dass sie heute abreisen, und da kamen sie grad die Treppe runter.«

»Ja und? Warum bist du denn so aufgeregt, Sigrun?«

»Die Mutter Padinger, also, die hat gesagt, sie könnten nicht bezahlen.«

»Was?«

»Das hat sie einfach so gesagt. Da hab ich gesagt, ich geh Sie holen, ich hol die Chefin, hab ich gesagt, und da hat die Frau Padinger gesagt, das würde aber auch nichts ändern.«

»Und dann?«

»Dann bin ich hergelaufen.« Sigrun drehte an ihren Affenschaukeln.

»Du hast sie da einfach allein stehenlassen?«

»Ja, was hätt ich denn machen sollen? Ich musste Sie doch holen, Fräulein Janssen.«

Anni ließ Sigrun stehen und eilte aus dem Kontor. Von den Padingers war weit und breit nichts mehr zu sehen. Anni rannte zur Eingangstür. Nichts. Nur ein Gast, der gerade von einem Spaziergang zurückkam.

»Sigrun!«, herrschte Anni die Vierzehnjährige an, als die aus dem Kontor geschlichen kam. »Du hättest die doch nicht hier allein lassen dürfen.«

Sofort fing Sigrun an zu weinen. Riesige Tränen quollen ihr aus den Augen, und sie schluchzte zum Gotterbarmen. »Bitte schimpfen Sie nicht, Fräulein Janssen, ich hab es doch nicht bös gemeint, ich war ganz durcheinander, so was hat ja noch nie jemand gesagt, kein Gast jemals. Manche sind ja schon mal abgehauen, aber sich einfach hinzustellen und zu sagen: Nein, wir können nicht zahlen, das hat noch keiner getan.«

›Die haben den Schockmoment ausgenutzt‹, dachte Anni wütend. Eigentlich eine sehr kluge Masche. Sie seufzte. So was Ärgerliches. Nun, sie konnte Sigrun dafür nicht zur Verantwortung ziehen. Schnell trat sie hinter den Tresen und holte das Anmeldebuch hervor, um nach der Adresse der Leute zu suchen. Dann stockte sie. Das durfte doch nicht wahr sein. Die Kasse! Die Kasse war geöffnet worden! Wer um alles in der Welt hatte die nicht abgeschlossen? Es war ein ehernes Gesetz, dass die Kasse grundsätzlich und immer, auch wenn man nur kurz eine Tasse Kaffee holen wollte, verschlossen wurde. Es war eine im Tresen eingebaute Schublade, die einen Doppelverschluss hatte, der aber nichts nützte, wenn man auch noch den Schlüssel stecken ließ. Oh nein. Anni zog die Schublade heraus. Sämtliches Bargeld war weg.

Ihr Herz raste. Das durfte nicht wahr sein. Es war viel Geld in der Kasse gewesen, sämtliche Bareinnahmen lagerten hier und auch das Geld für die Ausgaben, für Swantje zum Beispiel. Anni wurde schwarz vor Augen. Dass die Padingers, wenn sie überhaupt so hießen, das musste sich noch herausstellen, drei Wochen hier gewohnt, gegessen und getrunken hatten, war das eine. Aber dass sie sie nun auch noch bestohlen hatten, das war das andere, und das machte Anni wütend.

»Ach je, Fräulein Janssen, ich hab die Kasse offengelassen«, jammerte Sigrun verzweifelt.

»Wieso hast du denn überhaupt den Schlüssel?«

»Den hat Ihr Vater mir gegeben, er hat gesagt, er verlegt ihn ständig. Bitte schimpfen Sie nicht, Fräulein Janssen, ich arbeite umsonst ohne Lohn, bis der Betrag beglichen ist.«

Da müsste sie arbeiten, bis sie hundert wäre. Anni schloss kurz die Augen und sortierte sich und ihre Gedanken.

»Gib mir jetzt den Schlüssel«, sagte sie, und Sigrun nickte und gab ihn ihr.

Wie konnte man nur die Kasse offenstehen lassen. Wahrscheinlich hatten die Padingers das gesehen und natürlich ge-

hofft, dass Sigrun weglief und jemanden holte, nachdem die Mutter gesagt hatte, sie könnten nicht bezahlen.
Clever, sehr clever.
Der Betrag, der nun fehlte, schlug eine tiefe Kerbe. Sie würde versuchen, noch günstiger einzukaufen, und müsste vielleicht die Preise erhöhen. Andererseits war das ja momentan kaum möglich. Baulärm und Unannehmlichkeiten standen ins Haus.
»Sigrun, geh jetzt zurück zu deiner Arbeit«, sagte Anni matt, und Sigrun rannte davon.

Am Abend ging Anni die künftigen Buchungen durch. Sie musste unbedingt die künftigen Gäste über die Umbaumaßnahmen informieren und eventuell einen Preisnachlass anbieten anstelle einer Erhöhung, sonst liefen ihr die Gäste weg! Mal schauen, was Hans dazu sagte. Der hatte doch für alles eine Lösung parat. Anni war gerade sehr froh, dass er da war.
Er wusste auch, wie man mit den Handwerkern umgehen musste. Der Klempner hatte sich schon im Vorfeld mit dem Schreiner gestritten, worum es ging, wussten beide nicht mehr, als Hans sie fragte. Jedenfalls hatte der die beiden mit irgendeinem Witz zum Lachen gebracht und die Sache war vergessen gewesen. Auch mit schwierigen Gästen kam er gut klar. Bis gestern war ein Lehrerehepaar in der *Seeperle* zu Gast gewesen, und die beiden maßregelten jeden einzelnen Menschen im Hotel, egal ob sie mit ihm was zu tun hatten oder nicht. Die Krönung brachten sie beim Frühstück, als sie einem älteren Herrn, der seinen Kaffee schlürfte, im Vorbeigehen auf den Hinterkopf schlugen. Der Gast war empört gewesen, verständlicherweise, und Hans hatte sich im Namen aller entschuldigt und sich dann zu dem Lehrerehepaar gesetzt und es gebeten, ein wenig rück-

sichtsvoller mit ihrem Umfeld zu sein. Ihn, Hans, könnten sie ja gern verbessern, er würde sich sogar darüber freuen, aber ansonsten ... bitte nicht. Er würde ja Menschen ihres Schlags bewundern. Lehrer! Welch unglaubliche Verantwortung die doch hatten. Deutsch und Mathematik. Ja, war es denn die Möglichkeit. Mit seiner Grammatik stand es so zum Argen! Anni hätte ihn vergolden können. Ah, da kam er ja.

Sie erzählte ihm kurz von der Sache mit den Padingers, und Hans reagierte so, wie sie erwartet hatte. Er rief weder Ach noch Och, er sagte auch nicht, dass es solche Menschen doch nicht geben dürfe, sondern fragte pragmatisch nach dem Schaden.

»Ja, ja, in solch einem Betrieb, da lernt man die Menschen kennen, Anni. Das wird nicht das letzte Mal sein. Versuch, das Beste draus zu machen. Sei auf der Hut und hab den Schlüssel immer bei dir. Und den Schaden kann man jetzt nicht beheben. Ich denke, eine Preiserhöhung nach den ganzen Umgestaltungsmaßnahmen ist angemessen. Und sag, habt ihr keine Versicherung gegen Diebstahl?«

»Papa hat immer gesagt, das bräuchten wir nicht. Zu uns kämen nur ehrliche Menschen«, erklärte Anni. »Wenn der wüsste ...«

»Solch eine Versicherung ist auch sehr teuer«, erklärte Hans. »Wie sieht es eigentlich mit den anderen Versicherungen aus? Brandschutz, Einbruch, Wasserschäden?«

Anni sah ihn nur an.

»Ich nehme an, ihr seid komplett unterversichert. Kann ich mir mal die Unterlagen anschauen?«

»Sicher. Ich such dir den Ordner im Kontor raus.«

»Das mach ich gleich. So was ist wichtig.« Hans rollte hinter ihr her.

Eine Stunde später suchte er Ole. Eine weitere Stunde später hatte er Ole klargemacht, dass es ohne die nötigen Versicherungen Wahnsinn war, ein Hotel zu betreiben.

Und Ole lenkte ein, denn Hans tat so, als sei Anni diejenige, die gegen die Versicherungen gewesen war.

Zum Glück gab es ja den Vater, der sich nun durchsetzen konnte. Das wäre ja gelacht!

— — —

Am nächsten Abend beobachtete Anni die Gäste beim Abendessen. Hans hatte schon recht — einfacher wäre es mit einem Büfett, zwar gäbe es mehr Unruhe, aber versuchen konnte man es doch mal. Momentan waren von den fünfzehn Zimmern acht besetzt, die beiden Suiten mit Balkon waren erst nächste Woche vermietet.

Anni begann mit Rachel und Ruth Wetzstein, den Zwillingsschwestern aus Berlin, die beide für verschiedene Tageszeitungen schrieben. Vierunddreißig Jahre alt, unverheiratet, wie auf dem Anmeldeformular stand. Sie bewohnten das Rosenzimmer mit einem winzigen Balkon. Ein wunderhübsches Zimmer mit einer Tapete aus blassrosa und roten Rosen, das Waschbecken war ebenfalls mit aufgemalten Rosen verziert, und die Tagesdecke war mit cremefarbenen und dunkelroten kleinen Moosröschen bedruckt. Viele Frauen liebten dieses Zimmer, Anni bekam darin Platzangst, zu viele Rosen waren es, sie empfand es als erdrückend. Aber die weiblichen Gäste waren überwiegend begeistert. Den Männern sah man an, dass sie es als Zumutung empfanden, in so einem kitschigen Zimmer zu nächtigen, aber sie fügten sich meistens klaglos.

Rachel und Ruth waren sehr schlank, hatten schwarze, streng zurückgekämmte Haare, die zu einem Dutt frisiert waren, und trugen stets identische Kleidung. Heute Abend graue Wollkleider mit Bolerojäckchen. Es war lustig anzusehen, dass sie sich fast synchron bewegten. Sie sprachen nicht viel, sondern waren die meiste Zeit auf ihrem Zimmer, um dort, wie sie Gerda erzählt hatten, an einer Reportage zu arbeiten. An welcher, hatten sie nicht erwähnt, aber Sigrun hatte gesagt, da hätten lauter Fotografien von toten Menschen auf dem Tisch gelegen, sie war fast umgefallen, als sie zum Saubermachen ins Rosenzimmer gegangen war.

»Was denn für tote Menschen?«, hatte Isa entsetzt gefragt, und Sigrun fing sofort an zu weinen und hatte gestammelt, dass sie da nicht so genau hingesehen hätte, tot wären sie halt gewesen und hatten alle die gleichen gestreiften Anzüge an.

»Gestreifte Anzüge?«, hatte Isa gesagt und die Augenbrauen hochgezogen. »Wie sahen die denn genau aus?«

Sie alle hatten schon mal die gestreiften Anzüge gesehen, damals, als die Konzentrationslager befreit wurden und die Amerikaner die Bevölkerung von Weimar gezwungen hatte, ins KZ Buchenwald zu gehen und sich die Leichen anzuschauen. Isa hatte Fotografien davon gesehen und nächtelang Albträume gehabt.

»Ich hab ganz schnell wieder weggeguckt«, hatte Sigrun völlig erschüttert gesagt. »Das war nich schön, Isa. Alle tot.«

»Guten Abend, die Damen.« Anni stellte sich neben den Zweiertisch und lächelte Ruth und Rachel Wetzstein an.

»Ach, das Fräulein Janssen, grüß Sie«, sagte Ruth oder Rachel, so genau konnte man sie nicht unterscheiden. Sie hatten sogar an der gleichen Stelle ein Muttermal, unter dem linken Auge.

»Ich möchte gar nicht lange stören«, sagte Anni, »sondern nur fragen, ob denn alles nach Ihren Wünschen ist.«

»Oh, das ist aber freundlich«, sagte ein Zwilling, und nun bemerkte Anni doch einen Unterschied zwischen den Schwestern. Eine hatte an der rechten Hand keinen Daumen mehr, und dann stellte Anni fest, dass der anderen der kleine Finger der linken Hand fehlte. Vielleicht abgefroren, die Winter im Krieg oder danach hatten es in sich gehabt. Oder aber … wie schrecklich wäre es, wenn sie anderweitig ihre Finger verloren hätten. Dem Namen nach waren die beiden ja Jüdinnen, es konnte also gut sein, dass sie bei einem Verhör oder einfach so … Nicht darüber nachdenken, befahl sie sich. Sie hatte schon so viel Zeit damit verbracht, über den Krieg nachzudenken, und die Gedanken kamen immer wieder. Sie lächelte den Zwillingen freundlich zu.

»Uns gefällt es gut bei Ihnen«, sagte Ruth oder Rachel. »Schön ruhig ist es, und das Zimmermädchen immer so eifrig.«

»Wir überlegen gerade, noch zu verlängern, Fräulein Janssen. Ist das möglich?«

»Ich schaue gern nach, denke aber, das sollte kein Problem sein. Noch hat ja die richtige Saison nicht begonnen. Haben Sie denn sonst irgendwelche Wünsche, die ich Ihnen erfüllen kann?«

»Ja, da wäre was«, sagte die eine. »Wir würden so gern mal ausreiten. Ist das hier möglich?«

»Aber ja, hier ganz in der Nähe ist ein Stall, den Besitzer kenne ich gut, da reite ich auch manchmal. Soll ich für Sie dort anläuten und fragen?«

Beide strahlten. »Das wäre herrlich. Wenn wir von morgens bis abends über unserer Arbeit sitzen, brauchen wir ein wenig Abwechslung.«

»Natürlich, gern.«

»Und wo Sie gerade hier sind, Fräulein Janssen, wäre es wohl möglich ...«, die andere Schwester senkte die Stimme.

»Ja ...?«, fragte Anni.

»... den Männern neben uns einen anderen Tisch zu geben?«

»Was stimmt denn mit den Männern nicht? Wurden Sie belästigt?«

»Nein, nein. Es ist nur, diese beiden Männer, die gestern Abend angereist sind und neben uns platziert wurden, sind uns nicht sonderlich angenehm. Um ehrlich zu sein, starren sie ständig zu uns herüber, und wir mögen das nicht so gern.«

»Wir mögen Männer grundsätzlich nicht so gern in unserer Nähe haben«, sagte die andere nun.

»Aber natürlich, das ist überhaupt kein Problem«, sagte Anni. »Gleich morgen früh wird das geändert. Sie können dann dort am Fenster ...«

»Nein, wir würden diesen Tisch gern behalten, hier sitzen wir doch nun schon die ganze Zeit. Vielleicht könnten Sie die Männer ...«

»Ich tue, was ich kann«, versprach Anni.

»Dankeschön, das ist aber nett.«

»Gern«, sagte Anni. Schnell schrieb sie ein paar Notizen in ihr Büchlein und ging dann zur Familie Winterberg aus Hessen. Inge Winterberg war mit ihrem dritten Kind schwanger und sah aus, als hätte sie sehr lange nicht mehr gut geschlafen. Unter ihren Augen waren schwarze Ringe, die Haut wirkte fahl, und sie sah traurig aus. Herr Winterberg war vom

Schlag wohlgenährter, selbstgefälliger Fabrikanten, solche Männer sah man nun zuhauf. Sie aßen und tranken, als würde es kein Morgen mehr geben, und man konnte ihnen beim Dickerwerden förmlich zusehen. Viele waren stolz auf ihre Wohlstandsbäuche. Herr Winterberg war ein jovialer Typ, der seine Frau »Mutti« nannte und mit seinen Kindern nicht allzu viel am Hut hatte. Sonja und Manfred, die fünf und sieben Jahre alt waren, konnten am Tisch keine Sekunde stillsitzen, warfen gern mal Tassen und Gläser um und kleckerten auf den Fußboden. Sie rutschten auf den Stühlen hin und her und waren ununterbrochen am Plappern oder Heulen. Frau Winterberg sagte ständig müde und entnervt: »Seid ihr ruhig, seid ihr still, seid ihr leise«, aber weder Sohn noch Tochter nahmen Notiz von ihr.

Anni begrüßte die Familie und stellte ihre Fragen.

»Des Zimmer könnte ein bisschen größer sein«, sagte Herr Winterberg im hessischen Dialekt. »Aber sonst ist alles gut.«

»Möchten Sie vielleicht ein anderes, größeres Zimmer?«, fragte Anni.

»Wenn das ginge. Aber ohne Aufpreis, wenn.« Er lachte laut auf.

»Das ist leider nicht möglich«, sagte Anni freundlich. »Die größeren Zimmer sind etwas teurer. Ich könnte Ihnen aber auch eine unserer Suiten zu einem Sonderpreis anbieten.«

»Das wäre wundervoll, Herbert. Dann hätten die Kinder ein eigenes Zimmer, und ich könnte mich in Ruhe mal hinlegen, mir wird doch derzeit immer so leicht übel.«

»Und ich hab dann die Kinder an der Backe«, sagte Herbert Winterberg abwehrend. »So weit kommt's noch. Ein teureres Zimmer, und du schläfst den ganzen Tag.«

»Ich dachte nur«, sagte Inge Winterberg leise, während Sonja mit einem Stück Schmelzkäse die Tischdecke beschmierte. »Ich hab schon genug Geld ausgegeben für den Urlaub hier. Du wolltest unbedingt herkommen, wenn's nach mir gegangen wäre, würden wir jetzt am Strand in Spanien liegen in der Sonne, und die schönen Bedienungen mit den schwarzen Haaren würden mir das Bier an den Liegestuhl bringen.«

Ob im März schon Liegestuhlwetter in Spanien war, war die andere Frage, dachte Anni, aber sie mischte sich nicht ein. Sie musste kurz an Rena denken, die ja in Italien weilte. Ob sie Liegestuhl- und Badewetter hatte?

»Also Herbert, wirklich.« Inge wurde rot.

»Ach, ist doch wahr. Dauernd dein Gejammer. Ständig ist sie müde«, sagte er nun zu Anni, die Frau Winterberg freundlich ansah.

»Der Arzt hat gesagt, ich soll an die Nordsee«, wisperte Inge Winterberg entschuldigend.

»Ich könnte mich mal erkundigen, ob jemand hin und wieder auf Ihre Kinder aufpasst«, schlug Anni vor. »Unsere Sigrun zum Beispiel, die hat auch jüngere Geschwister, die kann das gut.«

»Dann kann ich ja noch mehr bezahlen«, wiegelte Hermann ab. »Nee, nee, wozu hat man denn eine Frau? Die soll sich um die Kinder kümmern, fertig und Schluss.« Er knallte seine Serviette auf den Tisch. »So, ich geh ins Dorf rein, ein Bierchen zischen oder auch zwei oder drei.« Damit stand er auf und verließ grußlos den Saal.

»Entschuldigen Sie«, sagte Frau Winterberg. »Er meint es nicht so.«

»Natürlich nicht«, sagte Anni, doch sie wusste, dass er es genau so gemeint hatte. Männern wie Herbert Winterberg könnte sie lächelnd den Hals umdrehen. Furchtbar. Das war auch einer von der Sorte, der eine Frau einfach so angrabschte und dachte, er habe das Recht dazu. »Ich wünsche Ihnen einen schönen Abend«, sagte Anni nun, und Frau Winterberg lächelte müde, während ihr Sohn ein volles Milchglas umwarf und dann mit den flachen Händen auf den Milchsee patschte.

Die beiden Töchter von Marie Steden aus Heidelberg waren viel wohlerzogener, obwohl sie im gleichen Alter waren wie die Kinder der Winterbergs. Paula und Johanna saßen artig am Tisch, sprachen leise und hatten ihr Besteck ordentlich auf den Teller gelegt. Marie Steden war eine ruhige, besonnene Frau, die täglich mit den beiden asthmakranken Mädchen mehrere Stunden an den Stränden entlangspazierte, Steine und Muscheln sammelte und im Gemeinschaftsraum mit ihnen nachmittags Mensch-ärgere-dich-nicht oder Halma spielte.

»Es ist alles gut, Fräulein Janssen, lieb, dass Sie fragen, aber ich kann doch sichergehen, dass mir Post sofort gebracht wird, nicht wahr?«

»Natürlich«, sagte Anni. »Sie haben ja meinen Vater extra darauf hingewiesen, und er hat die Notiz weitergegeben. Sobald wir etwas für Sie haben, sagen wir Ihnen Bescheid.«

»Ich warte täglich auf Nachricht von meinem Mann, er ist in Gefangenschaft, in Woodhouse Lee, das liegt in Schottland, und …«, sie schluckte, »ich hab so lange nichts gehört, und vor ein paar Monaten hat er geschrieben, er warte nun täglich darauf, endlich nach Haus zu kommen. Ich habe ihm geschrieben, dass die Kinder an die Nordseeluft müssen, und ihm auch die Adresse geschickt. Außerdem hab ich im Haus die Nachbarn gebeten, nach der Post zu schauen und hier anzuläuten, wenn was Wichtiges kommt. Es hat aber niemand angerufen, oder?«

»Auch das hätten wir Ihnen sofort gesagt.« Wie schrecklich musste es sein, so lange auf die Nachricht eines geliebten Menschen zu warten. Dieser verflixte Krieg hatte so viel Leid gebracht und tat es noch.

»Sie können sich darauf verlassen, dass Sie sofort Bescheid kriegen«, versprach Anni. »Ehrenwort.«

»Danke«, sagte Marie Steden traurig. »Nun kommt, Mädels, wir gehen noch ein wenig spazieren, die gute Luft wird euch müde machen.«

Als Nächstes ging Anni zu den beiden Männern, in deren Nähe Ruth und Rachel Wetzstein nicht mehr sitzen wollten. Lutz und Friedrich Brunner aus Starnberg bei München waren gestern angereist und hatten einen freundlichen und soliden Eindruck gemacht.

»Angenehme junge Männer«, hatte Ole gesagt. Die beiden waren Brüder, der jüngere, Lutz, litt an chronischer Bronchitis und hatte einen längeren Aufenthalt an der See verordnet bekommen. Sein Bruder Friedrich begleitete ihn, und sie waren für vier Wochen eingebucht.

Anni verstand nicht ganz, warum den Schwestern Wetzstein die Brüder unangenehm waren Sie kamen aus gutem Hause, unterhielten sich leise, aßen anständig und waren ausgesucht höflich. Sie konnte sich gar nicht vorstellen, dass man etwas gegen die beiden haben könnte. Vielleicht waren die Schwestern einfach zu empfindlich und übertrieben. »Ich hoffe, Sie fühlen sich wohl bei uns«, sagte Anni nun, und Friedrich Brunner hob den Kopf und sah ihr in die Augen. Seine waren von einem tiefen, dunklen Grau. Sie sahen aus wie polierte Edelsteine. Annis Herz begann zu klopfen.

»Danke sehr, ja.« Oh Himmel, er hatte auch noch eine schöne

Stimme. Dunkel mit feinem Klang und keinem bayrischen Einschlag. Er sah zusätzlich auch noch gut aus. Friedrich Brunner hatte dunkle Haare, ein markantes, apartes Gesicht, breite Schultern und gepflegte Hände. ›Er war nicht im Krieg‹, dachte Anni. ›Dann sähen die Hände anders aus.‹

Sein jüngerer Bruder war blond und dünner und wirkte ein wenig unbeholfen. Wahrscheinlich war Friedrich deshalb mit nach St. Peter gekommen. Er, der große Bruder, kümmerte sich vielleicht schon immer um den kleinen.

»Das ist ja schön«, sagte Anni. »Also ... was ich Sie fragen wollte, ob ... ob ... ob es eventuell ...«

»Ja?« Friedrich Brunner lächelte.

»... ja ... also, wollen Sie nicht ab morgen dort drüben sitzen, da waren Sie eigentlich von Anfang an eingeplant, ja ... also ...«, stammelte Anni. »Da ist es auch viel gemütlicher, weil Sie da mehr ... Ruhe ...« Was machte sie denn bloß?

»Sehr gern. Wir setzen uns dahin, wo es am besten passt. Unter einer Bedingung«, sagte Friedrich und lächelte noch mehr.

»Äh ... Bedingung ...« Anni brachte keinen klaren Satz mehr heraus.

»Dass Sie morgen Abend mit mir ein Glas Wein trinken. Mein Bruder mag keinen Alkohol und geht immer schon früh zu Bett.«

»Wein ...«, sagte Anni. »Also, äh, ja, gern.«

»Gut«, sagte Friedrich. »Dann warte ich gegen acht Uhr vor dem Kamin auf Sie. Ein guter Roter wäre doch schön.«

»Ja ... Rotwein ... gern«, sagte Anni und ärgerte sich darüber, dass sie knallrot wurde. Sie drehte sich um und verließ den Speiseraum. Ihr Herz raste jetzt.

## 12. KAPITEL

Am nächsten Morgen hatte Anni Termine mit Hinrich Paulick, dem Dorfschreiner, und seinem Gesellen und dann mit dem Klempner Fridtjof Boyes und seinem Sohn Falk, mit dem Anni zur Schule gegangen war. Hinrich kam zuerst, und Anni begrüßte ihn im Kontor, wo sie sich mittlerweile wohnlich eingerichtet hatte.

»So, Anni«, hatte Hans gesagt. »Jetzt musst du dich mit den Mannsleuten allein herumschlagen.«

»Ich gebe mein Bestes«, sagte Anni. »Du wirst stolz auf mich sein. Und ich hoffe, die werden alle Respekt vor mir kriegen.«

»Das wird schon noch kommen«, war Hans sich sicher. »Also, auf in den Kampf.«

»Moin Anni.« Hinrich tippte an seine Kappe, und der Geselle Pit tat es ihm nach. »Wo ist denn Vattern?«

»Der ist hierfür nicht zuständig, Hinrich, setzt euch doch.« Anni versuchte, die Gedanken an Friedrich Brunner, die sie seit gestern Abend verfolgten, für die Dauer des Gesprächs abzulegen. Es war schwierig, klappte aber. Sie bemühte sich um volle Konzentration auf das Gespräch.

»Nich zuständig?« Hinrich war verwirrt, und der Geselle setzte sich hin. »Versteh ich nich.«

»Was gibt es denn daran nicht zu verstehen, Hinrich? Ich leite die Renovierungsarbeiten in unserem Hotel und bin eben zuständig.«

»Du?« Hinrich war nun vollständig irritiert und ließ sich auf einen Stuhl sinken.

»Ja, ich.«

»Aber ...«

»Ja?«

»Du bist doch eine Frau.«

»Das weiß ich, Hinrich«, sagte Anni, die sich darüber ärgerte, dass ihr Herz schneller schlug, und nun nicht wegen Friedrich Brunner. Sie wollte keinesfalls, dass Hinrich und Pit merkten, dass sie unsicher war.

»Also, ich versteh gar nix.«

»Wie gesagt, Hinrich, mein Vater hat mir die Verantwortung für die ganzen Abläufe übertragen, und ich werde das alles leiten und bin auch eure Ansprechpartnerin, falls wir uns einig werden, was ich doch sehr hoffe.«

»Hatt ich noch nie so«, sagte Hinrich, und Pit nickte. »Noch nie.«

»Einmal ist immer das erste Mal. Aber wenn du damit ein Problem hast, ich kann auch den Ansgar in Böhl fragen.« Langsam wurde Anni sicherer.

Hinrich überlegte und wog ab. Dann nickte er langsam. »Können es ja mal versuchen.«

»Wunderbar«, sagte Anni und versuchte, nicht allzu sarkastisch zu klingen. »Da bin ich ja beruhigt, dass du nicht gleich wegläufst, weil eine Frau das Sagen hat.«

»Mpf«, machte Hinrich, dem das alles noch nicht so geheuer war. »Aber schon komisch, das.«

»Jo«, machte Pit.

»Es war doch auch nicht komisch, als ihr Männer im Krieg wart und wir Frauen zu Haus alles geregelt haben, da war das doch auch alles in Ordnung.« Anni wurde etwas giftig. »Da waren die Frauen gut genug, nicht wahr? Aber was sie getan haben, wird gar nicht ernst genommen und anerkannt. Dass wir jahrelang alles am Laufen gehalten haben. Wenn ich an die Trümmerfrauen in Berlin und Frankfurt und sonst noch überall denke, die waren den ganzen Tag am Steineschleppen, ja sicher, ich weiß, die Männer in der Gefangenschaft hatten es auch nicht einfach, das sehe ich ja an meinem Vater, Hinrich, aber es ist doch auch nicht richtig, dass die dann heimkommen, die Männer, und automatisch wieder das alleinige Sagen haben. Das sind doch Zustände wie im Mittelalter.« Hinrich und Pit glotzten sie an. »Das musste jetzt mal gesagt werden. Und nun steht es euch frei, zu gehen oder zu bleiben. Es ist ganz allein eure Sache.«

Sie wartete eine Minute, um Pit und Hinrich Zeit zu geben. Die sagten gar nichts und wirkten regelrecht erschrocken.

»Ich nehme mal an, das heißt, ihr bleibt, und wir arbeiten zusammen«, sagte Anni dann und stand auf. »Das war's dann für heute.«

Wie bedröppelt gingen die beiden Männer nach Hause. So hatte ja noch nie eine Frau mit ihnen gesprochen. »Also wirklich«, beklagte sich Anni später bei Hans. »Der Hinrich hat ja so getan, als sei ich dumm im Kopf. Nur weil ich eine Frau bin.«

»Das ist doch nichts Neues.« Hans zuckte mit den Schultern. »Das ist doch überall so, und es wird noch eine Zeitlang dauern, bis das mal anders wird. Aber ist es nicht ein guter Anfang, dass du jetzt beginnst, die *Seeperle* zu renovieren? Dass dein Vater dir das übertragen hat, das ist doch was.«

»Ja schon, trotzdem ärgere ich mich.«

»Mach das nicht, von Ärger kriegt man Falten und schlechte Laune. Es ist aber auch wirklich nicht einfach mit euren Alteingesessenen hier. Gerade dieser Hinnerk ist ja ein Stockfisch. Ist das normal, dass man hier so wenig wie möglich redet? Kriegt man da einen Preis für?«

»Das war schon immer so«, sagte Anni. »Gerade die Alten in St. Peter kriegen den Mund nur auf, um Bier zu trinken.«

»Aber ›Jo‹ können sie sagen, und das andauernd. Na ja, jetzt kommt wer? Dieser Fridtjof, der Klempner. Soll ich mal mitkommen?«

»Ach, weißt du was, Hans? Das mach ich auch ganz allein. Ich muss ja in Übung kommen«, lachte Anni.

»Ah, die Dame entwickelt Ehrgeiz. Sehr gut!«

Mit Fridtjof und seinem Sohn Falk war es ein wenig einfacher, denn zu Hause hatte die Mutter Merle das Sagen in der Familie und ließ sich die Butter nicht vom Brot nehmen. Fridtjof hörte sich alles an, was Anni ihm auftrug, und Falk saß mit halboffenem Mund da und nickte in regelmäßigen Abständen. Er war seit langer Zeit schon in Anni verliebt und schrieb ihr in regelmäßigen Abständen Briefe, in denen er von ihrem goldenen Haar und ihren süßen »Krüpchen« schwärmte. Falk hatte es nicht so mit der Rechtschreibung, aber er war ein netter, hilfsbereiter Kerl mit dem Herz auf dem rechten Fleck.

Fridtjof stand auf und reichte Anni die Hand. »Jo«, sagte er. »Is geritzt. Dann fangen wir nächste Woche an.«

»Hans Falckenberg, ein Freund des Hauses, ist ebenfalls instruiert«, sagte Anni.

»Wa?« Fridtjof verstand nicht.

»Er weiß Bescheid«, vereinfachte Anni ihre Aussage. »Und wird das alles mit mir zusammen beaufsichtigen.«

»Jo.«

»Dann sind wir soweit klar?«

»Jo. Wird'n ziemlicher Krach, musst du deinen Gästen sagen.«

»Hab ich schon, keine Sorge.«

»Na denn.« Sie gingen. In der Tür drehte Falk sich um. »Du, Anni, bald ist doch Frühlingsfest, gehst du da mit mir tanzen?«

Auf alles hatte Anni momentan Lust, nur nicht darauf, mit Falk ein Fest zu besuchen.

»Tut mir leid, Falk, ich bin hier voll eingespannt. Ich weiß nicht, ob ich überhaupt hingehen kann.«

»Och«, machte Falk. »Nu denn.« Dann ging auch er, und Anni begab sich zurück ins Kontor, wo Hans schon auf sie wartete.

»Ich hab eine Idee«, sagte er fröhlich.

»Das ist ja nichts Neues.« Sie setzte sich und kippte mit dem Stuhl nach hinten. »Also jeden Tag möchte ich nicht solche Gespräche führen. Das ist ja zermürbend.«

»Aber ich muss sagen, du siehst schon wie eine richtige Geschäftsfrau aus.« Anni hatte sich heute bewusst ein bisschen schick gemacht. Sie trug ein dunkelblaues, enganliegendes Leinenkleid mit enggeschnalltem Gürtel, Pumps und Perlenohrringe von Uroma Lisbeth. Die langen Locken hatte sie zu einer Banane gesteckt und ein wenig Lippenstift aufgetragen. Mehr benutzte sie eigentlich nie. Ihre Haut hatte noch nie Make-up gesehen, das wäre eine Sünde an der guten Luft hier, die die Poren reinigte.

»Aber diese Idee wird dir sehr gut gefallen«, sagte er. »Heute ist nämlich ein neuer Hoteleinrichtungskatalog gekommen, und ich sage dir, da sind tolle Sachen drin. Ich finde, wir zwei setzen uns jetzt hin und beginnen mit den Bestellungen. Manches hat eine längere Lieferzeit, und dann ist alles da, wenn die Arbeiten am Haus fertig sind.«

»Was würdest du bloß ohne die Prospekte machen?« Anni lachte.

»Ich würde sie wahrscheinlich erfinden. Also, was sagst du?«

»Wunderbar. Lass uns anfangen«, sagte Anni.

»Und nachher kommt ein Jost Jörgensen«, sagte Hans. »Statiker. Isa hat mir den empfohlen, sie sagt, der habe mal hier gewohnt, lebt aber immer noch in der Nähe. Ich hab ihn einfach mal angeläutet. Er schaut sich mal die Küchenwand an. Und wenn alles fast fertig ist, bestellen wir einen Fotografen, der soll die Zimmer und das Haus von außen knipsen, damit wir einen schönen Prospekt machen können, und die Zeitungsleute werden auch informiert. Und Inserate geben wir auf in der einschlägigen Presse.«

»Endlich kannst du einen eigenen Prospekt gestalten.« Sie musste wieder lachen. Daran hatte sie noch gar nicht gedacht. »Du bist mal wieder einmalig, Hans.«

»Ich weiß.« Hans griff hinter sich und zog den dicken Katalog aus der Rollstuhltasche. »Hier, bitte. Lass uns anfangen.«

»Wo ist denn eigentlich Dora?«, fragte Anni.

»Sie schläft. Die Schwermütigkeit und die Melancholie«, sagte Hans. »Die machen ihr schwer zu schaffen.«

»Aha«, sagte Anni, die immer noch kein gutes Gefühl hatte, was Dora betraf.

Am frühen Abend waren sie fertig. Die Bestellungen der Möbel, der Tapeten, der Wäsche, der Decken, alles war erledigt. Ein Kühlschrank war geordert, so wie Isa es sich gewünscht hatte, das neueste Modell von Bosch, und eine Küchenmaschine würde es auch geben, eine Olympia SG, sowie eine Rechenmaschine. Die Küchenmöbel, die sie bestellten, waren ein Traum, und bald konnte der wuchtige, riesige Weichholzschrank in den Keller geschafft werden, wo er als Vorratsschrank dienen würde. Jost Jörgensen war dagewesen und hatte festgestellt, dass einem Durchbruch der Küchenwand nichts im Wege stand, und Isa war vor Freude fast in Tränen ausgebrochen und hatte den armen Mann gezwungen, ein halbes Blech Streuselkuchen aufzuessen.

»Morgen machen wir weiter«, sagte Hans. »Jetzt bin ich etwas müde.«

»Ich brauch mal wieder frische Luft«, sagte Anni. »Ich glaub, ich reite ein wenig. Ich geh mal rüber in den Stall und schau, ob ich ein Pferd von Marten bekomme.«

»Mach das, und pass auf deine Knochen auf.«

Eine halbe Stunde später stieg Anni in ihrer Reithose und den Lederstiefeln auf den Fuchswallach Romeo, einen vierjährigen, übermütigen Holsteiner, der nur Flausen im Kopf hatte und sich gern einen Grund suchte, um ein bisschen durchzugehen. Anni mochte den Fuchs, solche Pferde waren ihr lieber als tumbe Gäule, die nur vor sich hinwatschelten und kein Interesse an nichts hatten, nur an Heu, Hafer und Äpfeln.

Romeo war lange nicht draußen gewesen und entsprechend unruhig. Anni ritt ein Stück im Schritt, dann hielt sie an und zog den Gurt nach, und nun schlug sie den Weg zum Strand ein. Der Fuchs merkte, wohin es ging, und wollte lostraben, Anni ließ ihn. Es war ein wunderbarer Abend, und sie genoss diese Stunde nur für sich auf dem Pferd. Es war Hochwasser und die Wellen klatschten an den Strand. Romeo tat so, als würde er sich erschrecken, und wollte losgaloppieren, aber noch hielt Anni ihn zurück. Wenn sie gleich nachgab, machte er, was er wollte. Noch ein kurzes Stück im Trab am Strand, dann begab sich Anni in den leichten Sitz und musste gar keine Hilfe mehr geben, der Wallach preschte sofort los und galoppierte mit großem Tempo den Strand entlang. War das herrlich! Nun lenkte sie ihn näher ans Wasser, und die See spritzte ihr um die Ohren. Romeo buckelte kurz vor Freude und wurde noch schneller. Anni ließ ihn laufen, schloss die Augen und fühlte den Wind und das Wasser auf ihrer Haut. Sie ließ den Fuchs galoppieren, bis er von selbst müde wurde, dann begaben sie sich im Schritt und am langen Zügel zurück, während die Sonne langsam unterging. Sie schaute auf ihre Armbanduhr. Noch eine Stunde Zeit bis zum Abendessen, und dann würde sie Friedrich treffen. Wieder klopfte ihr Herz. Auf dem Weg zum Hof von Marten begegnete sie erst niemandem, die meisten Leute waren schon daheim und aßen zu Abend, aber dann kam ihr eine Frau entgegen. Anni nahm die Zügel auf und machte Platz. Die Frau blieb stehen und lächelte Anni an, dann nickte sie ihr freundlich zu. Anni blieb mit dem Pferd stehen. »Guten Abend.« Sie hatte die Frau noch nie gesehen und war etwas fassungslos. Sie war so schön, dass es nicht in Worte zu fassen war. Groß, schlank, ihre kastanienfarbenen, langen Locken wehten im Wind umher und unter den dichtesten Wimpern, die Anni je untergekommen waren, strahlten sie leicht mandelförmige helle Augen an. »Guten Abend«, antwortete die Frau ihr. Ihre Stimme war klar und schön. »Ich bin heute angekommen und wollte ein wenig an den Strand gehen. Bin ich hier richtig?«

»Ja, sind Sie. Ich, also wir, kommen auch gerade daher.«

Die Frau kam ein Stück näher und streichelte Romeo, der anfing, an ihren Haaren zu knabbern, was sie nicht zu stören schien.

»Ich bin jetzt für länger hier«, sagte die Frau. »Ich bin Betreuerin der Hessenkinder, die ja in diesem Jahr erstmalig zur Erholung herkommen. Wir wohnen im Haus Dünenblick.«
»Ach ja, ich hörte davon.« In St. Peter gab es mehrere Kinderheime, und ab der Vorsaison kamen viele Kinder her. »Eigentlich bin ich Lehrerin«, sagte die Frau. »Ich heiße Edith Müller und komme aus Kassel.«
»Anneke Janssen.«
»Möchten Sie mich vielleicht zum Strand begleiten?«
»Ich würde sehr gern, aber das Pferd muss zurück in den Stall, sonst wird es unleidlich, weil er hier genau weiß, wann es Hafer gibt, und ich muss in mein Hotel zurück, das Abendessen beaufsichtigen.«
»Als Hotelgast beaufsichtigen Sie das Essen?«, fragte Edith Müller amüsiert.
»Nein, das Hotel gehört meiner Familie, quasi mir«, sagte Anni und war plötzlich ganz stolz. Natürlich stimmte das nicht ganz, aber es würde ihr ja irgendwann gehören, und sie hatte ja gerade die ganze Verantwortung. Das war ein wunderbares Gefühl.
»Das finde ich großartig, ein Hoch auf die arbeitenden Frauen!«
Anni lachte. Diese Edith Müller gefiel ihr sehr gut. In den letzten Wochen hatte sie immer mal wieder gemerkt, wie sehr ihr eine Freundin fehlte, seitdem Rena weg war. Früher hatten sie sich fast täglich gesehen, wenn es auch manchmal nur kurz war, aber mindestens drei Abende pro Woche hatten sie zusammen verbracht, Schlager gehört, über Lippenstiftfarben gesprochen, über Schauspieler und über Frisuren und natürlich über Männer. Rena war voller Ehrfurcht gewesen, als Anni ihr

gestanden hatte, dass sie mit Hinnerk intim gewesen war. Sie wollte alles darüber wissen und hatte ihr in goldenen Farben geschildert, wie sie sich ihr »erstes Mal« vorstellte. Rena war so romantisch veranlagt, dass Anni manchmal darüber lachte. Sie war so süß und herzensgut, und Anni vermisste sie so sehr. Sie durfte nicht vergessen, zu Lore zu gehen, um nach Rena zu fragen. Wenn sie ja nur nicht so viel um die Ohren hätte gerade. Hoffentlich ging es ihr gut!

»Kommen Sie mich doch mal im Hotel besuchen«, schlug Anni vor, die merkte, dass Romeo unruhig wurde.

»Das mach ich gern«, sagte die schöne Edith.

»Hotel *Seeperle*, geradeaus und dann links. Der Name steht dran. Dann trinken wir einen Kaffee zusammen. Kommen Sie, wann Sie mögen, ich bin fast immer da.«

»Schön«, sagte Edith Müller, lächelte wieder und zeigte eine Reihe gerader, perlweißer Zähne.

»Also dann.« Anni nickte ihr zu und trieb den Fuchs an, der bereitwillig vorwärtsging. Was für eine nette Frau! Anni freute sich richtig darauf, ihre Bekanntschaft zu machen. Beschwingt ritt sie zu Martens Stall zurück. Marten, der vorhin nicht da war, nahm sie nun in Empfang, und Anni fragte ihn gleich, ob Ruth und Rachel Wetzstein bei ihm Pferde mieten konnten.

»Jo«, sagte Marten, der sich sichtlich über eine Zusatzeinnahme freute. Vielleicht könnten sie in Zukunft zusammenarbeiten? Wenn sie in der *Seeperle* auch Reiten auf den Pferden vom Nachbarhof anbot, das wäre doch was. Marten hätte was davon, und sie auch.

»Jo«, sagte er schlicht, als sie fragte.

»Gut.« Somit war die Sache geritzt. Bei Marten brauchte man nicht viele Worte. Ein Jo war ein Vertrag.

Anni lief rasch nach Hause. Vor dem Abendessen wollte sie sich noch waschen und umziehen, keinesfalls wollte sie nach Pferd riechen, wenn sie sich mit Friedrich Brunner traf.

## 13. KAPITEL

»… und so konnten wir verhindern, dass weder ich noch Lutz in den Krieg mussten.« Anni saß mit Friedrich Brunner in der Kneipe *Zum Meeresgrund*, vor sich hatten sie jeder ein Glas Rotwein.

»Du willst allein mit einem Gast in den Ort gehen?«, hatte Gerda beim Abendbrot gefragt. »Aber das macht man doch nicht.«

»Och, Muttilein, das macht doch nichts, wenn ich mich mal mit einem Gast unterhalte.«

»Aber Herr Brunner ist ein Mann.«

»Das weiß ich auch«, hatte Anni gelacht. »Stell dir vor.«

»Also ich weiß nicht, was Papa dazu sagt.«

»Papa sagt gar nichts dazu, der sitzt nämlich mit Knut bei Gert und redet über die guten alten Zeiten.«

»Das Kind muss ja auch mal raus«, hatte Isa eingeworfen. »Sie arbeitet den ganzen Tach, da kann se doch auch mal weggehen.«

»Aber doch nicht mit einem Fremden«, hatte Gerda entgegnet.

»Mutti, während ich mit dem fremden Mann zusammen bin, kannst du mal darüber nachdenken, ob wir nicht mal wieder zusammen auf dem Flügel spielen wollen«, schlug Anni ihr vor.

»Ach, der Flügel ...«, Gerda lächelte. »Ob wir das noch können?«

»Bestimmt, wir müssen es einfach mal wieder ausprobieren!« Anni strich ihrer Mutter übers Haar. »So, ich geh nun.«

»Unsere Familie leitet seit langer Zeit das Pharmazieunternehmen«, erzählte Friedrich weiter. »Und wir haben auch kriegswichtige Medikamente hergestellt. Zur Schmerzlinderung, zur Narkose. Ein kriegswichtiges Unternehmen also, wie es hieß. Mein Vater war im Krieg, ich hab die Firma geleitet, meine beiden älteren Brüder sind in der Normandie gefallen, Lutz war kränklich und ist es noch. Also musste ich mich um alles kümmern. Ich musste zusehen, dass in der Fabrik alles weiterlief und gearbeitet wurde. Mit reduziertem Personal. Aber wir waren ein bedeutsamer Betrieb, und ich war, ehrlich gesagt, froh, nicht an die Front zu müssen. Obwohl ich mich andererseits geschämt habe. So viele meiner Freunde und Bekannten sind gefallen, vermisst oder noch in Gefangenschaft.«

»Wem wäre denn gedient, wenn Sie es auch wären?«, fragte Anni und nahm einen Schluck Rotwein.

»Nun, das ist richtig.« Friedrich lächelte sie an. »Ich will auch gar nicht klagen, sondern diesen netten Abend genießen.«

»Das will ich auch«, sagte Anni und stellte ihr Glas ab.

»Wie schön.« Friedrich beugte sich vor. »Das ist übrigens der schönste Abend, den ich seit Langem erlebt habe.«

»Es ist doch aber gar nichts Besonderes passiert«, lächelte Anni.

»Doch«, sagte Friedrich. »Sie sitzen hier mit mir. Das ist besonders, und das ist wunderbar. Und ich möchte nicht, dass dies eine einmalige Sache war.«

Annis Herz klopfte so stark, dass sie dachte, es würde zerspringen. Mit einem Mal verspürte sie ein nie gekanntes Glück in sich aufsteigen, ihr wurde warm und kalt zugleich, irgendetwas flirrte in ihrer Magengegend herum und dachte nicht daran, Ruhe zu geben. So fühlte es sich nicht an, wenn sie mit Hinnerk zusammen war.

Anni lächelte Friedrich an und hatte das Bedürfnis, die ganze Welt zu umarmen. Sie saß hier mit einem wunderbaren Mann, das Hotel wurde auf Vordermann gebracht, und sie hatte Helena Barding und Edith Müller kennengelernt, die ihr ausnehmend gut gefielen. Aber am besten gefiel ihr Friedrich.

Er beugte sich nun noch weiter nach vorn und strich ihr sanft übers Haar. »Anni ...«, murmelte er und jetzt explodierte etwas in ihr. Sie wusste nicht mehr, was sie sagen und denken sollte. Sie wusste nur, dass sie nicht mehr sie selbst war. Da war etwas anderes, das von ihr Besitz ergriffen hatte.

Noch wusste sie nicht, dass sie zum ersten Mal richtig verliebt war.

## 14. KAPITEL
## Mai 1953

»Oh mein Gott, ich kann nicht mehr.« Anni saß mit Helena Barding und Edith Müller in einem der Pfahlbauten-Cafés im Meer, sie tranken Eiskaffee und aßen frisch gebackene Waffeln mit Sahne und eingemachten Kirschen. Es war ein herrlicher Tag und ab dem Mittag hatte Anni sich freigenommen, um die Sonne mit den beiden Frauen am Meer zu genießen – und um Zeit mit ihnen zu verbringen. Kichernd legte Anni ihre Gabel auf den Tisch, Edith hatte gerade von ihren früheren Verehrern erzählt.

»Ich sage es euch, als unverheiratete Frau ist man Freiwild«, sagte Edith und rührte in ihrem Eiskaffeeglas herum. »Eigentlich bin ich ja nicht auf den Mund gefallen, aber was ich schon zu hören bekommen hab, also da schlackern einem die Ohren. Ich saß mal allein im Café, mir gegenüber am Nachbartisch ein Mann, der die Bedienung bat, mir einen Kaffee und einen Cognac zu bringen. Ich lehnte ab, als sie kam und servieren wollte, da stand er auf und sagte, ich solle ruhig annehmen, er würde sich derweil um ein Hotel kümmern. Ich sagte ›Nein danke‹, und er!, er sagte: ›Mein liebes Fräulein, bei dem Frauenüberschuss momentan, da können Sie doch froh sein, dass Ihnen jemand einen Cognac spendiert und Sie dann noch horizontal beglückt.‹ Das hat er gesagt. Und er sah aus wie eine Kugel mit Augen. Ich hab ihm dann geantwortet: ›Mein lieber Herr, Sie beglücken mich aufs Äußerste, wenn Sie sich umdrehen und gehen.‹ Da schaute er mich an wie vom Donner gerührt, damit hat er wohl nicht gerechnet. Unfassbar, was Männer sich einbilden. Sie sind überhaupt nicht gewöhnt, dass eine Frau ihnen Contra gibt!«

»Das kenne ich«, nickte Helena. »Ich hab Ähnliches erlebt. Und wenn man diesen Schlag Männer zurückweist, kapieren sie nicht, warum, und werden manchmal noch ausfallend.«

Anni nickte: »Im Hotel benehmen sich hin und wieder die männlichen Gäste so, als hätten sie das Wort Benehmen gegenüber einer Frau noch nie gehört. Unsere Hilfe, die Sigrun, ist gerade mal vierzehn und bekommt teilweise schon die unmöglichsten Sprüche zu hören. Einen Mann haben wir sogar mal gebeten, abzureisen. Er hatte Sigrun Geld dafür geboten, wenn sie ein bisschen ›nett‹ zu ihm ist.«

»Das ist nicht zu fassen, aber leider an der Tagesordnung.«

Ediths Augen funkelten. Sie sah mal wieder umwerfend aus in ihrem dunkelgrünen Jackenkleid aus Mohair, das ganz hervorragend zu ihrem rotbraunen Haar passte. Edith war schön, und sie wusste das auch, aber sie war weder überheblich, noch nutzte sie ihr Aussehen in irgendeiner Form aus. Sie war einfach so, wie sie war: herzensgut, lustig und lebensfroh. Und sie war eine harte Verfechterin der Rechte der Frau! Edith gab gern zu, emanzipiert zu sein und für die Gleichberechtigung zu kämpfen. Am liebsten hätte sie sämtliche Frauen dazu angehalten, sich ihr anzuschließen. Wenn Edith lachte, dann musste man automatisch mitlachen. Anni hatte sie sofort gemocht, als sie in der *Seeperle* aufgetaucht war. Sie war gerade dabei gewesen, neue Stoffmuster durchzugehen, und Edith hatte sich einfach zu ihr gesetzt und mit ihr beratschlagt. Sie hatte einen sehr guten Geschmack: dezent, stilvoll, unaufgeregt. Später hatten sie dann zusammengesessen, noch ein Glas Wein getrunken, und waren aus dem »Schnattern«, wie Edith es nannte, überhaupt nicht mehr rausgekommen. Anni war froh, endlich wieder eine ungefähr gleichaltrige Frau in ihrer Nähe zu haben – Edith war siebenundzwanzig. Rena fehlte ihr schon sehr. Sie hatten immer noch nichts von ihr gehört. »Es wird schon alles gut sein«, hatte Lore gesagt. »Immerhin sind es ja die Flitterwochen, da haben sie anderes zu tun, als sich daheim zu melden.« Anni fand es äußerst unpassend, dass Lore sich ganz offensichtlich überhaupt nicht um ihre Tochter sorgte. Ob sie darüber mit ihren neuen Freundinnen reden konnte? Doch dann würde sie die heitere Stimmung verderben. Selbst Helena, die sonst eher kühl und zurückhaltend wirkte, hatte bei Ediths Erzählung prusten müssen. Edith war eine brillante Erzählerin. Ihr hörte man gern zu, sie erzählte spannend und machte Pausen an den richtigen Stellen, um die Spannung zu halten. »Meinen Hessenkindern hat die Geschichte auch gefallen.«

»Du erzählst ihnen von den Männern?«, gickelte Anni.

»Natürlich, ich muss sie doch aufs Leben vorbereiten«, lachte Edith. »Ich kann doch nichts bieten außer Männergeschichten.«

»Ach, bin ich froh, dass wir drei uns gefunden haben«, sagte Helena und wirkte plötzlich richtig glücklich. »Und was für ein herrlicher Ort!«

Anni ließ ihren Blick über den Pfahlbau gleiten, der vor mehr als hundert Jahren sieben Meter hoch über dem Meer errichtet worden war. Eine Treppe führte hinauf in das einfache Café, die *Giftbude*, weil es hier *wat giff*, wie man so schön sagte. Der Bruder von Rickmer Dittmann bewirtete hier, und er war berühmt für seinen Cognac, aber es gab auch allerlei andere Leckereien, und wenn man die Zeit vergaß, musste man hierbleiben und aufs Niedrigwasser warten. Das Wasser war zuverlässig. Das Innere des Cafés war holzverkleidet, und alte Fotografien zeigten lachende Gäste aus vergangenen Zeiten, die dem Fotografen zuprosteten und fröhlich in die Kamera winkten. Ein Kaminofen verströmte bei Kälte eine angenehme Wärme, mittlerweile brauchte man ihn allerdings nicht mehr mit Holz zu füttern, es wurde täglich wärmer in St. Peter. Es war einfach hier, simpel und schlicht, und genau das machte den Charme der Pfahlbauten aus. Davon abgesehen waren sie einzigartig. Die Einwohner liebten die kleinen Häuschen, die hoch oben über dem Wasser auf Stelen standen, sie gaben ihrem Landstrich etwas Besonderes. Da konnte man ja wohl mal stolz drauf sein.

Als Helena und Edith auf die Toilette gingen, blieb Anni allein sitzen, schaute aus dem Fenster und dachte einfach nach. Wie schön sich alles fügte. Und wie glücklich sie war, seitdem Friedrich Brunner in ihr Leben getreten war. Mit ihm war alles so lustig, luftig und leicht. Hätte Anni zwei Wünsche frei, sie würde wollen, dass Friedrich und auch Hans für immer hierblieben. Ein Mann fürs Leben und ein Freund fürs Leben.

Hans war natürlich noch in St. Peter und ging völlig in der Renovierung des Hauses auf. Aber für immer würde er wohl nicht bleiben können. Außerdem hatte er schon andere Reisepläne. Da Dora demnächst abreisen würde, plante er als Nächstes einen Köln-Besuch. Er war wirklich sehr verliebt in Dora.

»Ach Anni«, hatte er vor ein paar Tagen gesagt, »ich habe Dora so gern, und ich freue mich so sehr, dass sie nicht mehr so

trübsinnig ist. Sie ist richtig fröhlich manchmal. In den letzten beiden Wochen hat sie sich verändert. Ich habe sie fröhlich gemacht. Und sie will mich wiedersehen, in Köln.«
»Mhm.«
»Was hast du nur gegen Dora?«
»Ich hab nicht wirklich etwas gegen sie, ich bin nur vorsichtig, Hans. Irgendwie hab ich da kein gutes Gefühl. Du kümmerst dich so rührend um sie, und sie nimmt das so hin. Ich hab den Eindruck, du bist so was wie ein Alleinunterhalter für sie oder ein Clown, der sie zum Lachen bringt.«
»Das ist doch nicht schlimm. Das mach ich doch gern.«
»Wenn es einseitig ist, schon. Hat sie einmal nach *dir* gefragt, wie es *dir* geht?«
»Also ....« Hans hatte nicht weitergewusst.
»Du bist doch sonst so gerade, Hans, sagst, was du denkst, bist praktisch veranlagt und Realist. Warum siehst du nicht, dass diese Dora ... Ach, ist ja auch nicht so wichtig.«

Bevor Hans noch etwas hatte erwidern können, war Dora hinzugekommen und hatte gefragt, ob sie sich seinen Flitzer für einen Geschäftstermin in Hamburg ausleihen könnte. Hans hatte natürlich Ja gesagt.

Anni schüttelte leicht den Kopf. Hoffentlich rannte Hans nicht geradewegs ins Unglück.

»Wie sieht es eigentlich bei euch aus, wollt ihr mal heiraten?«, fragte Edith, nachdem die beiden zurückgekommen waren. »Oder ist das ein blödes Thema für dich, Helena?«

Helena schüttelte den Kopf.

»Wie lange warst du verheiratet?«, fragte Anni vorsichtig. Helena hatte ihnen erzählt, dass sie verwitwet war, aber mehr wussten sie nicht.

»Zwei Jahre«, sagte Helena und rührte in ihrem Kaffee herum. »Genau gesagt ein Jahr und dreihundertneunundfünfzig Tage.« Sie seufzte leise. »Er fehlt mir sehr. Aber ich weiß, dass er nicht mehr wiederkommen wird, nie mehr. Also schaue ich nach vorn, so gut es geht. In der Trauerzeit habe ich überhaupt nichts zustande gebracht. Langsam geht es wieder. Ich habe mir ja selbst einen Ortswechsel verordnet, und ich denke, der hilft. Außerdem habe ich euch beide hier kennengelernt.« Sie lächelte ein wenig und sah hübsch aus. »Verheiratet zu sein war schön. Also mit ihm. Ich hätte gern wieder das Glück, einen Mann zu finden, mit dem ich leben möchte.«

»Bist du gar nicht emanzipiert?«, wollte Edith wissen, ihre Stimme klang kämpferisch. »Immerhin bist du eine berufstätige Frau und verdienst dein eigenes Geld.«

»Aber das eine schließt das andere ja nicht aus. Man kann verheiratet sein und trotzdem arbeiten. Außerdem würde ich gern ein oder zwei Kinder adoptieren. Und dazu brauche ich einen Mann.«

»Du willst Kinder adoptieren?« Edith runzelte die Stirn. »Warum möchtest du denn keine eigenen? Also versteh mich bitte nicht falsch, ich finde Adoptionen sehr gut, gerade wenn man mal sieht, wie viele Waisen es gibt.«

»Eigene Kinder kommen für mich nicht in Frage«, antwortete Helena knapp, und die beiden trauten sich nicht, nachzufragen.

»Ich würde halt einfach gern wieder glücklich sein«, fügte Helena dann noch hinzu.

Wer nicht, dachte Anni, die immer noch nicht wusste, ob ihre Entscheidung richtig gewesen war. Dabei war das Aufgebot bestellt, eigentlich gab es kein Zurück mehr. Wehmütig dachte sie an die vergangenen beiden Wochen. Wochen, in denen es nur Friedrich und sie gegeben hatte. Er hatte viel von seiner Jugend erzählt und sie von ihrer. Und sie waren zusammen auf Martens Pferden ausgeritten. Anni auf ihrem Romeo und Friedrich auf einer Schimmelstute namens Schneeflocke. Er war ein ausgesprochen guter Reiter, man sah allein an seinem Sitz, dass er bei einem hervorragenden Lehrer in die Schule gegangen war. Sie konnten so herrlich miteinander lachen, und Friedrich wusste so viel. Er verfügte über eine grandiose Allgemeinbildung, und Anni stellte ihm abends, wenn sie sich allein sahen, furchtbar gerne Fragen. Um vorzubeugen, dass die Leute tratschten, nahmen sie Friedrichs Bruder Lutz mit zum Reiten. Aber die Abende, die waren geheim und am schönsten von allem ... Bis vorgestern jedenfalls war es so schön gewesen. Dann war ein Schreiben von zu Hause für ihn gekommen, man brauchte ihn umgehend in der Firma, und so hatten Anni und er sich am Abend vor seiner Abreise verabschiedet.

»Sehen wir uns bald wieder?« Sie hatte versucht, nicht zu weinen, weil das ja kindisch und hilflos gewirkt hätte, sie versuchte, so zu tun, als hätte sie vollstes Verständnis für Friedrich und seine Verantwortung daheim.

»Ach Anni«, seufzte Friedrich. Sie hatten sich bei Dunkelheit an diesem weit entfernten Strandabschnitt getroffen, den sie damals »unseren Nordstrand« getauft hatten, dort, wo sie als Kinder immer gespielt und gebadet hatten, ein Abschnitt, den Touristen nicht gern besuchten, weil er zu weit weg vom Geschehen war. Die Urlauber wollten kurze Wege zum Eis- und Kaffeeholen haben und nicht erst stundenlang zu einem Café laufen müssen.

»Was ist denn?«, hatte Anni gefragt und schon eine Ahnung gehabt, denn Friedrich war ganz anders als sonst. Sonst war er liebevoll, zärtlich. Sie tauschten verstohlen ein Lächeln, wenn sie sich tagsüber im Hotel sahen, und die Abende verbrachten sie gemeinsam auf Hans' Zimmer – es war nie einfach, sich da hineinzuschleichen, sie mussten ja absolut sicher sein, dass niemand sie sah, es wäre eine Katastrophe gewesen! –, um sich zu lieben oder zu küssen oder einfach in den Armen zu liegen. Hans saß derweil mit Dora zusammen oder las im Gemeinschaftsraum, er war der Einzige, der Bescheid wusste. Dem Bruder erzählte Friedrich, er würde ins Dorf gehen, um dort Karten zu spielen und ein Bier zu trinken. Lutz war das nur recht, er war abends immer früh müde und schlief tief und fest wie ein Murmeltier.

Friedrich war ein wundervoller Liebhaber, so ganz anders als Hinnerk. Bei ihm hatten Gefühle keine große Rolle gespielt, und er hatte nie nachgefragt, ob es Anni gefiel. Und Anni kannte es nicht anders. Ja, sie hatte schon etwas empfunden, eine gewisse Erregung bei der Sache selbst, aber es war niemals so innig und vertraut wie von Anfang an mit Friedrich. Der hatte sie mit Blicken und wundervollen Küssen erobert, er hatte sich Zeit gelassen, hatte gefragt, ob er sie berühren dürfe, er war einfach unaussprechlich wunderbar in seiner Bemühung, ihr die schönste Zeit der Welt zu bereiten.

Und dann dieser Moment, als er zum ersten Mal ganz in ihr war – Anni hatte nie zuvor etwas Vergleichbares erlebt. Es passte einfach. Und mit ihm hatte sie den ersten Höhepunkt ihres Lebens. Es hätte nie aufhören dürfen, nie!

Lange hatten sie dagestanden und sich angesehen. »Ach Anni.« Dieses *Ach Anni* versprach nichts Gutes, das spürte sie. Etwas war anders.

»Ich muss dir etwas sagen.« Das war ein Satz, dessen Fortsetzung sie nicht mögen würde, das war ihr gleich klar. Obwohl noch nie jemand zuvor diesen Satz zu ihr gesagt hatte – von Sigrun abgesehen, die ihr gestanden hatte, dass ihr eine ganze Dose Honig in der Vorratskammer umgekippt war. Sie wollte gar nicht wissen, was er ihr gestehen wollte. Es sollte nur alles so bleiben, wie es war. Dass er für immer hier in St. Peter sein würde, nie zurückmusste, dass sie ...

»Ich werde bald heiraten.«

Etwas zerdrückte sie innerlich. Anni bekam keine Luft mehr.

»Sie heißt Manon.«

»Ich habe nicht nach ihrem Namen gefragt«, brachte Anni mit halbwegs klarer Stimme heraus.

»Sie ist ... also nicht direkt meine Verlobte, aber indirekt schon, ich weiß gar nicht, wie ich es erklären soll«, versuchte Friedrich es.

»Da gibt es nichts zu erklären«, hatte Anni gesagt. »Da weiß ich nun Bescheid.« Danke, hätte sie fast noch gesagt. Sie sah auf den Boden. Der Wind wurde stärker. Es rauschte in ihren Ohren.

»Anni, ich liebe nur dich«, sagte Friedrich, und es klang sogar ehrlich. Trotzdem würde er eine Frau heiraten, die Manon hieß.

»Manon ist die Tochter eines Geschäftsfreunds meines Vaters«, sagte er, als würde das alles erklären.

»Das heißt, du heiratest bald, wirst Kinder haben, und wir beide werden uns nie wiedersehen«, stellte Anni sachlich fest.

»Ach Anni.« Er wollte sie umarmen, aber sie wehrte ihn ab.

»Warum hast du mir nicht von Anfang an die Wahrheit gesagt? Dass es bei dir daheim eine Manon gibt, die du heiraten wirst?«

»Weil ich unsere gemeinsame Zeit nicht trüben wollte.«

»Ach, aha. So ist es also besser, ja?«

»Ich weiß es nicht. Ich weiß nur, dass ich nichts dagegen tun kann. Es ist ... eine beschlossene Sache. Geld heiratet Geld, so ist das in unseren Kreisen nun mal.«

»In euren Kreisen, soso. In euren Kreisen wird man bestimmt auch nicht intim vor der Ehe, oder?« Anni wusste, dass sie zynisch war, aber es war ihr gleich. Sie war wütend, verletzt und unglücklich.

Friedrich wurde ein wenig rot. »Nein, ich habe noch nicht mit Manon ...«, gab er zu.

»Natürlich nicht. Das gnädige Fräulein geht unbefleckt in die Ehe. Aber mit mir, mit mir kann man das ja tun.«

Oh, wie Anni sich hasste für ihre schrille Stimme und ihren keifenden Ton. Aber es sprudelte nur so aus ihr heraus.

»Ich bin ja nur die vom Dorf, bei mir kann man sich erholen und sich noch ein paar Stücke vom Kuchen holen, der anderswo verboten ist, so ist das also. Und dann fährt der Herr nach Bayern zurück, und alles ist vergessen. Falls du dich daran erinnerst, du hast davon gesprochen, dass du gern mit mir zusammen wärst. Richtig zusammen, das hast du gesagt.«

»Das habe ich auch so gemeint.«

»Ja, sicher doch. Damit ich bloß mitmache bei allem. Damit ich mich nicht sträube wie das Fräulein Manon bei dir zu Hause. Schönen Dank auch. Ich will ... dich nie wiedersehen. Geh weg! Geh mir aus den Augen!«

»Ach Anni ...«

Anni hatte sich umgedreht und war nach Hause gerannt, ohne sich noch einmal umzublicken.

Hatte sie im Krieg an Hans' Bett gesessen und ihn getröstet, war er es diesmal, der bei ihr saß und ihre Hand streichelte und ihr immer neue Papiertücher reichte. Er war einfach da und tat ihr gut. Den Eltern, Sigrun und Isa erzählte er, Anni habe sich den Magen verdorben.

»Ich werde Hinnerk heiraten«, hatte Anni am nächsten Morgen trotzig gesagt, und Hans hatte geseufzt.

»Mach dich nicht unglücklich, tu mir die Liebe und warte noch ab.«

»Nein.« Gleich am nächsten Tag würde sie zu Hinnerk gehen und der Hochzeit zustimmen. Das käme nicht in Frage, dass sie hier als vermeintliche alte Jungfer enden würde. Viele in ihrem Alter, ach wo, alle, waren mittlerweile unter der Haube. Und Ewigkeiten würde Hinnerk auch nicht mehr warten.

»Das Aufgebot ist bestellt.« Irgendwann musste Anni es den beiden Frauen ja sagen.

Sie sahen sie erstaunt an.

»Ich verstehe dich nicht.« Edith rührte in ihrem Eiskaffee herum. »Wenn du heiratest, dann machst du dich so *abhängig*. Ich kann es nur immer wiederholen. Wenn dein Hinnerk nicht will, dass du arbeitest, dann kann er dir das verbieten!«

»In meinem eigenen Hotel?«

»Die Kontoverwaltung hat jetzt doch noch dein Vater, oder?« Anni nickte. »Aber er hat mir Vollmacht ...«

»Ja, aber die kann er jederzeit widerrufen«, erklärte ihr Edith und verdrehte die Augen. »Wie oft soll ich es noch sagen? Dein Mann muss unterschreiben, wenn du eine Waschmaschine kaufst, Vollmacht hin oder her. Er kann hingehen und sagen, meine Frau arbeitet hier nicht, die bleibt daheim, dein Mann kann alles bestimmen. Warum geht das denn nicht in deinen Kopf?«

»Das heißt, er darf alles, ich darf nichts?« So ganz war das Anni immer noch nicht bewusst geworden. Um ehrlich zu sein: Sie wollte es auch gar nicht wahrhaben.

»Was ist denn mit meinem eigenen Geld? Meinen Ersparnissen sozusagen?«

»Moment mal«, mischte Helena sich ein. »Aber ich hörte von diesem Gleichberechtigungsgesetz. Es besagt, dass …«

»Ja, ich weiß, ich weiß.« Edith seufzte. »Hieß es im Bürgerlichen Gesetzbuch von neunzehnhundert noch: ›Dem Manne steht die Entscheidung in allen das gemeinschaftliche Leben betreffenden Angelegenheiten zu‹, so heißt es mittlerweile, dass Männer und Frauen gleichberechtigt sind. So weit, so gut. Leider hat der Gesetzgeber versäumt, das ein bisschen zu verfestigen. Gleichberechtigung, prima, steht jetzt im Grundgesetz, aber jeder Fall wird anders behandelt, wie es dem Richter gerade passt. Hat man einen, der für die Frauen ist, hat man Glück, wenn nicht, hat man eben Pech. Es geht um Einigungspflicht statt Entscheidungsrecht des Mannes, Gütertrennung statt Verwaltung und Nutznießung. Jeder Richter hat alleinige Entscheidungsgewalt. Eben weil dieses Gesetz noch nicht ausgereift ist. Es ist nur ein Satz.

Wo wir hinmüssen, das ist Gemeinsamkeit zwischen Eheleuten. Ob in Sachen Haushaltsführung oder der Kindererziehung, wo der Mann bislang das alleinige Entscheidungsrecht hat, so muss sich das ändern. Ich bin mir allerdings sehr sicher, dass kein Politiker das in irgendeiner Form will. Im Oktober letzten Jahres hat die Regierung einen Entwurf vorgelegt, den man, mit Verlaub, in der Pfeife rauchen konnte. Da stand immer noch drin, dass der Mann allein entscheidungsbefugt ist. Und noch allerhand solcher Dinge. Bis zum einunddreißigsten März dieses Jahres haben sie sich nicht einigen können, die hohen Herren, deswegen ist dieser Termin verstrichen. Und was haben wir nun seit dem ersten April? Richtig, einen gesetzlosen Zustand, was die Gleichberechtigung betrifft und die elterliche Gewalt. Es heißt, die Gerichte sollen mit ihren Mitteln das so genannte Rechtsvakuum füllen. Das kann dauern.« Edith hatte sich richtig in Rage geredet.

»Du kennst dich ja aus«, sagte Helena bewundernd, und auch Anni war beeindruckt. »Das heißt, eigentlich besagt das Gesetz, dass ich meinem Mann gegenüber gleichberechtigt bin und anderseits auch wieder nicht, weil die Entscheidung des Richters so oder so ausfallen kann.«

»Bis auf weiteres ja.«

»Das heißt, wenn ich Hinnerk heirate und er mein Geld mit vollen Händen ausgibt oder die *Seeperle* verkaufen will, dann bekommt er vor Gericht eventuell recht?«

»Genau, es ist ein Zustand ohne gesicherten Ausgang«, sagte Edith und trank ihren Eiskaffee aus.

»Mein ganzes Vermögen könnte also weg sein.«

»Richtig. Aber wollen wir mal nicht vom Schlimmsten ausgehen. Wenn du heiratest, dann machst du das ja nicht mit dem Gedanken an eine Scheidung. Es kann auch alles gutgehen. Ich will hier keine Angst verbreiten, aber ich finde, man muss schon wissen, worauf man sich einlässt. Nicht nur emotional, sondern auch rechtlich. Sobald du heiratest, hast du zwar einen Ehemann bekommen, aber, um es mal hart auszudrücken, im schlimmsten Fall sonst alles verloren. Kein eigenes Geld, kein eigenes Konto. Solange ihr verheiratet seid, mag das in Ordnung sein, aber was, wenn einer sich scheiden lassen will? Der Mann hat noch das Sagen, meine Liebe. Leider sind nämlich fast alle Richter Männer, und wir können nicht auf das Glück hoffen, dass Frau Doktor Erna Scheffler unsere Richterin wird.«

»Wer ist denn das nun wieder?«, fragten Helena und Anni gleichzeitig.

»Sie ist seit 1951 die erste und einzige Richterin des Bundesverfassungsgerichts«, erklärte Edith. »Und sie setzt sich sehr für die Frauen ein. Nach der Scheidung ihrer ersten Ehe musste sie sich nämlich auch mit Sorgerechtsstreitigkeiten herumschlagen. Während der Nazizeit durfte sie nicht praktizieren. Eine sehr patente Frau. Ich habe sie mal in Berlin auf einer Veranstaltung getroffen. Um es auf den Punkt zu bringen: Noch ist in Sachen Gleichberechtigung überhaupt nichts in trockenen Tüchern, und Gerichtsverfahren können sich hinziehen. Ach, und noch etwas: Stirbt ein Mann, wird der Staat Vormund der Kinder. Lässt der Mann sich scheiden, werden ihm meistens die Kinder zugesprochen. Das zeigt leider die Erfahrung.« Sie hob wie zur Entschuldigung beide Hände. »Ich kann es nicht oft genug sagen: Ich würde mir lieber eine Hand abschneiden, als mich noch mehr in Abhängigkeit zu begeben. Wusstet ihr, dass im letzten Jahr über 57 000 Ehen geschieden wurden?«

»Das hört sich nach sehr viel an«, sagte Helena.

»Ist es auch.«

»Dann scheinen Scheidungen wohl im Kommen zu sein?«, fragte Anni, und Edith nickte.

»Ein Stück weit liegt das daran, dass viele Ehen während des Krieges geschlossen wurden. Also bevor die Männer an die Front mussten. Ganz schnell musste das gehen. Aber auch andere Ehen sind gescheitert. Als die Nazis noch an der Macht waren, hat man den Männern ja eingebläut, dass sie das tolle Geschlecht sind und das Sagen haben, und dann kommen die,

die überlebt haben, aus der Kriegsgefangenschaft zurück und finden ihre Frauen selbstbewusst und stark vor.«

»Die, die vorher das Heimchen am Herd waren«, nickte Helena.

»Genau«, sagte Edith. »Die haben die Trümmer weggeräumt und die Familie ernährt, und dann kommt der Mann und will, dass alles ist wie vorher. Da ist es doch glasklar, dass das nicht funktionieren kann. Zu Recht, wie ich finde. Die Frau soll zurück an den Herd, damit alles so wird wie vorher. Aber davor soll sie die Trümmer wegräumen, die die Männer zu verantworten hatten. Wären Frauen an der Macht, ich sage euch, das würde nicht passieren.« Mittlerweile hatte sie ganz rote Wangen. »Glaubt mir, ich weiß, wovon ich spreche. Ich bin nicht umsonst in so vielen Frauenbewegungen aktiv. So ganz langsam tut sich was. Überlegt bitte mal, dass ich bis vor zwei Jahren als Lehrerin gar nicht heiraten durfte. Das ist doch ein Eingriff in das Persönlichkeitsrecht!« Ihre Stimme wurde laut, wie immer, wenn sie engagiert redete. »Ist es nicht meine Sache, ob ich heirate oder nicht? Was ist das für ein merkwürdiges Gerechtigkeitsdenken? Genauso, wenn ich ein Kind erwarten würde. Es muss doch meine Entscheidung sein, ob ich es bekomme oder nicht.«

Zwei grauhaarige Damen am Nachbartisch starrten indigniert zu ihnen herüber.

»Eine Unverschämtheit«, sagte eine von ihnen laut. »Wie kann man in aller Öffentlichkeit über so etwas sprechen!«

»Eingesperrt gehören solche Weibsleute«, zischte die andere. »Früher hätte es so was nicht gegeben.«

»Wie können Sie nur so etwas sagen?«, wurden sie von Edith angefahren. »Wir Frauen dürfen nicht mehr alles mit uns machen lassen. Das muss aufhören. Das ist mein Leben und mein Körper.« Ihre hellblauen Augen blitzten. Die Damen schauten sie böse an.

»Sei doch bitte nicht so laut«, bat Anni, die es hasste, wenn sie andere Leute störte.

»Ja, ja. Immer schön ducken und buckeln.« Plötzlich hatte Edith Tränen in den Augen. »Aber was red ich. Mir kann es ja nicht passieren.«

»Wieso?«, wollte Helena wissen.

»Weil es mir eben nicht passieren wird. Ich … möchte kein Kind. Die Hessenkinder, das sind meine Kinder. Und irgendwann wieder die Kinder in der Schule.«

»Kann ich was für dich tun?«, fragte Helena nach einer Pause. »Also ich meine, ich könnte dich ja mal untersuchen, wenn du möchtest. Vielleicht …«

»Bei mir gibt es kein vielleicht«, wiegelte Edith ab. »Es ist auch nichts Gesundheitliches. Ich will es einfach so.«

Keine der beiden fragte, warum es so war. Wenn es an der Zeit war, würde Edith schon darüber sprechen. Oder aber auch nicht.

»Ich brauche jetzt einen Cognac«, sagte Edith und winkte Eike Dittmann, der nickte und kurz darauf die Flasche und drei Gläser brachte.

»Na, beruhig dich mal wieder, Deern«, sagte er und tätschelte Ediths Schulter.

»Ich rege mich doch gar nicht auf«, entgegnete Edith.

»Och, kenn ich von meiner Frau. Wenn die ihre Zustände hat oder hysterisch ist, dann sach ich immer, sie soll Frauengold nehmen, das hilft garantiert.« Eike zwinkerte ihr zu und goss ihnen ein.

»Ja, Frauengold ist großartig«, sagte Helena mit süßsaurem Lächeln. »Davon werden die Frauen so schön ruhig. Und wissen Sie auch, warum, Herr Dittmann? Weil da ganz viel Alkohol drin ist, im herrlichen Frauengold. Wenn man mich fragt, ich halte das für gefährlich.«

»Warum denn?« Dittmann runzelte die Stirn. »Also, wenn meine Frau das nimmt, wird sie ganz erträglich.«

»Ja, dieses Wundertonikum enthält ja auch fast siebzehn Prozent Alkohol«, erklärte Helena. »Da würde ich auch ruhig werden. Deswegen werden auch die meisten Männer in der Wirtschaft ruhig, wenn sie zehn Bier getrunken haben, und schlafen auf den Tischen ein.«

»Sie nimmt das gern«, sagte Dittmann und ging mit der Cognacflasche von dannen.

Kopfschüttelnd stießen die drei an.

»Jetzt trinken die auch noch in der Öffentlichkeit«, regte sich die Verkniffene auf. »Eine Schande, eine Schande, eine Schande.«

»Zum Wohl.« Edith prostete den Verkniffenen zu. »Das ist ja auch so was: Frauen sollen keinen Alkohol in der Öffentlichkeit trinken, das ist unfein. Ob ich mich besaufe oder nicht, bestimme ich immer noch selbst.« Sie kippte ihren Cognac auf ex.

»Du bist einfach …«, fing Anni an.

»Wie bin ich denn? Eike, bring uns doch noch eine Runde!«

»Du bist einfach du«, Anni musste lachen. »Einfach unmöglich herrlich *du*.«

»Genau. Ich bin ich, und wir sind wir, ach, da ist ja die Flasche. Mach ruhig voller! Danke, Eike. Also, Anni, du willst heiraten. Gut und schön, dann mach das. Aber ich habe dich wenigstens gewarnt. Ausführlich.«

»Vielleicht hast du ja recht«, sagte Anni langsam und schaute aus dem Fenster. Der Frühling kam mit vollem Tempo. Im Herbst würde sie heiraten. Oder nicht?

»Übrigens«, sagte Edith. »Das muss ich euch ja auch noch sagen. Bald reise ich mit den Hessenkindern ab.«

»Oh nein. Warum denn? Wie schrecklich«, sagte Anni und meinte das auch so. »Ich will dich gar nicht fortlassen.«

»Jetzt haben wir uns gerade kennengelernt, und du musst schon wieder fort. Das gefällt mir gar nicht.« Helena seufzte.

»Deswegen komme ich ja auch wieder.« Edith grinste. »Ich habe mich noch mal einteilen lassen. In ein paar Tagen bin ich zurück.«

»Also du wieder«, sagte Anni. »Uns so zu erschrecken.«

»Ich wollte nur mal sehen, wie ihr reagiert. Es hätte ja auch sein können, dass ihr froh seid, mich lautes, zänkisches Weib loszuwerden.«

»So ein Unfug. Ich freue mich so!«, rief Anni und legte ihre Hand auf Ediths, und Helena wiederum legte ihre Hand auf die beiden anderen. Sie lächelten sich an.

Obwohl sie gerade sehr froh war, dass sie und die beiden anderen Frauen sich so sehr mochten, keimte in Anni die Ungewissheit hoch, worüber sie sich ärgerte. Ihre Entscheidung stand doch! Warum musste sie dauernd über ihr Leben, über ihre Zukunft nachdenken? Darüber, was sie wollte und was nicht? Das Entsetzliche war: Das Einzige, das sie ganz genau wusste, war, dass sie Hinnerk nicht liebte. Sie mochte ihn gern, ja. Aber das war keine Liebe. Sie hatte kein Herzklopfen, wenn sie ihn sah. Kein Kribbeln im Bauch, keine Sehnsucht im Herzen, nichts. Er war einfach da. Schon immer gewesen. Aber kein Vergleich mit Friedrich. Mit ihm hatte sie über Monet und Braque sprechen können, über Rodins Skulpturen und über Adenauers Arbeit, über die DDR und über den Amerikanischen Bürgerkrieg und die Sklavenbefreiung. Mit Hinnerk konnte sie über Hausdächer sprechen und darüber, dass er jeden Sonntag zum Stammtisch ging und danach Braten mit Klößen und dicker, schwerer Soße von seiner Mutter im *Haus Ragnhild* serviert bekam, mit zerkochten, in Butter schwimmenden Bohnen, so wie er es liebte. Hinnerk hatte kein Interesse an irgendetwas, das außerhalb von St. Peter vor sich ging. Zum ersten Mal fiel Anni das auf.

Und genauso sehr spürte sie, dass sie immer noch verletzt war, was Friedrich betraf. Seit dem Abend am Meer hatte sie ihn nicht wiedergesehen, er war am nächsten Morgen in aller Frühe abgereist. Nun war nur noch sein Bruder hier.

Sie hatte nur Hans von ihrem Techtelmechtel erzählt, niemandem sonst, warum auch? Es war ja ohnehin vorbei.

Anni rührte und rührte in ihrem Glas und dachte weiter nach. Sie wollte keine Kinder, sondern sich um ihr Hotel, ihr Leben, kümmern. Und natürlich um die Eltern. Solange die noch da waren, sollte es ihnen an nichts fehlen. Das war Anni ihnen schuldig. Für ein Kind oder auch mehrere fehlten ihr Geduld und Zeit. Sie konnte sich überhaupt nicht vorstellen, schwanger zu sein, dicker zu werden, und dann die Geburt! Jede Frau erzählte darüber etwas anderes, aber keine der Erzählungen waren in irgendeiner Form positiv. Bei Renas Geburt, so hatte Lore Dittmann erzählt, sei sie fast verblutet, und Rena sei angeblich ganz grün gewesen. Hinnerks Mutter hatte sogar ein Kind verloren, Hinnerks jüngeren Bruder, nach einer Geburt, die sechzig Stunden gedauert hatte. Und Swantje aus dem Dorfladen, die sage und schreibe neun Kinder zur Welt gebracht hatte, war während vier ihrer Geburten vor Schmerzen ohnmächtig geworden und einmal fast gestorben. Nicht eine Frau, die Anni kannte, erzählte, dass die Geburt des Kindes ein wunderbares Erlebnis gewesen sei und dass man die Schmerzen sofort vergessen habe.

Nein danke, darauf hatte sie überhaupt keine Lust. Und gerade jetzt, wo alles mit der *Seeperle* voranging und der Vater so mitspielte – dank Hans. Was sollte sie nun mit einem Kind? Aber bestimmt würde Hinnerk bald eins wollen. Jeder Mann wollte einen Stammhalter.

Meine Güte. Warum hatte sie sich nur zu dieser Übersprungshandlung hinreißen lassen?

Plötzlich wurde ihr klar, dass das alles Unfug war.

Sie wollte nicht heiraten, nur weil man das »so machte« und als alleinstehende Frau immer schräg angeschaut wurde. Andererseits sehnte sie sich nach Liebe. Nach der, die Friedrich ihr nicht mehr geben konnte und auch nicht wollte … Ach, sie wusste es doch auch nicht. Wo stand denn bitte geschrieben, dass man heiraten musste? Nirgendwo. Edith war nicht verheiratet. Helena auch nicht. Wobei, die war es gewesen, sie war ja Witwe. Anni wünschte sich ein Selbstbewusstsein wie Edith! Anni seufzte leise. Und wenn sie einfach positiv in die Zukunft dachte? Es wäre ja immerhin möglich, dass sie mit Hinnerk eine gute Ehe führte, hier in St. Peter. Alles würde in geordneten Bahnen laufen. Alles war vorgezeichnet. Sie musste sich nur in den Wagen setzen, der sie auf den vorhandenen Schienen durchs Leben führen würde. Aber sie liebte ihn nicht. Und liebte er sie überhaupt? Das wusste sie nicht, und darüber wurde noch nie gesprochen.

Um ehrlich zu sein, sie glaubte es nicht. Für Hinnerk war wie für sie der Weg irgendwie vorgezeichnet. Anni passte in sein

Leben. Wieso noch nach einer anderen Frau schauen? Es war doch so am einfachsten. Anni erinnerte sich auf einmal daran, dass er gern mal sagte, dass es doch so alles ganz wunderbar sei, und sie müssten nicht auf Brautschau und Bräutigamsuche gehen, das hätte sich doch prima ergeben.

Hinnerk hatte auch noch nie von Liebe gesprochen. Vernünftig und praktisch, diese beiden Worte hatte er immer gebraucht. Sie hatten niemals über die Auswahl der Eheringe noch über eine Hochzeitsreise gesprochen, sie hatten nie wie Verliebte vor sich hingekichert, und sie hatten sich nie tief in die Augen gesehen. Swantje hatte mal gesagt, in jeden Stall würde eine gute Kuh gehören, und Anni hatte sich diesen Satz komischerweise gemerkt. Vielleicht weil sie unterbewusst dachte, dass sie in ihrem und Hinnerks Fall die gute Kuh war.

Ein Leben mit Hinnerk – kaum vorstellbar. Tagaus, tagein dieselben Gespräche über *Haus Ragnhild* oder die *Seeperle*, über die Eltern, über die Gäste. Vielleicht einmal pro Jahr eine Woche an die Ostsee oder in den Harz. Das alles jahrelang. Dann Kinder, um die sich gekümmert werden musste, Eltern, die älter wurden, bis man selbst irgendwann auch alt war und zurückblickte, um sich zu fragen: War es das gewesen?

»Was grübelst du, Anni?«, fragte Edith und sah sie fragend aus ihren hellen, schönen Augen an.

»Ich lieb ihn ja gar nicht«, sagte Anni. »Ich hab Hinnerk noch nie geliebt, und um ganz ehrlich zu sein, glaube ich auch nicht, dass das noch passieren wird. Dafür kenne ich ihn schon zu lange.«

»Es wäre also eine Zweckgemeinschaft?« Helena nickte. »Nun, das muss nicht unbedingt was Schlechtes bedeuten. Wenn man sich sonst gut versteht ...«

»Ich würde nicht glücklich werden«, sagte Anni. »Das mit dem Aufgebot war ein blöder Fehler. Ich werde nicht heiraten. Jedenfalls jetzt nicht und nicht Hinnerk.« Sie sah die Freundinnen fest an.

»Gott sei Dank«, entfuhr es Edith. »Versteh mich nicht falsch, der Hinnerk ist ein guter Kerl. Aber er passt überhaupt und gar nicht zu dir. Er ist ein einfacher Mann, und das meine ich überhaupt nicht negativ. Aber wenn ich nun beispielsweise an diesen Friedrich Brunner aus Bayern denke, wisst ihr, der letztens abgereist ist. Ich hab mich ein paarmal mit ihm unterhalten. Wow, sag ich nur. Der hatte Stil und Klasse und eine große Allgemeinbildung.«

›Na ja‹, dachte Anni bitter. ›Aber seine Verlobte, die tolle Manon, die hat er mir verschwiegen.‹ Aber sie sagte nichts und trank ihren Eiskaffee aus. ›Aber das sollte ich mir jetzt auch nicht jeden Tag erneut aufs Butterbrot schmieren. Ich sollte nach vorn schauen.‹ Nur zu gern hätte sie den beiden von Friedrich erzählt, aber es war besser, das nicht zu tun. Dann wurde alles wieder aufgewärmt, und sie wurde erneut traurig.

»Ich werde jetzt gleich zu Hinnerk gehen und es ihm sagen.«

»Das finde ich richtig«, nickte Helena. »Bevor er's von jemand anderem erfährt. Ich finde das gut, Anni. Du kannst stolz auf dich sein. Das mit dieser überstürzten Hochzeit war eine Schnapsidee.«

Anni nickte froh und stand auf. Dann wurde ihr schwindelig, und sie sackte zusammen.

## 15. KAPITEL

»Fertig.« Helena stand auf. »Kannst dich wieder anziehen.«

»Jetzt sag schon.« Anni begab sich hinter die Trennwand, zog schnell ihren Rock an und befestigte die Halter an den Strümpfen, was nicht so einfach war, weil sie ihr ständig entglitten. Ihre Hände waren schweißnass. Sie beeilte sich, wollte es hören, obwohl sie es schon wusste.

»Ungefähr siebte Woche.« Helena sah sie lange an. »Nun setz dich erst mal.« Sie deutete auf den Stuhl vor ihrem Schreibtisch und setzte sich selbst auf einen Drehhocker vor Anni.

Anni ließ sich nieder. »Siebte Woche«, wiederholte sie und knetete ihre Hände. »Wieso hab ich denn nichts gemerkt? Du kannst es mir glauben, Helena, ich habe meine Regel immer so pünktlich bekommen, und dann bleibt sie aus, und ich bemerke es nicht. Bist du denn wirklich und ganz sicher, ist ein Irrtum ausgeschlossen, um Himmels willen, was soll ich denn nun tun, mein Gott! Helena ...« Anni stand auf und lief im Sprechzimmer auf und ab wie ein Tiger im Käfig, dann blieb sie stehen und sah Helena an. »Bitte hilf mir.«

Helena zog die Augenbrauen hoch. »Das meinst du nicht ernst.«

Anni schossen die Tränen in die Augen. »Ich ... Was soll ich denn jetzt machen? Ich kann doch jetzt kein Kind bekommen.«

»Du kriegst aber eins.« Helena war ganz pragmatisch.
»Helena! Versetz dich bitte mal in meine Lage.«
»Das kann ich nicht, weil ich kein Kind kriege.«
»Ich … es geht nicht. Ich habe … es ist … Hinnerk ist … er ist …« Sie schaute die Freundin an. Helena nickte. »Er ist nicht der Vater.«
Anni wurde rot und schwieg.
»Himmel.« Helena stand auf. »Es ist der aus Bayern.«
Anni nickte.
Helena setzte sich wieder und atmete tief ein. »Das ist nicht gut.«
Dieser einfache Satz brachte alles auf einen Punkt.
»Oh, Helena.« Jetzt weinte Anni fast. »Ein uneheliches Kind. Meine Eltern werden mich … und Hinnerk wird mich nicht heiraten. Helena, ich brauche jetzt wirklich deine Hilfe.«
»Nun lass mich erst mal die Sprechstunde zu Ende bringen. Später reden wir.«

— — —

Anni saß mit Edith und Helena in ihrem kleinen Dachzimmer in der *Seeperle*. Sie hatten Tee mit hochgenommen und Sigrun sowie Ole die Gäste und das Hotel für einige Zeit überlassen, denn es musste ein Plan gefasst werden.
»Moment mal«, unterbrach Edith Anni, die nur herumstotterte. »Ihr heiratet doch sowieso, dann ist es doch egal. Dann haben wir eben, wie heißt es so schön, ein Siebenmonatskind, das in der Hochzeitsnacht gezeugt wurde.«
»So schnell kann ich doch nicht heiraten, das fällt doch auf«, sagte Anni. »Außerdem ist es doch so ungerecht Hinnerk ge-

genüber. Ich hasse es, zu lügen, und ich hasse Lügner. So werde ich selbst zu einer Lügnerin.« Sie war völlig durcheinander.

»Es ehrt dich, dass du das so siehst«, sagte Edith. »Aber welche Alternative gibt es denn bitte? Richtig, gewissermaßen keine. Du schadest Hinnerk doch nicht damit. Und willst das Kind behalten, das ist doch mit das Wichtigste.«

»Das stimmt«, sagte Anni verzweifelt, die die Vorstellung, dass fremde Menschen ihr das Kind wegnahmen und das auch noch durften, dass fremde Menschen für ihr Kind sorgen könnten, irgendeine Familie, nur weil man der Ansicht war, dass sie als alleinerziehende Mutter nicht für ein Kind sorgen könnte.

Was war denn im Krieg gewesen? Da wurde doch über so was gar nicht gesprochen. Da waren die Kinder einfach da gewesen.

In Annis Kopf wirbelte und wirbelte es.

Vielleicht war es doch besser, es nicht zu kriegen. Das würde vieles viel, viel einfacher machen.

»Ich glaube, ich kann das Kind nicht bekommen. Es geht nicht, ich bin nicht bereit dafür, ich ... und Hinnerk und ich haben in der letzten Zeit doch gar nicht mehr ... Er merkt das doch.« Was war richtig, was war falsch?

»Och, da wär ich nicht so sicher.« Edith sah immer noch alles ganz gelassen. Es war nun an der Zeit, ihr auch die Wahrheit zu sagen.

»Hinnerk ist nicht der Vater«, sagte Anni leise.

»Oh.« Edith runzelte die Stirn. »Das ist natürlich etwas ganz anderes. Wer ist es denn? Der aus Bayern?«

»Woher wisst ihr das eigentlich beide?«, fragte Anni.

»Wir sind ja nicht blind«, antworteten Edith und Helena gleichzeitig.

»Helena, du bist doch Ärztin, kennst du niemanden in der Gegend, der in solchen Fällen hilft?«

Helena nahm einen Schluck Tee.

»Jetzt wartet mal bitte beide.« Edith nahm einen Schluck Tee. »Eigentlich spricht doch nichts dagegen, dass du ein Kind kriegst, Anni.«

»Doch«, sagte Anni. »Der Vater des Kindes hat mich sitzenlassen und heiratet eine Manon in Bayern, wenn er's nicht schon getan hat. Der Mann, den ich heiraten wollte, ist ja auch nicht blöd. Das wird ein Skandal. Davon abgesehen will ich keine Kinder. Ich wollte noch nie welche, und ich bin als Mutter völlig ungeeignet.« Sie heulte fast. Wie schrecklich das alles war! Wie hatte sie es nicht bemerken können, schwanger zu sein? Wie dumm sie war, wie dumm, dumm, dumm!

Gerade jetzt, wo sie zu hundert Prozent festgestellt hatte, dass sie Hinnerk nicht heiraten wollte, dass diese Ehe einfach furchtbar ereignislos und langweilig werden würde! Sie hatte sich vorgenommen, es Hinnerk zu sagen, und nun das! Anni hätte sich ohrfeigen können. Und Friedrich in Bayern dazu. Plötzlich wurde sie von einer blinden Wut überfallen. Am liebsten hätte sie Porzellan zertrümmert. So war es ihr ja noch nie ergangen.

»Das kannst du doch jetzt noch gar nicht wissen, ob du eine gute Mutter wärst«, sagte Edith ruhig.

»Ich weiß es aber. Ich will es nicht, ich will es nicht. Versteht ihr denn nicht? Das macht mich dann noch abhängiger, wenn ich mit Hinnerk erst mal verheiratet bin.«

»Das stimmt natürlich«, musste Edith zugeben. »Endlich fallen meine Worte mal auf fruchtbaren Boden.«

»Sarkasmus ist nun unangebracht«, erklärte Helena und warf Edith einen strengen Blick zu. Die trank Tee und war still.

»Also«, sagte Helena. »Wir halten fest: Du möchtest einen Abbruch, Anni.«

Anni nickte. »Unbedingt. Es geht nicht anders. Ich ...«

»Ja, das haben wir alle verstanden. Es gibt da jemanden, von dem ich gehört habe. In Kiel. Es ist eine Frau. Ich werde mal nachfragen. Aber hört ihr, zu niemandem ein Wort. Nicht eines! Wenn das rauskommt, erhalte ich Berufsverbot, werde angezeigt und kann mich mit der Polizei herumschlagen. Schwört es.«

Helena seufzte. Ihr war nicht wohl bei der Sache. Trotzdem würde sie Anni helfen. Natürlich würde sie das. Sie ließ ja wohl niemanden im Stich. Helena hatte ein feines Ehrgefühl in sich, das ihr nicht immer geholfen hatte im Leben und in den Kriegsjahren schon mal gar nicht. Gedankenfetzen wirbelten durch ihren Kopf. Bloß nicht zurückdenken. Nur noch Gutes tun. Niemanden im Stich lassen. »Gut«, Anni stand auf und streckte sich. »Meine Güte, bin ich müde. Ich könnte zwanzig Stunden am Stück schlafen.«

»Dann geh ins Bett«, sagte Helena. »Wir sagen unten Bescheid, dass du dich mal ausruhen musstest. Ist ja auch gerade sehr viel zu tun.«

»Ich muss doch aber ...«

»Du musst gar nichts, du darfst dich höchstens hinlegen, auf ärztlichen Rat«, ging Helena dazwischen. »Ich sage, dass die morgen mal allein mit dem Frühstück klarkommen sollen, es gibt ja jetzt das neue Büffet, da muss eure Sigrun nicht so viel springen.«

»Aber die Handwerker ...«

»Ich sag deinem Vater Bescheid. Und nun ab ins Bett mit dir.«

Anni gehorchte nur zu gern. Seit Tagen fühlte sie sich erschöpft und ausgelaugt. Die Arbeiten in der *Seeperle* gingen zwar gut voran, aber es war dennoch ständig etwas zu tun, und auch wenn die Gäste Verständnis zeigten – der eine oder andere beklagte sich dann doch über Lärm und Unzulänglichkeiten.

Später klopfte Hinnerk an ihre Tür. »Wollte mal hören, wie es dir geht. Deine Mutter hat gesagt, es ginge dir nicht gut?«

»Ach, es wird schon wieder.« Anni, die tief und fest geschlafen hatte, ärgerte sich, dass Hinnerk einfach so hier in ihr Zimmer reinplatzte und sie weckte und sich dann noch nicht mal entschuldigte. »Ich habe geschlafen.«

»Jo, jetzt aber nicht mehr. Du, Anni, kannst du die Tage mal rumkommen zu Muttchen? Die will die Hochzeit doch mitplanen, und ich krieg sie nicht davon los, dass sie alles mit rosa und weißen Freesien schmücken will. Ich glaub, das wird zu viel Rosa, was meinst du denn?«

»Ja, ich geh die Tage hin.«

Er kam näher. »Na?«

»Ja?«

»Och, würd mich gern zu dir legen …«

»Nein, Hinnerk, du bist nicht bei Trost. Wenn jemand reinkommt!«

»Wissen doch nich, dass ich hier bin, denken doch alle, du schläfst.«

»Das tu ich auch jetzt wieder.«

»Och.«

»Nein, Hinnerk, du gehst jetzt.«

Brummelnd drehte er sich um und trat den Rückzug an. Anni sank in die Kissen. Glücklich mit Hinnerk werden? Wie um alles in der Welt sollte das denn gehen?

Sie legte, ohne darüber nachzudenken, sanft die Hand auf ihren Bauch. Natürlich war da noch nichts zu spüren, aber allein die Gewissheit, dass da etwas wuchs und von Tag zu Tag größer wurde, war merkwürdig. Sehr sogar. Es durfte natürlich keiner merken, das mit dem Abbruch, das musste schnell geschehen. Und auf gar keinen Fall durften die Eltern es wissen. Gerda würde ohnmächtig werden. Für viele wäre es natürlich der gefundene Skandal. Die lütte Janssen in anderen Umständen – von einem Gast, hört man, ach!

Anni streichelte ihren Bauch und hörte dann sofort auf, weil sie ein wohliges Gefühl dabei hatte. Als ob sie ihr Baby streicheln würde. Aber das wäre ja schon ganz bald nicht mehr da. Plötzlich war sie ganz traurig, nahm die Hand von ihrem Bauch und drehte sich zur Seite.

Nein, nein, nein, auf gar keinen Fall würde sie sich mit dem Gedanken anfreunden, dass da ihr Kind wuchs. Auf gar und überhaupt keinen Fall.

Sie war eine vernünftige junge Frau.

Und Helena würde ihr helfen, vernünftig zu bleiben.

## 16. KAPITEL

Zwei Wochen später – Anni war jeden Morgen schlecht gewesen und sie war kaum aus dem Bett gekommen, um beim Frühstückmachen zu helfen, vom Übergeben mal ganz abgesehen – fuhr sie mit Helena nach Kiel.

Die Freundinnen hatten noch oft zusammengesessen und beratschlagt, was die beste Lösung sei.

»Ich möchte nicht, dass du deine Entscheidung bereust«, hatte Helena mehrfach gewarnt, aber Anni behauptete, von Tag zu Tag sicherer zu sein.

»Das ist alles richtig«, hatte sie immer wiederholt.

Edith war skeptisch gewesen. »Mir sagst du das ein bisschen zu oft.«

»Ihr fragt ja auch ständig«, hatte Anni geantwortet. Sie hatte selbst die ganze Zeit darüber nachgedacht.

Was wäre die Alternative? Nun, sie könnte darauf bestehen, dass Friedrich die Vaterschaft anerkannte. Das könnte er tun oder auch nicht, beweisen ließ sich gar nichts. Und dann? Gesetzt den Fall, er würde sie anerkennen, hieß das noch lange nicht, dass er zu ihr und dem Kind stehen oder dass er sie sogar heiraten würde. Und wenn doch, würde sie, Anni, nach Starnberg ziehen und dort ein neues Leben beginnen? Was würde aus ihren Eltern, aus der *Seeperle*, aus ihren Freundinnen? Aus ihrem

Leben? Sie hatte sich noch nie Gedanken darüber gemacht, woanders zu wohnen als in St. Peter. Und dann gleich nach Bayern in eine solch vornehme Gesellschaft. Das passte doch gar nicht zu ihr. Sie war hier verwurzelt. Sie brauchte die See. Und sie war gar nicht bereit für ein Kind. Alles kam so plötzlich. Friedrich war weg und würde heiraten. Es war Unfug, zu glauben, dass er wegen ihr sein ganzes vorgezeichnetes Leben ändern würde.

»Ich will keinen Fehler machen«, war Helenas Meinung, die in Kiel gewesen war und tatsächlich die entsprechende »Helferin« gefunden hatte. Nun war der Tag gekommen. Zu Hause hatten sie erzählt, nach einem Kostüm für die Hochzeit zu schauen. Niemand hatte Verdacht geschöpft.

Anni parkte den altersschwachen Wagen ihres Vaters in der Innenstadt, dann fuhren sie mit dem Bus zu der angegebenen Adresse. Das Haus hatte seine besten Tage hinter sich. Ein vierstöckiger Bau aus der Jahrhundertwende, von dem der Putz bröckelte. Im Innern roch es wie in vielen dieser Häuser nach Bohnerwachs, Urinstein und aufgewärmtem Eintopf.

»Setzen se sich mal da hin. Sie kommt gleich.« Die Frau, die ihnen geöffnet hatte, verschwand wieder.

»Danke.« Helena und Anni setzten sich auf die schäbigen, mit hellgrauem Kunstleder bezogenen Stühle und sahen sich um. Die Wohnung, die als Praxis diente, lag im dritten Stock. Vom Flur, in dem sie saßen, gingen die Zimmer ab. Die Dielen waren abgelaufen, die Stuckdecke vergilbt, als Lampe diente nur eine traurig vor sich hin baumelnde Glühbirne mit schwacher Wattzahl. Kein Bild an der Wand, nur ein Abreißkalender von 1952 ohne Blätter, auf dem *Feinkost-Böttcher* stand, was so gar nicht zu der Wohnung passte.

Es roch nach Zigarettenrauch, und aus einem der Zimmer

klang Musik zu ihnen heraus. Jemand sang mit. Ein Mann. Durch die Milchglasscheibe konnte man seine Umrisse sehen, wie er hin- und herging, stehenblieb, weiterging. Aus einem anderen Zimmer hörte man eine Frau stöhnen. Durch die Tür erkennen konnte man nichts, die Milchglasscheibe war von innen zugeklebt.

»Tach.« Eine ungefähr sechzigjährige Frau stand vor ihnen. Sie sah entnervt und grimmig aus und machte auch keine Anstalten, das zu verstecken. »Name?«, fragte sie.

»Barding. Ich hatte den Termin ausgemacht«, antwortete Helena.

Die Frau brummelte etwas Unverständliches vor sich hin. Dann hob sie ihre Hand, die verbunden war. »Verbrüht, kann nix machen, aber es kommt gleich jemand.«

»Wer denn? Sie hatten doch gesagt, dass ...«

Helena wurde unterbrochen. »Ja, hab ich, ich hab's mir nicht ausgesucht, dass ich mir kochendes Wasser überschütte. Der, der das macht, ist auch gut, ich bleib ja dabei.«

›So wie sie aussieht‹, dachte Helena, ›ist das nicht wirklich eine Beruhigung.‹

»Moment mal«, sagte Helena. »Das gefällt mir nicht. Ich hätte gern ein wenig mehr über den Mann erfahren, der den Abbruch vornimmt. Um wen handelt es sich denn bitte?«

»Kollege aus Hamburg«, sagte die Frau. »Der hat das schon oft gemacht. Keine Bange. Ein guter Mann. Hat ein gutes Händchen dafür.«

Helena dachte nach. »Ich möchte zuerst mit ihm sprechen.«

Die Frau zuckte mit den Schultern. »Kommt ja gleich. Und wie gesagt, ich bleib ja dabei.« Anni krallte ihre Finger in ihre Handtasche, die auf ihrem Schoß lag. Ihr wurde abwechselnd heiß und kalt, ihr war übel, und sie bekam Kopfweh vor Anspannung. Helena schien das zu spüren und legte eine Hand auf ihre. Ein wenig wurde ihre Ruhe auf Anni übertragen.

»Er ist gleich fertig. Ham Sie das Geld dabei? Ohne Geld macht der nämlich gar nix, und der will sein Geld vorher.«

»Ja.« Anni öffnete ihre Handtasche und zählte die Geldscheine ab. Die Frau nahm sie und ging wieder.

»Mir ist überhaupt nicht wohl bei der Sache«, sagte Anni. »Ach, Helena, bin ich froh, dass du bei mir bist. Meinst du, es wird arg wehtun?«

»Ja«, sagte Helena schlicht und ehrlich, und bei diesem einen Wort zog sich in Annis Unterleib alles zusammen. In was für eine Situation hatte sie sich gebracht! Einmal nur, ganz am Anfang, beim allerersten Mal, war das Kondom kaputtgegangen, und Friedrich und sie hatten dennoch weitergemacht, weil sie einfach nicht anders konnten.

»Ich pass schon auf«, hatte er kurze Zeit später in seiner Erregung gesagt, und Anni hatte nur gedacht, dass er auf gar keinen Fall aufhören sollte und hatte ihre Beine noch fester um ihn geschlungen.

Nun das. Es fühlte sich hier in dieser schmutzigen Wohnung überhaupt nicht gut und richtig an. Dauernd starrte Anni auf die zugeklebte Tür. War da noch ein Stöhnen? Schrie da vielleicht jemand? Sie begann zu schwitzen.

Die Tür mit dem zugeklebten Milchglasfenster öffnete sich, und eine blasse, junge Frau kam mit unsicheren Schritten heraus.

»Sie legen sich jetzt noch ein, zwei Stunden hin, dann gehen Sie nach Hause«, sagte ein Mann, der einen einst weiß gewesenen Kittel trug. In seinem Mundwinkel hing eine brennende Zigarette. Seine ungewaschenen, fettigen Haare klebten am Kopf, und als er sich nun zu ihnen umwandte und herablassend grinste, sah man seine gelblichen Zähne.

›Nein‹, dachte Anni entsetzt. ›Auf gar keinen, auf gar keinen Fall …‹ Sie war völlig durcheinander. Dieser Mann sollte in ihrem Körper herumfuhrwerken? Mit einer brennenden Zigarette im Mundwinkel? Sein spöttisches Grinsen widerte sie an. ›Ich will nach Haus, nach Haus, nach Haus‹, schrie alles in ihr, und sie suchte mit ihrer rechten Helenas linke Hand. Die sah genauso entsetzt aus wie Anni, versuchte aber, das nicht so zu zeigen. Aber Anni kannte Helena mittlerweile auch ein wenig.

Die junge Frau nickte und hielt sich am Türrahmen fest. Ihr Alter war schwer zu schätzen. Einerseits wirkte sie sehr jung, andererseits hatte ihr braunes Haar schon graue Strähnen, ihr Gesicht war aschfahl und eingefallen, und sie hatte einen bitteren und gleichzeitig verzweifelten Zug um den Mund. Ihre Hände ließen darauf schließen, dass sie körperlich arbeitete. Die Nägel kurzgeschnitten, die Fingerkuppen zeigten Hornhaut, die Handrücken waren faltig und hatten wohl noch nie eine Creme gesehen. Viele Altersflecken hatten sich schon gebildet und ließen sie aussehen wie die einer Siebzigjährigen. Fast hätte Anni in ihre Handtasche gegriffen, um der jungen Frau ihre Creme Mouson zu schenken.

»Mir ist schwindlig«, sagte die leise.

»Kommt vor.« Der Mann gab ihr einen Klaps auf den Hintern. »Wird schon wieder. Das nächste Mal überlegen Sie sich besser dreimal, ob Sie mit einem Kerl ins Bett steigen.«

Die Frau sah ihn an und wurde rot dabei. »Ich bin nicht mit einem Kerl ins Bett gestiegen, sondern mit meinem Mann. Aber ich habe doch schon vier Kinder«, sagte sie dann entschuldigend zu Anni und Helena.

»Das sagen sie alle.« Der Mann lachte. »Hilde, komm doch mal eben und bring sie ins Schlafzimmer, sie muss 'nen paar Stunden liegen. Nicht, dass da noch was nachkommt oder Sie mir unten auf der Straße zusammenklappen. Und kein Wort zu niemandem.« Die junge Frau nickte verschämt.

Die Frau, die ihnen geöffnet hatte, kam um die Ecke geschlurft.

»So, und nun sind Sie dran. Kommense mit.«

Anni stand ruckartig auf, Helena langsam.

»Sie warten hier«, sagte der Mann zu Helena.

»Einen Moment mal bitte«, sagte Helena ruhig, aber bestimmt. »Wer sind Sie denn eigentlich? Sind Sie Arzt?«

»Sagen wir's mal so, ich war mal Arzt.« Er lachte. »Ist schon etwas her, dass ich deswegen ...«, er deutete auf Annis Bauch, »... meine Zulassung, wie es so schön heißt, verloren hab, eine Menge Geld musste ich auch bezahlen und stand schon mit einem Bein im Gefängnis, zum Glück war mein Anwalt ziemlich gewitzt. Also, um Ihre Frage kurz zu beantworten: Ja, ich bin Arzt und auch wieder nicht. Ich kann das aber. Schon hundertmal gemacht. Ist das Finanzielle denn schon geklärt?«

»Isses.« Nun kam die Frau, die das Geld von ihnen genommen hatte, in den Raum und ließ die Tür offenstehen. Helena ging hin und schloss sie.

»Ich werde hier bei meiner Freundin bleiben«, sagte sie mit fester Stimme.

»Wer sind Sie eigentlich?«, wollte der Arzt wissen.

»Eine Freundin eben.«

»Eigentlich mach ich das nicht, dass da noch andere mit bei sind.«

»Ich kann Ihnen helfen«, sagte Helena.

»Wie wollen Sie mir denn helfen? Brauchen Sie auch nicht, Die hilft mir schon.« Er deutete zu der Frau und die nickte.

»Dann machen Sie sich mal untenrum frei und legen sich auf den Stuhl. Ich hab auch nicht ewig Zeit«, sagte der Arzt.

»Hanne, wo ist denn das Holz?«

»Hier.« Die Frau, die Hanne hieß, öffnete die Schublade eines zerkratzten Metallschranks und holte ein Holzstück heraus.

»Wofür ...«, fing Anni an.

»Zum Draufbeißen«, sagte der Mann. »Dann wollen wir mal.«

Anni nahm das Holzstück und schaute es an. Deutlich waren viele Zahnspuren zu sehen. Viele Frauen hatten hier schon hineingebissen. Sie beschloss, es nicht zu benutzen, weil sie sich ekelte. Noch nie in ihrem ganzen Leben hatte sie sich so unwohl gefühlt. Der unsympathische, widerwärtige Arzt, die beiden Frauen, die Umgebung, der Geruch. Alles war eklig. Unbewusst zog Anni die Schultern hoch und sah auf die Instrumente. Neu sahen die nicht aus und auch nicht wirklich sauber. Die Vorstellung, dass dieser Mann mit seiner Zigarette im Mundwinkel in ihrem Unterleib herumhantieren sollte mit diesen schmutzigen Gerätschaften, ließ sie wieder schwitzen. Sie schaute zu Helena hinüber. Die hatte ein unnahbares Gesicht aufgesetzt, und Anni konnte nur ahnen, was sie dachte: Wo hab ich meine Freundin nur hingebracht?

Der Mann begann nun, die benötigten Instrumente zusammenzusuchen.

Anni sah sich weiter um. Der ganze Raum strahlte eine niederdrückende Atmosphäre aus. An den Wänden schäbige, gräulich grüne Tapeten, auf dem Boden ein durchgelaufener Teppichboden, der einen unangenehmen Geruch verbreitete. Anni mochte sich gar nicht vorstellen, was hier schon alles aufgesaugt wurde. Es gab eine verstellbare Lampe, und in der Mitte des Raums stand ein angerosteter gynäkologischer Stuhl, daneben ein weißlackierter Metalltisch, der seine besten Tage ebenfalls schon hinter sich hatte. Ein blickdichter Vorhang war aufgezogen, und sie hatte das Bedürfnis, das Fenster weit aufzureißen, um wenigstens frische Luft hereinzulassen. Sie stand da und starrte nun auf die bedrohlich wirkenden Instrumente: Schläuche, ein Saugnapf, lange silberne Stäbe, ein Spekulum, Scheren. Vor der Sitzfläche des gynäkologischen Stuhls war eine Metallschale angebracht, die höchstwahrscheinlich als Auffangschale dienen sollte. Auf dem Teppich unter der Schale waren dunkle Flecken.

›Wahrscheinlich Blut‹, dachte Anni entsetzt.

»Wo kann ich mich denn ... freimachen?«, fragte sie nun und wollte plötzlich alles ganz schnell hinter sich haben.

Der Mann drehte sich um. »Na, hier, da, wo Sie steh'n. Das ist ja keine Praxis hier, und bitte keine falsche Scham.«

Helena kaute auf ihrer Unterlippe herum. Anni zog den Reißverschluss ihres Rocks herunter und ließ ihn auf den Boden gleiten.

»Die Strümpfe auch«, sagte Hanne. »Wenn's 'ne Sauerei gibt, könnense die sonst wegschmeißen. Und dass das gleich klar ist, ich ersetz hier gar nichts.«

Anni löste die Strumpfhalter, zog die Strümpfe aus und zögerte kurz.

»Na also, die Unterhose müssen Sie schon auch ausziehen«, erklärte Hanne. »Sonst wird das nix.«

Kurze Zeit später lag Anni auf dem Stuhl, die Beine rechts und links in den Stützen.

»Noch 'n Stück nach vorne rutschen, noch weiter ... so is

gut.« Der Arzt hatte schon wieder eine brennende Zigarette im Mund und aschte ungeniert auf den Boden. Hanne schloss die Vorhänge und schaltete die große drehbare Lampe an, die ein unangenehmes, viel zu helles, gleißendes Licht verbreitete. Das metallische Klappern der Instrumente drang Anni direkt ins Gehirn. Auf einmal spürte sie einen merkwürdigen Geschmack im Mund und merkte dann, dass sie sich die Lippe blutig gebissen hatte. Sie kam sich so würdelos vor.

»Nehmen Se jetzt das Holz zwischen die Zähne«, sagte Hanne, aber Anni schüttelte den Kopf. »Es geht auch ohne.«

»Nee, nee, gute Frau, Sie brüllen mir hier nicht die Nachbarschaft zusammen, das fehlt mir noch«, sagte Hanne giftig und widerwillig nahm Anni das Holz in den Mund. Sie versuchte, nicht draufzubeißen.

»Ich zieh gleich die Gebärmutter vor«, der Arzt zeigte ihr eine Zange, »öffne die mit den Küretten, schab sie aus und gut is.«

»Was ist das?«, fragte Anni, die nun zitterte und das Gefühl hatte, dass ihr gleich der Kopf platzen würde. Sie fühlte sich ausgeliefert und lag hier in dieser demütigenden Haltung mit gespreizten Beinen …

»Das sind diese Dinger hier.« Er hob zwei Metallstäbe hoch, an deren Enden dünne Drahtschlaufen befestigt waren. »Muss alles sauber ausgefegt sein. Wir wollen ja nicht, dass Sie an einer Bauchfellentzündung krepieren. So, nun beißen Sie mal schön aufs Holz, Mädchen, dann sind Sie Ihren Bastard bald los und können wieder fröhlich durch die Gegend schlafen. Aber das nächste Mal besser aufpassen. Wobei, mir kann's ja nur recht sein, wenn ihr immer wiederkommt, da klingelt die Kasse.«

»Ich habe Angst.« Anni wollte es eigentlich nicht sagen, aber die Worte kamen von selbst.

»Ja, richtig so, haben Se mal schön Angst, das ist das beste Verhütungsmittel. Woll'n Se lieber aufhör'n?«

»Nein«, sagte Anni.

»Ich wäre Ihnen dankbar, wenn Sie meiner Freundin gegenüber ein wenig respektvoller wären«, sagte Helena spitz.

Der Arzt nahm die Zigarette aus dem Mund, dann drückte er sie in der Auffangschale aus, um sich daraufhin zu Helena umzudrehen.

»Respektvoll, so, so. Mit Verlaub, ich bin nicht diejenige, die da liegt und schauen muss, wie sie ihren Parasiten loswird.«

»Sie sind ja auch ein Mann.«

»Ja, das bin ich wohl. Ein Glück. Mir kann keiner was anhaben, was das betrifft. So ist nun mal die Natur. Die Frau hat das schwerere Päckchen zu tragen. Und ich wüsste nicht, warum ich Ihre Freundin respektvoll behandeln sollte. Wenn man sich vor- oder außerehelich vergnügt, dann muss man sehen, dass nichts zurückbleibt. Seid mal alle froh, dass es Leute wie uns gibt, die den Dreck wegmachen, und jetzt lassen Sie mich einfach meine Arbeit tun.«

»Ihre Worte können Sie sich sparen. Reinigen Sie lieber erst mal die Instrumente. Die müssen steril sein«, sagte Helena kalt.

»Ach, eine Frau Besserwisserin haben wir mitgebracht.« Er lächelte. »Die Sachen sind steril.«

»Sind sie nicht. Hier ist alles verklebt, und da befinden sich noch Gewebereste.«

»Mein Gott! Da kommen doch gleich neue Reste dran. Von mir aus. Hol mal den Alkohol«, sagte er zu seiner Hilfe, und die schlurfte an einen Schrank und kam mit einer Flasche zurück, goss etwas davon auf ein Stück sauberes Tuch und begann, die Instrumente umständlich zu säubern. Das weiße Tuch wurde bräunlich rot. Helena wurde beinahe schlecht. Aber wenigstens waren die Gerätschaften nun einigermaßen steril.

Der Arzt zündete eine neue Zigarette an, klemmte sie zwischen die Lippen, nahm ein Spekulum vom Tisch und führte es ruckartig in Annis Unterleib ein, und die schrie vor Schreck und Schmerz auf.

Sie nahm das Holzstück aus dem Mund. »Seien Sie doch bitte vorsichtiger«, sagte sie. »Es tut weh.«

»Da kann man doch bitte ein wenig Gleitflüssigkeit nehmen«, sagte Helena, die langsam wütend wurde. Wie konnte man als Arzt nur so roh sein, Approbation hin oder her.

»Wenn das schon wehtut, dann gute Nacht, Marie.« Er nahm die Zange. »So, jetzt lockerlassen. Dann haben wir den Dreck bald weg.«

In dem Moment, als Anni die Zange in sich spürte und das kalte Metall, wurde ihr auf einmal etwas klar. Glasklar. Sie setzte sich auf und schob die Hand des Arztes zur Seite.

»Mein Kind«, sagte sie, »ist kein Dreck.«

Er verdrehte die Augen. »Von mir aus. Können wir jetzt weitermachen? Ich hab nicht den ganzen Tag Zeit.«

»Nein. Hören Sie auf.«

Helena stand nun neben ihr. »Bist du sicher?« Fast sah sie erleichtert aus.

Anni hob ihre Beine von den Stützen und setzte sich hin. »Ich war nie sicherer und bin hier fertig«, sagte sie. »Macht Ihnen das eigentlich Spaß?«, fragte sie dann den Arzt.

»Was denn, die Ausschabungen?«, fragte der Arzt und aschte auf den Boden.

»Nein, dass Sie die Frauen, die zu Ihnen kommen, ohne Konsequenzen demütigen können, dass Sie den Frauen, anstatt ih-

nen die Angst zu nehmen, noch verhöhnen, dass Sie ihre Kinder Bastarde nennen und eine Schwangerschaftsunterbrechung als Dreckwegmachen bezeichnen. Macht das Spaß, ja?«
»Meine Güte. Sind Sie zart besaitet ...«
»Das ist ja wohl die Höhe! Wie können Sie es wagen, über Ihre Patientinnen Witze zu machen, vor allen Dingen, wenn sie sich in einer prekären Situation befinden? Sie behandeln sie wie Dreck!«
»Was anderes sind diese Frauen aber nicht. Triebhafte Dirnen, das denke ich darüber. Außerdem geht Sie das nichts an. Jetzt gehen Sie, und schauen Sie, wo Sie mit Ihrem Bankert bleiben.«
Anni stand auf und nun direkt vor ihm. »Sie sind das Allerletzte«, sagte sie, und dann wusste sie nicht, was mit ihr geschah, aber in der nächsten Sekunde war die linke Wange des Arztes knallrot, und er taumelte ein Stück zurück.

»Sie widerlicher, ekelhafter Kerl«, sagte Anni und konnte sich nur noch mit Mühe beherrschen. »Hoffentlich wird Ihnen das Handwerk gelegt. Sie sind ein Mann, vor dem man jede Frau warnen soll. Auch Ihre eigene, falls Sie überhaupt eine haben, was ich nicht glaube.«

»Raus«, sagte der Arzt nun.

»Vorsicht.« Helena stellte sich vor Anni, die ihre Sachen zusammensuchte. »Gerüchte verbreiten sich sehr schnell, wie man weiß. An Ihrer Stelle hätte ich nicht so ein lautes Mundwerk.«

Dann drehte sie sich um, hakte sich bei Anni ein und ging schnellen Schrittes hinaus. Hanne hatte die ganze Zeit mit offenem Mund dagestanden und kein Wort gesagt. Offenbar war sie noch nie in einer solchen Situation gewesen, dass einem heiligen Mann vor ihren Augen mal die Meinung gesagt wurde.

## 17. KAPITEL

Am nächsten Nachmittag trafen sich die Freundinnen am Nordstrand.

»Ich wäre auch gegangen, ihr habt alles richtig gemacht.«

Die drei liefen direkt am Wasser entlang, wieder mal fernab von allem. Nicht auszudenken, wenn jemand sie hörte. Solche Gespräche konnte man weder in der *Seeperle* noch in einem Café führen. Niemand durfte das mitbekommen. Nur Hans wusste Bescheid, er war der Einzige, und sie hatten ihn schwören lassen, dass er keiner Menschenseele etwas davon erzählen würde, auch und gerade nicht Dora, die nach ihrem Besuch in Hamburg ziemlich fröhlich war.

Edith war gestern mit den neuen Hessenkindern angereist und sobald sie freihatte, gesellte sie sich zu den Freundinnen, denn das waren sie mittlerweile geworden: richtig gute Freundinnen.

»Du hättest Anni sehen sollen«, sagte Helena, die die Freundin immer noch bewunderte. »Wie sie von diesem Stuhl aufstand und dem Arzt den Marsch geblasen hat. Und dann diese Ohrfeige.«

»Ha!«, sagte Edith. »Die hätte ich ihm auch gegeben. Rechts und links und noch mal. Sehr gut, Anni, ich bin stolz auf dich.«

Sie drückte Anni an sich.

Die seufzte. »Aber was machen wir denn jetzt? Also mit mir und ... und dem Kind?«

»Was willst du denn, Anni?«, fragte Helena lieb. Sie hatten gestern auf dem Heimweg schon kurz darüber gesprochen und Anni hatte gesagt, sie müsse ein wenig darüber nachdenken, was Helena nur zu gut verstehen konnte. Sie sprachen nicht viel während der Fahrt, sondern hingen beide ihren Gedanken nach. Der Aufenthalt in dieser Wohnung und das Erlebnis mit diesem Arzt hatten es in sich gehabt. Anni bekam sofort eine Gänsehaut, wenn sie nur an ihn dachte.

»Auf gar keinen Fall gehe ich noch mal zu so einem Kurpfuscher«, sagte sie jetzt und blieb stehen, um dann tief durchzuatmen. Sie fühlte nochmals in sich hinein, aber es fühlte sich einfach richtig an, und sie lächelte den Freundinnen zu. »Ich werde mein Kind behalten. Ich werde es bekommen.«

Edith und Helena sagten erst mal nichts, sondern ließen diese Information auf sich wirken.

Dann lächelte Helena. »Weißt du, Anni, ich hab nichts anderes erwartet. Aber: Bist du dir wirklich und ganz sicher?«

Anni nickte.

Edith war schon einen Schritt weiter. »Nicht, dass ich mich nicht freue, Anni, aber ich denke jetzt einfach mal an die folgenden Schritte. Der erste Schritt heißt Hinnerk. Es mag sich jetzt ganz gemein und nicht richtig anhören, aber letztendlich haben wir nur eine Möglichkeit.«

»Und die wäre?« Anni sah Edith fragend an.

»Du müsstest noch mal mit Hinnerk ...«

»Und dann?«

»Bist du schwanger. Dann haben wir, wie schon mal überlegt, ein Siebenmonatskind.«

»Nach allem steht mir der Sinn, nur nicht danach, mit Hinnerk … oje.«

»Die zweite Möglichkeit: Wir machen ihn auf dem Dorffest betrunken, und du behauptest dann, ihr hättet …«

»Ist das denn richtig?« Anni hatte sofort ein schlechtes Gewissen.

»Natürlich nicht«, sagte Edith. »Das ist nicht richtig und nicht nett. Aber was sonst?«

»Ich befürchte leider, also falls du einen Abbruch doch noch mal in Erwägung ziehst«, sagte Helena, »dass die meisten Engelmacher so sind wie unser Held in Kiel. Davon abgesehen müsste es schnell gehen, und ich kenne hier niemanden sonst außer der Adresse, bei der wir waren. Ehrlich gesagt will ich mit diesen Leuten auch nichts zu tun haben. Es hat mir gereicht. Ich finde diese Menschen unsympathisch und widerwärtig.«

Anni kaute auf ihrer noch wunden Lippe herum. Dann sah sie die beiden an.

»Die Frage stellt sich gar nicht. Ich werde zu niemandem gehen. Ich möchte mein Kind behalten. Ich werde es bekommen, und vielleicht schaff ich es ja sogar, eine halbwegs annehmbare Mutter zu werden. Obwohl ich mir das momentan überhaupt nicht vorstellen kann. Eine andere Möglichkeit kommt nicht in Frage.«

»Mich wundert nur eines«, sagte Helena. »Noch vor kurzer Zeit warst du vehement gegen das Kind, jetzt bist du hundertprozentig dafür. Wie kommt dieser Umschwung zustande?«

»Ich weiß es nicht. Vielleicht weil ich auf diesem schrecklichen Stuhl lag und daran dachte, wie schlimm es gleich wird und dass dann das Leben, das in mir wächst, umgebracht wird. Außerdem leg ich manchmal die Hand auf meinen Bauch, und jetzt lacht bitte nicht, wenn ich euch sage, ich habe das Gefühl, mein Kind ist mir dankbar. Und ja: Ich werde Hinnerk heiraten, und wir machen das so wie von euch vorgeschlagen. Dann muss ich eben mit dieser Lüge leben. Das ist mir lieber, als wenn man mir das Kind wegnimmt oder so.«

Helena nickte ernst. »Ja, das ist so, also kann sein. Wenn du ein uneheliches Kind bekommst, kann man es dir wegnehmen«, sagte Edith. »Falls man glaubt, du kommst allein mit einem Kind nicht zurecht, gibt es die Amtsvormundschaft.«

»Aber das muss nicht passieren?«, fragte Anni, die nun doch noch mal kurz über eine zweite Alternative nachdachte.

»Nein, aber es kann. Das ist ja das Dumme im Moment, was die Gesetzeslage betrifft. Alles kann passieren, muss aber nicht. Es kommt immer drauf an.«

Anni sah die beiden an, dann streichelte sie ihren Bauch.

»Dann machen wir das so, wie von euch vorgeschlagen. Auf dem Dorffest. Bin ich nun ein schlechter Mensch? Das will ich nun wirklich nicht sein. Aber welche Möglichkeit habe ich sonst? Wir hatten vor ein paar Jahren mal eine junge Frau, die ein uneheliches Kind bekommen hat, der Skandal war unfassbar. Jeder hat sie schief angeschaut, gemieden und die Eltern dazu. Im ganzen Umkreis hat sich das herumgesprochen. Das will ich Mama und Papa nicht antun. Und gerade jetzt, wo wir renovieren, und ich so viel mit der *Seeperle* vorhabe. Oh Himmel, es wäre eine einzige Katastrophe! Ich muss Hinnerk heiraten, es gibt gar keine andere Möglichkeit, um aus diesem Schlamassel herauszukommen.« Sie atmete tief ein und aus, weil ihr schon wieder übel wurde.

»Du bist kein schlechter Mensch, Anni«, waren sich Edith und Helena einig. »Davon abgesehen: Ach, was denkst du denn, wie viele Kuckuckskinder es gibt«, lachte Edith. »Mach dir da mal keinen Kopf. Dein Hinnerk muss auch mal sehen, was er für diese kleine Lüge kriegt. Ein schönes Hotel und eine noch schönere Frau. Also, wenn ihr mich fragt, kann es losgehen.«

## 18. KAPITEL
### Juni 1953

»Ich freue mich, dass meine Tochter so viel Überzeugungskraft hatte bei mir, und ich freue mich natürlich auch, dass so was Schönes aus unserer *Seeperle* geworden ist. Unsere Vorfahren würden jetzt sicher gern mit uns feiern. Ein Hoch auf die Erbauer dieses wunderbaren Hotels. Und ein Hoch auf meine Tochter und auf meinen Schwiegersohn. Wie schön, dass ihr beide beschlossen habt, am Tag der Neueröffnung von unserer *Seeperle* eure Hochzeit zu feiern!«

Man hob die Gläser und prostete sich zu. Es war so warm an diesem Junisonnabend, dass man auf Jacken verzichten konnte.

Anni trug ein roséfarbenes, ärmelloses weites Seidenkleid, elfenbeinfarbene Schuhe, und in ihrem blonden Haar befand sich ein Haarteil, um das die Strähnen kunstvoll gewunden waren.

Auf eine kirchliche Hochzeit hatten sie verzichtet, Anni war nicht besonders gläubig und Hinnerk schon gar nicht. Pfarrer Gerthsen war zwar nicht begeistert gewesen, aber das konnte man nun auch nicht mehr ändern.

Als Hinnerk von der Schwangerschaft erfahren hatte, war er außer sich gewesen vor Freude, und er hatte die Geschichte mit dem Dorffest geschluckt, ohne auch nur einmal nachzufragen. In schillernden Farben und lachend hatte Anni ihm erzählt, dass sie ihn nach Hause transportiert hatte, und dort ... nun ja, war es um sie beide geschehen gewesen. Ganz wohl war es Anni immer noch nicht dabei, aber seitdem sich bei ihr ein kleines Bäuchlein wölbte, war es undenkbar, ihr Kind in Gefahr zu bringen. Nun würde man noch ein paar Wochen warten und dann die schöne Neuigkeit verkünden. Und dann war es eben ein Siebenmonatskind. Sollten die Leute doch reden. Im schlimmsten Fall wurde darüber getratscht werden, dass Anni und Hinnerk vor der Ehe miteinander im Bett gewesen waren, herrje, hatte Edith gesagt, das sei mit Sicherheit nicht das erste Mal gewesen, dass ein Kind auf solchem Weg entstand. Das hatte Anni beruhigt. Manchmal war es einfach gut, dass Edith eigentlich nichts schlimm fand und einen damit gut beruhigte.

Anni mischte sich unter die Leute und sah sich um. Hans wollte zu dem großen Tag anreisen, aber er war noch nicht zu sehen. Er hatte ihr in den letzten Wochen so geholfen! Der Prospekt, den sie zusammen entworfen hatten, war ein Traum geworden. Alles in schönen, satten Farben, die Zimmer und die Terrasse, der Frühstücksraum, der Empfang, alles wunderbar in Szene gesetzt. Die strahlenden Eigentümer vor dem von Hinnerk wundervoll gedeckten Reetdachhaus, das Büfett mit den leckeren Speisen, der Blick nach draußen, dann aufgelistet die Angebote und Preise. Die *Seeperle* war jetzt ein Badehotel und arbeitete mir Frau Dr. Helena Barding zusammen, und man bot verschiedene Gesundheits- und Wohlfühlpakete an. Anni hoffte sehr, dass Hans mit seinem roten Fend-Flitzer gut durch den Verkehr kam und noch schön mitfeiern konnte.

Isa, die überglücklich mit ihren neuen Gerätschaften und dem Durchbruch in der Küche war, wirbelte wie immer herum. Die ganze Terrasse war frühsommerlich gedeckt, die frühen Blumen und Sträucher blühten, auf den Tischen befanden sich vanillefarbene Decken, kleine, rote Blüten und natürlich das Familiengeschirr von Hutschenreuther. Das gute Carolus Magnus. Feine weiße Teller, Tassen und Terrinen mit Goldrand. Die Kristallgläser waren von Sigrun so lange gewienert worden, bis sie glänzten, und auch das Silberbesteck, das nur an den guten Tagen benutzt wurde, kam frisch geputzt zum Einsatz. Sigrun hatte Stunden damit zugebracht, alles zu putzen. Und Isa hatte gekocht, eingelegt und püriert, sie hatte überbacken und gegart. Es gab Schildkrötensuppe mit Sherry, Ochsenmark auf Toast-Gratin, Seezungenfilets in Weißwein, gefüllte Brüsseler Poularde und junge Fasanenbrüste in Sahne, Champagnerkraut, Kartoffelbällchen, es gab Pastetchen, mit Champignons und Kalb gefüllt, es gab Krabbensalat, Matjes mit Bratkartoffeln, pikantes Kalbsherz, Kaninchenragout mit Kartoffelgratin, ungarische Gulaschsuppe und zum Dessert verschiedene süße Cremespeisen, Fürst-Pückler-Eis, Bananen-Nizza mit Weinbrand und Maraschino, Schokoladenpudding und Mandelhörnchen in Zartbitter. Dann natürlich die Hochzeitstorte, die Rickmer Dittmann gebacken und verziert hatte. Nicht ganz so üppig und überladen wie bei Rena, aber doch ansehnlich. Dreistöckig, mit viel Marzipan und Nüssen und Mandelcreme und obenauf nur ein Herz mit den Initialen A & H. Anni wollte kein Brautpaar auf der Torte. Irgendwie fand sie es unpassend. Die Tische bogen sich förmlich unter den ganzen Speisen, zwei riesige blauweiße Sonnenschirme sorgten für Schatten. Natürlich gab es auch Isas selbstgebackenes Brot, was Rickmer Dittmann naserümpfend bemerkte. Lore Dittmann hatte Anni beim Gratulieren erzählt, dass Rena sich schon ein paarmal gemeldet habe. Ihr würde es sehr gut gehen.

»Sie sind ja schon lang wieder in Wien angekommen, sie und der Gerhard, nun ist Rena mit Wohnungseinrichtung weiter beschäftigt. Und dann lernt sie die Gesellschaft kennen, hoffentlich kommt sie uns bald mal besuchen, ich bin ja so neugierig.«

»Wie klang Rena denn am Telefon?«, fragte Anni, die sich wunderte, dass die Freundin sie nicht angerufen hatte. Sie selbst hatte an die zehnmal die Wiener Nummer gewählt, aber niemand war drangegangen.

»Wie soll sie denn geklungen haben?«, fragte Lore so, dass Anni das Gefühl hatte, sie befand sich in einer Habachtstellung. »Sie klang natürlich ganz normal. Sie hat wohl viel zu tun und erzählte was von einem Termin bei der Schneiderin. Die ganze Garderobe will Gerhard ihr ja neu machen lassen.«

»Hat sie mich grüßen lassen?«, fragte Anni.

»Das hat sie wohl vergessen. Ach, sie wird sich schon melden.« Lore streichelte ihre Wange. »Hübsch siehst du aus. Rosa steht dir gut. Du schaust aus wie ein Engel, mein Kind. Ach Gerda, komm mal, sieh nur, jetzt haben wir unsre Anni auch verheiratet. Weißt du noch, als wir fast zeitgleich in anderen Umständen waren und wie die Kinder zusammen gespielt haben? Sie werden so schnell groß. Und wie schade, dass Rena nicht kommen konnte. Zu ärgerlich, dass die Grippe sie erwischt hat.«

Anni hatte es einen ziemlichen Stich gegeben, als sie gehört hatte, dass Rena krank war und ihren großen Tag verpasste. »Aber wir können uns vielleicht bald auf Enkelkinder freuen«, sagte Gerda. »Ihr wollt doch Kinder, Annilein?«

»Natürlich«, sagte Anni. »Alles zu seiner Zeit.«

Ihre Gedanken wanderten wieder zu Rena. Nun, die musste wissen, was sie tat. Sie hatte ihr Hilfe angeboten, mehrfach, wenn sie keine wollte, dann konnte sie auch nichts tun. Vielleicht war ja doch alles gut mit Gerhard, und die beiden hatten sich nicht nur zusammengerauft, sondern liebten sich nun heiß und innig und sooft es ging. Anni wünschte es der Freundin von Herzen.

»Du siehst zauberhaft aus.« Edith kam und balancierte in der einen Hand ein Schälchen mit Krabbensalat, in der anderen hielt sie eine Sektschale. Direkt hinter ihr stand nun auch Helena, die schon rote Backen hatte, sie trank nur selten Alkohol und hatte schon einen kleinen Schwips, was man gut sehen konnte. Sie sah jung und süß aus.

»Was für ein schönes Fest.« Helena umarmte Anni. »Und wie ich sehe, hat der Bräutigam auch seinen Spaß.«

Hinnerk veranstaltete mit seinen Freunden ein Wett-Trinken, Sprüche wurden geklopft und eigentlich ständig die Gläser erhoben.

»Glaubst du immer noch, dass es richtig war, Hinnerk zu heiraten?«, fragte Edith leise.

Anni betrachtete ihren Ehering und den Beisteckring, den Hinnerk ihr geschenkt hatte.

»Ich will nur das Beste für mein Kind«, sagte sie.

»Du musst übrigens bald mal zur Kontrolluntersuchung kommen«, sagte Helena kaum hörbar. »Nein, ich sage natürlich *nichts*, bevor es nicht offiziell ist, dann kommst du halt wegen was anderem in die Praxis. Ich muss euch beiden übrigens auch noch was sagen. Aber nicht hier. Können wir uns morgen am Nordstrand treffen?«

»Du machst es ja geheimnisvoll«, sagte Anni. »Warum denn da?«

»Weil auch ich manchmal was erzählen möchte, ohne dass der halbe Ort zuhören könnte.«

»Gut«, Anni nickte. »Morgen Nachmittag um drei?«

»Das passt bei mir auch«, sagte Edith. »Ich habe die Frühaufsicht.«

»Dann lasst uns jetzt feiern. Auch wenn alles rosa ist«, lachte Anni. »Ich konnte mich gegen Hinnerks Mutter einfach nicht durchsetzen. Was habt ihr schon alles probiert? Wie ist der Matjes? Hat Isa eine Zwiebelsahnesoße gemacht? Und ich brauche unbedingt ein Stück von der Poularde, Isa hat sie, glaub ich, mit Blattspinat gefüllt. Ach, guck mal, da ist ja Hans! Na endlich!«

Sie lief auf Hans zu, der gerade den Weg entlanggerollt kam. Er sah aus wie der bleiche Tod.

»Himmel, Hans, was ist denn los?« Hans wirkte, als würde er gleich aus dem Rollstuhl kippen.

Er schaute ganz verwirrt an ihr vorbei zu den Leuten. »Oh, habt ihr eine Gesellschaft, dann komme ich später, ich bin ganz durcheinander, ich komme direkt aus Köln von Dora, habt ihr ein Zimmer frei, Anni? Ach, du trägst ja die Schmetterlingsbrosche, das ist ja reizend, ich muss mich unbedingt ausruhen, aber ich muss auch mit dir sprechen, Anni ...« Noch bevor Anni sich darüber entrüsten konnte, dass er offensichtlich ihre Hochzeit vergessen hatte, brach Hans in Tränen aus.

Anni war entsetzt. So hatte sie Hans noch nie gesehen!

»Nun rede doch, Hans!« Anni hatte den Freund kurzerhand in die *Seeperle* geschoben, und weil kein einziges Zimmer frei war, direkt in die Vorratskammer neben der Küche. In der Küche selbst wirbelte Isa ja mit den anderen Frauen herum, da hatten sie keine ruhige Sekunde.

Hans wischte sein Gesicht mit einem Taschentuch ab und schnäuzte dann hinein. »Kennst du es, wenn du das Gefühl hast, dein Herz zerbricht?«, fragte er, und Anni nickte.

»Ja, das weißt du doch«, antwortete sie und dachte nur an Friedrich.

»Nun«, sagte Hans. »Ja, ich weiß. Bei mir war es nun gestern so weit. Ich weiß nicht mehr, was ich denken und fühlen oder tun soll. Ach, Anni ...«

»Hans«, sagte Anni. »Sag mir jetzt endlich, was los ist!« Sie ahnte etwas. »Es ist wegen Dora, stimmt's? Du kommst ja direkt aus Köln. Also, was ist?«

»Die Sache ist die«, begann Hans, »dass Dora mich ja nach Köln eingeladen hat. Ich habe mich sehr gefreut, wie du weißt. Du weißt bestimmt auch noch, dass sie sich damals meinen Flitzer ausgeliehen hat, um nach Hamburg zu fahren.«

Anni nickte.

»Und weißt du noch, dass mir aufgefallen ist, dass sie so gute Laune hatte danach und dass sie in den Tagen danach so fröhlich wirkte? Damals hatte ich gedacht, das läge an mir, weil ich sie so aufgeheitert hatte. Es lag aber nicht an mir.«

»An was denn?«

Wieder liefen bei Hans die Tränen. »Gleich. Kurze Zeit später hat sie mich gefragt, ob ich ihr Geld leihen kann für irgendeine Investition, ich habe vergessen, welche, es hatte was mit ihrem Modeatelier zu tun.«

»Und du hast es ihr gegeben«, stellte Anni fest. Hans nickte.

»Ja. Ich hab es ihr gegeben, natürlich hab ich. Ich Hornochse.«

»Und dann?«

»Kurz darauf hat sie mich ausgeladen.«

»Wie jetzt? Aber ich denke, du kommst direkt aus Köln!«

»Tu ich ja auch. Aber ich bin hingefahren, obwohl Dora mich ausgeladen hatte.«

»Wolltest du dein Geld zurück?«

»Nein, ich wollte sie sehen. Ich hatte mich doch verliebt in sie.«

»Ich weiß.« Anni strich ihm behutsam über den Kopf.

»Lass das, dann muss ich gleich wieder losheulen wie ein kleines Kind.« Hans schnäuzte erneut ins Taschentuch.

»Dora wird höchstwahrscheinlich wieder laufen können. Etwas, das ganz kaputt schien, war doch nicht ganz kaputt. Sie wird zwar einen Stock brauchen oder eine andere Gehhilfe, aber jedenfalls ist sie hundertmal besser dran als vorher. Und als ich.«

»Aber Dora ist doch wie du querschnittsgelähmt.«

»Wohl doch nicht. Es ist wohl operabel, und sie hat auch schon eine OP hinter sich. Deswegen brauchte sie auch das Geld. Für die Reise nach Amerika zu einem Spezialisten. Es geht schrittweise voran, aber eben voran. Sie hat gesagt, ich soll wieder fahren. Wortwörtlich hat sie gesagt: ›Du nützt mir nichts mehr. Als ich dachte, ich kann nie wieder laufen, da war es gut, dass du da warst, aber jetzt fängt ein neues Leben für mich an.‹«

Anni setzte sich auf eine kleine hölzerne Klappleiter. »Das hat sie nicht gesagt!«

»Doch.« Hans' Augen füllten sich wieder mit Tränen. Anni war außer sich. Wie herzlos konnte bitte ein Mensch sein!

»Und ... das Geld?«

»Das kommt noch hinzu. Weg. Ich hatte keinen Vertrag mit ihr gemacht. Kann ich bitte noch ein Taschentuch haben?«

»Aber Hans, das geht doch nicht.« Anni reichte ihm ein neues Tuch.

»Doch. Ich gehe zwar noch zu einem Rechtsanwalt, aber da ist wohl nichts zu machen. Ich habe ihr das Geld bar gegeben, ohne Quittung, ohne Beleg, ohne irgendetwas.«

»Aber Hans. Ach du meine Güte.« Anni konnte es nicht glauben.

»Weißt du, Anni, ich dachte, wenn wir beide schon nicht laufen können, dann rollen wir eben zusammen durchs Leben. Wir würden niemals Kinder haben und nie so leben wie normale Eheleute oder Familien, aber wir hätten das gleiche Schicksal gehabt und wären damit klargekommen. Nenne es von mir aus eine Zweckgemeinschaft, was macht das schon. Eins kannst du mir weiterhin glauben: Wäre ich in ihrer Situation, also wenn ich laufen könnte, *ich* würde sie nicht wegschicken, vom Geld jetzt mal ganz abgesehen.«

»Das weiß ich doch, Hans.«

Dora Garbin war Anni ja von Anfang an unsympathisch gewesen, und nun war das Gefühl bestätigt worden. Aber Anni würde sich hüten, das jetzt zu Hans zu sagen. Er war sowieso schon am Boden zerstört, da wollte man nicht noch hören, was man alles falsch gemacht hatte.

»Das Geld ist mir fast gleich«, sagte Hans traurig. »Ich bin nur so verletzt und so gedemütigt und so traurig, und ich fühle mich so verlassen. Ich glaube, ich brauche jetzt erst mal einen Schnaps.«

»Den sollst du haben, Hans.« Anni beugte sich zu ihm und küsste ihn auf die Wange.

»Was is denn hier los?« In der Tür stand ein rotgesichtiger, wankender Hinnerk. Er hielt sich am Rahmen fest.

»Kaum verheiratet, schon turtelst du mit anderen, und dann auch noch ausgerechnet mit meinem Lieblingsgast. Wo kommt der eigentlich her so plötzlich? Hast du ihn zu unserer Hochzeit eingeladen?«

Hans sah Hinnerk, dann Anni an und schlug sich mit der flachen Hand gegen die Stirn. »Meine Güte, Anni, die Hochzeit und die Einweihung des Hotels, beides habe ich ja völlig vergessen. Oh Anni, verzeih mir bitte, ich war so durcheinander, als ich aufbrach, ich bin froh, dass ich keinen Unfall gebaut habe bei der Herfahrt. Nun ruiniere ich dir mit meiner Gefühlsduselei den ganzen schönen Tag. Ach je, ach je.«

»Ja, das tut er«, sagte Hinnerk wütend. »Komm jetzt. Ich will mit dir tanzen.«

»Ich möchte jetzt nicht tanzen, Hinnerk«, sagte Anni. »Ich möchte noch eine Weile hier mit Hans sitzen.«

»Und ich will an meiner Hochzeit mit meiner Frau tanzen.« Hinnerk kam näher und packte Anni am Arm. »Komm jetzt. Jetzt. Los!«

»Lass mich los, Hinnerk. Du tust mir weh.« Anni wurde böse.

Hinnerk ließ sie tatsächlich los und starrte Hans giftig an. Dann drehte er sich um und ging. Seine Hände waren zu Fäusten geballt.

»Ich muss aber wirklich mal wieder nach draußen auf die Terrasse«, sagte Anni. »Obwohl ich gar keine Lust habe. Aber meine Schwiegereltern haben extra ein Musiktrio bestellt, und das fängt gleich an zu spielen. Komm, dann kriegst du auch deinen Schnaps.«

»Ich hoffe so sehr, dass du glücklich wirst, Anni«, sagte Hans liebevoll und putzte sich noch mal die Nase.

»Nun, wer hofft das nicht«, gab Anni zurück. Sie glaubten beide nicht daran, aber das konnte man heute und jetzt nicht vertiefen.

»Gut.« Hans setzte sich im Rollstuhl auf. »Sehe ich noch sehr verheult aus? Dabei soll ein echter Mann doch nicht weinen. Nun, lass uns zu den Gästen gehen.«

»Du siehst sehr gut aus. Frisch und munter. Danke, dass du gekommen bist«, sagte Anni froh. »Auch wenn du traurig bist, hab ich dich lieb. Das gehört doch zu einer Freundschaft! Und jetzt kann ich dir vielleicht mal helfen.«

»Trotzdem, dass ich die Hochzeit und die Eröffnung vergessen konnte und rein zufällig gerade heute hier auftauche.« Hans schüttelte den Kopf. »Nun, dann zeig mir mal alles. Gespannt bin ich ja schon, was sich in den Wochen nach meiner Abreise noch alles getan hat. Vieles war ja halb fertig, und nun sehe ich das große Ganze.«

Und Anni schob ihn zur Festgesellschaft, stellte ihn den Leuten von der Presse vor und den neuen Gästen, die immer mehr zu werden schienen. Die Sonne strahlte warm vom Himmel, man tanzte zu den Klängen des Musiktrios, das von dem allseits beliebten Willy Schneider über Vico Torriani bis hin zu eigenen Kreationen alles spielte, was gewünscht wurde.

An dünnen Bändern waren Lichterketten gespannt, die in allen Farben leuchteten und ihr sanftes Licht bei einsetzender Dunkelheit verbreiteten, und in der Ferne brandete das Meer ans Ufer, es war ein märchenhafter Tag. Die Frauen sahen chic aus in ihren Boleros, Taftkleidern, Petticoats und kessen Hüten, und die Herren trugen Anzug, mal mit, mal ohne Kummerbund oder Fliege, um Mitternacht wurde die Hochzeitstorte mit einem kleinen Feuerwerk von Rickmer Dittmann und einem Lehrling herausgetragen und feierlich von Anni und nicht mehr ganz so feierlich von einem mehr als torkelnden Hinnerk angeschnitten. Dann warf Anni ihren Brautstrauß, der von Sigrun gefangen wurde, und die wurde ganz rot, ob vor Freude oder Scham, konnte man nicht sagen. Das wusste sie vielleicht selbst noch nicht so genau. Jedenfalls sah sie zum Sohn vom Erichsen rüber, dem 18-jährigen Theis, aber der schaute schnell weg. Anni lächelte. Sigrun war wohl zum ersten Mal verliebt. Sie freute sich für sie.

Hinnerk war irgendwann so betrunken, dass man ihn ins Bett tragen musste, wo er auf der Stelle schnarchend einschlief, und Anni feierte ohne ihn weiter, was ihr sowieso viel besser gefiel. Die Sterne strahlten, es war, als hätte der Himmel einen glitzernden Schleier gespannt. Anni stand irgendwann da und sah zu, wie alle tanzten, lachten, tranken und es ihnen allen gutzugehen schien. Ja, es ging aufwärts. Es ging aufwärts! Sie hatten den Krieg überlebt. Sie waren gesund! Sie hatten die *Seeperle* gut in Schuss gebracht. Sie hatten genug zu essen und zu trinken. Und sie, Anni, hatte zwei neue Freundinnen gefunden.

Auf einmal freute sie sich unbändig auf ihr Kind.

## 19. KAPITEL

»Du willst was?« Anni schlug die Hand vor den Mund, und selbst Edith fehlten ausnahmsweise mal die Worte. Sie hatten sich wie verabredet um drei Uhr hier getroffen, am Nordstrand, wo sonst keine Menschenseele war. Nur Möwen zogen scheinbar gelangweilt ihre Kreise so wie immer, um dann, innerhalb kürzester Zeit, ins Wasser zu schießen, um Beute zu machen. Und auch das Meer kam gerade wieder zurück, so wie immer.

»Ja«, nickte Helena. »Glaubt mir, ich habe lange darüber nachgedacht und mir die Entscheidung nicht leicht gemacht. Aber es muss doch jemand etwas tun.«

»Aber warum denn ausgerechnet *du*?«, fragte Anni entsetzt. »Das ist doch gefährlich, und denk mal drüber nach, was uns der Mann in Kiel erzählt hat von wegen Approbation, der hat alles verloren, also ich weiß nicht, ich ...«

»Ich bin Annis Meinung.« Nun unterbrach Edith sie. »Wenn das jemand mitbekommt oder weitertratscht, dich anschwärzt, dann war es das für dich.«

»Ich weiß«, sagte Helena. »Aber mir bleibt von meinem Gewissen her keine andere Wahl. Ob ihr es glaubt oder nicht, aber ich habe so etwas in Frankfurt schon ein paarmal mitbekommen und auch hier – nein, ihr beiden, ich sage euch nicht, von wem ich spreche, ich halte mich an das Arztgeheimnis –, dass verzweifelte Frauen zu mir kamen und nicht mehr aus noch ein wussten. Ein junges Mädchen, sie war sechzehn, ist nach einer Vergewaltigung schwanger geworden, aber auch das zählt ja nicht. Sie konnte es nicht beweisen. Schwanger ist schwanger und dann in dem Alter. Ihr könnt euch denken, was die Leute geredet hätten. Dass sie eine Dirne sei, eine Schlampe, ein Flittchen. Und viele Eltern verstoßen ihre Töchter, das ist leider heute noch so. Das arme Ding hat sich fast umgebracht. Sie hatte sich selbst Seifenlauge mithilfe einer Spülung in den Unterleib gespritzt. Mit einem Schlauch oder einem Katheter. Seifenlauge schäumt ja, wie ihr wisst, und bildet kleine Bläschen, und die können lebensgefährlich werden. Wenn die Spülungen nämlich mit ganzer Kraft in den Blutkreislauf gepumpt werden, können sie die Gefäße und das Herz verstopfen. Die Patientin bekam auf einmal grauenhafte Schmerzen, Blutungen traten auf, und sie ist ohnmächtig geworden. Ihre Mutter hat sie in letzter Sekunde gefunden. Sie war schon ganz blau angelaufen. Das kann es doch nicht sein, sage ich euch.«

»Wieso hat sie denn Seifenlauge benutzt?«, fragte Edith. »Das arme Ding. Ist das nicht furchtbar, was Frauen sich antun?«

»Seife wird häufig als Abtreibungsmittel benutzt, weil sie empfindliches Körpergewebe auflöst und so zu einem Ausstoßen des Embryos führen kann«, erklärte Helena und seufzte. »So schlimm es klingt, aber es ist eben für viele Frauen der einzige Ausweg. Abtreibung ist strafbar und wird es wohl auch erst mal bleiben. Jedenfalls, was die sozialen Gründe betrifft: Natürlich wird die Schwangerschaft unterbrochen, wenn die werdende Mutter sich deswegen selbst in Gefahr begeben würde.«

»Und das wäre?«, fragte Edith.

»Nun, zum Beispiel bei einer Gestose, also einer Schwangerschaftsvergiftung. Hier wägen die Ärzte dann natürlich ab. Oder bei schweren Organerkrankungen, Tuberkulose oder Epilepsie. Und mindestens zwei Ärzte müssen die Notwendigkeit einer Unterbrechung befürworten und bescheinigen. Nun ist es aber so, dass es eine Indikation aus sozialen Gründen bislang noch nicht gibt. Eine Frau, die also vergewaltigt wurde, wird es schwer haben, denn sie muss es dem Amtsarzt und dem Richter beweisen, allein bei diesen liegt dann die Entscheidung. Und bei welcher Vergewaltigung gibt es schon Zeugen? Und welcher Mann würde denn zugeben, sich an einer Frau vergangen zu haben? Er kann doch immer schön behaupten, dass er es nicht war. Beweisen kann man ihm gar nichts. Ach, wenn es doch bloß Untersuchungen gäbe, durch die sich die Abstammung beweisen lässt. Das wäre solch eine Hilfe! Und eine Frau, die schon fünf Kinder hat und sich einfach keines mehr leisten kann, darf trotzdem nicht abtreiben, das gilt als Mord. Gefängnis oder Zuchthaus sind die Folge. Davon mal ganz abgesehen sind die Folgen des Versuchs, selbst einen Abgang herbeizuführen, oft lebensbedrohlich. Manche probieren es mit Chinin, ohne an die Nebenwirkungen zu denken. Gehörstörungen bis hin zur Taubheit sind da bekannt. Oder Apiol, ein Petersilienwurzel-Präparat, das kann unheilbare Nervenlähmungen verursachen. Und das sind nur die Methoden, in denen mithilfe von Seife oder Substanzeinnahmen versucht wird, abzutreiben. Die andere Methode ist noch viel gefährlicher.«

Helena machte eine Pause und schaute aufs Meer. Langsam rollte eine Welle heran und umspülte fast ihre Schuhe.

»Welche denn?«, wollte Anni wissen und streichelte ihren Bauch. Auf einmal war sie so unendlich froh, in Kiel von diesem Stuhl gestiegen zu sein. Und die Ohrfeige hatte dieser widerliche Arzt mit entzogener Approbation wahrlich verdient!

»Na ja, da geht es um die Ablösung des Eies von der Gebärmutter«, erzählte Helena weiter. »Die Gebärmutter steht in offener Verbindung mit der Bauchhöhle, da ist strengste Keimfreiheit angesagt. Viele Frauen werden mit eiternder Bauchhöhle ins Krankenhaus eingeliefert, weil von diesen Kurpfuschern unsauber gearbeitet wurde. Den Eihautstich wenden viele Abtreiber an und hoffen mal, dass sie mit der Nadel richtig treffen. Das ist aber leider oft nicht der Fall, es sind schon Harnblasen und Darmschlingen dadurch geöffnet worden. Die Blutungen dabei sind lebensgefährlich. Und übrigens, noch mal zurück zur Seifenlauge, die gelangt durch die Eileiter in die Bauchhöhle, und eine Vergiftung kann die Folge sein, weil die Flüssigkeit vom Körper aufgesaugt wird. Gelingt endlich die Ablösung, so besteht die große Gefahr der tödlichen Luftembolie dadurch, dass Luft von den blutenden und klaffenden Blutadern angesaugt wird, und die Frau stirbt.«

»Oh mein Gott«, flüsterte Anni. »So genau wusste ich das nicht.«

»Ich auch nicht«, sagte Edith. »Wenn ich ehrlich bin, will ich es auch gar nicht so genau wissen. Das hört sich ja alles fürchterlich und schauderhaft und alles zusammen an.«

»Es ist nun mal leider so, dass die meisten Männer und Frauen, die Abtreibungen vornehmen, sehr schlampig und unter unsterilen Bedingungen arbeiten, weil diese Abtreibungen meistens nicht in den richtigen Praxen durchgeführt werden können, aus den bekannten Geheimhaltungsgründen, und das ist für die Frauen sehr gefährlich. Dabei sind die so verzweifelt. Eine junge Dame kam mal zu mir, sie ist bei einer Tanzveranstaltung von einem jungen Mann beschwipst gemacht worden. Dann kam es eben zum Äußersten, und das Mädel wurde schwanger. Der Mann kannte sie daraufhin natürlich nicht mehr, und die Eltern sagten zu ihr, sie solle das regeln oder sie könne gleich ins Wasser gehen, diese Schande würden sie nicht überleben.«

»Das kann ich gar nicht glauben.« Anni schüttelte den Kopf. »Wie können Eltern so was zu ihrer Tochter sagen!«

»Diese Eltern gibt's, glaub mir, Anni.« Helena verschränkte die Arme und guckte die Freundinnen an.

»Ich werde diesen Frauen helfen. Ich werde Schwangerschaftsabbrüche vornehmen.«

»Aber hast du das denn schon mal gemacht?«, fragte Edith besorgt.

Helena nickte. »Ich wollte es nie wieder tun. Aber mir ist einfach nicht mehr aus dem Kopf gegangen, wie dieser Mann Anni behandelt hat. Mir wurde klar, dass was passieren muss.«

»Dann hättest du also auch bei mir helfen können?«, fragte Anni, und Helena nickte. »Was ich letztendlich wahrscheinlich auch getan hätte«, sagte sie. »Aber du hast dich ja für dein Kind entschieden. Ich hoffe nur, du bereust es nicht.«

»Nein, ich bereue gar nichts. Ich bereue nur, dass ich dem Arzt nicht noch mehr Backpfeifen verabreicht habe.«

Edith seufzte. »Das hätte ich zu gern gesehen. Erzählt mir noch mal genau, wie es dazu kam.«

»Also wirklich, du liebst das Drama«, lachte Helena, und Edith nickte. Und während Anni ausführlich zum Besten gab, wie sie sich erhoben hatte und den Arzt angegangen war, gingen die drei untergehakt am Wasser spazieren.

Ein paar Minuten lang hing jede von ihnen ihren Gedanken nach. Edith war die Erste, die wieder sprach.

»Ich verstehe dich voll und ganz, Helena«, sagte sie. »Ich habe mir gerade noch mal deine Worte durch den Kopf gehen lassen. Was diese armen Mädchen und Frauen durchmachen müssen, ist grauenhaft und darf so nicht passieren. Also dürfte. Aber so schnell können wir ja die Gesetze auch nicht ändern.« Sie sah zur Freundin hinüber. »Ich steh hinter dir. Und werde dir helfen, wenn und soweit ich kann. Und ich verspreche dir, ich werde dich nie verraten. Auf Ehre!«

»Danke, Edith. Das weiß ich sehr zu schätzen.« Helena lächelte Edith an.

»Ich bin auch dabei.« Anni hakte sich bei Helena unter. »Auf Ehre!«

»Ach, ihr seid toll.« Helena freute sich. »Das macht mich sehr glücklich, wisst ihr das? Richtig froh und glücklich macht mich das!«

»Mich auch! Und wisst ihr was? Ich weiß ja nicht, wie es euch geht, aber ich hab jetzt Lust, meine Schuhe auszuziehen«, sagte Edith dann. »Kommt, lasst uns mal ein bisschen im Wasser laufen. So kalt ist es doch bestimmt nicht mehr.«

»Viel Spaß«, sagte Anni. »Du befindest dich an der Nordsee, nicht an einem Tümpelchen oder Flüsschen in Hessen. Da wird das Wasser doch viel schneller warm.«

»Willst du mir erzählen, dass du im Juni bei Sonnenschein noch nie baden warst?« Edith wollte es gar nicht glauben.

»Doch, sicher, als wir klein waren, wurden hier viele Mutproben ausgestanden. Aber richtig warm ist es nun noch nicht. Ich war übrigens auch schon mal an Silvester im Wasser.«

»Oh.« Helena war beeindruckt. »Und wie war das?«

»Hm, lass mich mal überlegen«, sinnierte Anni. »Ich meine mich zu erinnern, dass es kalt war.«

»Haha, sehr witzig.« Helena schaute aufs Meer. »Na ja, die Füße können wir doch mal reinhalten.«

Edith hatte sich schon gebückt und zog ihre Schuhe aus, hob den Rock und nestelte an ihren Strumpfhaltern herum, bis sie sie endlich gelöst hatte. Dann rollte sie die Strümpfe runter und streifte sie von den Füßen. Kurz darauf sprang sie bis zu den Knien im Wasser herum. »Ist das herrlich. Kommt, kommt auch her.«

Anni zog ebenfalls die Schuhe aus, krempelte die Hosen hoch und stiefelte dann ins Wasser.

»Los, Helena, jetzt du auch noch!« Edith spritzte Wasser in ihre Richtung.

»Ihr seid nicht ganz bei Trost, das ist eiskalt.«

»Feigling!«

»Ich bin nicht feige!«

»Doch, bist du. Und so jemand will Ärztin sein. Abhärtung ist doch gut. Komm Anni, die schnappen wir uns.« Edith kam schon näher.

»Ihr wollt mich ins Wasser schubsen und sagt, ich sei feige?«, fragte Helena. »Na dann kommt her, mal schauen, wer zuerst nasse Sachen hat!«

»Ich jedenfalls nicht!«, rief Edith und watete an den Strand zurück.

»Das war es schon? Och«, machte Anni.

»Nö, jetzt geht's erst richtig los«, lachte Edith, knöpfte ihre Strickjacke auf und dann die Knöpfe ihrer Bluse.

»Edith, das kannst du doch nicht machen«, sagte Anni und sah sich schnell um. Uff, keiner da.

»Ist doch niemand zu sehen. Los, ihr auch!«

»Also ich weiß nicht.«

»Wo sie recht hat, hat sie recht!« Helena tat es Edith nach.

»Und du, Anni?«

»Ihr seid zwei, also wirklich …« Anni ging langsam aus dem Wasser, löste den Gürtel ihrer Hose und ließ sie auf den Boden gleiten. Dann zog sie ihren Pullover aus und legte ihn dazu.

»Und jetzt rein mit uns!« Die drei nahmen sich an den Händen und liefen mit großem Geschrei mitten in eine Welle, die gerade mit Wucht angerollt kam, dann sprangen sie mit einem Kopfsprung in die See.

»Ist das herrlich! Los, ziehen wir uns unter Wasser ganz aus!«, rief Edith voller Tatendrang und griff schon an ihren Rücken, um den Verschluss des Büstenhalters zu öffnen. »Ein Hoch aufs Nacktbaden!«, schrie sie dann und schleuderte ihre Sachen an den Strand.

Anni kreischte vor Freude, als eine neue Welle kam und sie überrollte. Sie tobten wie die Kinder im Wasser.

Es tat so gut, hier beieinander zu sein und sich gernzuhaben. Und herumzualbern.

»Ja sacht ma, Kinners, was is denn hier los?« Isa stand wie aus dem Boden gestampft da und sah die drei jungen Frauen stirnrunzelnd an. Anni, Edith und Helena hatten versucht, unbemerkt in der nassen Kleidung in die *Seeperle* und hier auf Annis Zimmer zu kommen, aber Isa war eben überall da, wo man sie nicht vermutete, in dem Fall am Hintereingang, den sie ja eigentlich seit dem Durchbruch zum Kräutergarten gar nicht mehr oft benutzte.

»Wir sind ins Wasser gegangen«, sagte Anni kichernd, und wieder mussten alle drei lachen.

»Seid ihr meschugge im Kopp? Wollt ihr euch alle den Tod

holen? Frau Doktor, also Sie auch! Dass die Deerns so einen Quatsch machen, geht ja noch an, aber Sie müssen doch ein Vorbild sein!«

»Kaltes Wasser härtet ab«, sagte Helena gütig. »Wir bieten doch hier in der *Seeperle* auch Kneipp-Kuren an, vom Wasserdoktor«, erklärte sie Isa. »Das kann ich Ihnen dann auch mal verschreiben.«

»Was is das denn?«

»Haben Sie etwa noch nie was von Sebastian Kneipp aus Wörishofen gehört? Na, dem müssen wir abhelfen. Von ihm stammen doch die berühmten Wasserkuren.«

»Der Herr ist mir noch nicht übern Weg gelaufen«, sagte Isa.

»Kann er auch schlecht, er ist seit über fünfzig Jahren tot. Aber seine Kneippkuren werden immer noch angewendet. Baden in eiskaltem Wasser, Wassertreten und so weiter. Das tut richtig gut, und wir müssen ja ausprobieren, was ich verschreibe«, sagte Helena und versuchte, ernst zu bleiben.

»Mit offenen Kleidern und den Büstenhaltern und dem Mieder in der Hand«, mokierte sich Isa. »Mit Tang im Haar und Sand an de Feut. Gebt mir acht, ihr macht ja allesamt alles dreckig. Der schöne neue Boden. Der zerkratzt doch. Rauf mit euch, und wascht euch anständig. Unser Hans gefällt mir übrigens gar nicht. Hockt schon den ganzen Tag bei mir in der Küche, stopft Kuchen in sich rein und jammert. Wenn der nicht aufpasst, geht er uns aus dem Leim. Was hat dieses Frauenzimmer aus Köln da nur angerichtet! Den Hintern versohlen sollte man der mit dem Teppichklopfer! Aber nicht nur zwanzig Schläge. Hundert sollte sie kriegen, das vermaledeite Luder!«

Auf Dora war Isa nicht so gut zu sprechen. Böse stampfte sie den Flur entlang, um nach Hans zu schauen.

Doch dann schaute sie den drei gackernden Hühnern hinterher und schüttelte den Kopf. Zu ihrer Zeit hätte man sich nicht ohne entsprechende Badebekleidung in die See begeben! Da hatte man noch Fuhrwerke, die einen ins Wasser brachten, damit die Herren der Schöpfung keine Stielaugen bekamen. Aber heute war eben alles anders. Die Zeiten änderten sich. Heute badete ja manch einer sogar nackt, das musste man sich mal vorstellen. Nicht mit ihr. Sie konnte ja noch nicht mal richtig schwimmen und hatte Angst vor tiefem Wasser, weil ihr Opa ihr einst erzählt hatte, im tiefen Wasser würden meterlange Schlangen lauern und nur darauf warten, ihr Opfer zu umwickeln und hinabzuziehen in die dunkle Welt, in der es nur so wimmelte von Ungeheuern. Der Opa hatte mal eins gesehen. Schwarz mit rotglänzenden Augen sei es gewesen und kam aus der See einfach so herausgesprungen, um ihn zu schnappen. Isa holte eine Kehrschaufel und einen Besen. Dieser Sand! Wie sie Sand im Haus hasste. Er war überall, man konnte fegen, wie man wollte.

Leise schlichen die drei weiter die Treppe hoch und hofften, dass ihnen kein Gast begegnete. Doch plötzlich standen die beiden Wetzstein-Schwestern ihnen gegenüber.

»Huch«, sagte Ruth und lächelte.

»Psst«, machte Edith. »Nicht weitersagen. Wir waren baden. In der See.«

»Ach, tatsächlich. Ich bin ehrlich: Man sieht es«, sagte Rachel belustigt. »Sie wirken, als hätten Sie viel Spaß gehabt.«

Die drei kicherten. »Hatten wir auch.«

»Sie sind ja schon wieder zurück von Ihrem Ausflug. Wie lange waren Sie denn weg?«, fragte Anni.

»Oh, wir haben für unsere Arbeit recherchiert und sind etwas später wiedergekommen. Deswegen haben wir leider die Hochzeit verpasst. Ich hoffe, Sie hatten einen wunderbaren Tag.«

»Oh ja«, sagte Anni. »Und die Presse war auch da, ich bin schon gespannt auf die Artikel. Aber jetzt sollten wir uns anziehen. Ich fange an zu frieren.«

»Und die Haare trocknen und vielleicht den Sand rauskämmen«, sagte Ruth und hob ihren Arm, um ein Stück Strandhafer oder was auch immer aus Helenas Haaren zu ziehen. Helena sah auf ihre Hand und wurde mit einem Mal kalkweiß. Die beiden Frauen sahen sich lange an, keine sagte ein Wort.

»Helena«, sagte Ruth dann ganz ruhig.

»Sie kennen Dr. Barding?«, fragte Anni nun vorsichtig.

»Ich kann es nicht glauben«, sagte Helena. »Ich ... mir ... wird ... schwindlig.«

»Aber warum denn, was ist denn?«, wollte Edith wissen.

»Wir kennen uns«, sagte Rachel nun leise und heiser, und jetzt kamen beide Schwestern näher und legten ihre Hände auf Helenas Schultern.

»Mir wird ganz anders«, murmelte Ruth.

»Also ich verstehe gar nichts«, sagte Anni, die nun völlig durcheinander war. Was war das denn?

»Oh Gott«, flüsterte Helena heiser, »das kann doch nicht sein.« Anni nahm ihre Hand, die war eiskalt.

Langsam gingen sie die Treppe hoch. Sie spürten, wie verkrampft Helena war, es fühlte sich an, als würden sie eine hölzerne Puppe die Treppe hinauftransportieren.

In Annis Zimmer angekommen, legten sie Helena aufs Bett. Die schloss die Augen und sagte wieder: »Oh Gott.«

Und dann fing sie an zu weinen.

»Helena«, sagte Anni. »Ich glaube, du willst, nein, ihr alle müsst uns was erzählen, ich glaube, dann geht es dir besser und ...«

In der Tür standen die Zwillinge und hielten sich aneinander fest.

»Kann mir mal jemand sagen, was hier los ist?«, bat Edith, aber niemand von ihnen brachte ein Wort heraus.

Und da rief Isa von unten: »Annikind, Telefon! Das Renachen ist dran. Komm rasch! Endlich! Ferngespräch aus Wien!«

»Renalein, Liebes, bist du es wirklich?« Anni war so froh, die Stimme der Freundin zu hören. Sie schaute sich schnell um. Gut. Keiner da, der sie zerzaust und in ihrem Bademantel sehen könnte.

»Ja, ich bin es wirklich, Anni. Ich will dir nur sagen, dass ... dass wir ... schon vor einiger Zeit ... gut wieder angekommen sind hier in Wien.«

»Das hab ich schon von deiner Mutter gehört. Du, ich hab so oft angeläutet bei dir. Und wie geht es dir? Lore sagt, du hättest eine Grippe. Wie war Italien? Du musst mir unbedingt erzählen, was du alles erlebt hast!«

»Ja ... das mach ich. Anni, hör mal. Ich freue mich so für dich, ich hoffe, ihr hattet eine schöne Hochzeit. Wie schade, dass ich nicht dabei sein konnte. Ich hab dich lieb.«

Anni runzelte die Stirn. Rena klang tieftraurig und gleichzeitig atemlos und abgehackt, so, als würde sie heimlich telefonieren.

»Rena, was ist denn los?«

»Anni, hör zu, ich ... was soll denn los sein? Mir geht es gut. Bis auf diese Grippe.« Rena hustete, aber ihre Stimme klang auf einmal ganz künstlich.

»Wie war es mit Gerhard?«

»Oh, ganz wunderbar«, flötete Rena und klang nun überhaupt nicht mehr wie sie selbst. »Er hat mir jeden Wunsch erfüllt und war sehr lieb. Er weiß ja so viel und ist so belesen. Allein, was ich jetzt alles über Rom erfahren habe. Eine ganz wunderbare Stadt mit einer langen Geschichte. So interessant.«

»Aha.« Rena hatte sich noch nie für Geschichte interessiert, wieso sollte sie jetzt etwas über Rom wissen wollen?

»Und dir geht's wirklich gut?«, hakte Anni nach. »Deine Stimme klingt so ... merkwürdig.«

»Aber ja, sei unbesorgt«, lachte Rena in Wien viel zu hoch und zu schrill. »Mir ist es noch nie besser gegangen. Nächste Woche geben wir eine Gesellschaft, es ist unsere erste. Hoffentlich bin ich bis dahin wieder auf den Beinen. Ich bin mal gespannt, wie die Wiener so sind. Hoffentlich sind sie alle nett zu mir.«

»Wie kann man denn zu dir nicht nett sein? Was ziehst du denn an?«

»Ein italienischer Designer hat das Kleid entworfen und es wurde in Rom genäht, während wir da waren. Dunkelroter Samt, ganz enganliegend, dazu eine Stola, und Gerhard hat mir bei einem Juwelier wunderhübsche Ohrringe gekauft. Mit einem kleinen Rubin als Anhänger. Gerhard sagt, für jedes Jahr unserer Ehe kommt ein neuer Stein hinzu.«

»Was für eine schöne Idee. Na, du lebst ja edel.«

»Ja, und die Friseurin kommt hier ins Haus, stell dir vor. Das machen die Damen der Gesellschaft alle hier so. Die Friseurinnen kommen mit einem großen Koffer an und haben alles dabei, was sie brauchen. Das ist so praktisch.«

Anni musste schmunzeln. So ein Leben passte irgendwie gar nicht zu ihrer Rena. Rena schwärmte zwar für Filmstars und Nagelfeilen und Mode und schicke Frisuren, aber schwär-

men war etwas anderes, als es zu leben. Aber sie war erwachsen und würde wohl wissen, was sie tat. Hoffentlich. Trotzdem: Sie musste unbedingt wissen, wie die Reise war und ob Gerhard noch einmal übergriffig geworden war. Anni seufzte. »… und wenn sie fertig sind, nehmen sie einfach alles wieder mit und machen noch sauber, und ich bin schick. Das hat schon was.«
»Das glaube ich. Und bald schreibst du mir?«
»Sicher, sicher. Anni, hast du mich denn auch lieb?«
»Natürlich, Renalein, das weißt du doch.«
»Ich dich auch. Denk immer dran, dass ich dich liebhabe.«
»Du bist eine, wieso sollte ich das denn vergessen?«
»Ich will es ja nur gesagt haben.«
»Ich hoffe, du bist bald wieder gesund. Ich hab dich auch sehr, sehr lieb!«
»Danke, Anni. Danke für alles.«

Sie legten auf. Anni blieb einen Moment stehen. Ein merkwürdiges Gespräch war das gewesen. Rena war nach ein paar Sekunden so künstlich gewesen, und Anni verwettete fünf Mark darauf, dass Gerhard neben ihr gestanden und mitgehört hatte.

Nun, sie würde Renas Brief abwarten. Hoffentlich schrieb sie wenigstens die Wahrheit.

Langsam ging Anni wieder die Treppe hoch und dann in ihr altes Zimmer, in dem Edith und Helena mit den Zwillingen auf sie warteten.

Helena weinte immer noch. Schluchzend lag sie auf Annis Bett, sie hatte sich auf die Seite gedreht und das Gesicht im Kissen vergraben.

Edith ging zu Anni Richtung Tür.

»Weißt du, was los ist?«, fragte Anni besorgt, aber Edith schüttelte den Kopf.

»Sie weint nur, und die Schwestern stehen nur da und sagen kein Wort«, wurde sie leise von Edith informiert. »Dass ein Mensch so lange weinen kann. Irgendwann müssen einem doch mal die Tränen ausgehen.« Anni wandte sich Rachel und Ruth zu. »Woher kennen Sie denn Frau Dr. Barding? Und wieso reagieren Sie alle so merkwürdig?«

»Und warum nennen Sie sie Helena?«, fragte Edith. »Und warum ...«

»Kann ich ... bitte ein Taschentuch haben ... danke.« Helena setzte sich auf. Sie sah entsetzlich aus. Die Augen blutunterlaufen, das Gesicht geschwollen, die Haare waren zerzaust.

»Ich gebe zu, ich bin neugierig.« Edith sah Helena erwartungsvoll an. Sie stand auf und begann, ihre nasse Kleidung auszuziehen. »Kann ich das irgendwo trocknen, und kannst du mir was zum Anziehen leihen? Wir müssten ungefähr dieselbe Größe haben.«

»Noch«, sagte Anni, während Helena sich schnäuzte und eine Sekunde später wieder heulend in Annis Kissen lag.

»Und dich müssen wir auch ausziehen, Helena, komm, wir helfen dir.«

Anni holte schnell trockene Kleider, die sie ohne Unterkleider anzogen. Helena zogen sie erst mal ein Nachthemd an. Sie heulte ja sowieso alles nass.

»Ich hole uns mal Tee bei Isa«, sagte Anni. »Mit Tee sieht die Welt schon besser aus. Gebt mir mal eure Sachen, ich hänge alles auf dem Balkon zum Trocknen.«

»Ich will keinen Tee«, kam es aus Helenas Kissenberg. »Tee hilft mir nicht.«

»Das sehen wir dann.«

Als Anni sich gekämmt hatte und wieder einigermaßen ansehnlich aussah, ging sie nach unten. Sigrun kam ihr mit einem großen Rollwagen, gefüllt mit sauberen Gläsern, entgegen. »Fast alles fertig, Fräulein Janssen ... ach, Entschuldigung, ich mein natürlich Frau Schwenck. Wir haben alle bis fast zum Morgen aufgeräumt, und jetzt sortiere ich die Gläser in die Schränke, draußen muss nur noch gefegt werden, dann sieht alles wieder aus wie vorher.«

»Danke, Sigrun, du bist wirklich ein Goldstück. Wie geht's dir denn, du hast gestern so blass ausgesehen?«

»Ach iwo, Frau Schwenck, meine Tracht war nur so warm, die Wolle ist ja nicht grad kühl, und dann das dauernde Gerenne.«

»Ja, das versteh ich. Und sag, wie ist es denn zu Haus?«

»Och.« Sigrun drehte ihre Zöpfe und starrte auf den Boden. »Wenn der Vater nicht da ist, dann fühlen wir uns alle wohl. Aber sagen Sie ihm das nicht und auch nicht Ihrem Vater.«

»Nein, ich sag nichts. Aber hör mal, Kind, so kann das doch nicht weitergehen. Sollen wir nicht mal zusammen mit ihm reden und ...«

Sigrun wurde blass. »Wenn Sie das tun, dann schlägt der Vater uns alle miteinander tot! Ach, hätt ich doch bloß nichts gesagt.« Schnell griff sie sich ihren Wagen und rollte eilig davon.

Anni sah ihr nach. Ja, sicher, Sigrun hatte Angst. Aber einer musste doch mal den Anfang machen mit all den antiquierten Ansichten. Helena hatte es ja schon getan, oder besser gesagt, würde es tun, den Frauen helfen, die in Schwierigkeiten steckten. Sie, Anni, auch ein wenig mit der Renovierung der *Seeperle*, da hatte sie sich gegen ihren altmodisch denkenden Vater durchgesetzt, vorerst wenigstens. Und Edith tat schon seit Jahren etwas für die Rechte der Frauen. Und sie wollte noch mehr tun:

Den Frauen die Augen öffnen. Ihnen zeigen, dass es so nicht ging, dass man so nicht mit ihnen umgehen durfte. Das Gleichberechtigungsgesetz war – noch – ein Witz. Und in der Politik hockten fast nur Männer, die wenigen Frauen dort wurden belächelt und nicht für voll genommen. Da musste sich doch was ändern. Und sie, Anni, wollte etwas dazu beitragen. Sie wusste nur noch nicht, wie.

Nachdenklich ging Anni in die Küche, um Tee zu holen. Hans, Isa und ein Mann saßen am Tisch und diskutierten lautstark. Natürlich stand wieder Kuchen auf dem Tisch. Also, Hans musste wirklich aufpassen. Er hatte doch so getönt von wegen auf Ernährung achten.

»Na, Annichen, was sagt unsre Rena im fürnehmen Wien?«, fragte Isa. »Was macht ihre Grippe? Mit mir wollte sie ja nicht sprechen, nein, du musstest unbedingt gleich an den Apparat geholt werden. Zu meiner Zeit hat man sich noch Briefe geschrieben und konnte sich darin erklären. Heutzutage muss ja immer gleich alles sofort beredet werden.«

»Du hast recht, Isa, deswegen habe ich Rena auch gebeten, mir alles zu schreiben.«

»Das heißt, sie hat gar nix erzählt, nix von Rom? Von Elba? Von den schönen Gebäuden da, vom Essen?«

»Doch, Isa. Aber ich warte, bis ihr Brief kommt, darin erklärt sie bestimmt alles ganz ausführlich, den hat sie dann mit Muße verfasst, und ich lese dir dann Teile daraus vor.«

»Du garstiges Ding, du.« Isa stand auf. »Immer haut sie einen mit seinen eigenen Stöcken.«

»Hä?«, machte der Mann am Tisch und drehte sich nun um.

»Isa meint, sie wäre mit eigenen Waffen geschlagen worden«, korrigierte sie fröhlich.

»Ach so.« Der Mann lächelte nun, und jetzt erkannte Anni auch, wer es war. Hajo Gätjes, Notar a.D., der sich hier in St. Peter zur Ruhe gesetzt hatte. Hin und wieder übernahm er noch knifflige Fälle, aber nur, wenn sie ihn interessierten. Ansonsten malte er Aquarelle und schrieb schon seit Jahren an einem Buch, von dem keiner wusste, worum es ging. Hajo war ein korrekter, höflicher Mann, der sich stets verbeugte und sein Benehmen im Krieg nicht verloren hatte. »Ach Anni«, sagte Hans und klatschte in die Hände. Seine gute Laune war nicht zu übersehen, und nun sah Anni auch, warum. Eine große, schon halbleere Flasche von Isas selbstgemachtem Beerenlikör stand mitsamt drei Gläsern auf dem Holztisch, und zwei Flaschen Carstens-SC-Sekt standen geöffnet daneben. Eine hatten sie schon geleert.

»Willst du auch ein Gläschen?«, fragte Isa.

»Nein, Isa, ich wollte nur Tee.«

»Heißes Wasser steht auf dem Ofen, nimm am besten die Friesenmischung, die muss mal alle werden, Kandis ist im Schrank, weißt du ja.«

»Ach Anni«, sagte Hans wieder. »Hajo wird mir helfen, mein Geld von Dora wiederzubekommen.«

»Oh.« Anni holte Tassen. »Das sind ja gute Neuigkeiten.«

»Das dachte ich mir auch«, sagte Isa zufrieden. »Deswegen bin ich letztens bei ihm vorbeigegangen und hab mal gefragt.«

»Guten Tag, gnädige Frau, und meine besten Wünsche zur gestrigen Hochzeit.« Hajo war aufgestanden und verbeugte sich vor Anni. Sie lächelte ihn an und brannte darauf, die Küche wieder zu verlassen. »Danke schön. Ich muss dann mal wieder nach ...«

»Eine wirklich unschöne Sache, in die unser Freund Falckenberg da hineingeraten ist. Nun, ich werde sehen, was man tun kann. Es gibt ja immerhin auch einen mündlichen Vertrag.«

»Das ist ja wunderbar, Herr Gätjes.«

Anni drehte sich um und goss heißes Wasser in eine Kanne, nahm ein Tee-Ei, Kandis und Tassen, stellte alles mit kleinen Löffeln auf ein Tablett. »Ich wünsche euch noch viel Vergnügen«, sagte sie und verließ die Küche.

»Wir trinken noch ein paar Gläschen, Hajo, komm. So jung sind wir nie mehr zusammen!«, rief Isa, und alle lachten.

Anni eilte mit dem Teetablett nach oben. Sie war schrecklich neugierig.

»Da bin ich.« Sie blieb stehen. »Wo ist denn Helena?«, fragte sie.

»Sie wollte nach Hause und sich hinlegen«, sagte Edith. »Rachel und Ruth sind auch gegangen, auf ihr Zimmer. Um zur Ruhe zu kommen.«

»Dann trinken wir beide erst mal einen Tee. Komm, wir setzen uns auf den Balkon.« Als Balkon konnte man Annis winzigen Austritt zwar kaum bezeichnen, aber wenigstens gab es einen kleinen, hölzernen Tisch, den man vom Geländer aus aufklappen konnte, und zwei kleine, verschnörkelte Hocker.

»Kannst du mir mal erklären, was das gerade war?«, fragte Edith, die genauso verwirrt schien wie Anni.

»Nein. Aber die drei scheinen sich zu kennen. Helena wird es uns schon noch erzählen.«

»Also so was«, sagte Edith. »Dass ein Mensch so lange weinen kann. Der Tee ist wunderbar, Anni. Nirgendwo schmeckt Tee besser als an der See.«

»Danke.«

Dann saßen die beiden einfach nur da und hingen ihren Gedanken nach.

»War das Telefonat mit deiner Freundin nett?«, fragte Edith schließlich.

Anni zuckte mit den Schultern. »Nett schon, aber ich glaube, sie spielt mir was vor.« In kurzen Sätzen fasste sie das Dilemma mit Gerhard zusammen, ohne ins Detail zu gehen.

»Oha«, sagte Edith. »Mal wieder ein Herr der Schöpfung, der denkt, er könne sich alles erlauben. Ich kann deiner Freundin nur wünschen, dass sie die richtigen Entscheidungen für sich trifft.«

»Das ist ja das Problem«, erklärte Anni. »Ihre Mutter sagt quasi, sie sei verstoßen, wenn sie Gerhard verlässt.«

»Willkommen im Mittelalter«, seufzte Edith. »Man sollte nicht meinen, dass wir das Jahr 1953 schreiben. Das sind ja Zustände. Unglaublich!«

## 20. KAPITEL

Helena hatte den ganzen gestrigen Tag verschlafen und hatte heute mit Ach und Krach die Sprechstunde erledigt. Natürlich war ausgerechnet heute viel los, und ihr Kopf drohte zu platzen. Aber sie zog es durch und war froh, als sie um fünf Uhr nachmittags die Tür abschließen und wieder hoch in ihre Wohnung gehen konnte. Sie fühlte sich ausgelaugt, fix und fertig, und die Vergangenheit hatte sie mit einer Wucht eingeholt, die sie nie für möglich gehalten hatte.

Dass Rachel und Ruth Wetzstein plötzlich vor ihr gestanden hatten, hätte sie nie für möglich gehalten, nach all den Jahren!

Helena freute sich, dass es ihnen gut ging, andererseits wollte sie von der ganzen Geschichte von damals eigentlich gar nichts mehr hören und wissen. Es waren furchtbare Zeiten gewesen, und Helena wünschte sich gerade umso mehr, dass sie die vergessen könnte.

Aber so einfach schien das nicht zu sein.

Seufzend zog Helena ihren Kittel aus, legte ihn in die Box mit der Schmutzwäsche und stellte sich unter die Brause. Das warme Wasser spülte zwar nicht die Erinnerung fort, half ihr aber, ein wenig klarer zu denken.

Warum waren Ruth und Rachel hier? Das war doch bestimmt kein Zufall! Auf einmal ärgerte sie sich darüber, dass sie gestern fluchtartig Annis Zimmer verlassen hatte, weil sie ihre Ruhe haben wollte. Sie hätte doch fragen können. Aber das konnte sie ja immer noch.

Helena stellte das Wasser ab, trocknete sich ab und zog einen frischen Pyjama an, dann legte sie sich ins Bett und streckte sich lang aus. Tat das gut!

Selbstredend musste sie den Freundinnen erzählen, was mit ihr los gewesen war gestern, aber nicht jetzt. Sie war so müde. Dass die Erinnerung an die Vergangenheit einen so müde machen konnte. Das Schlafzimmerfenster war offen, und von unten hörte Helena Gesprächsfetzen, Lachen, und das Bellen eines Hundes.

Ja, ja, sicher, sie musste Anni und Edith alles erzählen, aber nicht heute. Am besten am Nordstrand, da würden sie niemanden treffen. Plötzlich merkte sie, wie aufgeregt sie war. Sie hatte doch noch nie jemandem davon erzählt.

War es richtig, die beiden ins Vertrauen zu ziehen?

Ihr fiel ein Satz aus einem Film ein, den sie mal gesehen hatte. Über die Südstaaten und mit diesem attraktiven Clark Gable und einer hübschen Vivien Leigh als Scarlett O'Hara. Die wusste doch auch mal nicht weiter, und dann hatte sie so was gesagt wie: »Es muss einen Weg geben. Aber nicht heute. Verschieben wir's auf morgen!«

Während dieses Satzes schlief Helena ein.

- - -

Helena schlief tatsächlich bis zum nächsten Morgen und fühlte sich dann ein wenig besser. Heute würde sie zu Anni und Edith gehen und sie um ein Treffen am Nordstrand bitten. Vielleicht, dachte Helena, geht's mir ja besser, wenn ich mir mal alles von der Seele geredet habe. Wenn ich es jemandem erzähle, dann nur den beiden. Sie hatte Anni und Edith schrecklich gern.

Anni dachte um ungefähr dieselbe Zeit ebenfalls an Helena. Sie und Edith hatten beschlossen, die Freundin in Ruhe zu lassen, bis sie sich meldete.

»Sie scheint Zeit zu brauchen«, hatte Edith gesagt. »Die sollten wir ihr geben.«

Anni hatte genickt. Ruth und Rachel Wetzstein hatten sie nur kurz gefragt, was denn mit Helena los sei, aber die beiden waren verschlossen wie die Austern.

»Das muss sie Ihnen beiden selbst erzählen, wenn sie möchte«, hatte Rachel gesagt, und Ruth hatte genickt. Also war sie nicht weiter in die Schwestern gedrungen, es wäre sowieso sinnlos gewesen.

»Können Sie uns wenigstens sagen, warum Sie beide hier sind? Das ist doch kein Zufall«, hatte Anni gefragt.

»Nein, es ist in der Tat kein Zufall, aber auch das muss Helena Ihnen selbst erzählen. Das steht uns nicht zu. Wir sind wegen einem ...«, sagte Ruth und wurde rüde von ihrer Schwester unterbrochen. »Rachel!«

Und Rachel sagte nichts mehr.

»Nun denn, Frau Schwenck, alles Gute für Sie und die Ihren, vielen Dank für die nette Gastfreundschaft, die Bewirtung und die wunderbar hilfreichen Anwendungen von Dr. Barding. Die Rechnung schicken Sie wie besprochen nach Starnberg in die Firma. Ich verdinge mich dafür, dass sie umgehend bezahlt wird.«

»So wird es gemacht, Herr Brunner.« Freundlich nickte Anni Friedrichs Bruder Lutz zu. »Übrigens«, er kam näher, »hat mir mein Bruder noch mal ans Herz gelegt, Sie darum zu bitten, auf seine Briefe zu antworten. Er grämt sich sehr. Die Einzelheiten kenne ich zwar nicht, aber ich bin nicht ganz auf den Kopf gefallen und habe sehr wohl einiges mitbekommen, während wir beide hier auf Kur waren.«

»Da gab es gar nichts mitzubekommen«, wiegelte Anni höflich ab. »Ich wünsche Ihnen eine gute Heimreise und hoffe, mit Ihrer Gesundheit bleibt nun alles gut.«

»Bestimmt«, sagte Lutz. »Es wird auch Zeit, dass ich heimfahre. In zehn Tagen feiern wir Hochzeit.« Er wurde rot. »Oh.«

»Keine Sorge. Ich weiß Bescheid.« Anni lächelte immer noch, so wie sie es von klein auf gelernt hatte. Auch wenn man einen Gast am liebsten erdolchen würde oder zumindest wollte, dass er endlich verschwände, hatten Eltern und Großeltern ihr eingebläut, dann sagte man das nicht, sondern lächelte und lächelte und lächelte.

»Richten Sie Ihrem Bruder bitte alle guten Wünsche von uns allen aus und viel Glück«, fügte sie hinzu, dann endlich drehte Lutz sich um und ging.

Anni atmete erleichtert aus. Nein, sie hatte keinen der Briefe angenommen, die Friedrich ihr geschrieben hatte. Warum auch? Es änderte ja nichts an der Tatsache, dass er eine andere, eine Manon, heiraten würde, weil Geld eben Geld heiratete und nichts anderes zählte. Und wahrscheinlich würde Friedrich seiner Frau in der Hochzeitsnacht noch vorgaukeln, es sei auch für ihn alles Neuland, und er habe sich für sie aufgespart.

Da kam Sigrun um die Ecke.

»Sigrun, ich muss Büroarbeit erledigen«, sagte Anni. »Pass du bitte am Empfang auf und richte später alles für den Kaffee.«

»Ja, Frau Schwenck.«

»Und lass unter gar keinen Umständen die Kasse offen, hörst du!« Anni sah sie durchdringend an.

Sigrun wurde knallrot. Die Geschichte mit den Padingers saß noch tief. »Bestimmt nicht, Frau Schwenck, ganz sicher nicht. Und wenn jemand kommt und uns überfällt, geb ich die Kasse auch nicht her, lieber verschluck ich den Schlüssel.« Obwohl die Geschichte mit der offenen Kasse passiert war, vertraute Anni Sigrun weiterhin den Schlüssel an. Sie war der Meinung, dass jeder Mensch aus Fehlern lernte, und Sigrun würde das mit Sicherheit nicht noch einmal passieren. Und es schien als hätte sie Recht.

Sigrun sah aus, als würde sie Ernst machen und den Schlüssel tatsächlich verschlucken, wenn es darauf ankäme.

»So weit wollen wir es nicht kommen lassen«, sagte Anni beschwichtigend. »Ruf mich einfach, wenn wir überfallen werden.«

»Ist gut, Frau Schwenck.«

Anni lächelte. Sigrun war so süß in ihrem Eifer, den Fauxpas mit den Padingers wiedergutzumachen. Sie ging ins Kontor, öffnete wie immer das Fenster und setzte sich an den Schreibtisch. Viel Schreibkram war liegengeblieben, die Steuerunterlagen mussten sortiert werden, Überweisungen getätigt, Zahlungseingänge überprüft. Anni seufzte. Ihr Vater hatte wieder irgendwas gesucht und offenbar nicht gefunden, der Schreibtisch sah aus, als hätten die Hottentotten hier gewütet. Anni hasste Unordnung in den Unterlagen und fing an, zu sortieren, und war daraufhin mehrere Stunden mit der Büroarbeit beschäftigt.

Endlich war alles geschafft, und die neu gefüllten Ordner mit der Ablage standen vor ihr, alles andere war ebenfalls sortiert und erledigt worden. Dann schaute sie auf die Uhr. Sie musste sich sputen, es war kurz nach fünf. Denn zu diesem Treffen wollte sie pünktlich erscheinen.

Während sie die Ordner in ein Regal zurückstellte, dachte sie an Helena. Sie hatte sich in den letzten Tagen Sorgen um die Freundin gemacht, auch nachdem sie gehört hatte, dass sie die Sprechstunde nicht abgesagt hatte. Das war wenigstens ein Zeichen dafür, dass sie nicht ganz in ihr Weinen versunken war. Dann war Helena heute Morgen plötzlich gegen sieben Uhr vor ihr gestanden.

»Guten Morgen, Anni«, hatte sie gesagt. »Bitte entschuldige meinen Rückzug. Ich hatte meine Gründe.«

»Ich freue mich, dich zu sehen«, hatte Anni geantwortet. »Du siehst besser aus als letztens in meinem Bett.«

»Ich habe viel geschlafen. Anni, ich gehe auch noch gleich zu Edith. Ich möchte euch was sagen. Heute Nachmittag. Hast du Zeit? Nach der Sprechstunde?«

Anni hatte nachgedacht. Sigrun war heute den ganzen Tag im Haus, und seit sie das Büfett hatten, war vieles einfacher geworden.

Und Isa war sowieso da, ihre Eltern auch, obwohl die nicht mehr wirklich eine Hilfe waren, wie Anni gerade feststellte. Ole war kaum anwesend, und wenn er da war, brachte er alles durcheinander, und Gerda flatterte nur herum, ihr wurde täglich mehr zu viel. Am liebsten lag sie da und tat nichts. Anni ließ sie machen. Das war ein guter Zeitpunkt, um zu zeigen, dass sie mit der *Seeperle* allein zurechtkam.

Sie hatte der Freundin zugenickt. »Also um halb sechs?«

»Ja.« Helena hatte sich zum Gehen gewandt. »Danke, Anni. Danke fürs Warten und Nichtdrängeln.«

Dann war sie gegangen.

Der Nordstrand war so gut wie leer. Nur weit entfernt liefen zwei Leute mit ihren Hunden am Wasser entlang, sonst war weit und breit niemand zu sehen. Gut so. Für dieses Gespräch, so hatte Helena es ihnen mehrfach gesagt, brauchten sie definitiv keine Zeugen. Während Anni den schmalen Weg Richtung Strand entlangging und mit der einen Hand den Leiterwagen hinter sich herzog, strich sie mit der anderen Hand über ihren Bauch. Merkwürdig, dass Hinnerk sich für das Kind so gar nicht zu interessieren schien. Er hatte noch nicht gefragt, ob Anni ihm mal ihren Bauch zeigen würde, der nun ganz leicht gewölbt war. Seitdem klar gewesen war, dass sie heiraten würden, hatte er sich sowieso verändert. Ein paar Nachmittage hatte er mit Ole im Kontor verbracht und sich in die Abläufe einweisen lassen. Recht war Anni das gar nicht gewesen, Ole kannte sich mit dem Führen eines Hotels, Rechnungsstellungen, Wiedervorlagen, Reservierungsbestätigungen und Buchführung so gar nicht aus. Das hatte Gerda gemacht, bevor Anni übernommen hatte. Sie würde alles kontrollieren müssen und hoffte, dass er ihm wenigstens alles halbwegs richtig erklärte. Aber sie hatte die Befürchtung, dass dieser Schuss nach hinten losgehen würde.

Nun, man würde sehen. Gerade war alles auf einem guten Weg. Die Neueröffnung der *Seeperle* war in der Presse äußerst gelobt worden, und Hans' Idee, ein Gewinnspiel in den Zeitschriften auszuloben, war gut angenommen worden, außerdem hatte er einen, wie er ihn nannte, Frühbucherpreisnachlass vorgeschlagen. Wer heute schon für den Herbst reservierte, bekam eine entsprechende Rabattierung, eine Stornierung war ausgeschlossen, so konnten sie sich absichern. Die ersten Reservierungen kamen schon rein. Die *Seeperle* war drauf und dran, ein richtig gutes Haus zu werden. Den Verlust durch die Familie Padinger würden sie verkraften, den Diebstahl aus der Kasse auch, aber so etwas durfte nicht noch einmal passieren. Anni versuchte, sich darüber nicht mehr zu ärgern. Einen Rückschlag hatte es allerdings noch gegeben. Ein Damenkegelclub hatte sich angemeldet und direkt danach die Herren. Für insgesamt zwei Wochen waren alle Zimmer inklusive der Suiten reserviert gewesen, und die Vereinsvorstände hatten angerufen, dass sie alles im Voraus bezahlen würden. Daraufhin hatte Ole in seiner Gutgläubigkeit sämtliche Anfragen für diese Zeit abgesagt, und dann passierte, was natürlich passieren musste: Keine Anzahlung kam und man hörte nie wieder was von den Leuten.

»Papa, du kannst doch niemandem absagen, wenn wir noch keine schriftliche Zusage haben«, hatte Anni gesagt, der schwarz vor Augen geworden war.

»Früher wurde so was mit Handschlag besiegelt«, war alles, was ihr Vater dazu zu sagen hatte. Anni hatte sich die Finger wund geschrieben und telefoniert, damit die Leute, denen abgesagt worden war, doch wieder buchten, aber die meisten hatten sich natürlich anderweitig umgesehen und gebucht, was ja auch verständlich war.

»Ganz ehrlich«, hatte Hans gesagt, dem sie ihr Leid geschildert hatte. »Lass deinen Vater nicht mehr die wichtigen Dinge regeln. Er kann sich um Handwerker kümmern oder den Gästen Geschichten von früher erzählen, oder er hockt mit Gert und Knut zusammen und zischt Bier. Alles gut. Aber wenn das öfter passiert, Anni, dann ist das eine Katastrophe. Natürlich muss jeder Geschäftsmann mal eine Niederlage hinnehmen, aber das mit den Padingers war schon genug, wie ich finde.«

»Ich hab Angst, dass Papa giftig wird, wenn ich ihn nichts mehr machen lasse«, hatte Anni gesagt.

»Ach, und du denkst, dass er dann wieder das Zepter übernehmen möchte?«

Anni hatte genickt, und Hans hatte verstanden.

»Lass mich nur machen, Maikäferchen.« Daraufhin war er herumgerollt und hatte Ole gesucht und im *Nautilus* gefunden. Nach ein paar Bieren war klar, dass Ole auf seine alten Tage Besseres verdient hatte, als seine Zeit in der *Seeperle* zu verbringen. Er hatte genug gearbeitet, war im Krieg gewesen und dann noch das appe Bein! Ole wollte leben und seine Tage genießen. Anni sollte doch mal arbeiten und zeigen, was sie konnte.

Anni lächelte, wenn sie daran dachte, wie Hans ihren Vater stets um den Finger wickeln konnte. Das war ganz hervorragend, und sie konnte sich auf die wesentlichen Dinge konzentrieren. Von den Rückschlägen abgesehen, machte sich die *Seeperle*! Denn sie hatten ja noch die ganzen Anwendungen, die Helena verschrieb und die die *Seeperle* zu einem Badehotel machten – gemeinsam mit einem Arzt konnte ja wohl nichts schiefgehen! Auch zwei Frauen in anderen Umständen hatten sich in der *Seeperle* angemeldet, sie waren anämisch und wollten hier vier Wochen ausspannen, und Helena bot ein Entspannungsseminar an, nicht nur für werdende Mütter, auch für überarbeitete Direktoren und Fabrikbesitzer.

Wenn nur ihr Mann nicht wäre! Denn Hinnerk stellte wie Ole damals alles in Frage. Ihm war es einfach zu viel, stellte sie immer wieder fest. Anni blieb stehen und zog ihre Schuhe aus. Barfuß war es viel besser, im Sand zu gehen. Wenn es nach Helena ging, sollten alle Menschen immer barfuß gehen, das hatte ja schon Oma Lisbeth gesagt.

Anni ging weiter. Bald müssten sie ihre Schwangerschaft verkünden, damit die Geschichte mit dem Siebenmonatskind auch glaubwürdig war. Sie hatte immer noch ein unglaublich schlechtes Gewissen Hinnerk gegenüber. Andererseits schadete es ihm ja nicht, und er wollte ja Kinder.

Sie biss auf ihrer Unterlippe herum. Wenn sie ehrlich zu sich war, hatte sie Hinnerk aus Trotz geheiratet. Wegen Friedrich, natürlich. Und natürlich war es Hinnerk gegenüber schlicht eine infame Lüge, ihm das Kind als seines zu verkaufen. Anni war nicht zum Lügen gemacht. Nur war dies hier keine Situation, die sie allein betraf. Es ging um ihr Kind. Für ihr Kind hatte sie eine große Verantwortung. Alles andere wäre fahrlässig gewesen. Also versuchte Anni, die Lüge zu rechtfertigen, was ihr manchmal besser gelang und manchmal nicht.

Wieder blieb sie stehen und schaute aufs Meer, das wie trotzig heranrauschte, das Tosen der Wellen heute bei recht viel Wind war wie eine Ballade.

War das herrlich gewesen, nackt zu baden! Gemeinsam mit den beiden anderen. Wie schön es überhaupt war! Wenn sie nur wüsste, wie es Rena wirklich ging. Hoffentlich, hoffentlich würde sie bald schreiben und ausführlich noch dazu.

Anni suchte »ihren« Platz, hier hatten sie in einer kleinen Kuhle zwischen zwei Dünen im Strandhafer oft gesessen, die mitgebrachten Brote gegessen und Isas mit Wasser verdünnten Himbeersirup getrunken. Heute würden sie das auch machen. Anni hatte alles dabei, auch eine große Decke. Hier war es schattig und windstill, und keine Menschenseele kam vorbei. Hier hatten sie ihre Ruhe. Deswegen hatte Anni extra noch einmal bei Helena in der Praxis angeläutet. Der Platz war nicht so einfach zu finden, und sie musste ihn erklären. Anni breitete die Decke aus und räumte die Sachen aus dem Wagen.

Da kamen Rachel und Ruth von der einen, Edith und Helena von der anderen Seite. Anni ging ihnen entgegen. Dass auch die Zwillinge kommen würden, hatte sie gar nicht gewusst. Aber andererseits war ja klar, dass die drei etwas miteinander zu tun hatten.

Natürlich hatte Anni sich schon ihre Gedanken gemacht und auch mit Edith darüber gesprochen. Was war es, was die drei verband? Etwas Schlimmes? Etwas Kriminelles?

»Meinst du, dass sie jemanden umgebracht haben oder so?«, hatte Edith auf Annis kleinem Balkon leise gefragt.

»Eigentlich nicht«, hatte Anni nach kurzem Überlegen gesagt. »Andererseits – wenn es ein Kriegsgeheimnis ist oder so, möglich ist alles. Man weiß ja, wie verroht manche Menschen im Krieg waren, und die haben auch vor nichts haltgemacht ...«

»Auch nicht vor Frauen«, hatte Edith geseufzt.

»Gerade nicht vor Frauen, denke ich mal.« Anni hatte sich zur Freundin vorgebeugt. »Was machen wir denn dann?«

»Was meinst du?«

»Na ja, wenn es was Kriminelles ist?«

Die beiden hatten sich angesehen.

»Ich traue Helena nicht zu, dass sie etwas Böses ohne Grund tut«, hatte Edith gesagt, und Anni hatte genickt: »Das denke ich auch.«

»Sie wird uns alles erklären. Sie ist ein gerader Mensch, soweit ich das beurteilen kann. Ich finde, wir sollten unvoreingenommen sein.«

»Das sind wir doch.« Sie hatten sich zugenickt.

Nein, Helena war eine Gute, dachten sie.

»Selbst, wenn es was Kriminelles ist, ich bin sicher, sie kann das erklären«, hatte Edith wiederholt, und damit war die Sache erst mal klar gewesen.

»Schön, dass ihr es gleich gefunden habt. Setzt euch. Hier bekommt niemand was mit«, sagte Anni. »Hier sind wir wirklich ganz ungestört.«

»Gut«, sagte Rachel.

»Ich möchte erst mal meinen Freundinnen alles erzählen, sie wissen ja gar nichts und denken, ich bin eventuell nicht ganz recht im Kopf.« Helena atmete tief durch. Man sah ihr an, wie aufgeregt sie war und wie schwer ihr alles zu fallen schien.

»Also. Dann fange ich einfach mal an. Ohne Verschnörkelungen. Ich war im KZ Buchenwald. Ich hatte einige Jahre vor dem Krieg mein Medizinstudium begonnen, was für damalige Verhältnisse, ihr wisst ja, Frauen und Studium, eine kleine Sensation war. Ich hatte hart dafür gekämpft und habe mich durchgesetzt. Dann kam der Krieg, und ich wurde nach Buchenwald eingeteilt, es hieß, um die kranken und schwachen Häftlinge zu behandeln. Als Helferin der Ärzte. Was es eigentlich bedeutete, hab ich erst vor Ort bemerkt. Ich musste selektieren. Die Gesunden von den Kranken trennen. Und ich wusste auch, was mit den Kranken geschah. Jeder wusste es. Das Konzentrationslager war wie ein Dorf für sich, Gerüchte und Tatsachen machten da schnell die Runde. Ich habe nie zuvor gesehen, ja, für möglich gehalten, wie sich Menschen verändern, die plötzlich Macht über andere haben. Sie werden grausam und unglaublich sadistisch. Die meisten Aufseher wurden mit der Zeit so. Ich war es nicht. Ich hoffe es zumindest.«

»Nein, du warst es nicht, Helena«, beeilten sich Ruth und Rachel zu sagen. »Du warst immer gut und hast dich bemüht, uns zu helfen.«

»Die Monate, die ich in Buchenwald arbeiten musste, waren die Hölle. Ich konnte nicht mehr schlafen, und wenn, hatte ich Albträume. In einem der ersten Transporte, die ich miterlebt habe, kamen Ruth und Rachel ins Lager. Man hörte so einiges, auch von Ärzten, die an Menschen forschen, und es sollte einen Arzt geben, der Zwillingsforschung betrieb. Also habe ich versucht, die beiden stets getrennt voneinander arbeiten zu lassen, damit niemand bemerkte, dass sie Zwillinge waren.« Sie machte eine kurze Pause und nahm einen Schluck Himbeersaft. »Dann kam er. Einer der Ärzte, von denen man nicht so viel gehört hatte und über die man heute nicht mehr so viel spricht wie zum Beispiel über diesen Josef Mengele, aber deswegen nicht weniger grausam. Er gehörte auch zu einem Forschungsstab, interessierte sich für verschiedene Krankheiten und hatte auch großes Interesse an Ruth und Rachel. In deren Akte stand ja, dass sie Zwillinge waren, da half es auch nichts mehr, sie getrennt arbeiten zu lassen. Nun, ich mache es kurz. Die beiden sollten selektiert werden und ihm zu Forschungszwecken zur Verfügung stehen, und ich wusste, was das bedeutete. Also habe ich heimlich andere Leute eingetragen, wofür ich mich heute ganz entsetzlich schäme. Es waren aber alte, sehr alte und sehr kranke Männer. Ich versuchte mir einzureden, das wäre dann nicht so schlimm. Ruth und Rachel waren mir besonders ans Herz gewachsen. Sie waren für mich der Inbegriff von Leben und Liebe. So hübsch und so intelligent, so wach und voller Lebensfreude. Ich konnte nicht alle retten, aber einige schon. Aber er bekam es raus, auch, dass ich in der Vergangenheit Papiere gefälscht hatte, dass ich Kranke als gesund beurteilt hatte, um sie vor dem Tod zu bewahren. Ich wurde mit Stockschlägen bestraft, ich wurde mit Gewalt von diesem Arzt und anderen Kommandanten genommen, ich kam in Isolationshaft, weil sie rauskriegen wollten, was ich sonst noch alles angestellt hätte. Aber da war nichts. Ich weiß heute nicht mehr, wie lange ich in Isolationshaft war und wie oft ich missbraucht wurde. Ich wusste ja nicht mal, wann Tag und Nacht war. Die Minuten waren wie Stunden und Tage, es gab nichts, an dem ich mich festhalten konnte. Und immer wieder kamen die Männer …

Einer muss mich mit einer Geschlechtskrankheit angesteckt haben. Syphilis. Ich konnte sie nicht auskurieren, weil ich keine Medikamente bekam. Wie durch ein Wunder hab ich es überstanden. Aber ich kann nun keine Kinder bekommen. ›Lassen wir sie doch in ihrem Loch verrecken‹, hörte ich die Männer, die mir das alles angetan hatten, lachend sagen.

Aber ich wollte nicht sterben. Ich wollte da raus. Irgendwann haben sie mich wieder hochgeholt, weil sie die Zelle für einen anderen brauchten.«

Helena machte eine Pause und nahm dankbar ein Glas Saft von Anni entgegen, trank hastig und redete dann weiter.

»Ich wusste nicht, wie lange ich in dieser Zelle war, ich wusste nicht, was aus Rachel und Ruth geworden war und aus den anderen. Ich wollte doch nur retten. Eines Abends kam der Arzt zu mir, um mir das kleine Dankeschön von den Zwillingen, wie er sagte, zu bringen. Er hatte ihnen zwei Finger abgeschnitten.«

»Oh mein Gott.« Annis Augen füllten sich mit Tränen.

»Er sagte, das solle mir eine Lehre sein und ich würde mir wohl das nächste Mal mehrfach überlegen, ob ich eine Verräterin sein wolle. Am nächsten Tag, so hörte ich, wurden Ruth und Rachel in ein anderes Konzentrationslager verlegt, und ich habe nie wieder etwas von ihnen gehört.«

Helena atmete nun hörbar aus und schien erleichtert zu sein. ›Es tut gut, es erzählt zu haben‹, dachte sie für sich, während sie die Freundinnen und die Zwillingsschwestern ansah. Das Entsetzen über das Gehörte stand ihnen in den Augen.

»Es tut mir so unendlich leid, Helena. Ich kann mir nicht vorstellen, welche Qualen du erlitten hast. Es muss dich noch immer verfolgen ... Ich hoffe, du kannst dich daran festhalten, dass du trotz allem vielen Menschen geholfen hast. Bitte vergiss das nicht.« Edith war völlig durcheinander.

»Ich glaube«, sagte Anni und musste die Tränen unterdrücken, »wir können nicht nachvollziehen, Helena, wie es in einem Konzentrationslager zugegangen ist, aber ich glaube so viel verstanden zu haben, dass du nur Gutes tun wolltest und leider daran gehindert wurdest.«

Ruth nickte. »Das ist wahr. Niemand, der nicht dort war, sollte richten. Es sollte nur über die gerichtet werden, die Unheil und Grausamkeit zugelassen oder selbst ausgeübt haben.«

»Dieser gewisse Arzt, der uns dreien das angetan hat, war und ist ein Schwein. Er begleitet uns seitdem Tag und Nacht, und wegen ihm sind wir auch Journalistinnen geworden. Wir wollen versuchen, einige von damals und vor allen Dingen ihn dranzukriegen. Wir planen große Artikel.«

»Ich habe lange versucht, euch wiederzufinden«, warf Helena ein. »Aber ohne Glück. Bitte glaubt nicht, dass ich euch jemals vergessen habe.«

»Wir mussten andere Namen annehmen«, erklärte Rachel. »Damit du uns nicht finden konntest. Das hat er damals veranlasst.«

»Deswegen haben wir uns auch nach dem Krieg lange Zeit nicht wiedergefunden.«

»Irgendwann hab ich aufgehört, nach euch zu suchen«, gab Helena zu. »Ich wollte auch ein Stück weit abschließen mit allem. Es war so zermürbend. Ich hatte so viel verloren. Meine armen Eltern sind in einem Luftschutzkeller umgekommen. Meinen Mann hab ich im Krieg verloren. Nun.« Sie seufzte und riss ein paar Halme aus dem Sand. »Dieser Arzt kam am Kriegsende zu mir und zwang mich unter Androhung von Folter, dass ich für ihn einstehe und eine positive Aussage mache. Dass er immer nett und freundlich zu den Häftlingen war. Wegen der Entnazifizierung. Er sagte, wenn ich mich weigere, für ihn auszusagen, werde er dafür sorgen, dass ich entweder für den Rest meines Lebens im Gefängnis sitze oder im Rollstuhl, das würde er dann noch entscheiden. Was für ein Zufall, dass wir uns hier getroffen haben. Nach so langer Zeit doch noch wiedergefunden.« Sie lächelte zaghaft und sah die Zwillinge an. »Oder ist es vielleicht gar kein Zufall?« Sie sagte das so, als würde sie die Antwort schon kennen.

Ruth lächelte. »Nein, das war natürlich kein Zufall. Wir sind eben gute Journalistinnen und haben dich gefunden, frag nicht, bei wie vielen Ämtern ich angestanden und wie viele Briefe ich getippt habe, aber wir haben dich gefunden, Frau Dr. Barding, unsere Lebensretterin. Wegen dir sind wir in ein anderes KZ gekommen, Buchenwald hätten wir unter seiner Fuchtel nicht lange überlebt.«

»Ich freue mich so«, sagte Helena. »Wenn wir doch nur diesen … oh, ich spreche den Namen nicht aus, dann bekomme ich Herzrasen, also wenn wir ihn nur finden und vor ein anständiges Gericht stellen könnten.«

»Das werden wir vielleicht sogar bewirken können«, sagte Ruth. »Denn, Frau Schwenck, in naher Zukunft reist doch ein Dr. Jasper Bruckmann mit seiner Frau und seinen Kindern an.«

»Äh, ja, das ist richtig«, antwortete Anni, die sich dunkel daran erinnerte, und das auch nur, weil sie den Namen Jasper so schön gefunden hatte. Helena schlug die Hand vor den Mund.

»Das ist *er*?«

»Ja.« Sie nickten alle beide. »Der solide, gute, rechtschaffene Arzt hat einen neuen Namen angenommen, nachdem die Entnazifizierung durch war und er mit seinem Persilschein fröhlich herumwedeln konnte.«

»Jetzt sagt mir nur noch, dass es kein Zufall ist, dass er ausgerechnet hierher kommt.«

Wieder lächelten beide. »Wir haben überall gute Kontakte, und der gute Mann muss seine Bronchien auskurieren. Also haben wir dafür gesorgt, dass er die entsprechenden Empfehlungen von Kollegen bekommt. Man glaubt gar nicht, was man mit ein wenig Bestechungsgeld alles erreichen kann.«

»Ihr seid unglaublich«, sagte Anni. »Unglaublich toll. Alle. Also ihr drei. Ach Helena, ich bin stolz, dich meine Freundin nennen zu dürfen.«

»Und ich erst«, erklärte Edith.

»Und wir sind froh, uns wiedergefunden zu haben«, sagte Rachel und legte ihre Hand auf Helenas. »Wir machen Dr. Bruckmann fertig. Ich habe schon mit mehreren Anwälten gesprochen. Deine Aussage wird immens wichtig sein, Helena. Du darfst aber keine Angst vor ihm bekommen und du darfst keinen Rückzieher machen.«

»Das mach ich nicht«, sagte Helena und stand auf. »Wisst ihr was? Plötzlich fühle ich mich richtig frei. So richtig und echt.« Sie stand auf und ging ein paar Schritte, blieb stehen, atmete tief aus und ein.

»Zu dumm«, sagte sie dann.

»Was ist?«, wollte Anni wissen und stand ebenfalls auf.

»Dass wir keine Badeanzüge dabeihaben. Zu gern würde ich jetzt mit euch in die Nordsee springen. Alles abwaschen. Alles vergessen.«

»Wie gut, dass ihr mich habt«, sagte Anni lächelnd und ging zu dem kleinen Leiterwagen. »So ein Zufall, dass ich schon meinen Badeanzug anhabe und noch vier Gästebadeanzüge dabei.«

»Wirklich? Oh, wie toll«, sagte Edith. »Wobei ich ja lieber ...«

»... nackt baden würde«, sagte Anni. »Ich weiß. Aber hier sind heute am Strand ein paar Leute, und die wollen wir nicht überstrapazieren. Dir fällt kein Zacken aus der Krone, wenn du diesen Einteiler hier anziehst.«

Sie zogen sich um und liefen dann zum Meer.

»Ich bin überglücklich, dass ihr hier seid. Lasst euch umarmen. Alle. Kommt her.« Sie taten, was Helena sagte, und umarmten sich fest und innig.

»Und nun möchte ich baden, albern sein, essen und trinken und von etwas Schönem reden.«

Sie griffen sich an den Händen und rannten zu fünft in eine ankommende Welle.

»Übrigens«, sagte Ruth später. »Habt ihr gesehen, dass in der Kieler Tageszeitung ein ganz großer Artikel über die *Seeperle* ist? Ich sag es Ihnen, Frau Schwenck, Sie machen eine Goldgrube aus dem Hotel. Ein Schmuckstück.«

»Hoffentlich«, lachte Anni und verteilte Brote, die mit Mettwurst und Ziegenkäse belegt waren. ›Hoffentlich‹, dachte sie nicht ganz so euphorisch. Vielleicht sollte sie mal mit Hinnerk über Arbeitsverteilung und Verantwortlichkeiten reden. Wenn er sich denn darauf einließ.

»Also eines kann man von St. Peter nicht behaupten«, sagte Edith, während sie später zurück Richtung Ort gingen. Von den Wetzstein-Schwestern hatten sie sich verabschiedet.

»Wir laufen noch ein wenig am Strand entlang, das war ja schon alles viel gerade«, hatte Ruth gesagt, und jeder hatte das verstanden.

»Was kann man nicht behaupten?«, fragte Anni.

»Dass hier wenig los ist. Und ich dachte, ich hätte hier nur die Hessenkinder, um die ich mich kümmern muss, aber die sind ja das kleinste Problem. Morgen kommen neue. Ich habe das jetzt anders geregelt, ich muss nicht immer mit zurückfahren.«

»Das heißt, du bleibst immer noch länger?«, freute sich Anni.

Edith nickte. »Mir gefällt es bei euch, und den Kindern gefällt es mit mir, ich werde nur gelobt und fühle mich wohl. Warum also sollte ich nach Kassel zurück? Ich bin in Briefkontakt mit meinen Frauenrechtlerinnen, demnächst ist eine Demonstration geplant, ich bin gespannt, wie es weitergehen wird. Irgendwann muss ich sicher zurück. Aber wann das sein wird, weiß ich noch nicht.«

»Könntest du ... also das ist jetzt nur mal so kurz dahingesagt, könntest du nicht ganz hierbleiben und als Lehrerin arbeiten?« Anni sah die Freundin an und hakte sich bei ihr unter.

»Oh, das wäre zu schön«, sagte Helena und ergriff Ediths anderen Arm.

»Mpf«, machte Edith.

»Was ist?«, wollte Anni wissen.

»Mit euch macht das alles keinen Spaß«, sagte Edith. »Alles nehmt ihr vorweg. Daran hatte ich natürlich auch schon gedacht und auch mal meine Fühler ausgestreckt. Und, meine Damen, es sieht gar nicht schlecht aus.«

Edith strahlte sie an. Ihre rotbraunen Haare wehten im Wind.

›Bin ich jetzt eigentlich eine Verräterin, weil ich lieber bei den beiden sein will, als in Kassel oder Frankfurt für die Frauenrechte einzustehen?‹, fragte sie sich auf einmal. So war es ihr noch nie ergangen. Edith war stets eine Einzelgängerin und hatte von den typischen Frauenfreundschaften, in denen es um Lippenstifte und Konfektionsgrößen und Baby-Dolls ging, nie etwas gehalten. Oberflächlich war das. Schon in der Schule hatte sie gemerkt, dass sie anders war als die anderen Mädchen. Mit Jungs konnte sie auch nichts anfangen, die waren entweder zu rüde oder völlig dämlich, weil sie sich in Edith verliebt hatten.

Früh hatte Edith begriffen, dass Frauen in dieser Gesellschaft immens benachteiligt waren, das hatte sie schon an ihren Eltern gesehen. Die Mutter wirkte immer wie eine graue Maus auf sie, die dem Vater alles recht machen wollte. Kaum war der Vater von der Arbeit zu Hause, stand Tine bei Fuß, um ihm den Mantel abzunehmen und ihm die am Ofen vorgewärmten Hausschuhe hinzustellen. Drei Minuten später stand das Essen auf dem Tisch, und der Vater sowie die beiden älteren Brüder durften sich zuerst nehmen. Oft war für Edith und ihre Mutter nur noch ein Rest Fleisch, wenn überhaupt, übriggeblieben, und das wurde oft noch kommentiert, so dass sie sich mit Kartoffeln und etwas Soße zufriedengegeben hatten.

Edith fand es unerträglich, dass ihre Mutter den Vater wegen jeder Extraausgabe um Erlaubnis fragen musste. Sie hatte ein spärliches Haushaltsgeld zugeteilt bekommen, das für fünf Personen kaum reichte, weil die beiden Brüder wie der Vater körperlich arbeiteten und zweimal am Tag warm aßen. Abends wurde für den Henkelmann vorgekocht, abends gab es nochmals warmes Essen, dazu haufenweise belegte Brote fürs zweite

Frühstück der Männer. Manchmal konnte Edith nur mit einem Brotkanten in die Schule gehen.

Dass Männer mehr wert waren als Frauen, das hatte Edith früh gelernt. Sie konnte sich noch gut daran erinnern, als sie mit fünfzehn Jahren zum ersten Mal eine öffentliche Versammlung von Frauen besuchte, die nach Gleichberechtigung riefen und Transparente hochhielten:

WIR SIND SO GUT WIE MÄNNER! GLEICHES RECHT FÜR ALLE! WIR WOLLEN WÄHLEN – UNSERE STIMME IST WAS WERT!

Die Suffragetten, so nannte man sie oft, waren gern mal biestig und aggressiv und bekamen schnell den schlechten Ruf, sie seien nur deswegen für die Emanzipation, weil sie keinen Mann abbekamen und sich ihren Ärger darüber von der Seele schreien wollten. Auch Edith war damals mitgelaufen und hatte nach Gerechtigkeit gerufen, bis ihr Vater mit einem Mal dastand, das Gesicht wutverzerrt, bebend vor Zorn, und sie aus der Menge gezerrt hatte.

»Meine Tochter eine Frauenrechtlerin, so weit kommt's noch, austreiben werde ich dir das!«

Er hatte die heulende Edith an den langen Haaren nach Hause gezogen und sie mit dem Rohrstock verdroschen, bis ihm der Arm wehtat. Keinen Mucks hatte Edith damals von sich gegeben, sondern den Vater nur verächtlich angeschaut, was ihn noch wütender gemacht hatte.

Fortan begab sie sich heimlich auf die Veranstaltungen, die auch in Kellern stattfanden, und achtete darauf, dass weder der Vater noch die Brüder ihr folgten. Der Mutter erzählte sie auch nichts. Sie hatte die Befürchtung, dass die es dem Vater beichten und der dann wieder durchdrehen könnte.

Je mehr Edith über die Rechte der Männer erfuhr und was die Frauen alles erdulden mussten – sogar Vergewaltigung in der Ehe, die natürlich gar keine Vergewaltigung, sondern ein »Recht des Mannes« war –, desto wütender und aufgebrachter wurde sie. Als ihr ein Lehrer mal zwei Ohrfeigen gab, weil sie seiner Meinung nach nicht schön genug ins Heft geschrieben hatte, schlug sie zurück. Der verdutzte Herr Sperling hatte erst mal gar nichts gesagt, sie aber zum Stundenende nach vorn geholt, wo sie den Rock heben und sich über das Pult legen musste. Dreißig Schläge. Mitgezählt.

Die Mädels hatten Tränen in den Augen. Die Jungs auf der anderen Seite hatten gelacht und Witze über sie gemacht – und die Hälse gereckt, um ja bloß ihren Po sehen zu können.

Mit siebzehn dann wurde sie zu Hause rausgeworfen und kam bei einer Tante unter, die ebenso dachte wie sie und Edith noch bestärkte in ihrem Tun. Aber das wussten die Eltern nicht. So wurde aus Edith mit den Jahren eine schöne junge Frau mit gefestigten Ansichten und mit Kampfeswillen und viel Stärke. Es musste sich etwas bewegen, und sie würde dafür tun, was sie konnte. Edith wurde Lehrerin und war wütend darüber, dass es den Lehrerinnenzölibat gab, eine absolut überflüssige Sache, wie sie fand, denn eine Frau konnte ja wohl auch mit Mann und Kind arbeiten. Ein Unding, so was.

Ein einziges Mal nur war Edith bisher ernsthaft verliebt gewesen. Eine Liebe, die leider zerbrach. Warum, darüber wollte sie gar nicht nachdenken. Sie hoffte nur, dass bald … nicht nachdenken jetzt! Einfach leben für den Moment. Sie wandte sich den Freundinnen zu.

Sie lachten, alle drei, hielten die Gesichter in Sonne und Wind und waren glücklich darüber, beieinander zu sein.

Später saßen sie noch lang in Annis Zimmer und redeten über Helenas Vergangenheit und über das, was noch kommen mochte.

Man merkte Helena an, wie froh sie war, sich ausgesprochen zu haben, und wie dankbar dafür, dass die Freundinnen ihr zugehört hatten.

Und alle drei dachten unabhängig voneinander daran, wie schön es war, Freundinnen zu haben.

## 21. KAPITEL

Am darauffolgenden Abend war Isa dabei, das Abendessen vorzubereiten. Hans saß mal wieder mehr als angeschickert bei ihr in der Küche, und auch Isa war nicht mehr nüchtern. Sie fabrizierte wieder einen ihrer Salate und lamentierte lautstark über Dora Garbin und ihre fiesen Machenschaften.

»Wo ist Sigrun?«, fragte Anni.

»Fühlte sich nicht wohl, ich hab sie heimgeschickt«, sagte Isa. »Das arme Ding kricht viel zu wenig Schlaf. Ganz blass ist sie um die Nase.«

»Hoffentlich kann sie auch schlafen und muss zu Haus nicht helfen«, sagte Anni und probierte den Reissalat. »Lecker, Isa. Oh, und du hast Frikadellen gemacht. Mmh.«

»Jo, die kann man ja abends gut zum Salat essen.«

»Oder einfach so zwischendurch«, sagte Hans und stopfte sich eine in den Mund, was Isa nicht gefiel.

»Du hattest schon vier, Hans!«

»Ach, Isa, meine Beste, du weißt doch, ich kann dir nicht widerstehen, du verleitest mich zur Sünde!«

»Also …« Isa wurde rot und wischte ihre Hände an der Schürze ab.

»Zur Sünde deinen Frikadellen gegenüber«, verbesserte Hans sich grinsend. »Sie sind einfach zu gut!«

»Sag mal, Isa, wo ist eigentlich mein ... Mann?« Es fiel Anni nicht leicht, das zu sagen. Mein Mann, das hörte sich so endgültig an. Nach der Hochzeitsnacht, die keine gewesen war, hatte sie Hinnerk kaum gesehen, was daran lag, dass der fast dauernd schlief, wenn er nicht arbeitete. Und sie, Anni wollte ja auch nicht ihr Zimmer in der *Seeperle* aufgeben und hatte im Hotel geschlafen. Hinnerk schnarchte nämlich zum Gotterbarmen. Anni, die zeitlebens allein geschlafen hatte, fand das unerträglich. Es war, als würde ein Sägewerk eingeweiht. Jedes Mal, wenn sie Hinnerk entnervt anstieß, behauptete der, überhaupt nicht zu schlafen und schon gar nicht zu schnarchen. Das zermürbte Anni und daher schlief sie lieber in der *Seeperle* in ihrem eigenen, schönen Bett mit der guten Matratze. Keine dreigeteilte, wie man sie üblicherweise hatte, sondern eine durchgehende, darauf hatte sie bestanden. Hinnerk sagte nichts, wenn sie in der *Seeperle* schlief. Fast hatte Anni den Eindruck, ihm wäre das sogar ganz recht.

Anni konnte sich nicht richtig daran gewöhnen, komplett aus der *Seeperle* auszuziehen. Sie fühlte sich in der Wohnung im *Haus Ragnhild* einfach nicht wohl.

»Hinnerk?«, fragte Isa nun. »Immer noch in der Horizontalen, nehm ich mal an.« Sie zuckte mit den Schultern. »Ach, da ist er ja. Na, Hinnerk, bist du nun wieder klar im Kopp?«

Hinnerk grummelte unverständliche Worte und tötete Hans wieder mit Blicken. »Gibt's mal eine Scheibe Brot mit Sülze?«

»Sicher. Anni, machst du deinem Mann eine Platte?«

»Ich?« Anni war irritiert.

»Ja sicher, bist doch seine Frau.« Isa rührte in ihrem Reissalat herum.

Es widerstrebte Anni, Hinnerk Brote zu schmieren. Sie konnte selbst nicht erklären, warum. »Nein, ich hab keine Zeit, ich muss ins Kontor, die Buchungen und die morgigen Abreisen durchsehen.«

»Ich will aber 'ne Platte«, meckerte Hinnerk, der noch Restalkohol in sich hatte und leicht lallte, was Anni fürchterlich aggressiv machte.

»Ich kann Ihnen Brote machen«, bot Hans freundlich an, was ein Fehler war.

»Meine Frau macht mir was zu essen, wenn ich das sage«, fuhr Hinnerk Hans trotzig an und ging zu Anni hinüber. »Ich will jetzt Schnitten haben. Von dir. Einmal Jagdwurst, einmal Sülze, einmal Seeschinken. Und dazu will ich einen Rotwein.« Er klang wie ein trotziger Schuljunge.

»Hinnerk, mach dir deine Brote bitte selbst. Du bist erwachsen.«

»Nein, du sollst! Ich will, dass du es machst.«

»Nein«, sagte Anni mit fester Stimme. »Deine Schnitten kannst du dir selber schmieren. Punkt. Ich bin nicht deine Angestellte.«

»Aber du bist doch meine Frau«, jetzt war Hinnerk jammerig, was Anni fast noch schlimmer fand, als wenn er zornig war.

»Und du bist mein Mann. Ich sag dir auch nicht, dass du mir was schmieren sollst. Und jetzt Ende der Diskussion.« Das war ja lächerlich. Auf gar keinen Fall würde sie so ein Hausfrauchen werden. Sie durfte das keinesfalls einreißen lassen.

»Komm, min Jung, nimm schon mal 'ne Scheibe Käse, ich mach dir gleich drei Scheiben«, rettete Isa die Situation.

Anni drehte sich um und verließ die Küche.

»Aber nächstes Mal macht sie es, sie muss es machen, wir sind verheiratet.«

»Jo, min Jung. Nu setz dich mal zum Hans und beruhig dich. Wird alles werden.«

Die nächsten Tage teilte Anni sich selbst den ganzen Tag zum Dienst in der *Seeperle* ein, weil sie keine Lust hatte, im *Haus Ragnhild* bei Hinnerk zu schlafen. Der war auch immer noch beleidigt und ließ sich kaum blicken. Nur Frederika, seine Mutter, kam mal zu Anni und fragte, was das denn für eine denkwürdige Ehe sei, die sie führten.

»Du bist ja nie zu Hause«, sagte sie bitter.

»Ich bin *hier* auch zu Hause«, hatte Anni geantwortet und an die seelenlose Wohnung im *Haus Ragnhild* gedacht. Zwei winzige Zimmer, eine Küche, ein Duschbad, eine kühle Atmosphäre. Anni war nicht gern in dieser schmucklosen Umgebung. Am liebsten war sie in ihrem Hotel, in ihrer *Seeperle*.

»Ich muss mich beeilen, Frederika, ich bin noch verabredet.«

Anni war traurig, weil Hans zu ihr gekommen war und gesagt hatte, dass er mal nach Hause müsse. »Ich muss wenigstens mal nach dem Rechten sehen«, hatte er gesagt. »Der Chef muss hin und wieder mal vor Ort sein. Und ich war ja lang genug da, oder?«

»Nein.« Anni hatte den Kopf geschüttelt. »Du kannst gar nicht lang genug da sein.«

»Ich versuche, bald wiederzukommen. Spätestens zur Geburt unseres Sonnenscheins! Bis dahin kann ich daheim einiges regeln.«

»Versprochen?«

»Versprochen!«

Die Abende verbrachte sie mit Edith und Helena. Oft gingen sie am Strand spazieren, einmal ritten sie aus, was ein wirklicher Spaß war, weil außer Anni keine von ihnen reiten konnte und Edith und Helena zehnmal fast von den Pferden purzelten. Schließlich sattelten sie die Pferde ab, zogen Badeanzüge an und gingen mit den Pferden baden, was herrlich war.

Manchmal redeten sie auch gar nicht, sondern saßen nur beieinander und schwiegen. Es war stets ein gutes, ein angenehmes Schweigen und keines von denen, bei denen man das Gefühl hatte, dauernd etwas sagen zu müssen.

So vergingen einige schöne Tage.

Heute nun war Edith beim Friseur, und dann hatte sie Aufsicht bei den Hessenkindern. Helena wollte nach der Sprechstunde eigentlich noch bei Anni vorbeikommen und einen Tee trinken – und der Tag der Anreise von Jasper Bruckmann rückte immer näher. Und dann rief Helena an und sagte ab, ohne den Grund zu nennen, den Anni aber natürlich kannte. Manchmal kamen solche Termine spontan zustande, wenn ein Ehemann zufällig verreiste oder sonst nicht da war, und die Frau warum auch immer »dafür« früher als geplant Zeit hatte. Anni und Edith bewunderten die Freundin nach wie vor für ihr Engagement, und so wie es aussah, bekam niemand, der es nicht sollte, etwas mit.

Anni ging ins Kontor und schloss die Tür hinter sich. Sie legte die Stirn auf das kühle Holz und blieb ein paar Momente einfach stehen und genoss die Ruhe.

Dann ging sie zum Fenster, das wie immer geöffnet war. Die leicht kühle, frühabendliche Luft war herrlich angenehm. Dann erschrak sie sich beinahe zu Tode, denn Helenas Gesicht tauchte

plötzlich vor ihr auf.»Ich hatte gehofft, dass du noch mal rauskommst«, sagte sie leise. »Reinkommen wollte ich nicht, dann hätten uns alle gesehen.«
»Was ist denn passiert?«
»Ich hab Fracksausen, Anni.«
»Wieso das denn, was ist denn? Wegen dieses Doktor Bruckmann?«
»Nein, wegen ... Ach, komm einfach in zehn Minuten raus, dann tu ich so, als käme ich zufällig vorbei, und dann erzählen wir laut, dass wir spazierengehen.«
»Aber ...«
»Bitte, Anni. Es muss sein. Jetzt. Sie wartet schon.«
»Wer denn?«
Aber da war Helena schon verschwunden.

»Meine Güte, Helena, also ich weiß nicht, ob das alles eine gute Idee ist. Und kannst du bitte einen Gang höher schalten, mir fallen gleich die Ohren ab. Dieses Getriebegeheule ist unerträglich.«
»Das Auto ist eine Katastrophe«, erklärte Helena ihr. »Der olle Doktor ist ja nie damit gefahren, wahrscheinlich hat es zehn Jahre in der Garage gestanden. Dabei ist es so ein schöner Ford. Ein Taunus. Aber fahren kann man ihn nicht, furchtbar ist das.«
Nun fuhr Helena im dritten Gang, und erneut quietschte und knarzte alles. Das war ja entsetzlich.
»Also Anni, du assistierst mir. Keine Bange, du bist für nichts verantwortlich.«
»Aber was soll ich denn tun?«
»Das sage ich dir dann, je nach Situation. Ich bin ehrlich,

eigentlich könnte ich mir Schöneres vorstellen, aber ich muss helfen, ich muss einfach. Versteh mich nicht falsch. Wenn ein Ehepaar Kinder möchte, so ist das wunderbar, Wunschkinder sind was Schönes. Etwas anderes sind natürlich ungewollte Kinder. Ja, ich weiß, jedes Kind sollte ein Geschenk sein, aber wenn eine Frau schon vier oder fünf hat und sich einfach kein weiteres leisten kann, wenn eine Familie zu zerbrechen droht, weil die Frau einen Fehltritt begangen hat ... Es gibt viele Gründe, sich gegen ein Kind zu entscheiden. Und ich habe geübt.«

»Wie das denn? Kannst du bitte schalten, Helena!«

Helena schaltete.

»An Früchten, die dem Uterus ähnlich sind. Überreife Birnen zum Beispiel. In den USA üben sie das mit einer Papaya, das ist eine tropische Frucht, die wird hier in Deutschland irgendwann auch mal überall erhältlich sein«, erzählte Helena. »Aber eine Birne geht auch recht gut. Aber eine Papaya wäre besser. Das Gewebe einer reifen Frucht ist ähnlich weich und empfindlich wie das im Uterus einer schwangeren Frau.«

»Und wie merkst du, ob alles entfernt ist? Und schalte doch bitte jetzt zurück, Helena, du würgst den Wagen ja fast ab. Hier ist doch eine Steigung.«

»Oh ja, danke.« Das Getriebe brüllte, als Helena anstatt in den dritten Gang in den ersten schalten wollte.

»Also man spürt irgendwann, ob noch was kommt«, sagte Helena dann. »Das ist letztlich eine Frage der Routine. Bis ich mal gut darin bin, muss ich vierzig oder fünfzig Schwangerschaftsabbrüche gemacht haben.« Helena seufzte. »Das ist ganz schön viel.« Sie setzte den Blinker. »So, wir sind da.« Sie parkte vor einem Mehrfamilienhaus ein.

»Aha. Hier ist die Frau, der du helfen wirst?«

»Ja«, sagte Helena. »Ich sage dir nachher genau, was du tun musst. Sauberkeit ist oberstes Gebot.«

»In Ordnung«, sagte Anni.

»Sigrun!« Anni war schockiert. »Sigrun, was machst du denn hier ... ach je, ich wusste ja nicht, dass ...«

Sigrun stand in der Tür und war immer noch blass.

»Kind, warum hast du denn nichts gesagt?«, fragte Anni.

»Weil ich es nicht wollte.« Hedda Broders stand nun hinter ihrer Tochter und lächelte Anni und Helena matt an. »So wenig Leute wie möglich sollten es erfahren.«

»Das verstehe ich doch, Frau Broders«, nickte Anni. »Ach Sigrun, du armes Ding. Und der Vater will nichts damit zu tun haben?«

»Äh, doch«, sagte Sigrun.

»Es geht gar nicht um sie«, sagte Frau Broders, »sondern um mich. Ich bin schwanger. Und ich kann das Kind auf keinen Fall bekommen.«

»Ich bin sehr stolz auf uns, Anni«, sagte Helena drei Stunden später, während sie nach St. Peter zurückfuhren.

»Auf mich? Ich hab nun wirklich nichts getan.«

»Doch, du hast mir brillant assistiert, und du hast die Frau so wunderbar getröstet, mit ganz viel Einfühlungsvermögen und Herz.«

»Frau Broders tut mir leid.«

»Jetzt ist es ja vorbei. Aber weißt du jetzt, was ich meine? Warum ich den Frauen helfen möchte?«

»Ja, Helena, ich verstehe es nur zu gut.«

»Natürlich war das jetzt keine unverschuldete Not, aber es hätte übel ausgehen können. Deswegen habe ich zugestimmt. Eine ganze Familie hängt daran.«

Anni nickte. »Ja. Hedda war wirklich verzweifelt.«

Seit einigen Wochen wusste Hedda Broders, dass sie schwanger war. Aber nicht von Knut, ihrem Mann, sondern von dem Mann, den sie schon ihr ganzes Leben lang geliebt hatte und der auch Arnes Vater war. Er wohnte in einem der Nachbardörfer. Den Namen sagte Hedda nicht. Er tat auch nichts zur Sache.

»Knut kann schon lange ... also er kann nicht mehr ...«, hatte Hedda umständlich erklärt. »Seit Jahren schon nicht. Er wüsste sofort, was los ist. Und Anni, denk mal daran, wie er mit uns allen, vor allem aber mit Arne, umgeht.«

»Oh ja, das tue ich«, nickte Anni, die Knuts Wutausbrüche noch gut vor Augen hatte. Dass man da nichts machen konnte. Gewalt in der Ehe, in der Familie, gehörte bestraft, und zwar hart! Aber wie sollte man das nur anstellen?

»Ich kann das Kind nicht bekommen«, hatte Hedda gesagt. »Sigrun und meine Mutter sind die Einzigen, die es außer euch wissen. Und ich bete zu Gott, dass ihr alle stillhalten mögt.«

Heddas Mutter Asta hatte die Tochter umarmt. »Ich lass dich nie im Stich, Kind. Und nachher ruhst du dich aus. Ich bin nämlich gelernte Krankenschwester«, erzählte sie Anni und Helena.

»Ach«, sagte Helena, und Anni konnte förmlich sehen, wie es in Helenas Kopf rotierte. Eine Wohnung abseits von St. Peter mit einer alleinstehenden Krankenschwester, die schon in Rente war und Zeit hatte. Das war doch genau der Mensch, den sie brauchte.

»Würde Knut erfahren, dass ich ein Kind kriege, ich weiß nicht, was er täte. Seitdem ich weiß, dass ich schwanger bin, grüble ich. Sigrun hab ich mich nur anvertraut, weil sie mich zweimal beim Weinen erwischt hat.«

»Deswegen warst du in der letzten Zeit so blass«, sagte Anni zu Sigrun. »Weil du dir um deine Mutter Sorgen gemacht hast und um das, was kommen könnte.«

Sigrun nickte. »Ja, und Sie dachten, ich sei schwanger, Frau Schwenck. Bin ich aber nicht.«

»Aber verliebt ist sie, die Deern«, sagte Hedda, und Sigrun wurde rot. »Mutti!«

»Ach, gräm dich nicht, Sigrun. Verliebt sein ist doch was Wunderbares«, sagte Anni.

»So. Dann wollen wir mal«, schlug Helena vor. »Haben Sie keine Angst, Frau Broders. Wir sind hier fünf starke Frauen, wir werden das zusammen schaffen.«

»Jo, das tun wir«, sagte Asta Tröger und stemmte die Hände in die Hüften. »Hab schon alles vorbereitet, auch gutes Licht ist da. Kommt!«

»Wie tapfer Frau Broders war«, sagte Anni. »Von ihr kam kaum ein Mucks.«

»Das sind wohl die Kriegsfrauen«, erklärte Helena. »Die halten einiges aus.«

»Wie kommt sie eigentlich mit Sigrun nach Haus?«

»Der Bruder fährt sie später heim. Offiziell ist das alles nur ein Besuch bei Muttchen.«

»Ah, verstehe.«

»Und falls noch Blutungen auftreten, kommt sie zu mir und klingelt«, erklärte Helena. »Da kann auch keiner was sagen. Blutungen können ja immer auftreten. Da wird mir dann schon das Passende einfallen.«

»Du kannst stolz auf dich sein, Helena, weißt du das?«

»Bin ich auch. Wirklich. Ich dachte nicht, dass ich es so gut hinkriege. Aber es ist mir gelungen. Es ist, als sollte es so sein.«

»Vielleicht ist es ja auch so.«

»Dass Asta Tröger gelernte Krankenschwester ist, passt ja gut«, sagte Anni.

»Und wie das passt, auch weil ich ja jemanden zum Assistieren brauche … Ja, ich schalte ja schon.«

## 22. KAPITEL
*August 1953*

»Bei dir ist alles in Ordnung, Anni. Alles verläuft soweit nach Plan. Dem Kind scheint es gut zu gehen. Es wächst und gedeiht. Ich kann nichts Ungewöhnliches feststellen. Sehr schön.« Anni stieg vom Behandlungsstuhl und trat hinter den Paravent, um sich wieder anzuziehen.

»Auch gut, dass ihr es vor einiger Zeit allen gesagt habt«, sagte Helena.

»Ja, du hast recht. So langsam wächst der Bauch.«

»Deine Mutter hab ich getroffen, sie freut sich so. Ihr erstes Enkelkind, sie fängt bestimmt bald an, Jäckchen zu stricken.«

»I wo, Mutti kann gar nicht stricken. Isa wird das tun. Mutti wird dem Kind vorsingen oder was auf dem Flügel vorspielen. Wir haben übrigens heute Abend einen kleinen Klavierabend. Magst du kommen?«

»Nein, leider. Ich hab noch zu tun ...«

»Verstehe.« Anni nickte. In den letzten Wochen hatte sie das Gerücht gestreut, dass Helena wohl auswärts einen Freund hatte, zu dem sie regelmäßig im Ford vom alten Doktor fuhr. Bislang war alles gutgegangen, und mit Frau Tröger kam Helena bestens aus.

»Eure Klavierabende werden aber gut angenommen«, sagte Helena. »Das freut mich sehr.«

Seit Kurzem boten sie in der *Seeperle* Abendunterhaltung an, und Gerda und Anni spielten vierhändig auf dem Flügel. Das gefiel vielen Gästen, und auch ein paar Einheimische stießen dazu, um zu lauschen und ein Viertel Rotwein zu trinken, was dem Hotel eine Zusatzeinnahme bescherte.

»Ja, und es macht Spaß, mit meiner Mutter vierhändig zu spielen. Jetzt muss ich sie nur noch dazu kriegen, mal bei dir in der Praxis einen Termin auszumachen. Diese Müdigkeit macht mir Sorgen.«

»Jederzeit«, sagte Helena, und Anni seufzte.

»Was ist?«

»Ach, ich musste gerade an Hinnerk denken. Wenn der bloß nicht so stur und gegen alles wäre«, klagte Anni der Freundin ihr Leid. »Dann dieser Kontrollzwang. Alles muss ich ihm vorlegen, alles will er mit abzeichnen, und er wirtschaftet nicht gut. Letztens hat er ohne Absprache große Mengen an Konservendosen und Bettzeug bestellt, weil das angeblich gerade so günstig war. War es aber gar nicht. Erst ab einer noch größeren Abnahmemenge. Und wenn ich etwas zu ihm sage, heißt es, ich verstünde nichts vom Führen eines Hotels. Er habe das schließlich bei seinen Eltern von der Pike auf gelernt. So ein Unfug. Das *Haus Ragnhild* ist eine kleine Pension. Da wohnen meist Wanderer für eine Nacht. Was will man denn da für einen Hotelbetrieb lernen? Ich hab den Eindruck, er will mir etwas beweisen, was er mir gar nicht beweisen kann.«

»War er denn schon immer so?«, wollte Helena wissen.

Anni schüttelte den Kopf. »Gar nicht. Im Gegenteil. Er fand es toll, was ich vorhatte, hat davon geschwärmt, wie es wäre mit zwei Hotels, dass man das seiner Eltern und die *Seeperle* doch zusammenlegen könne, und hat dauernd beteuert, dass er nicht so herrisch wäre und mich so bevormunden würde wie mein Vater das tat. Aber seitdem wir verheiratet sind und die Einweihung der neuen *Seeperle* war, hat er sich täglich mehr zum Schlechten verändert. Er will unbedingt das Sagen haben.«

»Kannst du nicht mal mit ihm reden? So ganz vernünftig, wie das Ehepaare hin und wieder tun?«

»Ganz ehrlich, Helena, wir haben seit der Hochzeit kein einziges vernünftiges Gespräch geführt. Wenn er mit mir redet, dann, weil er was will. Zum Beispiel, dass ich ihm ein Brot schmiere.«

»Ein Brot? Was will er denn damit bewiesen bekommen?«

»Ja, weil das eine Frau so macht. Manchmal klebt er auch mit Papa zusammen, und dann lässt er sich was erklären, was er sowieso nicht versteht, weil noch nicht mal Papa es je verstanden hat, für den war Buchführung nämlich immer ein rotes Tuch. Große Töne hat er gespuckt, aber gemacht haben alles Mama und die Omas, Isa und ich. Dasselbe blüht mir jetzt mit Hinnerk.«

»Das hört sich nicht gut an, Anni. Ihr müsst doch irgendwie zusammenarbeiten, und ihr bekommt ein Kind.«

Anni nickte und seufzte so zum Gotterbarmen, dass Helena lachen musste. »Also, so schlimm ist's nun auch nicht. Vergiss nicht, du hast immer noch Edith und mich.«

»Das ist wahr, und das ist gut.« Anni lächelte matt. »Vielleicht raufen wir uns ja irgendwie zusammen, manchmal braucht es halt einfach Zeit. Es ging ja auch alles so schnell.«

»Rasend schnell. Du saust durchs Leben. Atme mal durch.«

»Das tu ich doch. Was glaubst du, wie schön das ist, durchzuatmen und weiterzumachen! Lange Zeit hab ich auf der Stelle getreten, und die *Seeperle* war kurz davor, zu verkommen.«

»Du hast das prima hingekriegt, Anni. Du kannst stolz auf dich sein.« Helena zwinkerte ihr zu. »Wir sind schon starke Frauen, wir drei, was? Von uns können sich manche ein paar Scheiben abschneiden.«

»Ja«, lachte Anni. »Von mir aus können sie dann auch gleich Hinnerk Brote schmieren.«

Dann gickelten sie los. Es war einfach zu schön, miteinander zu lachen.

Hinnerk saß bei Lasse, einem seiner Freunde, der als Zehnjähriger mit seinen Eltern nach St. Peter gezogen war. Lasse arbeitete als Schlosser hier im Ort und war eingefleischter Junggeselle, Mitte zwanzig wie Hinnerk, und Anni mochte ihn nicht, wie so viele seiner Freunde. Lasse gehörte zu den Männern, die gern frauenverachtend daherredeten und glaubten, bei den Mädels landen zu können, wenn sie groß und breit erzählten, dass der schwedische Großvater, von dem er den Namen geerbt hatte, ein Frauenheld und Schwerenöter war, dem die Weibsleute, so nannte er sie, zu Füßen lagen.

Auch bei Rena und Anni hatte er es natürlich probiert und war kläglich gescheitert. Lasse fuhr gern an den Wochenenden nach Hamburg, um es sich dort, wie er im *Nautilus* gern augenzwinkernd erzählte, richtig gutgehen zu lassen, und den Junggesellenabschied hatte man mit Hinnerk auch in Hamburg verbracht – Anni hatte überhaupt nicht wissen wollen, was sie dort alles getrieben hatten.

Nun saßen Lasse und Hinnerk zusammen bei einem Bier.

»Anni kann alles besser als ich«, klagte Hinnerk seinem

Freund. »Egal, was ich machen will, sie zieht die Augenbrauen hoch und ist dagegen. Letztens habe ich einige günstige Sachen bestellt aus 'nem Katalog, das war auch wieder nicht richtig. ›Wir haben doch genügend Bettwäsche‹, hat sie gesagt. So von oben herab.«
Er nahm einen großen Schluck Bier. Merkwürdig, wie Anni sich verändert hatte. Früher war sie anders gewesen. Lieb und nachgiebig und nett und freundlich. Er hatte sich oft ausgemalt, wie schön es wäre, die beiden Hotels zusammenzulegen und gemeinsam zu bewirtschaften, aber nun machte Anni ihm dauernd einen Strich durch die Rechnung und wollte alles anders haben. Hochnäsig war sie geworden. Eine Besserwisserin, wenn man ihn fragte. Sie lief durch St. Peter wie eine Königin. Bloß weil die *Seeperle* jetzt renoviert war.

Vielleicht lag ihre komische Art an dem Kind, das sie bekam.

»Sie kriegt ein Kind, ohne das mit dir abzusprechen«, hatte Lasse wieder gestichelt. »Da will sich aber jemand ins gemachte Nest setzen. Wär das meine Frau, der würd ich was erzählen, einfach nicht aufzupassen und ein Kind zu kriegen. Ich sag es dir, mein Freund, die ist wie eine Spinne, die Anni, die ihre Fäden zieht und dich ins Netz lockt, bis du nicht mehr rauskommst. Pass op! Der würd ich zeigen, wer der Herr im Haus ist!«

Dann dieser Hans im Rollstuhl, der immer so furchtbar gute Laune hatte und alles noch besser als Anni zu wissen schien. Der drängte sich in ihrer aller Leben rein. Konnte der nicht mal machen, dass er fortkam?

»Du lässt dir von einem im Rollstuhl Konkurrenz machen?«, hatte Lasse gestänkert. »Den würd ich zum Teufel schicken!« Er hatte Hinnerk gegen die Brust geboxt. »Sei froh, dass du mich und Benedikt und Alwin hast«, hatte er getönt. »Wir sind wahre

Freunde!« Als Hans abgereist war, hatte Hinnerk vor Lasse so getan, als ob er ihn rausgeekelt hätte, obwohl er überhaupt nichts damit zu tun gehabt hatte.

Lasse und die anderen beiden waren nicht gut für Hinnerk. Es waren keine wahren Freunde, weil sie immer herumstichelten. Lasse allerdings am meisten.

»Lässt du dir von deiner Frau erzählen, was du zu tun und zu lassen hast?«, hatte Anni mal mitbekommen.

»Das würde die nur einmal zu mir sagen. Eine Frau hat zu machen, was der Mann ihr sagt.«

Und: »Die *Seeperle* ist doch jetzt dein Hotel. Du kannst damit machen, was du willst.«

Lasse und Konsorten stifteten Hinnerk auch immer zum Trinken an, und es wurde eigentlich von Tag zu Tag mehr. Wenn er mit ihnen zusammengewesen war, konnte Anni sicher sein, das er danach an allem und jedem etwas auszusetzen hatte. Aber am meisten regte sie sein Selbstverständnis auf, dauernd Geld zu fordern.

»Er kommt ins Kontor und sagt, er brauche Bargeld«, klagte sie Isa gegenüber. »Meistens kriegen wir Streit, und er sagt, er habe ein Recht auf Geld, wir seien verheiratet, und dann geb ich ihm was, damit Ruhe ist. Dann geht er in den Ort zu Hein ins *Nautilus* und gibt Lasse und den anderen Schwachköpfen eine Runde nach der anderen aus. Seinen tollen Freunden, die nach der Arbeit nichts Besseres zu tun haben, als sich von ihm aushalten zu lassen. Ich kann Lasse und Co. sowieso nicht ausstehen. Schon als Kind fand ich diese Bande schrecklich. Aber Hinnerk will unbedingt dazugehören.«

»Tja, Kindchen«, Isa walkte einen Hefeteig, bis er heftigst Blasen warf. »So ist das mit den Kerls. Wenn se unter der Haube sind, is nix mehr mit Turtelei und Küsschen hier und Schmüschen da.«

»Ach, Isa, so einfach kann man es doch auch nicht sehen«, sagte Anni und zwickte sich einen Stück Teig ab.

»Doch, bei die Mannsleut kann man das so einfach sehen. Ich hab nämlich schon viel geseh'n, und es hat ja seinen Grund, warum ich nie Ja gesacht hab.«

»Ich weiß, Isa. Aber was soll ich nur machen?«

»Ihm die Leviten lesen, aber anständig.«

»Dann wird er wieder laut, und die Gäste beschweren sich, entweder hier oder im *Haus Ragnhild*.« Anni dachte schon wieder an Hinnerks lautes Schnarchen und schüttelte sich. »Ich schlafe heute wieder hier in meinem Zimmer«, sagte sie. »Ich behaupte einfach, ich müsste nachts ganz oft aufstehen, weil mir übel ist, und ich würde Hinnerk dann wecken.«

Isa nickte. »Kann ich verstehen. Ich würd ja verrückt werden, wenn ich dauernd mit jemandem in einem Bett schlafen müsste. Ne, ne, mir kommt kein Mann ins Haus.«

Sigrun kam zu ihnen in die Küche. »Frau Schwenck, wir haben doch heute zwei Anreisen. Zwei Familien, eine bekommt die Suite, die andere zwei Doppelzimmer mit Verbindungstür. Ich hab alles so weit fertig gemacht und auch Blumen hingestellt. Es sieht schön aus. Ich wär dann fertig für heut, ist das in Ordnung?«

»Gut, Sigrun, lauf nach Haus und richte der Mutter einen Gruß aus.«

Sigrun sah Anni verschwörerisch an. »Das mach ich gern.« Man sah ihr an, dass sie es gut fand, mit den Erwachsenen ein Geheimnis zu hüten.

»Geh du nur, Kind, ich mach hier alles fertig«, sagte Isa. »Also, dass unser Hans abgereist ist. Mir fehlt es, dass er hier bei mir sitzt und mit mir Tee trinkt.«

»Oder Sekt oder Rum, Isachen, nicht wahr?«

»Ach du wieder. Das war doch nur eine Ausnahme.« Isa hängte zwei Handtücher zum Trocknen über den Herd. »So was merkst du dir natürlich immer. Was die alte Isa hier sonst noch so tut, das erkennt keiner an.«

»Doch, Isalein, wir alle wissen, dass wir ohne dich untergehen würden«, sagte Anni theatralisch. »Wenn ich nicht in anderen Umständen wäre, ich würde mich auf den Boden legen und dir die Füße dafür küssen, was du alles für uns tust.«

»Ach du, raus mit dir!«, lachte Isa.

Auf dem Weg Richtung Empfang sah Anni rasch die Post durch. Reservierungsbestätigungen, Rechnungen … und ein Brief von Rena!

Schnell ging sie zurück Richtung Kontor und öffnete den Umschlag.

*Liebste Anni!*
*Ich hatte ja versprochen, Dir zu schreiben, leider hat es nun doch noch etwas länger gedauert. Das tat es deshalb, weil ich Gerhard doch noch eine Chance geben wollte. Ich dachte, Menschen würden sich ändern, wenn man ihnen sagt, was sie falsch machen. Nun, ich habe versucht, es Gerhard zu sagen, immer und immer wieder, aber geändert hat er sich nicht. Ganz im Gegenteil. Dieser grauenvolle Abend vor der Hochzeit, das war noch gar nichts. Es wurde direkt nach unserer Abreise Richtung Italien noch schlimmer.*

*Wenn ich es nur auf den Alkohol schieben könnte, aber das ist es nicht. Gerhard trinkt in Gesellschaft gern, das ist richtig, aber ansonsten kaum, ich vermute, er ist einfach so veranlagt. Er ist gewalttätig und ein Sadist. Ich habe darüber gelesen. Tagsüber, wenn er in der Bank ist, habe ich mich in die Nationalbibliothek geschlichen. Es gibt offenbar solche Menschen, Menschen, die Spaß daran haben, andere zu demütigen und seelisch grausam zu sein, und nicht nur das. Auch in anderer Hinsicht hat er Wünsche, die ich hier nicht zu Papier bringe, so furchtbar sind die. Ich schreibe nur: Gewalt ist das, was er hier liebt. Die pure Gewalt, die Dominanz, das Wehtun. Und das nicht nur hin und wieder, Anni, sondern eben immer. Ich habe zu Mutti gesagt, dass ich nach Hause will, aber davon will die nichts wissen. Es wäre eine Schande, sagt sie, ich solle mich zusammenreißen – und ständig fängt sie davon an, dass ich Gerhard endlich seinen Sohn schenken soll. Ich bin heilfroh, dass mir bis heute eine Schwangerschaft erspart geblieben ist. Du fehlst mir so sehr, Anni. Wie gern wäre ich bei Dir in St. Peter, zu Haus. Ich habe mich von Gerhard blenden lassen.*

*Ich bin nun schon bei zwei Ärzten gewesen, habe die Verletzungen und blauen Flecken gezeigt; beide sagten, ich müsse beweisen können, dass er das war, und er könne außerdem behaupten, dass ich ihn dazu ermutigt hätte, also auch meinen Spaß an der Sache hätte. Beiden Ärzten merkte man an, dass sie sich hier nicht die Finger verbrennen wollten, zumal Gerhard hier in Wien ein sehr angesehener Mann ist.*

*Bei der Polizei war ich ebenfalls. Gleiche Antwort. Nun kann ich einfach nicht mehr. Es ist noch recht früh heute, Anni, Gerhard ist schon in der Bank. Unter den Hausangestellten gibt es eine junge Frau, die hier saubermacht, der kann ich vertrauen, sie hat mir geholfen, alles heimlich zu packen, und nun sitze ich noch hier, schreibe Dir diese Zeilen, die nette Elsa bringt den Brief zum Postamt, und dann reise ich ab und verlasse Gerhard. Wohin, weiß ich noch nicht. Ich werde wohl erst mal eine Weile irgendwo wohnen, wo er mich gewiss nicht finden kann, denn ich weiß, wenn er mich findet, wird er sehr wütend und unberechenbar sein. Glücklicherweise kenne ich seine Geldverstecke hier im Haus und auch den Tresor-Code, außerdem nehme ich all meinen Schmuck mit, den er mir geschenkt hat, den kann ich sicher irgendwo gut verkaufen. Ich lasse recht bald von mir hören. Im Moment traue ich mich nicht, nach Hause zu kommen. Ich sehe Mutti vor mir stehen und höre sie dauernd sagen, dass ich zurückgehen soll, weil man »so was« nicht macht. Aber ich kann einfach nicht mehr.*

*Ich hab Dich lieb, meine Anni. Denk an mich und wünsch mir Glück. Ich schreibe, sobald ich irgendwo einen Halt gefunden habe.*

*Immer Deine Rena!*

## 23. KAPITEL

Anni ließ Renas Brief sinken, den sie wieder und wieder gelesen hatte, und schaute auf das Datum. Vor acht Tagen war er frankiert worden. Das hieß, dass Rena nun schon ungefähr eine Woche weg war. Sie ließ sich auf einen Sessel fallen. Wo war sie? Warum hatte sie nicht angerufen? Sie hätte ihr doch helfen können! Irgendwo hätte man Rena schon untergebracht. Vielleicht sogar bei Asta Tröger. Bei ihr würde man doch garantiert niemanden suchen, der aus Wien geflüchtet war.

Anni war entsetzt über Renas Brief. Dass es so schlimm war mit Gerhard, das hatte sie nicht gedacht und noch weniger gehofft. Sie hatte sich gewünscht, dass die beiden sich in irgendeiner Form zusammenraufen würden. Und jetzt das.

Aber, dachte Anni, wieso hatte sich Gerhard nicht bei ihr gemeldet? Sie ging zum Telefon und rief Lore Dittmann an.

»Ja, Gerhard hat angerufen«, sagte die kühl. »Und mich gebeten, zu niemandem etwas zu sagen, woran ich mich natürlich gehalten habe.«

»Wieso denn *natürlich?*«, fragte Anni und merkte plötzlich, wie die Wut in ihr hochkroch.

»Nun, für einen Mann ist es ja kein Aushängeschild, wenn ihm die Frau davonläuft. Ich weiß ehrlich gesagt nicht, was da in Rena gefahren ist. So etwas macht man doch nicht.«

»Rena hat mir geschrieben«, sagte Anni. »Und mir darin erzählt, dass sie versucht hat, mit Ihnen darüber zu sprechen, Frau Dittmann. Aber Sie wollten davon nichts wissen. Wissen Sie denn, was Gerhard Rena angetan hat? Wissen Sie es?«

»Ihr jungen Leute übertreibt doch immer.« Lore Dittmann lachte künstlich. »Sie wird schon wieder auftauchen. Was anderes bleibt ihr auch nicht übrig. Sie hat ja nichts Eigenes. Keine Wohnung, kein Geld.«

»Sie könnten, wenn sie sich das nächste Mal meldet, zu ihr sagen, dass sie nach Hause kommen soll, und sie dann erst mal in den Arm nehmen und dann zu einem Rechtsanwalt gehen.«

»Anni, weißt du, am besten ist es doch wohl, wenn du dich um deine eigenen Angelegenheiten kümmerst, um dein Kind zum Beispiel, meinst du nicht auch? Ich wünsche davon nichts mehr zu hören und hoffe, dass du diese unschöne Angelegenheit für dich behältst.«

»Die *unschöne Angelegenheit*«, Anni wurde nun richtig wütend. »Gewalt in der Ehe nenne ich es, und ich bin sicher, viele würden mir zustimmen. Ich habe schon einmal versucht, mit Ihnen darüber zu sprechen, aber Sie wollten nicht. Sie lassen Rena lieber vor die Hunde gehen, Hauptsache, die verdammten Leute haben nichts zum Reden. Hauptsache, unschöne Angelegenheiten werden totgeschwiegen. Verdammt noch mal, das geht doch nicht!«

»Wie redest du denn mit mir?« Lore Dittmann war empört. »So kenne ich dich ja gar nicht. Das geht dich alles auch überhaupt nichts an!«

»Ich werde alles dafür tun, dass Rena bald wieder nach Hause kommt, und ich werde sie bei allem unterstützen, was Gerhard betrifft. Darauf können Sie Gift nehmen. Die Zeiten, in denen die Frauen geschwiegen und alles akzeptiert haben, die sind nun langsam mal vorbei, das sollten Sie sich merken, Frau Dittmann. Ich werde mich nicht mehr ducken und still sein, und ich hoffe, Rena tut das auch nicht. Einen schönen Tag noch.« Sie knallte den Hörer auf die Gabel. Plötzlich wusste sie, wie sie endlich etwas würde ändern können. Nachher würde sie zu Edith gehen und sie fragen. Oder nein, am besten jetzt gleich. Edith war heute mit ihren Hessenkindern den ganzen Tag am Strand. In Annis Kopf pochte es. Sie war aufgewühlt wie lange nicht. Im Hotel würde sie jetzt nichts zustande bringen, sie musste raus hier!

Sie nahm Brief und Jacke und wollte gerade zur Tür hinaus, als sie auf ihren Vater traf. In letzter Zeit hatte er sich selten in der *Seeperle* blicken lassen. Anni musste sich eingestehen, dass ihr das lieb war, so konnte er wenigstens keinen Schaden im Hotel anrichten. Nun stand Ole im Empfangsbereich und blickte sich irritiert um.

»Papa«, sagte Anni. »Was ist denn los? Suchst du etwas?«

Ole sah sie mit leerem Blick an. »Was?«

Anni kam näher. »Papa ... ist alles in Ordnung?«

»Was ist das denn, wo bin ich denn hier?« Ole sah sich um.

»Du bist zu Hause, Papa.«

»Wer sind Sie denn?«

»Äh ... Ich bin Anni, deine Tochter. Anneke, Papa.«

»Ich hab keine Tochter.« Ole sah sich um. »Wo bin ich?«

Anni wurde mulmig zumute. Was war denn nur mit ihrem Vater los? Sofort bekam sie ein schlechtes Gewissen. Sie hatte sich in den letzten Wochen und Monaten nur um das Hotel und um sich selbst gekümmert, aber nicht um ihre Eltern. Was war nur los?

»Papa ...« Sie ging näher zu ihm.

»Wer sind Sie denn nun?« Ole wich zurück. »Ich kenn Sie nicht.«

Es war sinnlos, ihm wieder zu sagen, dass sie seine Tochter war. Sie musste Gert und Knut fragen, was mit Ole los war, und das würde sie gleich tun, am besten, bevor sie zu Edith ging. Die beiden hockten doch bestimmt wieder bei Knut zu Haus oder im *Nautilus* und jammerten bei Bier und Kurzen über das Leben. Ole sah sie noch einmal irritiert an, dann verließ er das Hotel und schlurfte davon.

»Annikind, da bist du ja.« Ihre Mutter kam die Treppe hinunter.

»Du, Anni, wir spielen doch heute Abend, oder?« Gerda war blass.

»Aber ja, natürlich, die Gäste finden es wunderbar.«

»Ich auch, es macht Spaß, wieder am Flügel zu sitzen. Dir auch?«

»Und ob. Mama, hör mal, ist dir in der letzten Zeit was an Papa aufgefallen?«

Aus Gerda wurde sofort wieder ein ängstliches Vögelchen. »An Papa? Nein, was denn?«

»Erkennt er dich, ist er vergesslich geworden, sagt er merkwürdige Dinge?«

»Ich seh ihn ja kaum. Er ist ja meist weg, und wenn er mal da ist, sitzt er mit Hinnerk da, und sie schreiben irgendwas auf.«

»Was schreiben sie denn auf?« Anni war sofort in Habachtstellung.

»Ja, was weiß denn ich. Ist Papa krank? Ist was mit ihm?«

»Mama, nein, reg dich nicht auf, es waren nur Fragen. Weil er mich eben offenbar nicht erkannt hat.«

»Manchmal läuft er einfach so an mir vorbei und sieht wie durch mich durch. Aber da hab ich gedacht, ihm geht vielleicht gerade was im Kopf rum, das kann ja sein.«
»Kannst du bitte drauf achten, Mama?«
»Ja, sicher. Jetzt, wo du es sagst, ein paarmal ist er ans Telefon gegangen und hat auch mit jemandem gesprochen und behauptet, es seien Gäste gewesen, aber notiert hat er nichts.«
»Mama, das geht nicht.« Anni regte sich auf. »Das ist unser Hoteltelefon. Wenn jemand buchen wollte oder umbuchen oder eine Auskunft.«
»Ja, aber was soll ich denn tun?«
»Ihn vom Telefon fernhalten.«
»Ja, ich versuch es, Anni, wenn er denn auf mich hört.«
»Was hältst du davon, Mama, wenn du künftig das Telefon bedienst? Das wäre doch eine schöne Aufgabe.«
»Ich ... Wenn du meinst.«
»Ja, ich finde, das ist eine großartige Idee. Und Papa lassen wir im *Nautilus* oder bei Gert und Knut hocken, da richtet er keinen Schaden an.«
Gerda nickte eifrig. »Ja, gut, wenn du meinst.«
Fast hatte Anni das Gefühl, in Gerda ihr eigenes Kind vor sich zu haben.
»Wir versuchen es mal, ja, Mama?«
»Sicher, ich hab ja sonst nicht so viel zu tun. Ich bin nur so müde.«
»Wahrscheinlich macht dich eine Aufgabe wieder wacher, Mama. Wir werden sehen. Außerdem solltest du doch zu Frau Dr. Barding gehen.«
»So schlimm ist es nun auch nicht. Ich war doch schon immer viel müde. Und heut Abend spielen wir, das wird schön.«

»Ja, Mama.« Anni ärgerte sich noch einmal, diesmal darüber, dass sie Gerda nicht gezwungen hatte, zu Helena zu gehen. Diese ständige Müdigkeit war doch nicht normal. Wobei Gerda wirklich schon immer gern gelegen hatte und verhuscht war.

Anni drehte sich um und wollte nun tatsächlich gehen, da fiel ihr etwas ein. Schnell ging sie zurück ins Kontor und zog die Schreibtischschublade auf. Sie fand, was sie suchte, die Adresse von Gerhards Bank mitsamt Telefonnummer. Rena hatte sie ihr mal aufgeschrieben. Falls auf der Hochzeitsreise zu Haus was ganz, ganz Schlimmes passieren sollte, dann könne man sich an Gerhards Bank wenden, die würden ihn und Rena dann sonst wo ausfindig machen.

Ohne lange nachzudenken, wählte Anni die Nummer der Vermittlung und bat um ein Ferngespräch zu Dr. Gerhard Stöberl in der Privatbank Meyer in Wien.

»Ich melde mich, sobald die Verbindung zustande gekommen ist«, sagte das Fräulein vom Amt. Anni legte auf und ging im Zimmer auf und ab. Vor dem Bild von Oma Lisbeth blieb sie stehen. Weise und klug und schön schaute die Urgroßmutter auf sie herab, und Anni hatte das Gefühl, sie würde ihr etwas sagen wollen, wenn sie könnte. Da klingelte der Fernsprechapparat. »Ich hab jetzt Wien in der Leitung«, sagte das Fräulein. »Ich verbinde.«

»Ja, ich hatte angerufen und Ihren Vater am Apparat, der mir etwas wirr vorkam«, sagte Gerhard, nachdem seine Sekretärin ihn endlich an den Apparat geholt hatte, was gefühlt Stunden dauerte. Anni wollte sich gar nicht ausmalen, was dieses Gespräch kosten würde. Aber Rena war es wert. Rena war noch viel mehr wert.

»Ich weiß nicht, was in sie gefahren ist«, erklärte Gerhard

knapp. »Aber ich denke, der Ausflug wird nicht so lange dauern. Sie wird wieder zu sich kommen und zu mir zurückkehren.«

»Nach allem, was Rena mir über Sie erzählt hat, Gerhard, glaube ich das nicht«, wurde er von Anni informiert. »Sie haben sie misshandelt. Und das nicht nur einmal.«

Gerhard war ein paar Sekunden still, dann sagte er: »Nun, das wird sie mir erst mal beweisen müssen. Denn ich sage, dass dem selbstredend nicht so war. Was ihr Frauenzimmer euch untereinander für Märchen erzählt, um euch wichtig zu machen, steht auf einem anderen Blatt geschrieben. Da wird übertrieben und ausgeschmückt, das kennt man ja zu Genüge.«

»Das sagen Sie«, sagte Anni. »Tatsache ist, dass Rena weg ist. Sie hat Sie verlassen. Und ich werde alles tun, um sie zu finden und ihr zu helfen. Ich werde an die Öffentlichkeit gehen, dann wird man mal sehen, wer am längeren Hebel sitzt.«

»Ich warne Sie, kleines Fräulein.« Gerhards Stimme war nun dunkel und sehr ernst. »Sie kennen meine Kontakte nicht.«

»Glücklicherweise, ich lege auch keinen gesteigerten Wert darauf. Ich weiß nur, dass Sie damit nicht davonkommen werden.«

Anni legte auf, und ihr wurde plötzlich ganz übel. Dieser Gerhard, der war ja ein Widerling sondergleichen. Er durfte ihnen einfach nicht davonkommen!

Anni strich über ihren Bauch. Hatte sich da gerade was bewegt? Ein merkwürdiges Gefühl. Sie musste sich mal kurz ins Bett legen. Zu Edith konnte sie auch morgen gehen.

Also wirklich, zuerst Lore Dittmanns Verhalten und dann das von Gerhard. Unmöglich war das. Sollte sie, Anni, eine Tochter bekommen und die würde an so einen Mann geraten, Anni würde hinfahren und sie eigenhändig da wegholen!

Da kam Isa um die Ecke.

»Kannst du dich um den Empfang kümmern, Isa, ich muss mich mal langlegen?«

»Sicher, Anni, mach das. Ich regle das alles. Ich kann zum Abendbrot auch die Sigrun noch mal herbestellen.«

Anni nickte. »Eine gute Idee.« Auf einmal fühlte sie eine bleierne Müdigkeit.

## 24. KAPITEL

In den nächsten Tagen versuchte Anni, es ein wenig ruhiger angehen zu lassen. Sie vermied Konfrontationen mit Hinnerk und beobachtete Ole, der aber keine weiteren merkwürdigen Anzeichen zeigte, was sie beruhigte. Gerda bediente das Telefon und machte ihre Sache gut, und heute ab zwölf Uhr hatte Anni frei und wollte Edith einen Besuch am Strand abstatten. Sie hatte Aufsicht.

Um die dreißig Kinder rannten mit nackten Füßen in die ankommenden Wellen und kreischten, wenn ihre Füße nass wurden. Es war ein wunderschöner Hochsommertag, die Sonne gab ihr Bestes, ihre Strahlen brachten das Wasser zum Glitzern, ein leichter, schöner Wind wehte, und Anni blieb kurz stehen, um die Wärme zu genießen. Tat das gut! Helena hatte gesagt, sie solle versuchen, ein paarmal am Tag einfach nur ein paar Minuten für sich zu sein und mit ihrem Kind zu reden, ihm zu sagen, wie sehr sie sich darauf freue und wie glücklich sie sei, es zu haben.

»Was soll das bringen?«, hatte Anni gefragt.

»Na ja, in dir wächst neues Leben«, hatte Helena gelächelt. »Die alten Zeiten sollten mal vorbei sein, ich meine die Zeiten, in denen man einfach schwanger war und ein Kind hauptsächlich als spätere Arbeitskraft oder Fortbestand der Familie diente. Du machst sicher nichts falsch, wenn du mit deinem Kind sprichst.«

Also tat Anni das, obwohl sie sich ein bisschen komisch dabei vorkam.

»Hier sind wir also am Meer«, erklärte Anni ihrem Kind. »Darin wirst du später viel Zeit verbringen. Ich werde dir ganz schnell das Schwimmen beibringen. Und dann tollen wir zusammen in der See herum, ich freue mich schon darauf.« Anni ging langsam weiter auf die Kindergruppe zu, die von Edith und einer anderen Frau beaufsichtigt wurde. Edith starrte wie gebannt auf ein dunkelhaariges Mädchen, das etwas abseits eine Sandburg zu bauen versuchte.

»Das ist Edith«, sagte sie zu ihrem Kind. »Eine sehr gute Freundin. Die wirst du natürlich auch kennenlernen. Hallo, Edith.«

»Hallo, Anni.« Edith wandte den Blick nicht von dem ungefähr achtjährigen Mädel ab.

»Edith, ich muss mit dir reden«, sagte Anni und setzte sich zu ihr auf eine ausgebreitete Decke.

»Hm, über was denn?« Edith war überhaupt nicht bei der Sache. Sie wirkte abwesend, das Einzige, was sie interessierte, schien das Mädchen zu sein.

»Ist was mit ihr?«, fragte Anni und nickte zu dem Kind rüber.

»Äh, nein, gar nicht, wobei, eigentlich doch. Worüber wolltest du mit mir reden, Anni?«

»Ich will wie du etwas tun«, erklärte Anni und streichelte ihr Kind im Bauch. Dann erzählte sie Edith kurz von Renas Brief, den Anrufen bei Lore Dittmann und bei Gerhard und was die gesagt hatten.

»Das wundert mich nicht, dass er leugnet, es ist gang und gäbe.«

»Ich möchte mich für die Bekämpfung von Gewalt gegen Frauen einsetzen«, sagte Anni. »Ich möchte etwas tun.«

»Ich möchte auch so viel mehr tun, und doch sind mir manchmal die Hände gebunden, Anni. Hin und wieder stößt man leider an Grenzen und kann nichts ausrichten. Das macht mich wütend.«

»Aber du tust doch schon so viel. In Kassel zum Beispiel.«

»Ja, aber ich fühl mich manchmal so allein auf weiter Flur. Die wenigsten Frauen, die ich kenne, trauen sich, richtig mitzumachen. Gerade gestern hab ich wieder Post bekommen, von der Vorsitzenden unseres Vereins, die schreibt, fünfzehn Frauen wären ausgetreten, weil ihre Männer was mitbekommen hätten und sie Angst vor den Konsequenzen haben.

Glaubst du, wie mich das ärgert? Aber ich mache weiter, so gut ich kann. Ich finde es aber hervorragend, was du tun willst, Anni, und ich freue mich, dass du etwas für *uns* tun willst! Für uns *Frauen*. Wären die Gesetze doch schon geändert. Dann wäre für mich auch alles leichter. Das Mädchen da ...«, sie deutete auf das Kind, das die Sandburg baute, »sie heißt Pauline.«

»Und?«

Edith drehte sich zu Anni um und in ihren Augen lag tiefe Traurigkeit. »Pauline ist meine Tochter.«

Anni schnitt Tomaten, Gurken und Zwiebeln klein und vermischte dann alles zusammen in einer Schüssel, um dann Isas leckere Salatsoße darüberzugießen. Sie war immer noch ganz durcheinander. Pauline war Ediths Tochter. Ihre uneheliche. Entstanden aus einer großen Liebe zu einem französischen Soldaten, der eines Abends dann nicht mehr an Ediths Tür geklopft hatte. Weil er in La Rochelle eine Frau und drei Kinder hatte, wie sie nachher erfuhr. Edith hatte nie mehr was von ihm gehört, und auch das Meldeamt in La Rochelle hatte keinen Clément Blisson in seiner Kartei. Wahrscheinlich war er mit seiner Familie über alle Berge. Wer wusste das schon.

Edith liebte ihre Tochter.

Die beiden verantwortlichen Damen auf dem Amt sahen das alles allerdings anders. Zwei verknöcherte Schreckschrauben, wahrscheinlich alte Jungfern, die die Liebe nie kennengelernt hatten, meinte Edith. Ein uneheliches Kind, ein Soldatenflittchen, der Vater über alle Berge, wenn's denn überhaupt der Vater war, das konnte man ja nie wissen bei »so einer«, wo kommen wir denn hin, wenn das arme Kind unter solchen Umständen aufwachsen würde? Edith hatte versucht, andere Bearbeiterinnen zu bekommen, aber vergebens. Die beiden Verknöcherten hatten alles drangesetzt, ihr das Leben schwerzumachen.

»Man hat mir Pauline weggenommen«, hatte Edith vorhin am Strand erklärt. »Du kannst dir nicht vorstellen, was das für ein Tag war, wie ich geheult habe, als sie mir das Baby aus den Armen gerissen haben, und dann war sie weg. Die übrigens jetzt gar nicht mehr Pauline heißt, sondern Mathilde.«

»Wie hast du sie überhaupt gefunden?«

»Ich wusste von einer Freundin vom Roten Kreuz, dass Pauline in eine Familie im Raum Frankfurt gebracht wurde, dort zu Pflegeeltern. Sie wusste auch, dass sie in Mathilde umgetauft worden war. Ich hatte noch die Registernummer des Antrags, das Kind alleine zu erziehen, die stimmte mit Mathildes jetziger überein. Es war gar nicht so schwer, ich hatte ja das Geburtsdatum, das ist ja alles geblieben. Mit dem Datum, der Nummer und der Information mit dem Frankfurter Raum war es wirklich einfach. Ich habe die Unterlagen jedes Mädchens, das herkam und in Mathildes Alter war, durchgeschaut, und dann hab ich die Nummer gefunden und Pauline endlich wiedergesehen. Nach acht Jahren. Zuletzt hab ich sie als Baby gesehen.«

»Meine Güte, das ist ja entsetzlich«, hatte Anni gesagt. »Was willst du jetzt tun?«

»Als alleinerziehende Mutter und mit meiner Geschichte habe ich keine Chance. Das weiß ich. Auch wenn ich beweise, dass ich ihre Mutter bin, das wussten die ja vor acht Jahren auch schon und haben mir Pauline weggenommen. Ja, wenn ich heiraten und ein anständiges Leben führen würde, dann könnte ich die Ämter alle gnädig stimmen und bestimmt auch die verknöcherten Damen. Aber bestimmt nicht so und mit meiner Einstellung zu den Frauenrechten und Gesetzen. Außerdem bin ich auf den einschlägigen Ämtern bekannt. Selbst wenn ich heiraten würde, wäre es nicht sicher, dass ich Pauline zurückbekäme.«

»Ich verstehe«, sagte Anni. »Ist Pauline denn adoptiert?«

»Nein, das wohl noch nicht. Also, ich glaube nicht. Ich weiß es nicht. Wäre sie adoptiert, wäre alles noch schwieriger.«

Anni konnte das alles gar nicht fassen. »Das heißt, hier vor deinen Augen springt deine Tochter herum und baut eine Sandburg, und sie weiß nichts von deiner Existenz, und du hast keine Rechte, sie zu dir zu holen?«

Edith nickte. »Genau, Anni. Das heißt es. Das heißt es. Aber nun lass uns über deine Pläne sprechen. Was genau stellst du dir denn vor? Das lenkt mich ab von meinem Kummer.«

»Ach, Edith ...« Anni umarmte die Freundin.

Das war alles so ungerecht.

Als Anni in die *Seeperle* zurückgekommen war, hatte Hinnerk auf sie gewartet. »Ich hab hier mal übernommen, ist ja keiner da«, hatte er stolz erzählt. »Drüben im *Haus Ragnhild* habe ich auch schon die Anreisen erledigt.« Er hatte ganz stolz gewirkt, und Anni hatte kurz überlegte, ihm mitzuteilen, dass sie das tagaus, tagein schon seit Jahren machte und nicht erwähnenswert fand, aber sie beschloss, so zu tun, als hätte Hinnerk etwas Außergewöhnliches geleistet, um keinen Streit vom Zaun zu brechen.

»Das ist ja großartig«, hatte sie also gesagt. »Wo ist denn Mama? Sie sollte doch das Telefon bedienen? Und Sigrun, wo ist sie? Isa wollte sie doch noch mal einbestellen. Und wo ist Papa? Ist denn gar keiner da?«

Hinnerk hatte es nicht gewusst, und dann war Anni in die Küche gegangen. Hier schnippelte sie nun vor sich hin.

Hinnerk steckte den Kopf durch die Tür. »Das Gepäck von Doktor Bruckmann und seiner Familie müsste dann in die Suite.«

Anni erstarrte. *Doktor Bruckmann.* Das musste Jasper Bruckmann sein. *Der* Jasper. Sie legte das Messer zur Seite, wusch sich rasch die Hände und ging dann nach vorn, um zu schauen, wo Sigrun und ihr Vater waren. Verstohlen sah sie zu der gerade angekommenen Familie hinüber. Die Frau klein, hellbraune Haare, Wasserwelle, fliederfarbenes Kostüm, halbhohe Schuhe, Granatbrosche und -ohrringe. Sie sah lieb aus. Wahrscheinlich etwas trutschig. Der Mann hochgewachsen, dunkelhaarig, Hose, Hemd, Jackett. Er wirkte großbürgerlich, brav und so, als könne er keiner Fliege etwas zuleide tun. Zwei Kinder, Jungen. Alles in Anni zog sich zusammen. Es waren eineiige Zwillinge. Ihr wurde schlecht, aber nun musste sie sich zusammenreißen.

»Doktor Bruckmann mitsamt Familie, herzlich willkommen in der *Seeperle*«, sagte sie zuckersüß und begab sich hinter den Empfangstresen. »Danke, Hinnerk, ich kümmere mich um die Formalitäten. Wenn du so nett wärst und das Gepäck hochbringen würdest, ich weiß nämlich auch nicht, wo Papa gerade ist.«
»Das ist nicht meine Aufgabe«, sagte Hinnerk und tippte an seine Kappe. »Empfehle mich.«
Anni sah ihm kopfschüttelnd nach. Das durfte ja wohl nicht wahr sein. Er ließ lieber seine schwangere Frau das Gepäck in die am weitesten entfernten Zimmer schleppen.
Warum nur, warum, warum nur hatte sie mit der Hochzeit alles übers Knie gebrochen? Sie hörte noch Hans' Stimme im Ohr: »Mach dich nicht unglücklich. Tu mir die Liebe und warte noch ab.« Hätte sie mal.

Ole Janssen war traurig. Traurig, weil er so allein war. Er konnte sich gar nicht daran erinnern, dass er überhaupt mal irgendjemanden gekannt hatte in seinem Leben. Immer war er allein gewesen. Er humpelte mit seiner angeschnallten Prothese am Strand entlang. Doch, jetzt kam eine Erinnerung. Ein kleines Mädchen, blond, kam in einem Kattunkleid auf ihn zugerannt. Es war hellblau, weiß abgesetzt.
»Papi«, rief das Mädchen. »Fang mich. Spiel mit mir.«
Papi. Er war kein Papi. Ole ging weiter. Das Wasser war weg. Der Strand war weit und lang. Er ging immer weiter. Es wurde immer dunkler. Wie hieß er eigentlich? Papi? Vielleicht so? Wer war das Mädchen? Wer war er? Auf einmal war er ganz klar. Himmel, was machte er denn hier am Strand! Er musste doch heim, er hatte Anni versprochen, sich um das Telefon zu kümmern. Hatte er doch, oder? Ole drehte sich um und sah

mit einem Mal nicht mehr, wo Strandanfang und -ende war. In welchem Abschnitt war er denn und an welchem Strand? Die Vergesslichkeit legte sich plötzlich wieder wie ein schwerer, dunkler Mantel über sein Gemüt. Er musste weitergehen, immer weiter. Vielleicht würde er dann jemanden treffen, den er kannte und der wusste, wer er war.

Weiter, immer weiter.

Das Wasser umspülte erst seine Schuhe, dann drang es in den Socken des vorhandenen Fußes, und er drehte um. Andere Richtung. Doch von da kam auch Wasser. Immer mehr. Kein Lichtschein weit und breit. Nur Dunkelheit. Jetzt kam von überallher Wasser. Es gurgelte.

Ole sah sich wieder um. Vergeblich. Er war auf einmal sehr müde.

Vielleicht sollte er sich einfach mal hinsetzen und warten, bis es hell wurde.

Ja, das würde er tun.

Die Hotelgäste applaudierten minutenlang, auch Jasper Bruckmann und seine Frau. Es war aber auch zu schön gewesen, das letzte Stück auf dem frisch gestimmten Flügel. Zweimal pro Woche boten Gerda und Anni nun Hausmusik an, und die Gäste schienen es zu lieben. Der rollbare Flügel wurde dann in die Mitte der Empfangshalle geschoben, die Stühle hübsch aufgestellt, Sekt, Wein und Bier kredenzt, und dann ging es los. Heute hatten sie Bach gespielt. Anni liebte diese Stücke, und Gerda war richtig aufgeblüht. Ihre Wangen glühten vor Eifer. Demnächst hatte sie einen Termin bei Helena, die heute Abend unterwegs war und deswegen nicht hier sein konnte. Man vermutete, dass Helena einen Liebhaber hatte, das munkelte man zumindest im Dorf. Wer der Glückliche wohl war? Ein Kollege? Jemand, den sie beim Spazierengehen kennengelernt hatte? Man mutmaßte viel und wusste nichts. Zum Glück. Natürlich wurde Anni gefragt, schon ungefähr fünfzigmal von Swantje im Dorfladen, aber nein, sie wusste auch nichts.

»Aber ihr seid doch befreundet!«, hatte Swantje nachgebohrt.

»Ich weiß es wirklich nicht. Wir sind ja anständige Frauen und reden über so was nicht«, hatte Anni gesagt und sich gefreut, weil die Tratsch-Swantje so enttäuscht war.

»Hast du denn nun eigentlich Papa gesehen?«, fragte Anni ihre Mutter.

»Er war vorhin müde und hat sich in die Waagerechte begeben, aber mittlerweile ist er bestimmt wieder aufgestanden und sitzt wie immer ...«

»... mit Gert und Knut im *Nautilus*.« Anni schüttelte den Kopf. Wie konnte es einen Menschen zufriedenstellen, immer mit denselben Leuten über dasselbe zu ratschen und sich selbst zu bemitleiden? Sie konnte das einfach nicht nachvollziehen. Aber vielleicht war das normal, wenn man älter wurde. Sie schaute sich um. Fast nur ältere Leute waren anwesend, aber dann entdeckte sie Ruth und Rachel. Schnell ging sie zu ihnen hinüber.

»Ob das eine gute Idee ist? Wenn er euch erkennt?«, fragte Anni unsicher.

»Du weißt ja nicht, wie wir damals aussahen, Anneke«, sagte Rachel leise. Mittlerweile waren sie alle zum Du übergegangen. »Hager, ausgemergelt, die Haut grau, die Rippen stachen hervor, die Haare kurz und verfilzt. Ich kann heute noch nicht glauben, dass Helena in uns Leben und Liebe gesehen hat. Weil wir nämlich aussahen wie der Tod auf Holzpantinen. Um es also auf den Punkt zu bringen: Wir glauben nicht, dass das Schwein uns erkennt. Aber vorsichtshalber haben wir unsere guten Lederhandschuhe angezogen.«

»Eure Lederhandschuhe?«, fragte Anni konsterniert.

»Na, wegen der abgeschnittenen Finger«, sagte Ruth. »Wir haben in die betreffenden Öffnungen Watte reingesteckt.«

»Ach so«, sagte Anni, und tatsächlich hatte Jasper sie nicht auch nur ansatzweise erkannt. Er klatschte wie die anderen Gäste, war liebevoll zu seiner Frau und nachgiebig zu seinen Kindern, die noch draußen spielen durften, obwohl es schon so spät war. Was sollte denn in St. Peter schon passieren! Ein Familienvater und Ehegatte wie aus dem buntesten, perfektesten Bilderbuch. In Anni stieg blinde Wut auf. Wie gern wäre sie auf Jasper Bruckmann zugegangen und hätte ihm wie dem Arzt in Kiel eine Ohrfeige gegeben.

»Sie sehen aber böse aus«, sagte da eine Stimme, und Anni drehte sich um.

»Nein!« Sie war überglücklich. »Du bist wieder da!«

Hans kam noch näher gerollt. »Ich hab dich wieder mal überrascht. Ich liebe es, unangemeldet hier aufzutauchen. Das werde ich ab sofort nur noch so machen. Dein Gesicht sieht dann immer so schön bedröppelt aus. Das war ganz bezaubernd, Anni. Siehst du, ich sag doch, die Leute wollen nach den Kriegsjahren Kultur.«

»Du hast ja mit allem recht«, lachte Anni.

»Ich war eben noch im Dorf, weil ich eure Hausmusik nicht stören wollte«, sagte Hans. »Und hab Gert getroffen. Der fragte, wo dein Vater ist. Er sagte, Ole habe ins *Nautilus* kommen wollen am frühen Nachmittag.«

»Er hatte sich hingelegt. Wahrscheinlich ist er jetzt in der Kneipe. Wo sollte er auch sonst sein?«

»Ah, gut. Was machst du nun?«

»Fürs Frühstück morgen eindecken.«

»Ich helfe dir.«

»Das musst du nicht, Hans. Du tust schon genug.«

»Hallo! Ich bin doch gerade erst angekommen, ich hab noch gar nichts getan. Ich sagte, ich helf dir. Ich bin so gern in dem renovierten Frühstücksraum, und Teller kann ich mit einer Hand auf dem Schoß balancieren.«

»Wie schön, dass du schon wieder da bist, Hans.«

»Ich freue mich auch.« Er seufzte. »Eigentlich hätte ich bleiben müssen. Aber ich hab mit Hajo Gätjes gesprochen und korrespondiert, und nun will er noch mal persönlich mit mir sprechen, um alles für einen endgültigen Schriftsatz vorzubereiten. Aber ich möchte euch ungern auf die Nerven fallen.«

Anni sah ihn ernst an. »Das tust du aber, Hans. So langsam nervst du wirklich mit deinem ständigen An- und Abgereise. Ich glaube, wir brauchen mal ein wenig Abstand voneinander. Ich fände es gut, wenn du gleich wieder fährst.«

Hans starrte sie fassungslos an. »Ach …«, brachte er hervor. »Das … war mir so gar nicht klar. Nun ja, ich verstehe es aber, es geht ja auch nicht, dass ich mich hier einfach so einquartiere, in der Hoffnung, willkommen zu sein … gleich morgen werde ich …«

»Hans! Das war ein Scherz!« Anni lachte und zog ihr weißes Kleid mit den aufgedruckten Schmetterlingen glatt. Ihr Bauch wölbte sich nun gut sichtbar unter dem Stoff. Anni war stolz darauf.

»Meine Güte, nun guck nicht so. Du kannst doch bleiben,

solange du willst. Wir alle finden schon, dass du dazugehörst. Zum Inventar sozusagen.«

»Du hast mich ganz schön erschreckt, Maikäferchen.« Man hörte Hans die Erleichterung an. »Ich telefonier noch mal mit meinen Mitarbeitern. Wozu ist man Chef? Die sollen mir einfach die Sachen, die wichtig sind, herschicken. Dann bearbeite ich die hier auf meinem Zimmer.«

»Oder im Kontor. Wir werden schon einen Platz für dich finden!«

Um ein Uhr morgens erklang die Türglocke und hörte nicht auf zu klingeln. Ding-dong, ding-dong tönte es ohne Unterlass. Da könnten ja Tote aufgeweckt werden. Isa war zuerst an der Haustür. Im geblümten Morgenmantel und Schlafhaube stand sie da und blaffte die nächtlichen Besucher an. »Ihr seid wohl nicht bei Trost, hier Sturm zu läuten. Wir sind ein Hotel und haben zahlende Gäste, und die sind jetzt alle wach. Schönen Dank auch, was soll denn das nur?« Dann sah sie, dass die drei Männer, die da standen, sie ernst anschauten, und dann sah sie auch, wer es war: Knut, der Polizist Kröger und Pfarrer Gerthsen. Isa schlug die Hand vor den Mund. »Mutter Gottes, was ist denn passiert?«

»Sei so gut, Isa, hol uns mal die Gerda und die Anni her.«

»Aber ... aber ... sagt mir doch erst mal, was passiert ist.«

»Nein, Isa, das geht nicht, wir müssen das der Gerda selbst sagen.«

»Is was mit Ole?«, fragte Isa verzweifelt. Warum sonst sollte man Anni und Gerda holen?

Da stand Gerda, zart wie ein Vögelchen im Batistnachthemd und mit Hausschuhen. Sie zitterte leicht.

»Was geht denn hier vor?«, fragte sie vorsichtig.
»Können wir reinkommen?«, fragte Pfarrer Gerthsen, und Isa nickte. Überall im Haus ging das Licht nun an.

»Er muss sich verlaufen haben«, sagte Knut.

»Das kann ich gar nicht glauben«, sagte Kröger, der Polizist.

»Ole kennt doch das Wasser. Der ist doch aufgewachsen mit dem Meer und im Meer. Der hat doch die See mit der Muttermilch bekommen.«

Gerda weinte still und leise in sich hinein. Anni, die heute im *Haus Ragnhild* geschlafen hatte, weil Hans' altes Zimmer noch bis morgen belegt war und er in Annis Zimmer nächtigen sollte – mit Isa hatte sie ihn leicht hochtragen können –, kam nun in Nachthemd und Mantel zur Tür herein.

»Papa ist ertrunken!« Gerda stand auf und flog in die Arme der Tochter. »Er ist im Dunkeln herumgelaufen am Strand, und dann kam das Wasser zurück. Nein, nein, nein, das darf nicht sein! Mein Ole, mein Ole!«

»Aber Mama, was redest du denn da?«, sagte Anni und streichelte den mageren Rücken der Mutter. »Die wollen den Papa bestimmt nur heimbringen, stimmt's, Knut?«

Knut drehte verlegen seinen Elbsegler in den Händen. Da sah Anni den Pfarrer.

»Herr Gerthsen ...« Ihr wurde kalt, auch weil er sie so traurig ansah.

»Papa ist tot, er ist tot!« Gerda schrie nun in Annis Armen.

»Das ... ist doch nicht wahr ...«, sagte Anni tonlos, aber der Pfarrer nickte langsam. »Anni, es tut mir ja so leid ...«

»Das kann nicht sein, er war doch heute Nachmittag noch da, ein bisschen durcheinander zwar, aber er war da ... und dann wollte er doch zu euch ins *Nautilus* kommen, Knut, sag doch mal, war er denn nicht da, wo war er denn dann, was ist denn nur passiert, ich ... oh Gott ...«

Anni starrte vor sich hin. Sie wusste nicht, was sie noch sagen sollte. Dann legte sie ihrer Mutter vorsichtig einen Arm um die Schultern.

»Ach Anni, das kann der Papa doch nicht machen, der kann doch nicht einfach ins Meer gehen«, jammerte Gerda. »Was wird denn nun aus mir? Ach, ach, ach, was soll denn nur werden? Ohne Papa! Papa war doch immer da!« Sie war fix und fertig.

»Mama, nun setz dich mal und beruhig dich. Kröger, sagen Sie mal, wie ist das denn passiert?« Anni versuchte, sich zu sammeln. Wenn Gerda schon nicht zu gebrauchen war, musste sie wenigstens halbwegs funktionieren.

»Hotelgäste eines anderen Hauses wollten sich nach einem langen Abend wohl noch ein wenig am Strand die Beine vertreten«, erklärte Kröger. »Und dachten erst ... sie dachten ... also sie dachten ...«

»Kröger! Was dachten sie denn nun?«

»Dass da eine tote Kuh liegt«, stammelte Kröger, und Gerda heulte laut auf. »Mein Ole ist doch keine Kuh!«

»Natürlich nicht, Gerda, so hat der Kröger das auch gar nicht gemeint. Er gibt ja nur wieder, was die anderen gesagt haben.« Pfarrer Gerthsen strich Gerda beruhigend über den Rücken und führte sie zu einem Cocktailsessel, in den Gerda sich kraftlos sinken ließ, um mal laut, mal leise vor sich hinzuweinen. Immer wieder sagte sie: »Ach, mein Ole, ach, mein Ole! Mein guter Mann!«

Kröger erklärte weiter: »Dann sah der eine, dass es ein Mensch ist. Es war gleich klar, dass da nichts mehr zu machen war.« Kröger atmete tief ein. »Jo, so war das.«

»Papa kam mir schon so komisch vor«, sagte Anni nun. »Heute. Er war so durcheinander, wusste nicht mehr seinen Namen, wer ich bin und wo er ist, dabei stand er hier in seinem Haus.«

»Jo«, sagte Knut. »So war er auch zum Gert und zu mir. Schon ein büschen länger war er so.«

»Warum habt ihr Dösbüddel denn nix gesacht?«, meckerte Isa los. »Man hätte doch dann besser auf Ole aufpassen müssen. Ich hätt ihn zu mir und Sigrun in die Küche gesetzt und drauf geachtet, dass er kein Quatsch nich macht. Ihr seid mir vielleicht Dösköppe seid ihr, vermaledeite Blödmänner mit nix im Kopp. Zu merken, dass was nich richtig ist mit Ole und nix zu sagen! Um den Carsten Piep kümmern wir uns doch auch alle, da hätt ich mich doch auch um den Ole gekümmert.« Nun fing sie laut an zu heulen, während Gerda leise vor sich hinschluchzte. Anni stellte sich hinter ihre Mutter, die Hände auf ihre Schultern.

»Wo ist mein Vater jetzt?«

»Immer noch am Strand.« Kröger kratzte sich am Kinn. »Nun müssen wir überlegen, welchen Bestatter wir anrufen. Einer muss ja angerufen werden, Ole kann ja nicht da liegenbleiben.«

»Nein, Herr Kröger, sicher nicht«, sagte Anni. »Dann rufen wir jetzt den Matthiesen an.« Sie versuchte, einen kühlen Kopf zu bewahren.

»Den Matthiesen? Den Valentin? Bei dem gibt's auf der Trauerfeier aber nur trockenen Kuchen, aber der rechnet die teure Sahnetorte ab«, gab Kröger zu bedenken.

Isa wischte die Bedenken mit der Hand weg. »Ich mach den Kuchen sowieso, dafür brauch ich den Valentin nicht. Meinen

Butterkuchen mach ich, den hat dein Papa, Gott hab ihn selig, so gern gegessen.« Nun fing sie lautlos an zu weinen. »Und einen Käsekuchen mach ich mit Obst, den hat dein Papa auch so gern gegessen. Vielleicht mach ich auch noch einen gedeckten Apfelkuchen, ach, ach, den hat dein Papa ...«

»Isa, nun hör mal auf. Welcher Kuchen von wem gebacken wird, das entscheiden wir noch.« Anni ging Richtung Tür, die halb geöffnet war. Einige Gäste standen da.

»Mein Vater ist tödlich verunglückt«, sagte sie förmlich. »Bitte lassen Sie uns jetzt allein. Hier bleibt alles wie immer, auch Frühstück wird es morgen geben, aber bitte stellen Sie alle jetzt keine Fragen, gehen Sie bitte zurück auf Ihre Zimmer, wir haben ja mitten in der Nacht.« Die Gäste taten, was Anni sagte. Manch einer murmelte: »Herzliches Beileid«.

»Wenn Sie Hilfe brauchen ...«, bot Jasper Bruckmann an, aber Anni tat so, als hätte sie ihn nicht gehört.

»Ruft bitte den Matthiesen an oder geht hin. Ich möchte nicht, dass Papa unnötig lange am Strand liegt.«

Pfarrer Gerthsen nickte. »Ich mache das.«

»Gut«, sagte Anni. »Danke, Herr Pfarrer.«

»Wo soll er denn hingebracht werden?«

»Hierher, Herr Gerthsen. Wir werden ihn hübsch machen und aufbahren, damit sich die Leute und auch wir natürlich von ihm verabschieden können.«

Der Pfarrer nickte wieder. »Ist gut, Anni.«

»Wir bahren ihn dann in einem der Erdgeschosszimmer auf, ab morgen sind welche frei. Dann müssen nicht alle, die ihm die letzte Ehre erweisen, durchs ganze Haus gehen.«

Anni war schwindelig. »Ich gehe jetzt hinüber ins *Haus Ragnhild* und ziehe mich an, dann komme ich wieder. Isa, du

Gute, würdest du dich um Mama kümmern? Ich will nicht, dass sie allein ist im Moment.«

»Sicher, Annikind, geh du dich nur erst mal frischmachen. Und denk an dein Kind. Reg dich bitte nicht auf.«

Anni nickte. »Ich versuch's.« Es war einfacher gesagt als getan.

## 25. KAPITEL

»Hinnerk!« Anni öffnete die Schlafzimmertür und schaltete das Licht ein. »Hinnerk?« Das Bett war leer. Das war ihr vorhin, als Knut sie aus dem Schlaf geklingelt hatte, gar nicht bewusst gewesen. Wo war ihr Mann? Nun, darüber konnte sie sich jetzt nicht den Kopf zerbrechen. Sie verabreichte sich im angrenzenden winzigen Badezimmer eine Katzenwäsche, zog frische Sachen an, putzte die Zähne und verließ leise die Wohnung. Unten im Flur stand wie ein Geist Hinnerks Mutter Frederika. »Anni, was ist denn geschehen? Vorhin hat es wie wild geläutet, ich dachte erst, ich träume.«

»Nein, das hast du nicht, Frederika. Papa ist tot. Er ist ertrunken. Er hat ... sich wohl verlaufen, und dann kam die Flut.«

Frederika schlug die Hand vor den Mund. »Oh nein! Anni!«

»Ja, ich muss wieder rüber in die *Seeperle*.«

»Ja sicher, natürlich.«

Anni sah ihre Schwiegermutter an. »Weißt du, wo Hinnerk ist?«

Es war nicht gerade hell im Flur, trotzdem bemerkte Anni, dass Frederika rot wurde. »Ist er nicht da?«

»Sonst würd ich nicht fragen, oder?«

»Das hat er früher schon immer gemacht, sich am Abend mal draußen die Beine vertreten.«

»Am Abend? Es ist fast zwei in der Früh.«

»Ja, ich weiß. Aber ich weiß auch nicht, wo er ist.« Sie biss auf ihrer Unterlippe herum.

»Meinst du nicht, ich sollte es wissen?« Anni glaubte ihr kein Wort.

Frederika zuckte mit den Schultern. »Wie gesagt ...«

»Ich werde es schon noch herausfinden«, sagte Anni kühl. »Aber ich glaube dir kein Wort. So, ich muss gehen.«

Valentin Matthiesen und sein Sohn hatten sich alle Mühe gegeben. Ole Janssen lag aufgebahrt in einem Bett, hatte seinen besten Sonntagsanzug an, ein weißes Hemd und eine Krawatte. Man hatte ihn ordentlich gekämmt und seine guten Schuhe angezogen. Die Hände gefaltet, der Gesichtsausdruck friedlich und besonnen. Anni stand da und sah ihren Vater an. Sie dachte an viele kleine Momente, früher, als sie klein war. An Eiscreme, die sie von ihm bekommen hatte, obwohl sie vorher unartig gewesen war. An seine Geschichten. Sie dachte an sein Lachen, daran, wie er sie im Kreis herumgewirbelt hatte, bis ihnen beiden schwindelig geworden war. Ole hatte ihr das Radfahren und zuallererst das Schwimmen beigebracht, er war mit ihr zum Reiten bei Marten gegangen und hatte Nachtwanderungen mit ihr unternommen. Gut, in der Vergangenheit hatten sie ihre Reibereien gehabt, aber auch das hatte dazugehört, letztendlich hatte er sie ja machen lassen. Und war mit Sicherheit sehr stolz auf sie gewesen. Nun war er für immer fort.

Sachte streichelte Anni seine kühle Wange. »Mach's gut, Papa«, sagte sie leise. »Und danke für alles.« Hans, der neben ihr im Rollstuhl saß, hielt ihre andere Hand, und das war gut so. Allein hätte sie das nicht geschafft. Gerda, die sich schon von ihrem Mann verabschiedet hatte, lag mit einem Kreislaufzusammenbruch im Bett und wurde gerade von Helena ärztlich betreut.

Morgen würde die Beisetzung stattfinden.

»Komm nun, Anni«, sagte Hans leise, und sie nickte.

»Leben Sie wohl, Herr Janssen.« Hans nickte ihrem Vater zu. »Gute Reise, wohin auch immer.«

Dann verließen er und Anni den Raum.

»Du bist sehr tapfer, Maikäferchen«, sagte er. »Deine Mutter kann stolz auf dich sein. Und dein Papa ist es sowieso.«

»Ich tue, was getan werden muss«, sagte Anni. »Meine Mutter macht mir Sorge. Seitdem Papa tot ist, baut sie täglich mehr ab und weint und weint, starrt Löcher in die Luft oder liegt zusammengekrümmt im Bett und behauptet, sie habe im Herzen Schmerzen.«

Hans nickte leicht. »Ihr Mann ist tot, Anni. Vergiss das nicht. Die beiden waren lange verheiratet, es ist nicht einfach, einen gehen zu lassen. Ich vermute, sie ist ein wenig depressiv.«

»Diese Gemütsverstimmung ... mag sein«, sagte Anni, die mit Depressionen nicht viel anfangen konnte. Gerdas Mutter war auch manchmal so gewesen und Gerda hatte immer gesagt, Mutti habe ihre Zustände.

»Lass uns zu Isa gehen. Ich brauche jetzt einen starken Kaffee.«

»Mute dir bitte nicht zu viel zu«, sagte Hans voller Sorge. »Du bist dauernd auf Trab. Und trink in deinem Zustand nicht so viel Kaffee. Ich petz es Helena. Lass andere auch was machen.«

»Wen denn? Meinen Mann?« Anni schnaubte verächtlich. »Weißt du, was Hinnerk gesagt hat, als er von Papas Tod erfahren hat?«

»Nein, was denn?«
»Nichts hat er erst gesagt, und dann: Jo, ist halt so. Der eine geht, der andere kommt. Er hat mich noch nicht mal in den Arm genommen.«
»Das mag ich gar nicht glauben.« Hans war entsetzt, während sie sich in Richtung Küche begaben.
»Doch«, sagte Anni.
»Vielleicht stand er unter Schock«, mutmaßte Hans, aber das glaubte er selbst nicht richtig.

In der Küche war niemand. Anni setzte sich und schaute auf die ganzen leckeren Dinge, die Isa und Sigrun für morgen vorbereitet hatten. Alles Sachen, die Ole gern gegessen hatte. Kartoffelsuppe mit Krabben würde es geben, frische Brötchen mit Zwiebelmett, einen Labskaus hatte Isa angesetzt, den würde sie mit Roter Bete, Rollmops, Kartoffelbrei und Spiegelei kredenzen. Kuchen in Hülle und Fülle. Und guten Wein. Die Trauergäste sollten am Leichenschmaus nicht behaupten können, die Janssens würden sich Oles Tod nichts kosten lassen.

Man war hier wer in St. Peter, und man konnte sich eine anständige Trauerfeier leisten. In der Kirche würde es Rosengestecke geben, und dem Organisten hatten sie einen Extralohn in die Hand gedrückt, damit er sich beim Spielen nicht dauernd in den Tasten irrte. Das machte er immer sehr geschickt, der olle Bruno, der auf einem Auge schon blind war und immer behauptete, er könne nicht mehr richtig spielen. Er konnte es aber immer dann, wenn ihm jemand einen Zehner oder Zwanziger in die Hand drückte. Natürlich war Isa sofort hingelaufen und hatte ihm was gegeben.

Sie würden das anständig über die Bühne bringen. So viel stand fest.

Anni nahm die Kaffeekanne vom Ofen, goss sich und Hans zwei Becher ein und holte Milch aus dem neuen Bosch-Kühlschrank, Isas ganzem Stolz. Sie hegte und pflegte ihn, und es war ihr eine Genugtuung gewesen, Ludwig Lüders mit seinen Eisstangen und den Worten »Mach dich vom Acker mit deinem Eis, du unpünktlicher Lump!« zu vertreiben. Der hatte aber geschaut!

Dann setzte sich Anni hin und nahm einen Schluck. Hans griff nach ihrer Hand. »Ich werde immer für dich da sein«, sagte er.

»Du bist wirklich lieb, Hans.« Anni lächelte ihn an. Seit Tagen kam sie das erste Mal zur Ruhe. Zum ersten Mal seit Tagen saß sie einfach mit einer Tasse Kaffee da und tat nichts. Es war so viel zu erledigen gewesen und dann noch ihre Mutter, die völlig am Boden zerstört war und immer zerbrechlicher wirkte. Depressiv hin oder her, Anni konnte sie ja verstehen, aber sie wünschte sich einfach, dass Gerda auch einmal für *sie* da war. Schließlich hatte nicht nur Gerda ihren Mann, sondern Anni auch ihren Vater verloren. Hinnerk war auch keine Hilfe gewesen. Anni konnte selbst nicht glauben, was mit ihm los war. Er klebte förmlich mit Lasse und den anderen zusammen und trank ununterbrochen, forderte Geld von ihr und war in den letzten Tagen öfter mal mit den anderen im Auto weggefahren und sehr, sehr spät wiedergekommen.

»Jetzt hab ich hier das Sagen, wirst sehen, Isa, ich werde alles besser machen als der Ole«, hatte Hinnerk gestern wankend zu Isa gesagt. »Ich bin nämlich viel klüger als die Janssens alle zusammen, weißt du.«

»Versündig dich nicht, min Jung«, hatte Isa geantwortet und ihm die Bierflasche weggenommen. »Das is nich gut, was du da von dir gibst. Der Ole ist noch nicht unter der Erde, und du erzählst schon davon, was nach der Beerdigung ist.«

Seit Oles Tod wohnte Anni mit gutem Gewissen in der *Seeperle*. Sie schlief nicht in ihrem Zimmer, sondern bei Gerda auf Oles Seite. Jede Nacht schreckte Gerda auf und griff nach ihrer Hand. »Ole, wie gut, ich hab schlecht geträumt«, hieß es dann stets, und wenn Anni sagte: »Ich bin es, Mama«, dann ging die Weinerei wieder los. Es war nervenaufreibend.

Helena kam nun in die Küche. »Habt ihr noch einen Kaffee für mich?«

Anni deutete auf den Kachelofen, auf dem die Porzellankanne mit dem Zwiebelmuster stand. Wie lange die wohl noch durchhalten wird?, fragte sich Anni. Sie war durchsetzt von Sprüngen, aber merkwürdigerweise immer noch dicht. Isa weigerte sich, die Kanne zu entsorgen. »Die hat uns gut durch die Kriegsjahre begleitet, die Kanne bleibt so wie das andere Zwiebelmusterporzellan, was auch schon Risse hat. Da haben die Kranken damals von gegessen, und wir, das soll uns allen eine Lehre sein, dass es nie wieder Krieg geben darf. Punktum.«

Niemand hatte protestiert.

Helena setzte sich zwischen Hans und Anni, nahm Zucker und rührte in der Tasse herum.

»Deine Mama schläft jetzt«, sagte sie. »Ich hab ihr eine Schlaftablette gegeben. Ein wenig macht sie mir Sorge. Sie wollte ja zu mir in die Sprechstunde kommen, sag ihr bitte, sie soll es wirklich mal tun. Sie wirkt melancholisch, ich habe mich länger mit ihr unterhalten. So in sich gekehrt, dann weint sie auf einmal. Alles in allem könnte das eine Depression sein. Gab es das in eurer Familie mütterlicherseits?«

Anni überlegte. »Ihre Mutter hatte manchmal ihre Zustände, hat Mama immer gesagt«, erklärte sie. »Aber was genau das war, weiß ich nicht. Ich weiß nur, dass die Oma dann immer viel gelegen und geweint hat und alles schrecklich fand.«

Helena nickte. »Wir müssen versuchen, sie hier zu uns zu holen, damit sie unter Leute kommt. Sie darf nicht mehr so viel alleine sein. Wenn sie sich hinlegen will, versucht, sie davon abzuhalten, gebt ihr Aufgaben. Und Anni, hör mal, du solltest dich stattdessen mal hinlegen. Vergiss nicht, dass du schwanger bist, bitte. Seitdem dein Vater verstorben ist, bist du nur am Herumwirbeln.«

»Mein Reden«, nickte Hans. »Sie schont sich kein bisschen.«

»Wisst ihr, was Hinnerk immer macht, wenn alle schlafen?«, fragte Anni unvermittelt.

Hans und Helena schauten sie verständnislos an.

»Er war letztens nachts weg, in der Nacht, als Papa gestorben ist. Seine Mutter sagt, das würde er ja schon immer machen. Nur leider habe ich noch nie was davon mitbekommen. Sie sagt, er würde sich abends die Beine vertreten, nur leider war es fast zwei Uhr nachts.«

»Hier weiß doch jeder alles, da muss man das doch auch wissen«, mutmaßte Hans.

»Alles nun auch nicht.« Helena sah Anni verschwörerisch an.

»Hat er möglicherweise eine Geliebte?«, fragte Hans. »Das haben doch einige Männer, deren Frau in anderen Umständen ist.«

»Also Hans.« Helena musste trotz allem lachen. »Wir sind hier nicht bei Hofe in Versailles oder so. Bleib mal auf dem Boden.«

»Habe ich aber auch schon überlegt.« Anni stand auf und rührte die leicht blubbernde Kartoffelsuppe um.

»Das ist doch ein Dorf hier, das hättet ihr doch mitbekommen.« Hans schüttelte den Kopf.

»Nun, es ist müßig, momentan darüber nachzudenken. Wir haben anderes zu tun.« Anni drehte die Gasflamme niedriger. »Ich bin froh, wenn wir den morgigen Tag hinter uns gebracht haben.«

»Ich auch«, sagten Helena und Hans gleichzeitig, und Anni schnitt den Butterkuchen an, auch wenn Isa sie deswegen erdolchen würde. Sie brauchte jetzt auf der Stelle Kuchen.

## 26. KAPITEL

Gegen halb acht am folgenden Abend brachen die letzten Gäste auf, bedankten sich höflich bei Gerda und Anni und versicherten ununterbrochen, was für ein guter Mann Ole gewesen sei. Gerda hatte von Helena ein Beruhigungsmittel verabreicht bekommen und stand den Tag so durch. Und Anni hatte die Ohren auf Durchzug gestellt, weil sie »Mein Beileid«, »Viel zu früh«, »Er hatte noch so viel vor« nicht mehr hören konnte.

Die meisten Hotelgäste waren sogar zum Trauergottesdienst erschienen, auch Jasper Bruckmann mit seiner Frau. Sie benahmen sich wie regelmäßige Kirchgänger und sangen eifrig mit.

Rachel und Ruth hatten Anni und Helena immer über ihre Schritte informiert. Ihre größte Sorge war, dass Helena nicht aussagen würde, weil sie Angst vor dem KZ-Arzt hatte. Aber Helena beruhigte sie immer wieder: »Macht euch deswegen bitte keine Gedanken. Ich stehe hundertprozentig hinter euch. Ich sage, was ich weiß, ohne Angst. Nein, Angst habe ich keine mehr vor ihm. Diese Zeiten sind vorbei.«

Sie hatte natürlich die Befürchtung, dass er sie erkennen könnte, aber die Feuertaufe hatte sie gut bestanden: Jasper Bruckmann war ihr im Eingangsbereich begegnet und hatte sie freundlich und förmlich gegrüßt. Da war kein Funke des Wiedererkennens gewesen.

Rachel und Ruth hatten mittlerweile Kontakt mit den zuständigen Ämtern aufgenommen, bald sollte es eine Gegenüberstellung mit einer Aussage Helenas geben. Und dann würde die Gerechtigkeit hoffentlich ihren Lauf nehmen.

Als der letzte Gast gegangen war, sah Helena noch einmal nach Gerda, die tief und fest schlief, Isa und Sigrun machten sich daran, die Tische abzuräumen und die verbliebenen Essensreste abzudecken und kühl zu stellen. Hinnerk hatte sich heute erstaunlich zurückgehalten und kaum einen Ton von sich gegeben, was wahrscheinlich an seinem Alkoholkonsum lag, außerdem waren Lasse und Konsorten nicht da, deswegen wurde er nicht angestachelt. Nun lag er auf der Küchenbank und schlief.

Isa und Sigrun waren fertig, und Isa holte zwei Flaschen von den »richtig guten« aus dem Weinkeller nach oben. »Das brauchen wir jetzt alle«, sagte sie, und keiner protestierte.

»Was für ein armer Tropf«, sagte Hans, nachdem sie angestoßen hatten. Er nickte zu dem schlafenden Hinnerk hinüber und stützte dann den Kopf in beide Hände. »Wie kann man sich nur so gehenlassen.«

»Isa.« Anni, die als Einzige eine Limonade trank, schaute zur guten Seele des Hauses hinüber. »Weißt du, was Hinnerk nachts draußen treibt?«

»Was soll er denn treiben? Der ist doch meistens um acht schon so voll, dass er hintenüberfällt«, sagte Isa abfällig und nickte zu dem schnarchenden Hinnerk hin.

»Also du weißt nichts?«

»Nein, was soll ich denn wissen?«

Anni erzählte kurz von dem Erlebnis im *Haus Ragnhild* und von Frederikas merkwürdiger Erklärung.

»Da ist er aber sehr heimlich unterwegs«, sagte Isa. »Denn ich hab wirklich nix gehört davon. Vielleicht ist aber auch gar nix dran.«

»Ja, vielleicht.« Anni streckte sich und trank noch ein wenig Limonade. »Ich glaube, ich geh jetzt mal schlafen.«

»Tu das, Anni, die letzte Zeit war anstrengend genug für dich.«

Anni fuhr über ihren Bauch. »Oh! Ich glaube, da war wieder eine Bewegung!«

Alle sprangen auf. »Was?«, »Wieder? Wann denn zuerst?«, »Das ist ja herrlich!«, »Darf ich mal?«, plapperte man durcheinander, und Anni fühlte sich trotz des Verlustes ihres Vaters und trotz Hinnerk froh in der Mitte ihrer Lieben. Nur Edith fehlte leider. Sie hatte Aufsichtsdienst und noch andere Schichten mit übernommen, denn Pauline würde bald abreisen. Da war jede Sekunde wertvoll.

## 27. KAPITEL

»Wir haben alles zusammen.« Eine Woche nach der Beerdigung saßen Ruth und Rachel Wetzstein aufgeregt mit Helena in ihrem Zimmer in der *Seeperle* und sortierten die Unterlagen. »Heute kommt also Arthur Lohfeld, er ist Staatsanwalt am zuständigen Gericht in Augsburg, dem Wohnort vom Herrn Doktor. Es wird eine Gegenüberstellung geben. Also von uns dreien, Helena. Dass du uns keinen Rückzieher machst.«

»Nun hört schon auf«, sagte Helena und schaute verstohlen auf ihre Armbanduhr. Sie hatte nachher noch einen Termin und hoffte, dass das alles nicht zu viel Zeit in Anspruch nehmen würde. Jasper Bruckmann, der ihr noch ein paarmal begegnet war, war ihr körperlich unangenehm. Die Härchen an ihren Armen richteten sich auf, wenn er in ihrer Nähe war.

»Sagt mal, warum muss das eigentlich alles hier in der *Seeperle* passieren?«, fragte sie nun. »Man hätte ihn doch auch in Augsburg vernehmen können.«

»Ja, hätte man«, nickte Ruth. »Aber da ist er in seiner sicheren Umgebung. Ich habe mit einem befreundeten Psychologen gesprochen, der sagt, der Mensch ist dünnhäutiger dort, wo er nicht zu Hause ist. Und hier sind seine Kinder und seine Frau.«

»Verstehe«, sagte Helena, und nun klopfte ihr Herz doch.

»Also, lasst uns doch noch mal den Ablauf durchgehen ...«

Etwas später kam der Staatsanwalt, ein kleiner, ernster Mann mit Sorgenfalten auf der Stirn. »Ich habe schon einige Prozesse wegen Aufhebung der Entnazifizierung geführt«, teilte er Rachel und Ruth sachlich mit. »Ich bin auch bewandert über diesen Fall und möchte Ihnen im Namen Deutschlands meinen Dank übermitteln für eine wirklich saubere und hervorragende Recherchearbeit. Und Sie sind also Helena Barding. Sie hat er bedroht unter Androhung von Folter und mehr, sie wurden vergewaltigt, und er hat auch die beiden Damen Wetzstein verstümmelt.«

Helenas Herz schlug bis zum Hals, weil sie an damals denken musste und daran, was das Schwein ihr alles angetan hatte. Dass sie in der Isolationshaft nicht den Verstand verloren hatte, grenzte an Wahnsinn. Es war schlimm für sie, das nun alles gesprochen zu hören. Das war noch mal furchtbarer, als »nur« daran zu denken.

»Wie sieht denn der Tagesablauf des Herrn hier aus?«, fragte Herr Lohfeld dann und machte sich Notizen.

»Gut.« Er stand auf. »Das sind also die Listen derer, die er persönlich auf dem Gewissen hat.« Er betrachtete ein Foto, auf dem sich mehrere Menschen in Häftlingskleidung befanden.

Rachel nickte. »Und hier sind diejenigen, deren Ermordung er persönlich angeordnet hat. Wir haben die Unterlagen hier. Die Originale.«

»Wie haben Sie das nur alles bekommen?«, fragte Arthur.

»Nun, unsere Eltern sind tot, nach dem Krieg hatten wir das Glück, ihr beschlagnahmtes Vermögen, das noch vorhanden war, schnell zu erhalten, und wir haben viel Geld für diese ganzen Informationen ausgegeben, eigentlich alles«, sagte Rachel, und Ruth nickte. »Das war uns die Sache einfach wert.«

»Das verstehe ich«, sagte Arthur Lohfeld und sah nun teilnahmsvoll aus. »Und diese ganzen Menschen kannten Sie also auch, Frau Dr. Barding? Sie wissen über diese Vorgehensweisen des Arztes Bescheid, Sie haben mit eigenen Augen gesehen, wie er diese Menschen ermordet hat oder ermorden hat lassen?«
Helena hatte auf einmal den Geruch des Konzentrationslagers in der Nase und hielt sie sich automatisch zu. Es roch nach eiternden Wunden, es roch nach Schreien, nach Kot und Erbrochenem, nach verdorbenem Essen, es roch süßlich und nach Tod.
»Ja«, brachte sie hervor.
»Gut, denn das ist wichtig.« Arthur Lohfeld stand auf und blickte nun auch auf seine Armbanduhr. »Ihre Aussage ist wirklich immens wichtig, Frau Dr. Barding. Ich denke, dann können wir jetzt auf die Terrasse gehen. Hoffen wir, dass er da sitzt, und wie geplant erst einmal ohne Frau und Kinder.«
Sie standen auf. Helena war ganz mulmig zumute. Rachel hakte sie unter. »Alles gut? Du bist ganz blass.«
»Natürlich ist alles gut.« Sie verließen das Zimmer und gingen die Treppe hinunter, dann hinaus auf die Terrasse. An diesem schönen Sonnentag hatte man draußen frühstücken können, Sigrun hatte bereits alles abgeräumt. Wie erhofft, saß Jasper Bruckmann allein am Frühstückstisch. Seine Frau war mit den beiden Jungs an den Strand gegangen. Jasper las Zeitung.
Langsam gingen sie auf den Tisch zu, nun waren auch die Zwillingsschwestern nervös und Helena sowieso.
So nah war sie ihm seit damals nicht gewesen. Wieder richteten sich die Härchen auf ihren Unterarmen auf. Er drehte sich nicht um, sondern zündete gerade eine Zigarette an. Helena sah die schmale Hand mit den langen, feingliedrigen Fingern, mit

dem schmalen Ehering, und musste daran denken, wie viel Leid diese Finger und diese Hand über andere Menschen und auch über sie gebracht hatte.

Dr. Bruckmann zog an seiner Zigarette und blätterte die Zeitung um.

Ein leichter Windzug kam vom Meer, und Helena musste wohl oder übel den Geruch seines Aftershaves einatmen, gepaart mit seinem Eigengeruch und der Erinnerung an die bösen Jahre war es auf einmal vorbei mit ihrer Selbstbeherrschung. Helenas ganzer Körper krümmte sich zusammen.

Am liebsten wäre sie auf und davon gerannt, weg von dieser Terrasse, weg von dem Geruch des Aftershaves. Weg, weg, weg, alles vergessen, es war doch vorbei. Wie hatte sie Rachel und Ruth jemals versprechen können, bloß keinen Rückzieher zu machen? Aber sie durfte jetzt nicht gehen. Auf gar keinen Fall. Das war sie den Zwillingen und auch sich selbst schuldig.

»Guten Morgen, Herr Dr. Schuler«, sagte Helena und hoffte inständig, dass ihre Stimme hart und fest klang.

Der Arzt ließ langsam die Zeitung sinken, während alle dastanden und ihn beobachteten. Arthur Lohfeld schien sogar die Luft anzuhalten.

Nun drehte sich Dr. Schuler langsam um und lächelte Arthur Lohfeld, Ruth, Rachel und Helena an. »Wie bitte?«

»Herr Dr. Schuler«, wiederholte Helena. »Sie Dreckschwein.«

»Ich weiß nicht im Geringsten, was Sie meinen«, sagte der Arzt freundlich. »Kann es sein, dass Sie mich mit jemandem verwechseln?«

»Ganz sicher nicht«, sagte Helena. »Wir alle hier wissen, was Sie im Krieg getan haben.«

»Und nun ist es an der Zeit, dass Sie dafür büßen«, sagte Ruth ruhig, während Rachel so aussah, als würde sie dem Doktor am liebsten die Augen auskratzen.

»Wenn Sie mir bitte erklären würden ...«, bat der Arzt höflich.

»Ich habe hier die schriftliche Aussage von Rachel und Ruth Wetzstein, in der steht, dass Sie, davon abgesehen, dass Sie selbst gefoltert und gemordet haben, in mindestens 245 Fällen wissentlich in Kauf genommen haben, dass Menschen sterben und in mindestens 311 Fällen selbst den Befehl zu den Morden an Insassen des Konzentrationslagers Weimar-Buchenwald gegeben haben«, sagte Arthur Lohfeld.

»Aha«, sagte Dr. Schuler. »Das ist mir aber neu.«

»Das glaube ich«, sagte Rachel und zeigte ihm ihre Hand mit dem entfernten Daumen. »Erinnern Sie sich vielleicht daran?«

»Schlimm, diese Erfrierungen im Krieg. Das tut mir sehr leid für Sie«, entgegnete er bestürzt. »Aber ich wüsste nicht, was das mit mir zu tun haben soll.«

»Ich werde gegen dich aussagen, ich werde alles dafür tun, dass du deine gerechte Strafe und von mir aus noch mehr bekommst«, sagte Helena kurzatmig.

»Und wie bitte möchten Sie das anstellen?«, fragte der Arzt.

»Wenn Sie so gut informiert sind, wie Sie vorgeben, dürfte Ihnen wohl klar sein, dass meine Papiere alle in Ordnung sind. Ich habe, das haben viele bezeugt, nur Gutes während des Kriegs getan.«

»Es gibt Fotos von Ihnen im KZ«, sagte Rachel.

»Ich weiß.« Er füllte sich Kaffee nach. »Zum Glück. Die beweisen nämlich, dass ich den Leuten dort nur helfen wollte und geholfen habe. Ich habe an die dreißig unterschriebenen Aussagen von Häftlingen und dort arbeitenden Kollegen und Aufsehern, daran gibt's nichts zu rütteln.«

»Leider sind die meisten, die das unterschrieben haben, entweder nicht mehr auffindbar oder tot«, sagte Ruth tonlos.

»Dafür kann ich nun wirklich nichts.« Er lächelte sie an. »Oh, Sie Ärmste haben ja auch einen Finger verloren. Dieser Krieg. Schlimm.«

»Pass auf, dass ich dir nicht gleich an die Gurgel gehe«, zischte Ruth, die rot geworden war.

»Meine Aussage wird umfassend und klar formuliert sein, und sie wird keine Mutmaßungen zulassen«, sagte Helena nun, während ihr Herz vor Wut raste.

»Mir wiederum liegt eine Aussage von zwei Ärzten in Buchenwald vor«, sagte Dr. Schuler. »Darin steht, dass Sie eine Mitläuferin waren und nicht ganz richtig im Kopf. Schizophrenie war, glaub ich, eine der Diagnosen.«

»Das sind bezahlte Gutachten gewesen«, sagte Helena.

»Das steht allerdings nirgendwo.« Dr. Schuler stand auf und reckte sich. »Ist das nicht ein wunderschöner Tag? Er lädt richtig zum Spazierengehen ein. Es ist ein Tag, an dem man nach vorn schauen sollte, die Vergangenheit hinter sich lassen, meinen Sie nicht auch?« Nun schaute er Helena direkt an, und dieser Blick aus den dunkelblauen Augen traf sie mit voller Wucht und Spitze mitten ins Herz. Sie hatte nun eine Gänsehaut, und ihr war übel.

Dr. Schuler kam näher. »Versuchen Sie, was Sie versuchen wollen«, sagte er lächelnd. »Ich bin nicht dumm. Und Sie verschwenden Ihre gute Zeit.«

Damit drehte er sich um und verließ die Terrasse.

Sie schauten ihm hinterher.

»Dieses Schwein«, sagte Rachel, und alle nickten. »Ich wette, er hat sich wirklich wasserdicht abgesichert. Und das fordert mich noch mehr heraus. Was meinst du, Ruth?«

Ihre Schwester nickte. »Wir lassen ihn nicht vom Haken. Wir müssen an diese Unterlagen kommen. Helena, was ist mit diesen Berichten über dich?«

»Ich habe nicht die geringste Ahnung. Wahrscheinlich irgendwelche Gefälligkeitsgutachten.« Helena zuckte mit den Schultern.

»Aber deine Aussage muss auch hieb- und stichfest sein. Wollen wir uns gleich dransetzen?«

Helena schaute auf die Uhr. »Nein, ich muss jetzt die Sprechstunde weiterführen. Heute Abend machen wir das. Ich bin ab 18 Uhr für euch da.«

»Gut«, nickten die Zwillinge.

»Es tut uns leid, dass Sie nun extra den Weg auf sich genommen haben, Doktor Lohfeld«, sagte Ruth. »Aus welchen Gründen auch immer dachten wir, er würde alles zugeben. Falsch gedacht.«

»So habe ich mir ein erstes Bild machen können«, sagte der Staatsanwalt. »Und weiß, mit wem ich es zu tun habe. Mit einem der Gefährlichen mit einer Menge Dreck am Stecken. Ich werde noch bleiben wegen der Aussage von Frau Dr. Barding. Dann kann ich die gleich mitnehmen.«

»Gut«, nickten Ruth und Rachel. »Dürfen wir Sie zu einem späten Frühstück einladen? Natürlich nicht hier, wir gehen ein Stück, damit wir dem feinen Herrn nicht mehr begegnen müssen.«

»Sehr gern. Empfehle mich bis heute Abend«, sagte Arthur Lohfeld und nickte Helena zu.

## 28. KAPITEL

»Guten Morgen, Herr Direktor Nielsen, wie schön, dass es in diesem Jahr wieder geklappt hat.« Anni lächelte dem gerade angekommenen Gast zu. Robert Nielsen kam seit einigen Jahren in die Sommerfrische nach St. Peter und fühlte sich hier sehr wohl. Er hatte eine Suite reserviert und reiste stets mit dem zerknautschten Fräulein Dörrberger, das seinem Namen alle Ehre machte. Fräulein Dörrberger, Luise mit Vornamen, war an die sechzig Jahre alt, also ungefähr zwanzig Jahre älter als der Herr Direktor, sie trug stets Grau in allen Schattierungen, und eine Lesebrille baumelte an einer Kette über ihrem kaum vorhandenen Busen. Luise fror auch bei dreißig Grad und trug immer eine Strickjacke oder eine Stola, natürlich auch in Grau, um die Schultern. Sie war des Direktors rechte Hand und wich kaum von seiner Seite. Sie goss ihm auch morgens den Kaffee ein und belegte ihm Brötchen und sorgte dafür, dass er seine Vitamintabletten nahm.

Robert Nielsens Vater und der Großvater waren schon lange vor dem Krieg mit Süßwaren reich geworden, und er baute das Geschäft immer weiter aus. Nun hatte er auch fertige Backmischungen und Puddingpulver im Programm, und das Geschäft schien zu florieren. Robert Nielsen war eine sehr männliche Erscheinung. Hochgewachsen, schlank, aber muskulös, gepflegt und sehr gut und Ton in Ton gekleidet. Er hatte dichtes, dunkelbraunes Haar, ein markantes Gesicht und war leicht gebräunt. Ein Mann von Welt, dachte Anni immer, wenn sie ihn sah. Und sie fragte sich, warum er eigentlich hierher nach St. Peter kam in die Sommerfrische. Ein reicher Mann wie er konnte doch sonst wo Urlaub machen.

Einmal hatte sie sich getraut, ihn zu fragen: »Hier bin ich fernab von dem ganzen Trubel, hier treffe ich keine Geschäftsfreunde und keine Konkurrenten, hier habe ich, wenn ich will, einen Strand ganz für mich und muss mich abends nicht auf Vernissagen oder Tanzveranstaltungen herumlangweilen. Wenn ich das alles wollte, dann könnte ich auch nach Capri fahren. Im Winter halte ich es ebenso. Alle Welt fährt nach St. Moritz, ich bevorzuge meine kleine Hütte in den Bergen von Tirol. Tagsüber lange Spaziergänge, abends ein gutes Essen, mehr brauch ich nicht. Bei Ihnen gefällt's mir gut, Fräulein Janssen, hier lässt man mir meine Ruhe, und die Luft hier ist vortrefflich. Nicht wahr, Fräulein Dörrberger?« Die nickte wie immer und kümmerte sich um die Formalitäten. Geheiratet hatte Robert nie. »Ich brauch keine Frau zum Glücklichsein. Und wenn es schiefgeht, hab ich nur Ärger.« Nur Kinder hätte er gern gehabt. Aber man konnte eben nicht alles haben, und zum Glück gab es eine Schwester, die einen Sohn hatte, und der interessierte sich sehr fürs Unternehmen. Man würde sehen.

In diesem Jahr hatte er noch einen Assistenten dabei, den ungefähr dreißigjährigen Bernd, der für die Werbung im Geschäft zuständig war.

»Wir wollen nicht mehr länger nur die Konkurrenz zu dem großen Bielefelder Konzern sein, den wohl alle kennen«, erzählte Robert Nielsen. »Unser Bernd Gottschalk, der arbeitet für uns ein neues Konzept aus. Das müssen wir hier ein bisschen besprechen.« Bernd Gottschalk bekam das Zimmer neben der Suite. Er war nett, trug wie viele zu dieser Zeit Jeans, und man sah, dass er alles liebte, was amerikanisch war. Ununterbrochen kaute er Kaugummi oder wippte zu Musik im Takt. Als man verneinte, nachdem er um eine Cola bat, war er ganz schockiert. Keine Cola in der *Seeperle*, oh my God!

Robert Nielsen war jedenfalls ein netter Gast, einer, der gern lange blieb, keinen Ärger machte und gut erzogen war. Kurz nachdem sie auf die Zimmer gegangen waren, kam Herr Nielsen wie in jedem Jahr in Sportkleidung wieder herunter, um ein wenig am Strand entlangzurennen. Im Foyer traf er auf Anni und Edith, die noch ganz verheult war, weil die Hessenkinder und mit ihnen auch Pauline abgereist waren.

»Oh, ich will nicht länger stören«, sagte Herr Nielsen. »Ich hatte nur vergessen zu fragen, ob ich wohl hin und wieder von hier telefonieren kann. Ich hatte ja erzählt, dass wir momentan unsere Werbemaßnahmen überdenken, und da kann es gut sein, dass ich oder Herr Gottschalk mal mit der Agentur oder der Firma telefonieren müssen.«

»Das ist überhaupt kein Problem«, sagte Anni. »Geben Sie unserer Sigrun nur Bescheid, und schon wird alles geregelt und die Verbindungen hergestellt. Man kann Sie natürlich auch gern hier anrufen.«

»Verbindlichen Dank«, sagte Herr Nielsen und lächelte Anni freundlich zu. »Oh, da ist ja jemand in froher Erwartung. Meinen Glückwunsch.«

»Besten Dank, Herr Direktor. Ich freue mich auch sehr«, sagte Anni freundlich. Mittlerweile hatte sie zu den klassischen Umstandskleidern greifen müssen, die auch bequemer waren als immer enger werdende Röcke oder Hosen mit Knöpfen oder Reißverschluss. Auch wenn Anni sie altbacken fand, angenehm zu tragen waren sie allemal. Herr Nielsen hatte allerdings keine Augen mehr für sie. Er starrte Edith an. Trotz ihrer verweinten Augen war Edith schön wie immer. In ihrem weißen Strandkleid und dem bunten Haarband verkörperte sie Urlaub pur. Dazu noch die leicht gebräunte Haut und die gesunde Ausstrahlung: Edith hätte sofort in einem Werbefilm über St. Peter mitspielen können.

»Wie schön Sie sind«, sagte Direktor Nielsen schließlich und nickte Edith freundlich zu. Dann drehte er sich um und ging.

»Wer war das denn?«, fragte Edith konsterniert.

»Ein Fabrikant. Er stellt Süßigkeiten her und alles, was mit Backen zu tun hat.«

»Ach«, sagte Edith. »Attraktiver Mann.«

»Unbedingt.« Anni grinste. »Soll ich euch bekannt machen?«

»Auf keinen Fall«, sagte Edith. »Ich möchte keinen Mann. Ich werde mich niemals abhängig machen. Na ja«, sie überlegte kurz, »vielleicht würde ich es sogar tun. Für Pauline. Dann müsste aber sichergestellt sein, dass ich sie auch wirklich zurückbekäme.« Und da fing sie wieder an zu weinen.

An einem wunderschönen Spätsommermorgen drei Tage später reisten Ruth und Rachel Wetzstein ab. Helena stand mit ihnen vor dem Kamin in der *Seeperle* und war traurig. »Ach, Helena.« Ruth umarmte sie. »Wir versuchen es weiter. Du kannst nichts dafür. Vielleicht war das alles auch gar keine gute Idee. Also nicht grundsätzlich, sondern das hier zu machen.«

»Ich war mir so sicher, dass er zusammenbricht«, sagte Helena traurig. »Alles zugibt. Was werdet ihr nun tun?«

Die beiden schauten sie ein wenig ratlos an. »Nun ja, du willst ja partout keine schriftliche Aussage machen«, meinte Ruth ein wenig resigniert. »Das hätte so weitergeholfen ...«

»Nein«, wiegelte Helena rasch wieder ab. Die Zwillinge wussten nicht, dass Dr. Schuler sie in der Praxis aufgesucht hatte. »Glaubst du, ich hab dich nicht von Anfang an erkannt?«, hatte er gefragt. »Wie erleichtert du aussahst, als wir uns direkt begegnet sind und du so erleichtert warst, weil ich mir nichts habe anmerken lassen. Ich sage dir eins, meine Beste: Wehe! Es gnade dir Gott, wenn du auch nur ein Sterbenswörtchen von dir gibst, mündlich oder schriftlich. Ich finde dich, und ich habe überall meine Leute. Merk dir das gut.«

In Helenas Magen hatte es rebelliert.

»Mir ist übrigens ein Gerücht zu Ohren gekommen«, hatte der Arzt gesagt und milde gelächelt. »Eine Frauenheilkundlerin soll hier in der Gegend heimlich Schwangerschaftsunterbrechungen vornehmen. Interessant, findest du nicht auch?«

Helena war noch blasser geworden – soweit das überhaupt noch möglich gewesen war.

»Ich warne dich mit Nachdruck«, hatte er gesagt. »Noch warne ich dich freundlich. Aber ich kann nicht nur den Juden, sondern auch dir das Leben zur Hölle machen. Und noch eins: Wage es nicht, meine Frau zu informieren. Wage überhaupt gar nichts!«

Helena hatte dagestanden in ihrem Besprechungszimmer und sich am Tisch festgehalten, bis ihre Fingerknöchel schneeweiß geworden waren.

Nein, sie würde nichts sagen. Sie wollte in Ruhe und Frieden leben, Dr. Schuler vergessen und verbannen aus ihren Gedanken und ihrem Leben.

Einfach ihre Ruhe haben wollte Helena. Und Gutes tun. Mehr nicht. Für den Moment zumindest. Das war ja wohl nicht zu viel verlangt.

## 29. KAPITEL

Anni spürte die Bewegungen ihres Kindes mittlerweile immer häufiger, und Hans fand nichts schöner, als die Hand auf ihren Bauch zu legen und die Tritte zu spüren.

»Herrlich«, sagte er dann und freute sich. »Und unglaublich, dass da drin Leben ist. Das muss ein unfassbar schönes Gefühl sein, oder?«

Anni nickte. »Ich hab es ja selbst kaum glauben wollen, aber du hast recht. Und ich freue mich so.«

An einem sonnigen Nachmittag – es war gerade nicht viel los – saßen sie auf der Terrasse zusammen. Niemand musste mehr Angst haben, Doktor Schuler zu begegnen, denn der war umgehend nach den Geschehnissen abgereist. Helena und Anni hatten aufgeatmet. Es war ein Spießrutenlaufen gewesen.

Da kam Hajo Gätjes um die Ecke.

»Ich habe Antwort von Dora Garbin aus Köln.« Er wedelte freudig mit einem Brief. »Sie ist bereit, das Geld in Raten zurückzuzahlen, ab dem nächsten Ersten.«

Hans' Gesicht hellte sich auf. »Was schreibt sie denn noch?«

»Sonst nichts. Ganz formell«, sagte Gätjes. »Ich nehme an, Sie hat sich auch anwaltlich beraten lassen. Ein mündlicher Vertrag ist immerhin auch ein Vertrag. Das wird ihr gesagt worden sein. Nun freuen Sie sich doch mal, Falckenberg!«

»Äh, ja, sicher«, sagte Hans und ließ sich den Brief geben. Er war mit der Schreibmaschine getippt. In kurzen, knappen Sätzen schlug Dora die Ratenzahlung vor. Nur ihre Unterschrift war handschriftlich aufs Papier gebracht.

Hans war enttäuscht. Er hatte sich ausgemalt, dass Dora reumütig zu ihm zurückkehren und ihn bitten würde, bei ihr zu bleiben, weil er der Einzige für sie war.

Traurig rollte Hans in sein Zimmer, um Geschäftspost von zu Hause zu beantworten.

Anni sah ihm nach. Hans tat ihr leid. Er hätte eine gute Frau so sehr verdient. Aber nicht so ein Miststück wie Dora Garbin.

Hajo Gätjes empfahl sich. »Ich muss dann mal wieder an meinem Buch weiterarbeiten.«

Anni war allein auf der Terrasse und musste mal wieder über Hinnerk und das nächtliche Aushäusigsein nachdenken. Immer öfter war er nun weg, was Anni natürlich nur dann merkte, wenn sie im *Haus Ragnhild* übernachtete, was wegen Gerda, der es immer noch nicht besserging, nicht so häufig der Fall war.

Sie hatte mit Helena darüber gesprochen, und die hatte eine Idee gehabt, auf die Anni auch selbst hätte kommen können.

An einem Abend trafen sich Anni und Helena sehr spät und gingen gemeinsam zum *Haus Ragnhild*. Keine Menschenseele war auf der Straße zu sehen, es war ja auch schon nach elf. Von der gegenüberliegenden Straßenecke beobachteten sie die Pension. Alles war dunkel, es war mitten in der Nacht. Obwohl sie Hochsommer hatten, fror Anni. Nichts war zu hören, nichts zu sehen. Alles atmete Ruhe und Frieden. Sie wollten schon gehen, als sie sahen, wie die Hintertür aufging, die sie von ihrer Position aus wunderbar sehen konnten.

Ja, es war Hinnerk. Auf leisen Sohlen lief er vom Grundstück und dann die Straße entlang. Anni sah Helena an, die nickte und rannte davon. Anni folgte ihm und war froh, dass sie schwarze Kleidung trug. Hinnerk ging mit schnellen Schritten in eine Seitenstraße, dann die nächste links, bis er sich am Ortseingang befand. Dort standen einige wenige Autos, denn längst nicht alle Einwohner hatten welche. Er öffnete die Fahrertür von einem, stieg ein, startete schnell den Motor und fuhr davon.

Wo blieb denn Helena? Da, da kam sie angefahren, ohne Licht. Sie hatten vorher überlegt, wo sie am besten entlangfahren sollte, und Helena hatte gemeint, dass er ja wohl mit einem Auto wegfahren würde, und die standen ja alle am Ortsrand – und hatte Recht behalten.

Gut so. Anni stieg schnell in das Auto vom alten Arzt und in einigem Abstand folgten sie Hinnerk bis nach Tönning. Hier stellte er das Auto vor einem unscheinbaren Haus ab, das im Dunkeln lag.

»Wahrscheinlich wohnt hier seine Geliebte«, sagte Anni atemlos.

»Abwarten«, wisperte Helena.

Hinnerk ging durch den Vorgarten und dann die äußere Kellertreppe hinab. Dann war er verschwunden.

»Hm«, machte Helena. »Und nun?«

»Wir gehen ihm nach. Auch die Treppe runter«, sagte Anni kampfeslustig, und Helena nickte.

Sie gingen langsam auf das Haus zu, dann auf das Grundstück, um dann die schmale Treppe zum Keller hinunterzusteigen. Anni presste die Wange an die Tür.

»Was hörst du?«

»Lachen.«

»Lachen? Wer lacht denn?«

»Woher soll ich das denn wissen, hier ist doch kein Fenster.«
»Ein Mann oder eine Frau?«
»Ich glaube, mehrere Männer«, sagte Anni.
»Dann ist es keine Geliebte.« Helena dachte kurz nach. »Los, wir klopfen.«
»Und dann?«
»Das weiß ich nicht.«
»Lass uns erst mal ums Haus gehen. Vielleicht gibt es ja solche Bodenfenster, durch die man ins Innere schauen kann. Und wenn da Licht ist, sehen wir möglicherweise, was da los ist.«
»Na gut.« Helena nahm ihre Hand, und sie gingen gemeinsam die Treppe wieder hoch. An der einen Seite gab es tatsächlich tief liegende Fenster. Licht drang heraus. Sie knieten sich hin.
»Na, da schau mal einer an«, sagte Helena dann. »Dein Hinnerk ist ein Spieler.«

»Was soll ich denn jetzt machen?«, fragte Anni, als sie zurückfuhren.
»Du hast zwei Möglichkeiten. Entweder du stellst ihn zur Rede, oder du lässt es.«
»Gibt es denn keine dritte?«
»Nein.«
»Hast du das viele Geld gesehen, das auf dem Tisch lag? Das müssen Tausende Mark gewesen sein. Das ist auch unser Geld.« Anni war voll fassungsloser, blinder Wut.
»Sicher hab ich's geseh'n. Also, was wirst du tun?«
»Wenn ich es sage, was wird es ändern? Eigentlich ist es mir auch egal, solange er mich nicht arm spielt.«
»Das ist die große Frage. Du musst gucken, wie viel Geld er immer nimmt. Und versuchen, das irgendwie zu reduzieren.«

»Ach Helena, wie denn? Er rastet doch immer aus, wenn ich was sage. Dann die Trinkerei ... Es wird immer schlimmer. Wenn erst das Kleine da ist ... ich weiß nicht, was dann werden soll.«
»Das Kind kriegen wir auch allein groß«, sagte Helena.
»Ich weiß. Ihr zwei, du und Edith, ihr seid das Beste, was mir seit Langem passiert ist. Danke. Könntest du trotzdem bitte ...«
»... schalten, ja, mach ich ja schon.«
Auf der Fahrt zurück musste Anni an Rena denken. ›Ich vermisse dich, du fehlst mir, ich bin traurig ohne dich. Du weißt noch nicht mal, dass Papa tot ist, dass ich schwanger bin. Wo bist du nur?‹

Anni hatte die ganze restliche Nacht nicht schlafen können und war am nächsten Morgen schon um fünf Uhr in der Küche, bevor Isa auf war. Die schaute nicht schlecht, als schon alles fürs Frühstück vorbereitet war. Gegen halb acht kam Hans angerollt. Anni verquirlte gerade Eier.
Atemlos erzählte sie Hans die ganze Geschichte von letzter Nacht.
»Er spielt? Oha.« Hans runzelte die Stirn. »Das kann ganz schön nach hinten losgehen. Wenn er nämlich spielsüchtig ist, dann kann man teilweise für nichts garantieren. Ich habe von Leuten gehört, die haben Haus und Hof verspielt.«
Anni wurde schwarz vor Augen. »Ich muss das Geld verstecken, auch wenn er durchdreht, wenn keins mehr da ist. Ich eröffne am besten ein Konto.«
»Mach das«, sagte Hans. »Soll ich mitkommen?«
Anni nickte. Sie musste das alles regeln, bevor sie niederkam.
Gerda war ihr hier keine Hilfe. Um die würde sie sich auch kümmern müssen. Es wurde von Tag zu Tag schlimmer mit ihr.

Wenn sie nicht weinte, starrte sie, auf dem Ehebett liegend, an die Zimmerdecke. Mit Helena über das, was sie bewegte, zu reden, das wollte sie nicht. »Ich will nur meine Ruhe haben. Der Ole ist weg«, sagte Gerda immer, und dann sagte sie, sie sei so müde, aber könne nicht schlafen. Wenigstens konnte Helena ihr mit Schlaftabletten helfen. Gerda hatte auch stark abgenommen und bestand nur noch aus Haut und Knochen. Anni machte sich Sorgen um die Mutter. Sie wollte nichts essen und nicht an die frische Luft, sie wollte auch nicht an Oles Grab. Sie wollte gar nichts.

Anni machte einen Termin bei diesem widerlichen Bankangestellten Meinken aus.

»Natürlich können Sie hier ein Konto eröffnen, wir können die ganzen Formalitäten regeln, und die Unterschrift Ihres Mannes bringen Sie mir später«, sagte der zuckersüß.

Das hatte Anni ganz vergessen, und Hans wusste es nicht.

»Unterschrift meines Mannes ...«, sagte sie. »Geht das nicht ohne?«

»Leider nein«, sagte Herr Meinken. »Und weil wir gerade darüber sprechen, können Sie Ihrem Mann ausrichten, dass so weit alle Unterlagen beisammen sind.«

»Welche Unterlagen?«

»Na, wegen der Schenkung«, sagte Herr Meinken fröhlich.

»Mama, was hast du denn da unterschrieben?« Anni war ganz außer sich. »Ich hab mir bei diesem Meinken alles angeschaut, das geht doch nicht. Papa hat dir die *Seeperle* zu Lebzeiten überschrieben, und du ...«, sie holte tief Luft, »... hast nichts Besseres zu tun, als sie Hinnerk zu schenken? Bist du noch ganz bei Trost?«

Gerda weinte nur.

»Aber beide, Papa und Hinnerk, die haben doch gesagt, das sei in Ordnung so«, wisperte sie verzweifelt. »Ole war doch mein Mann. Und Hinnerk ist doch dein Mann. Das ist doch alles richtig. Ach, ach, dass Ole nicht mehr da ist. Ich vermisse ihn so.«

»Um Himmels willen, Mama. Nun hab ich nichts. Ja, ich kann hier wohnen bleiben und bekomme einen Pflichtteil, wenn ich ihn einfordere, aber sonst gehe ich leer aus.«

»Du könntest das alles anfechten«, sagte Edith, die bei ihnen war.

»Das kann Anni natürlich gern tun«, sagte ein heute ausnahmsweise mal nüchterner Hinnerk, der auf einmal im Türrahmen stand. »Ich frage mich nur, von welchem Geld. Alles, was ins Hotel fließt, geht an mich. Ich bin der rechtmäßige Besitzer. Und so eine Sache mit einer Auszahlung kann sich lange hinziehen. Ich weiß auch momentan gar nicht, ob ich das hier alles behalten will. Vielleicht verkauf ich, oder ich mach 'ne Frühstückspension draus. Kostengünstig, der ganze Mist hier raus. Wer braucht denn schon antike Schränke? Das meint Lasse auch. Hier muss mal frischer Wind wehen.«

»Das ist mein Herzblut, Hinnerk, meine Arbeit. Ich habe mit Hans hier so viel Zeit hineingesteckt, das wirst du wohl nicht kaputtmachen.«

»Hans, Hans, ich hör immer nur Hans.« Hinnerk war wieder eifersüchtig.

»Und ich höre immer nur Lasse! Man könnte meinen, du seist nicht mit mir, sondern mit ihm verheiratet! Außerdem spielst du! Du bist ein Spieler!«, rief Anni, und Hinnerk wurde noch nicht mal blass, er fühlte sich auch nicht ertappt.

»Ja, bin ich. Das Hotel hat mir übrigens sehr geholfen.«

»Was hast du getan?«

»Das Haus beliehen«, sagte Hinnerk ganz ruhig. »Und du kannst nichts dagegen tun.«

»Hinnerk«, sagte Anni. »Haben dir das auch deine Freunde gesagt, ja? Lasse und die anderen? Brauchten die auch Geld? Warum hast du dich so verändert?« Plötzlich brach alles aus ihr heraus. »Wo ist der liebe Kerl von damals geblieben? Wo? Du bist so anders geworden, so fies und gemein, ich erkenn dich nicht wieder. Du lässt dich von deinen falschen Freunden ausnutzen und beeinflussen, merkst du das nicht – und machst das Gute kaputt. Du interessierst dich nicht für unser Kind, nicht für mich, nicht für die *Seeperle*, die uns seit 200 Jahren gehört. Ich hab das Gefühl, du kommst nicht klar damit, dass ich was leiste und du nicht. Dabei könnten wir alles zusammen hier stemmen. Du und ich! Aber doch nicht so! Das hab ich nicht verdient und unser Kind auch nicht!«

Hinnerk zeigte nur eine kleine Gefühlsregung, nämlich an der Stelle, an der Anni sagte, dass er nicht damit klarkäme, dass sie was leiste und er nicht – dann drehte er sich um und verließ die Küche.

Wenig später saßen Anni, Helena und Edith in ihrer Kuhle am Nordstrand.

»Was soll ich nur tun?«, fragte Anni und fuhr mit den Fingern durch den Sand.

Aber die Freundinnen wussten keinen Rat.

»Ich fühle mich so ... gedemütigt.« Anni ließ nun Sand zwischen ihren Fingern hindurchrieseln. »Wie konnte ich mich nur so in Hinnerk täuschen.«

»Ich nehme an, er meint es noch nicht mal böse«, sagte Edith.

»Er ist süchtig. Nach Alkohol und nach diesem Kartenspielen. Da wird man vielleicht anders.«

»Er kann doch nicht das Haus belasten, das ist unsere Existenz. Die *Seeperle* ist doch schon immer im Familienbesitz.«

»Und er ist noch nicht mal Familie«, sagte Helena leise. »Und kann dir trotzdem alles nehmen.«

»Ich bin so erschöpft«, sagte Anni. »Dann habe ich noch meine Mutter an mir hängen, die weder aus noch ein weiß und sich alles hat aufschwätzen lassen. Und immer merkwürdiger wird. An sie ist kaum noch ranzukommen. Sie ist so melancholisch und redet nur von Ole, Ole, Ole. Und jemand muss sich doch um die Gäste kümmern und alles.«

»Ich glaube, das Beste wird sein, du redest mal ganz in Ruhe mit Hinnerk«, sagte Helena, aber Anni schnaubte auf.

»In Ruhe? Das geht bei ihm nicht.«

Und das stimmte auch.

»Das Kind, ich muss ständig an mein Kind denken«, sagte Anni. »Wo soll es denn aufwachsen? Wie soll es aufwachsen?«

»Nun ja, er wirft dich ja nicht raus«, sagte Helena sanft. »Er sieht ja immerhin eine gute Arbeitskraft in dir. Du hältst ihm ja den Rücken frei. Sag mal, ganz unemanzipiert überlegt: Was hältst du davon, wenn ihr einfach so weitermacht? Lass ihn spielen und Geld verprassen, und du führst das Hotel für dich, deine Mutter und das Kind weiter?«

»Ich bin aber dann komplett von ihm abhängig«, sagte Anni. »Edith, was sagst du?«

»Alles in mir sträubt sich dagegen, was ich jetzt sage, aber ich glaube, momentan ist es die einzige Möglichkeit.«

»Dann versuche ich das – vorerst«, seufzte Anni. Dann saßen sie da und schauten aufs Meer. In Anni war tiefe Traurigkeit.

## 30. KAPITEL

Die Spätsommerwochen zogen gemächlich durchs Land. Gäste kamen und gingen, Annis Bauch wuchs immer mehr, und Hinnerk hatte sich auf den Vorschlag seiner Frau eingelassen, alles erst mal laufen zu lassen. So war es für ihn vorläufig am bequemsten. Anni würde versuchen, nach und nach die Hypotheken zu tilgen. Gleichzeitig erfuhr sie von Frederika, Hinnerks Mutter, dass er ebenfalls versucht hatte, sich das *Haus Ragnhild* von seinem Vater überschreiben zu lassen.»Ich hätt dich warnen sollen, Anni, aber wir waren so froh, dass er endlich heiratet, und wir dachten, dann würde alles besser, auch als die Nachricht von dem Kleinen kam.«

»Ist schon gut, Frederika«, sagte Anni, die den Hotelbetrieb aufrechterhielt und tat, was sie konnte, freundlich und lächelnd wie eh und je. Frederika konnte ja nichts dafür.

An einem noch lauen Abend Mitte September saßen Edith und Robert bei einem Glas Wein im Ort zusammen.

»Liebe Edith«, sagte Robert Nielsen.»Nun waren wir schon so oft miteinander aus, und es hat immer einen solchen Spaß gemacht, da darf ich Ihnen jetzt wohl das Du anbieten?«

Edith lächelte und nickte.»Also dann, Robert.« Sie hob ihr Glas.»Auf die Freundschaft«, sagte Robert herzlich.

»Enchanté, oder wie sagt man sonst noch in deinen vornehmen Kreisen: Chinchin?« Sie zwinkerte ihm zu.

Alle Männer in der Gartenrestauration sahen verstohlen zu ihr hinüber. Das rote Kleid, das sie trug, brachte ihre Figur perfekt zur Geltung. Sie war nicht dünn, aber auch nicht dick. Jemand hatte mal zu ihr gesagt, sie erinnere ihn an die in Öl gemalten Südseefrauen von Gauguin.

»Ich bevorzuge das ehrliche ›Prost‹«, sagte Robert. »Ich mag diesen Firlefanz nicht. Mir ist es zuwider, auf Bälle und andere gesellschaftlichen Ereignisse zu gehen oder auf Spendengalas oder was weiß denn ich. Noch dazu allein.« Er stellte sein Glas ab. »Aber ich *muss*. Wir sind gerade auf einem guten Weg, und Bernd hat mir vorhin einen Vorschlag gemacht.«

»Einen Vorschlag?« Edith war neugierig.

»Ja. Die Sache ist die, das heißt, eigentlich sind es zwei Sachen, entschuldige, ich bin sehr nervös, es ist ein wenig viel auf einmal. Also, ja … Was sagst du dazu, Edith, wenn du das neue Fernsehgesicht für die Nielsen-Produkte wirst?«

»Ich? Ins Fernsehen?« Edith lachte. »Wie kommst du denn darauf?«

»Nicht ich, Bernd. Bernd meint, du hättest genau die Ausstrahlung, die wir suchen. Eine schöne Frau, aber bodenständig, sympathisch, mit beiden Beinen im Leben stehend. Eine Frau, die ihren Mann liebt und alles für ihn und ihre Familie tut. Du würdest Werbung für meine Produkte machen. Für Instantbrühe, Schokoladencreme, Tütensuppen, Kekse. Was sagst du?«

»Nun, das ist natürlich ein Angebot«, sagte Edith etwas verwirrt. »Ich denke darüber nach. Aber danke erst mal.« Sie ins Fernsehen. Darüber hatte sie sich natürlich noch nie Gedanken gemacht.

Robert griff über den Tisch und nahm ihre Hand, um sie zu küssen. »Du Schöne, du«, sagte er mit tiefer Stimme.
»Oh«, sagte Edith. »Sag, Robert, bist du etwa verliebt in mich?«
»Ein Stück weit schon«, sagte Robert. »Aber nicht so, wie du denkst.«

Ein paar Tage später ließ Edith die Bombe platzen.
»Er hat dir einen Heiratsantrag gemacht?« Die beiden Freundinnen konnten es kaum glauben. Helena hatte Anni gezwungen, jeden Tag eine Stunde zu liegen, und Anni hatte unter der Voraussetzung, dass die Freundinnen bei ihr saßen und sie unterhielten zugestimmt. So trafen sie sich nun täglich in der Mittagspause in Helenas Praxis.

»Nicht nur das«, sagte Edith. »Außerdem soll ich das Werbegesicht der Firma Nielsen werden, und ja, er fragte mich, ob ich ihn heirate. Und wisst ihr was – ich habe Ja gesagt.«

»Das hast du nicht, du nicht!«, rief Helena.

»Du hast mir doch immer gepredigt ...«, sagte Anni entrüstet.

»Ich weiß, ich weiß«, unterbrach Edith sie. »Aber es ist alles anders, als ihr denkt. Robert ist der tollste Mann, den ich je kennengelernt habe. Klug, gebildet, witzig, charmant, er verkörpert alles, was einen perfekten Ehemann ausmacht. Bis auf eine winzige Tatsache.«

»Welche?« Anni und Helena schrien die Frage fast.

»Er liebt Männer«, sagte Edith und freute sich über die fassungslosen Gesichter der beiden Freundinnen.

»Versteht ihr jetzt? Wenn ich verheiratet bin und in geordneten, geregelten Verhältnissen lebe, dann kann ich Pauline wieder zu mir holen. Ich habe schon mit Robert darüber gesprochen, er hat als angesehener Geschäftsmann gute Kontakte, auch in die Politik und zu irgendwelchen Amtsvorständen, er wird mir helfen, dass wir eine Familie werden. Und er hat nichts dagegen, noch mehr Kinder zu adoptieren. Ich kann schalten und walten, wie ich will. Wir machen alles zusammen, außer gemeinsam ins Bett zu gehen. Was will ich mehr?«

Anni musste lachen. »Du bist wirklich unmöglich. Aber ich finde das gut. Das klingt phantastisch!«

Auch Helena grinste. »So ist sie, unsere Edith. Ich seh dich schon in den schönsten Kleidern und den tollsten Brillanten herumlaufen und Wohltätigkeitsveranstaltungen organisieren, und nebenbei hältst du dir einen Liebhaber, der dir noch ein paar Kinder macht, damit Robert einen Erben oder mehrere für die Firma hat.«

»Genau so wird es sein!« Ediths Augen funkelten.

Helena lachte »Und als Dankeschön bekommt er die netteste, liebste, schönste, charmanteste und reizendste Frau, die sich stilsicher auf dem gesellschaftlichen Parkett bewegen kann und nie zickig ist, die auch nichts sagt, wenn er sich abends mit Bernd trifft.«

»Ach. Der ist der Glückliche?«

»Ja, ich mag ihn sehr. Und er mich auch. So werden wir doch hoffentlich alle glücklich!«

Anni konnte nur den Kopf schütteln. So war Edith. Ganz pragmatisch. Und sie bewunderte sie dafür.

»Sag mal«, fragte Edith, als sie wieder Richtung *Seeperle* gingen, »hast du eigentlich jemals wieder was von dem aus Bayern gehört?«

»Von Friedrich? Nur, dass er geheiratet hat.« In Annis Herz piksten Stiche. »Seine Manon. In München. Bestimmt gab es ein rauschendes Fest für die glückliche Jungfrau.«

»Du hängst immer noch an ihm?«, wollte Helena wissen.

»Ach wo«, sagte Anni. »Er soll sich zum Teufel scheren.«

»Ich glaub dir kein Wort«, sagte Edith. »Nicht eins.«

»Immerhin ist er der Vater von Annis Kind«, sagte Helena.

»So was ist einem ja nicht egal.«

»Hört jetzt auf. Wie geht es denn eigentlich meiner Mutter, Helena?«

»Unverändert. Ich bin mir mittlerweile sicher, dass es Depressionen sind, und werde mich mal mit einem Kollegen in Hamburg austauschen. Es tut ihr nicht gut, auf Dauer nur herumzuliegen und abends eine Schlaftablette zu nehmen. Es muss doch aufwärts gehen, wir müssen doch an die Zukunft denken.«

›An welche Zukunft?‹, hätte Anni am liebsten gefragt. ›In einem Hotel, das mir gar nicht mehr gehört? Mit einem Kind, das seinen richtigen Vater nie kennenlernen wird? Mit einer Mutter, die auch wie ein Kind ist?‹

Anni sah auf die Uhr. »Bestimmt hast du recht. So, meine Mittagszeit ist um. Zeit, wieder nach unten zu gehen.«

»Was ist eigentlich aus deinen Plänen geworden, dich gegen Gewalt gegen Frauen einzusetzen?«, fragte Edith. »Möchtest du mal mit zu einer Versammlung kommen? In Kiel ist bald eine.«

»Komisch, dass du fragst, ich habe mich in den letzten Wochen oft mit Helena darüber unterhalten. Ich muss erst einmal vor Ort anfangen, was zu tun. Dann sehe ich weiter.«

Als Edith gegangen war, blieb Anni zögernd vor der Eingangstür der *Seeperle* stehen. Warum nicht heute? Gestern war Sigrun mit einem blauen Auge zum Dienst in der *Seeperle* erschienen, und nur Anni hatte sie anvertraut, dass der Vater mal wieder betrunken zugeschlagen hatte.

»Das Erste, was ich mach, wenn ich großjährig bin, Frau Schwenck, ich zieh aus, ganz weit weg, und nehm die Mutti und den Arne mit«, hatte Sigrun gesagt, während Isa in der Küche kopfschüttelnd die Stelle mit Eis kühlte.

»Dann verding ich mich irgendwo als Hausmädchen und versorg die Familie«, hatte sie gesagt und merkwürdig erwachsen und reif gewirkt.

»Nun warten wir mal ab«, hatte Anni gesagt und sie in den Arm genommen, was mittlerweile gar nicht mehr so einfach war. Ihr Bauch wuchs und wuchs.

So schnell sie konnte ging Anni Richtung *Nautilus*, wenn sie nicht alles täuschte ... und richtig, wie vermutet, lief ihr Knut über den Weg. »Knut!«

»Was denn?« Knut blieb nun unwirsch stehen.

»Hör mal, Knut, es geht auch schnell. Ich will dich bloß warnen.«

»Mich warnen?« Er glotzte Anni an wie ein tumber Ochse. »Vor was denn?«

»Du erhebst regelmäßig die Hand oder andere Dinge gegen deine Familie, Knut«, sagte Anni ruhig. »Das hört auf, hast du verstanden?«

»Was?« Knut sah sie mit großen Augen an. Offenbar war er es nicht gewohnt, dass eine Frau so mit ihm sprach.

»Du schlägst sie nicht mehr«, sagte Anni. »Sonst gnade dir Gott.«

»Sachma, Anni, bist du noch ganz richtich inne Birne? Ich kenn dich noch als Hosenscheißerin, und jetzt willste mir erzählen, was ich zu tun und zu lassen hab?«

»Ja, ich bin mittlerweile erwachsen, Knut. Und wenn ich noch einmal sehe oder höre, dass du Hedda, Sigrun oder Arne oder eins deiner anderen Kinder schlägst oder anderweitig bedrohst, dann bist du fällig.« Anni wusste nicht, warum sie das so sagen konnte, aber sie fühlte eine Stärke in sich. »Ich sag es dir noch im Guten. Ich hab einige Leute kennengelernt, die warten nicht lange, wenn ich sie um was bitte. Damit das klar ist!« Damit drehte sie sich um und ging.

Hans saß im Kontor und überprüfte neu eingetroffene Stoff- und Tapetenmuster. Seine Firma hatte den Auftrag bekommen, eine Boutiquenkette neu einzurichten, ein Auftrag, den Hans sehr schön fand, konnte er sich hier doch mit seinen geliebten Farben und Mustern austoben. Er hatte sich alles von seinen Angestellten schicken lassen, auch die Grundrisse. So konnte er bei Anni sein, wenn das Kind kam.

Hans schwelgte in Blautönen und Vanille, in Himbeere mit Gold und in sattem Grün. Er liebte es, auszuprobieren. Auf die *Seeperle* war er besonders stolz, die war sein Glanzstück, und seine Ideen waren so gut angenommen worden. So wie es aussah, liefen die Buchungen konstant weiter, und die ganzen Aktionen, die sie anboten, wurden gut angenommen.

Er fühlte sich so unglaublich wohl hier. Das Fenster des Kontors war wie immer weit geöffnet, von der Terrasse draußen drangen Gesprächsfetzen herein, man hörte Möwen und andere Vögel, und das Haus atmete Ruhe und Frieden. Hans liebte diese Zeiten, an denen fast alle Gäste aushäusig waren, man nur hin und wieder Isa in der Küche nach Sigrun rufen oder jemanden die Treppe hoch- und runtergehen hörte.

Er war froh, dass die Sache mit Dora nun geregelt war. Er

würde sein Geld wiederbekommen und war um eine bittere Erfahrung reicher geworden. Nie wieder würde er jemandem ohne Vertrag Geld geben. Wobei, wenn er ganz ehrlich zu sich war, so musste er sich eingestehen, dass er, wenn Dora sich zu ihm bekannt hätte, das Geld nie wieder zurückgefordert hätte. Dann wäre …

»Hallo, Hans.«

Hans zuckte zusammen und sah vom Schreibtisch auf. Da war Dora. Wie konnte das sein? Eine Erscheinung?

»Was … äh … woher?«

Dora lächelte behutsam. »Ich komme aus Köln. Ich hab nun auch einen Fend-Flitzer. Ich habe noch jemanden besucht und dachte dann, ich könne doch mal nach dir schauen. Wie geht es dir, Hans?«

»Mir? Äh …«, Hans war völlig durcheinander. Am meisten durcheinander war er wegen einer gut sichtbaren Tatsache.

»Du sitzt im Rollstuhl.«

»Ja«, sagte Dora und rollte näher. »Ich war in Amerika und bin dreimal operiert worden, leider ohne den gewünschten Erfolg. Es hat … wohl nicht sollen sein.« Sie rollte nah an Hans heran und reichte ihm die Hand. »Bitte lass uns Frieden schließen, Hans. Ich habe mich dir gegenüber abscheulich benommen, und das tut mir leid.«

»Warum hast du dich denn nicht mal gemeldet, als das noch nicht klar war, dass du im Rollstuhl bleibst?«, fragte Hans, der ihre ausgestreckte Hand ignorierte.

»Oh, da war so viel zu tun«, wich sie aus.

»Aber jetzt, jetzt kannst du herkommen und mich um Verzeihung bitten?«

»Nun, was ist so verwerflich daran?«, fragte Dora mit zarter

Stimme und einem babyhaften Augenaufschlag. »Ich dachte, wir könnten da anfangen, wo wir aufgehört haben.«
»Wo wir aufgehört haben? Als ich dir Geld gegeben habe und du mich angelogen hast, weil du mir verschwiegen hast, dass du es für die Operation in Amerika gebraucht hast? Und jetzt, wo alles so ist wie vorher, willst du einfach weitermachen? Als wäre nichts passiert?«
»Ach Hans, lass es uns doch nicht so eng sehen«, bat ihn Dora.
»Ich sehe nichts eng, ich sehe nur die Wahrheit. Und die sagt mir, dass du in Köln zu mir gesagt hast, ich solle gehen. Ich würde dir nichts mehr nützen. Vielleicht erinnerst du dich daran.«
»Das tu ich, und ich bereue meine Worte, bitte glaub mir.«
»Weißt du, wie sehr du mich verletzt hast?«, fragte Hans bitter. »Ich kam mir vor wie aufs Abstellgleis gerollt. Aber eines muss man dir lassen. Du hast Chuzpe. Kommst hier einfach angerollt, willst wahrscheinlich auch noch bleiben und denkst, ich sage Ja, weil ich ja so ein armer Krüppel bin. Du denkst, gemeinsam ist es einfach, wenn beide die Behinderung haben, nicht wahr? Wäre die Operation erfolgreich gelaufen, nie wieder hätte ich was von dir gehört. Hätte ich keinen Anwalt eingeschaltet, niemals hätte ich mein Geld wiederbekommen. Und ich bin mir sicher, dass du, wenn ich dich mit offenen Armen hier aufgenommen hätte, noch gefragt hättest, ob du das Geld wirklich zurückzahlen musst. Stimmt das?«

Dora wurde rot. »Du redest Unsinn. Ich bin aus reiner Freundschaft hier. Ich mag dich so, Hans. Ich hab dich wirklich gern. Du hast mir gefehlt.«

»Aha, gefehlt. Das ist ja interessant. Du hast mir auch gefehlt, aber aus anderen Gründen.« Auf einmal wusste Hans, dass er gleich das Richtige tun würde.

»Nein. Tausendmal Nein. Geh, Dora. Fahr weg. Ich habe mir ausgemalt, wie es wäre mit uns, das stimmt. Aber jetzt, wo du vor mir sitzt und die Falschheit und die Verschlagenheit dir aus jeder Pore dringen, will ich nur eins: dass du dieses Haus und diesen Ort verlässt.«

»Aber Hans ...«

»Nein. Raus! Verschwinde aus meinem Leben.«

Dora rollte ein kurzes Stück Richtung Tür, dann drehte sie den Rollstuhl noch einmal um. Aber Hans blieb hart, auch als er Tränen in ihren Augen sah. Er fühlte nichts mehr für sie, nur Verachtung und Mitleid. Dora schien das zu spüren, und endlich rollte sie davon. Die Tür des Kontors fiel mit einem leisen Schnappen zu.

Kurze Zeit später hörte Hans einen Motor starten. Als Dora weg war, fühlte er sich zum ersten Mal von ihr gelöst und frei.

Es war ein gutes Gefühl.

## 31. KAPITEL
*Winter 1953*

»Ja, Anni, ja. Jetzt atme. Ein und aus. Ganz regelmäßig. Ein und aus. Sehr gut. Versuch, dich zu entspannen.« Anni lag in einem für die Niederkunft eingerichteten Raum in Helenas Praxis. Helena hatte sich alle Mühe gegeben, ihn so schön wie möglich zu gestalten. Hell, sauber, freundlich, mit ein paar hübschen Gemälden an der Wand, zwei breiten Betten und, das war Helena äußerst wichtig gewesen, einem Plattenspieler. Hier spielte sie für die Frauen Schallplatten mit klassischer Musik ab. Drei Geburten hatte es mittlerweile hier gegeben, und alle Frauen waren begeistert gewesen. Erst waren einige skeptisch gewesen – ohne Krankenhaus? Andererseits war Helena Ärztin, und sie hatte vor allen Dingen das Vertrauen der Frauen. Nach der Geburt blieben die Wöchnerinnen noch einige Tage unter Helenas Aufsicht, es gab noch drei weitere Räume, die ebenfalls hübsch eingerichtet waren, dafür hatte Hans gesorgt.

»Die Frau Doktor bringt aber neuen Wind her«, war man sich in St. Peter einig. »Einfach so in der Praxis ein Kind kriegen, also so was ...« Es war eine Mischung aus Skepsis und Bewunderung.

Helena machte einfach unbeirrt weiter, auch in der *anderen Sache*, wie sie die Abbrüche vor Anni und Edith immer nannte.

Immer wieder dröhnten Schulers Worte in ihrem Kopf. Er wusste über sie Bescheid. Aber woher? Und wenn derjenige, der ihm das gesteckt hatte, nicht dichthielt? Helena seufzte tief auf. Mit der Ungewissheit musste sie wohl leben. Jetzt musste sie sich aber vor allem auf Anni konzentrieren. Seit einer Stunde lag sie schon in den Wehen.

Die Freundin tat ihr so leid. Die letzten Wochen waren entsetzlich für sie gewesen. Hinnerk hatte sie ignoriert oder nahm sich einfach Geld und wurde nicht müde, ihr immer wieder, bei jeder passenden oder unpassenden Gelegenheit zu sagen, dass er der Herr im Haus war. Anni hatte den Mund gehalten und alles runtergeschluckt. Ihrer Mutter Gerda ging es immer schlechter. Sie zog sich immer weiter in sich zurück, erschrak beim kleinsten Geräusch und war am liebsten allein im Schlafzimmer oder spielte auf dem Flügel. »Vielleicht ist irgendeine Erinnerung vom Krieg hochgekommen«, mutmaßte Isa einmal. »Wenn ich nur wüsste, welche. Wir waren doch immer alle miteinander. Ach, ach, nicht dass die Frau Janssen sich noch auflöst.« Den Eindruck machte es fast.

Trotz der fortgeschrittenen Schwangerschaft hatte Anni für zwei weitergearbeitet und den Tod des Vaters auszublenden versucht, so gut es ging. Schließlich wollte sie das Hotel retten und ihrem Kind ein anständiges Leben bieten, hatte sie immer wieder gesagt, wenn Helena sie bat, sich zu schonen. Oft sprachen sie zu dritt darüber, wie man Hinnerk beikommen konnte, aber sie hatte die Schriftstücke allesamt gelesen, und auch Hajo Gätjes, der Anwalt, hatte bedauernd den Kopf geschüttelt. »So leid es mir tut, gnädige Frau, da sind mir die Hände zu fest gebunden.«

So trunken Hinnerk auch sein mochte, in diesem Fall hatte er klar gedacht und war bei einem Notar in Flensburg gewesen.

»Ist denn mit dem Kind alles in Ordnung, ist das alles normal, Helena?«, fragte Anni zum zehnten Mal, und Helena nickte. Jetzt konnten sie nur noch abwarten.

Mittlerweile war es nach 22 Uhr, seit dem frühen Morgen lag Anni hier, und nur der liebe Gott wusste, wie lange das noch dauern würde.

»Es ist alles normal, Anni. Das Baby lässt sich eben Zeit. Versuch, dich in den Wehenpausen auszuruhen. Atme ein und aus.«

»Die Wehen sind so schrecklich, Helena, so schlimm.«

»Ich weiß.« Helena nahm Annis Hand.

»Woher denn?«, fragte Anni, die plötzlich wütend wurde. »Das kannst du doch gar nicht wissen, du hast ja noch nie ein Kind bekommen. Hör mir auf mit deinem ›Atme, atme‹. Ich mag nicht mehr, ich will nicht mehr, ich will, dass es jetzt kommt, das Kind, hol es bitte, Helena, ich kann nicht mehr!«

»Doch, du kannst.« Helena war Beschimpfungen der Frauen gewohnt, damit konnte sie gut umgehen, das machte ihr nichts aus. Sie war schon als Schlampe, Sau, törichtes Weib und alte Jungfer beschimpft worden, das perlte an ihr ab.

»Ich hasse dich!«, schrie Anni nun. »Und du willst eine Freundin sein. Findest du das lustig, mich hier so liegen zu sehen? Ich will nicht mehr, ich kann nicht mehr! Das ist so gemein, jetzt mach doch endlich was, dafür bist du doch da, ich hasse dich und euch alle, wenn ich das vorher gewusst hätte, du hättest es mir sagen müssen, du gemeine …!«

Helena nahm einen Waschlappen, tauchte ihn in eine Waschschüssel und wrang ihn aus, um dann Annis Stirn abzutupfen. Die war schweißnass. Sie ging gar nicht auf Annis Hasstiraden ein.

Es klopfte an der Tür.

»Wer will denn jetzt was hier?«, fragte Anni erschöpft zwischen zwei Wehen. Helena stand auf und öffnete die Tür. Eine ältere Frau trat ein.

»Ich bin Frau Kleinschmidt«, sagte sie. »Die Hebamme aus Tönning.«

»Eine Hebamme?«, fragte Anni ängstlich. »Warum denn? Ist was mit dem Kind? Jetzt sag mir doch die Wahrheit, Helena! Wann hast du die denn bestellt? Das habe ich gar nicht mitbekommen.«

»Vorhin, als du kurz geschlafen hast, hab ich Frau Kleinschmidt angeläutet. Sie ist eine erfahrene Hebamme und kann uns unterstützen.«

»Also ist was mit dem Kind!« Anni brüllte nun. »Was ist denn, was denn?« Eine neue Wehe nahm ihr die Worte.

»So, nun mal ganz ruhig«, sagte Frau Kleinschmidt und schob Annis Nachthemd hoch. »Das ziehen wir jetzt mal aus, das ist ja klatschnass.« Sie half Anni, das Hemd über den Kopf zu ziehen. Dann begann sie, ihren Leib abzutasten.

»Ist alles in Ordnung, ist alles in Ordnung?«, fragte Anni nur dauernd, und da kam wieder die nächste Wehe ...

»Ein Sonntagsbaby«, sagte Helena zu Edith und Hans, die die ganze Nacht im Wartezimmer der Praxis gesessen, Annis Schreien gelauscht und auf das Baby gewartet hatten. Es war Viertel nach vier in der Früh, und aus dem angrenzenden Raum kam das regelmäßige Schreien von Annis Kind.

»Wie geht es ihr?«, fragten Hans und Edith gleichzeitig. Sie waren keine Sekunde fort gewesen. Isa war zwischendurch gekommen und hatte belegte Brote und starken Kaffee für alle gebracht, war ein paar Minuten geblieben und dann wieder in die *Seeperle* zurückgegangen. Schlafen konnte sie auch nicht. Lediglich Gerda bekam von alldem nichts mit. Sie schlief tief und fest, und niemand weckte sie auf. Es hätte sowieso nichts genützt, Gerda hätte wahrscheinlich geweint und nach Ole gerufen und alle nervös gemacht.

»Wen meint ihr? Anni oder ihre Tochter?«, lächelte Helena erschöpft.

»Ein Mädchen!« Hans und Edith lagen sich in den Armen. »Können wir zu ihr? Sind beide gesund? War es sehr schwer für Anni? Schläft sie? Ist sie wach? Wie sieht das Baby aus? Wie soll es heißen?«

»Immer mit der Ruhe«, sagte Helena müde. »Ja, ihr dürft zu ihr rein, wenn ihr euch vorher die Hände wascht und sterilisiert und diese Kittel da anzieht. Und einen Mundschutz. Es war eine schwere Geburt. Anni ist am Ende. Sie braucht jetzt viel Ruhe. Die Nabelschnur der Kleinen war um ihren Hals gewickelt. Ich kann wirklich von Glück sagen, dass Frau Kleinschmidt da war, da hatte ich das richtige Gefühl, sie zu holen.«

»Oh, Helena, du bist die Beste!« Edith stand auf und umarmte die Freundin.

»Und ich bin müde. Himmel. So eine lange Geburt hatte ich noch nie.«

Hans kam angerollt. »Danke, du Liebe. Ach, bin ich erleichtert. Das waren für uns alle keine leichten Stunden. Aber jetzt wird alles gut.«

Kurze Zeit später durften sie zu Anni ins Zimmer. Klein, schmal und zart lag sie da, Frau Kleinschmidt hatte sie etwas gewaschen und ihr geholfen, sich herzurichten, und ihr ein neues Nachthemd angezogen, und in Annis Armen lag das kleine

Bündel Mensch, das die ganze Aufregung verursacht hatte. Anni wiegte das Mädchen sanft im Arm, und ihre blauen Augen strahlten wie Sterne.

»Darf ich euch Lisbeth Gerda Helena Edith vorstellen?«, fragte sie und lächelte in die Runde.

Helena und Edith waren außer sich. »Nach uns hast du sie benannt. Oh ...«

»Ja, und nach meiner Mutter und meiner Uroma, deren Porträt im Kontor hängt«, nickte Anni.

»Mein Gott, ist sie hübsch. Halt sie doch mal so, dass ich sie noch besser sehen kann«, bat Hans, nachdem Edith und Helena die kleine Lisbeth ausführlich begutachtet hatten. »Oder darf ich sie sogar mal halten?«

»Darf er?«, fragte Anni Helena, und die nickte. Vorsichtig legte Anni das Baby in Hans' Arme, und in dessen Augen traten Tränen. »Es ist, als ob meine Schwester mich zum Onkel gemacht hätte. Noch ein Maikäferchen«, sagte er leise und sah Lisbeth verliebt an.

»So ist es ja auch, denn du bist der Patenonkel«, lachte Anni. Hans schaute hoch. »Ist das dein Ernst?«

»Natürlich. Glaubst du, du wirst mich irgendwann noch mal los? Auf keinen Fall. Ab sofort bist du zuständig für alles, was ein Onkel eben so tut. Du kannst ihr die schicksten Strampelanzüge kaufen, du darfst ihr Zimmer gestalten, du wirst später mit ihr einkaufen gehen, sie bei ihrem ersten Liebeskummer trösten und an jedem Geburtstag dabei sein, ob du willst oder nicht. Das ist jetzt nicht dahingesagt, Hans, sondern eine Verantwortung. Natürlich kannst du noch darüber nachdenken, ob du die annehmen willst. Aber mir wäre es eine Ehre.«

»Nachdenken? Pah!«, machte Hans. »Ich bin der glücklichste

Onkel der ganzen Welt. Ich freue mich jetzt schon drauf, wenn sie die ersten Verehrer hat. Die werde ich im Rollstuhl und mit einem Knüppel verjagen.«

Alle lachten.

Es klopfte an der Tür. Isa war da. Mit Glück in den Augen, als sie hörte, dass alles gutgegangen war. Und mit kaltem Sekt. »Lisbeth. Wie die Uroma«, sagte sie gerührt. »Ach, was hätte die sich gefreut!«

»Wo ist eigentlich Hinnerk?«, fragte Edith, nachdem die Sektkorken geknallt hatten und die ersten Schlucke Sekt getrunken waren. »Sollte man ihm nicht mal Bescheid sagen?«

»Ich habe Sigrun gestern zu ihm geschickt, als es losging«, sagte Anni resigniert. »Er sagte, er möchte nicht gestört werden, wenn das Kind nachts kommt. Also könnte jetzt wer gehen und ihm Bescheid sagen.«

Alle sahen sich an, und niemand hatte Lust.

»Schon gut, ich mach das«, sagte Isa. »Muss sowieso wieder zurück ins Hotel. Irgendwer muss ja schließlich Frühstück machen.«

»Danke«, sagte Anni. Sie hatte nicht die geringste Lust, ihren Mann zu sehen. Er kam eine Stunde später.

»Ein Mädchen«, sagte Hinnerk und nahm sich einen Stuhl.

»Möchtest du deine Tochter mal halten?«, fragte Anni. Hätte sie das doch alles vorher gewusst! Sie hätte ganz anders gehandelt!

»Nein, ich will sie nicht halten«, sagte Hinnerk, und Anni war heimlich froh. Wahrscheinlich hatte er wieder die halbe Nacht lang Karten gespielt. Und wahrscheinlich war es nur eine Frage der Zeit, bis sie bankrottgingen durch diese verflixte Spielsucht.

»Ich will dir was mitteilen«, riss Hinnerk sie aus ihren Gedanken. »Ich will die Scheidung.«

»Was?« Annis Herz machte stolpernde Sprünge.

»Ja, du hast es schon verstanden. Ich will mich scheiden lassen.«

»Aber warum denn, Hinnerk? Es ist doch alles gut arrangiert, so, wie wir es handhaben.«

»Das sagst du. Aber ich hab da keine Lust mehr drauf.«

»Worauf denn nicht?« Anni war verzweifelt. Ihr ganzes Leben krachte ihr plötzlich vor die Füße.

»Auf Frau und Kind und Hotel und Arbeit. Ich verkauf den ganzen Mist und werde Privatier.«

»*Privatier?*« Dieses Wort passte so wenig zu Hinnerk wie ein Smoking. »Du meinst, du wirst nur noch saufen und spielen?«, fragte sie nun sarkastisch.

Hinnerk zuckte mit den Schultern. »Nenn es, wie du willst. Es ist mir egal.«

»Und was wird aus mir und unserer Tochter?«

»Ist sie denn meine Tochter?«, fragte Hinnerk, drehte sich um und verließ das Zimmer.

Anni legte Lisbeth vorsichtig in das Gitterbettchen, das neben ihrem stand. Dann fing sie leise an zu weinen.

»Ich kann nicht mehr«, sagte sie leise zu sich selbst. »Ich kann einfach nicht mehr.«

Drei Tage später durfte sie zum ersten Mal aufstehen. »Ich muss doch Mama endlich ihr Enkelkind zeigen«, sagte Anni immer noch erschöpft. Die Sache mit Hinnerk nahm sie arg mit. Der schien sich in Luft aufgelöst zu haben, er war weder in der *Seeperle* noch im *Haus Ragnhild* und Frederika, die natürlich vorbeigekommen war, um ihr erstes Enkelkind zu begutachten, meinte, er sei mit Lasse und den »anderen« nach Hamburg gefahren, die Geburt der Tochter feiern. Anni wusste natürlich genau, was das bedeutete. Wieder kam die Sorge um das Hotel an die Oberfläche.

»So.« Helena war zufrieden. »Heute bist du eine halbe Stunde herumgelaufen, morgen darfst du Lisbeth deiner Mutter zeigen.«

»Was macht Mama denn?«, wollte Anni wissen.

»Nun, sie liegt im Bett und starrt Löcher in die Luft«, erklärte ihr Helena, und Anni seufzte. Vielleicht würde der Anblick von Lisbeth Gerda ja ein wenig aufheitern.

Abends kam Isa zu Helena gerannt und klingelte in deren Wohnung Sturm.

»Schnell, Frau Doktor, da stimmt was nicht mit der Frau Janssen.«

Zusammen liefen sie zur *Seeperle* zurück und hoch in Gerdas Schlafzimmer.

»Heiliger Vater«, wisperte Isa und schüttelte den Kopf. »Wie konnte das passieren?« Sie standen da in Gerdas und Oles Schlafzimmer und sahen hinunter auf das Bild, das sich ihnen bot.

»Ich nehme an, die Depressionen sind schlimmer geworden«, sagte Helena nun. »Ich habe ihr das ein paarmal gesagt. Hätte ich bloß schon mit dem Kollegen gesprochen.« Sie seufzte. »In den letzten Wochen hat Frau Janssen mir gar nicht gefallen.«

»Man hätte doch Anni was sagen müssen.«

»Was hätte das genützt? Gerda war doch die meiste Zeit in sich gekehrt und hat gar nicht mehr gehört, was man gesagt hat. So gut kenne ich mich mit dieser Krankheit nicht aus, die

Forschungen stecken noch in den Kinderschuhen, aber sie war voller Traurigkeit, und das wurde immer mehr. Nach dem Tod von ihrem Mann fing das ja an.«

Isa nickte. »Gemerkt hab ich es auch, aber wir dachten alle, das sei normal bei ihr, sie war ja immer schon so verhuscht.«

Helena versuchte, sich keine Vorwürfe zu machen. »Was hätte ich tun können?« Sie sah auf das Glas und die leeren Tablettenpackungen. »Die hatte ich ihr gegeben. Jeden Tag eine. Damit sie ruhig bleibt und schlafen kann. Sie ist ja sonst nachts immer hochgeschreckt. Sie hat sie gesammelt.«

Isa bekreuzigte sich. »Ach, Frau Janssen, ach, ach. Erst der Herr Janssen, jetzt Sie. Die arme Anni. Wie sagen wir ihr das denn?«

»Ich werde das tun«, sagte Helena.

Alles in Anni war leer. Sie stand auf dem Friedhof und gab eine Schippe Erde auf den hinabgelassenen Sarg, dann warf sie eine Rose hinterher. Mechanisch drehte sie sich um und ging ein paar Schritte zur Seite, um anderen Platz zu machen.

Edith hakte sich bei ihr unter, und da kam Helena auf die andere Seite. Gemeinsam gingen sie in Richtung *Seeperle*. Anni hatte keine Kraft für Beileidsbekundungen. Sie war ratlos und verzweifelt, zumal sie einen Fachanwalt für Familienrecht aufgesucht und ihm ihre Situation geschildert hatte. Helena und Edith waren bei dem Termin anwesend, und danach waren sie alle noch verzweifelter als vorher.

Nach einer Scheidung wäre Anni alleinerziehend, und der Staat hätte das alleinige Sorgerecht. Vorerst. Was dann passieren würde, war situationsabhängig. Oft kamen solche Kinder in Pflegefamilien, in jedem Fall aber wurde das Jugendamt eingeschaltet. Helena hatte die Idee gehabt, dass Anni doch Hans pro forma heiraten könnte, aber der Anwalt hatte abgewunken. »In solchen Fällen wird hundertmal kontrolliert. Außerdem ist ein Mann im Rollstuhl auch kein Vater, den man sich wünscht.« Annis Familiengeschichte trug auch nicht dazu bei, die Sache besser zu machen. Der Vater dement, die Mutter depressiv, beide tot, keine Perspektive.

Und die Eltern von Hinnerk kamen auch nicht in Frage. Denn Frederika hatte ihr gestern unter Tränen erzählt, dass sie Krebs habe und ihr Mann damit überhaupt nicht klarkam und nur rauchend in der Küche saß. Anni wurde langsam alles zu viel. Konnten die Hiobsbotschaften nicht einfach mal aufhören?

»So fühlt es sich an, wenn man am Ende ist«, sagte Anni nun, während sie über den Friedhof gingen. »Hätte man mir das alles im Frühjahr gesagt, nichts hätte ich geglaubt. Ich weiß noch, mit was für einer Lust und einem Tatendrang ich mich gegen meinen Vater gestellt hatte und wie froh ich war, als er der Renovierung zugestimmt hatte. Das Hotel funktioniert prächtig, aber ich habe nichts mehr davon. Und mein Kind, was wird aus Lisbeth? Was ist, wenn Hinnerk herumerzählt, dass er gar nicht der Vater ist? Das wirft noch mal ein schlechteres Licht auf mich. Was soll ich nur tun?«

Sie waren ratlos.

Hans reiste nachmittags ab. »Das passt mir jetzt gar nicht. Aber ich muss«, sagte er traurig. »Drei Krankheitsfälle. Was soll ich machen?«

»Ist schon gut, Hans, du warst so lange da, nun darfst du auch mal an dich und die Deinen denken«, sagte Anni, beugte sich zu ihm und gab ihm einen Kuss. »Danke für alles.«

»Ich komme bald wieder, ich muss ja nach dem kleinen Käferchen schauen. Als guter Patenonkel macht man das. Gib sie mir noch mal … Lieselchen, sagst du dem Onkel Hans Adieu, komm her, ich will dir ein Küsschen geben.«

Lisbeth brabbelte unverständlich vor sich hin und wollte gar nicht von Hans weg.

»So, machen wir es kurz«, sagte Hans. »Lebt wohl, alle.« Isa schnäuzte in ein Taschentuch, und auch Edith und Helena waren traurig. »Du gehörst doch zum Inventar«, meinte Edith. »Du kannst doch nicht einfach gehen.«

»Ich muss, ich muss.« Hans rollte zu seinem Flitzer. »Oh, ich hasse lange Abschiede.« Er hievte erst seinen Koffer, dann sich selbst in den Wagen und klappte seinen Rollstuhl zusammen, um ihn im hinteren Teil des Flitzers zu verstauen. Dann ließ er den Motor an.

»Passt auf euch auf, meine liebe Familie!«, rief er, gab Gas, und alle standen da und winkten, bis nur noch ein kleiner, roter Punkt zu sehen war.

Anni zog langsam die Tür ihres Zimmers hinter sich zu und betete zu Gott, dass Lisbeth nun nicht anfangen würde zu schreien. Es war vier Uhr in der Früh. Dann ging sie vorsichtig die Treppen hinunter, öffnete die Haustür und sah sich noch einmal im Empfangsbereich um. Ob sie das alles wiedersehen würde? Sie wusste es nicht.

Mit leisem Schritt lief sie dann die Straße entlang bis zum Ortseingang, wo schon Edith und Helena im Auto des Doktors auf sie warteten. Das Gepäck hatte man am Abend vorher schon im Wagen verstaut.

»Niemand hat was gehört«, flüsterte Anni. »Wir können los.«

»Gut.«

Anni kletterte mit der schlafenden Lisbeth in den Fond, und Helena startete den Wagen.

»Wohin willst du nun?«, fragte Edith.

»Erst mal nach Hamburg, dann sehe ich weiter. Ich brauche eine größere Stadt, in der es nicht so auffällt, dass ich ein Kind habe, aber keinen Mann. Ich muss unter allen Umständen verhindern, dass mir Lisbeth weggenommen wird.«

»Das verstehe ich gut«, sagte Helena und beschleunigte. »Aber bitte lass von dir hören.«

»Ja, natürlich. Passt ihr mir auf Isa auf. Sie musste genug durchmachen.«

»Das tun wir. Ich geh nachher gleich hin«, versprach Helena.

»Es ist zu schade, dass du zu unserer Hochzeit nicht da sein wirst«, bedauerte Edith. »Du wirst mir so fehlen.«

»Du mir auch, aber ich bin stolz auf dich.« Anni lächelte. »Du machst es richtig. Und wir werden uns bald wiedersehen!«

Sie fuhren nach Flensburg. »So.« Helena parkte den Wagen und sie stiegen aus. Der Morgen graute. »In einer Viertelstunde fährt der erste Zug nach Hamburg«, sagte Edith. »Ich hoffe, du hast alles eingepackt, was nötig ist.«

»Hab ich. Wie gut, dass man den Kinderwagen klappen kann. Und ihr wisst von nichts, versprochen?«

»Versprochen!«

Sie gingen zum Gleis, und da fuhr der Zug auch schon ein. Sie umarmten sich.

»Ach Anni.« Helena weinte. »Du wirst mir fehlen. Hoffentlich ist das kein Abschied für lange. Und was wird aus der *Seeperle*? Und was mache ich ohne euch beide in St. Peter? Edith reist ja auch ab ...«

»Kommt mal alle her«, sagte Edith, und sie standen da im Morgennebel und umarmten sich fest.

»Bitte einsteigen«, rief jemand, und sie hievten das Gepäck und den Kinderwagen in den Zug. Anni stieg ein.

»Wisst ihr was, ihr zwei? Ich liebe euch. Danke für alles. Ich tue mein Bestes, damit alles gut ist.«

»Ja, Anni.« Edith und Helena standen da. »Wir warten und beten.«

Die Zugtür schloss sich, und Anni ging mit Lisbeth schnell an ein offenes Zugfenster.

»Vergesst mich nicht«, sagte sie zu den beiden Herzensfreundinnen. »Ich werde jeden Tag an euch denken. Bis wir uns wiedersehen!«

# NACHWORT

Das ist ein Roman.
Deswegen habe ich mir die Freiheit genommen, einiges so zu ändern, dass es passt. Sollten gravierende Fehler vorhanden sein, so geht das selbstredend auf meine Kappe!
Medizinhistorische Details stammen u.a. aus:
Dr. med. M. Rinard: »Unter vier Augen«,
Erich Hoffmann Verlag Heidenheim/Brenz, 1949

## DANK

Ich bedanke mich bei meiner Lektorin Anne Sudmann –
für ihr Engagement und Vertrauen!
Ich bin gespannt auf alles, was noch kommt.
Petra Hermanns, meiner Agentin. Ich werde ja nicht müde,
zu sagen, dass ich mich über uns freue.
Claudia Wuttke, die Anni auch so liebhat!